J-F. Dubeau est québécois et vit à Montréal. Il travaille dans le design graphique et le marketing, mais sa passion pour raconter des histoires l'a toujours habité. Avec ce récit entre *Stranger Things* et *L'Appel de Cthulhu*, J-F. Dubeau s'annonce comme l'un des conteurs de terreur les plus doués de sa génération.

Du même auteur :

Le Dieu caché
Le Dieu enchaîné

CE LIVRE EST ÉGALEMENT DISPONIBLE
AU FORMAT NUMÉRIQUE

www.bragelonne.fr

J-F. Dubeau

Le Dieu caché

Traduit de l'anglais (Canada) par Benoît Domis

Bragelonne

Titre original : *A God in the Shed*

Originellement publié par Inkshares, Inc.,
San Francisco, Californie

ISBN : 979-10-281-1714-6

Bragelonne
60-62, rue d'Hauteville – 75010 Paris

E-mail : info@bragelonne.fr
Site Internet : www.bragelonne.fr

« Ces Anciens désormais disparus gisaient
dans les entrailles de la terre ou au fond de la mer ;
mais leurs dépouilles avaient chuchoté leurs secrets dans
les rêves des premiers hommes, et ceux-ci leur avaient
voué un culte qui subsistait encore aujourd'hui. »

H.P. Lovecraft, « L'Appel de Cthulhu »
(traduction Maxime Le Dain,
Cthulhu : Le Mythe, Bragelonne, 2012).

Prologue

Les regrets sont les instruments qui nous permettent d'apprendre. Nous avons tendance à ne pas répéter les erreurs que nous déplorons. Malgré la souffrance qu'ils peuvent nous causer, les regrets nous poussent à améliorer notre vie. Nous nous reprochons la façon dont nous nous sommes comportés avec notre premier amour, mais cela nous aide à devenir meilleurs la fois suivante. Nous regrettons notre paresse à l'école, mais si nous en avons tiré les leçons, nous faisons preuve de davantage d'assiduité plus tard, au cours de notre vie professionnelle. Nos regrets peuvent se révéler un fardeau, mais nous finissons par nous en débarrasser. À ce moment, ils se muent en jalons de notre existence, des repères qui nous rappellent combien nous avons progressé.

Le remords, en revanche, est un sentiment bien plus profond. Que ne ferions-nous pas pour revenir en arrière et effacer les circonstances qui ont donné naissance à ces cicatrices ? Pour Nathan Joseph Cicero, la réponse était « rien ». Il connaissait bien les remords, et la plupart des siens lui venaient de son enfance.

À l'époque, le petit village de Saint-Ferdinand se limitait à un carrefour entouré d'une poignée de fermes et de vergers. En tout, il comptait un peu plus d'une centaine d'habitants. Mais c'était sur le point de changer.

À l'été 1873, la province de Québec appartenait à la Confédération canadienne naissante. Les récents bouleversements politiques avaient tardé à atteindre les zones rurales, mais les villages comme Saint-Ferdinand s'attendaient à un afflux de population et de main-d'œuvre bon marché.

Nathan avait douze ans. Son père avait décidé de le mettre en pension à l'automne, pour qu'il y reçoive une éducation en bonne et due forme. Cet investissement lourd pour les Cicero serait rentabilisé par les connaissances que Nathan rapporterait et les contacts qu'il nouerait. La famille fondait ses espoirs et ses rêves sur Nathan, néanmoins le garçon se sentait de taille pour ce qu'il voyait comme une aventure excitante.

Mais d'abord, il avait l'intention de profiter de son dernier été à Saint-Ferdinand. Grimper aux arbres des vergers avec ses amis, pêcher dans l'étang local et explorer la forêt voisine. Quitte à supporter à son retour les constantes railleries de ses camarades sur les « manières » de la ville qu'il aurait adoptées. À les entendre, Nathan les prendrait de haut, il s'habillerait chic. Il oublierait ses racines. Mais c'était juste pour le taquiner. Les Cicero n'étaient pas du genre à laisser le succès leur monter à la tête, et Nathan encore moins. Ainsi décidèrent-ils – lui, son meilleur ami Jonathan et les jumeaux Richards – de se donner l'exploration de la forêt comme grand projet estival. Pour un œil moderne, leur ambition peut prêter à sourire, mais à la fin du XIXe siècle, l'Amérique du Nord s'enorgueillissait encore de milliers d'hectares où l'homme n'avait jamais posé le pied. Des lieux oubliés, ou interdits. Y pénétrer présentait des risques concrets, le danger ne naissait pas simplement de l'imagination de quelques gamins. Cette aventure s'annonçait bien réelle, et recélait plus de périls qu'ils auraient pu le prévoir.

Les premiers jours, ils s'amusèrent follement. Évitant soigneusement les zones fréquentées par les chasseurs et les trappeurs, ils s'enfoncèrent en territoire inconnu. D'abord, leurs expéditions quotidiennes restèrent timides, superficielles. Ils marchaient environ une heure, avant de marquer leur progression et de rebrousser chemin. Néanmoins, vers la fin de la première semaine, ils se sentirent pousser des ailes. Chargeant leurs sacs de provisions et d'eau, les qualifiant de « rations », ils donnèrent à leurs préparatifs un aspect plus sérieux. Aucun de leurs parents ne les autorisant à dormir dans les bois, Nathan et ses amis devaient partir au lever du soleil, pour revenir avant la tombée de la nuit.

Marcher en pleine nature pendant de longues périodes a quelque chose d'hypnotique. Après la première demi-heure, les conversations cessèrent, laissant les garçons seuls avec le bruit de leurs pas, leurs pensées, et le chant des oiseaux comme musique de fond. Ils avaient bien choisi leur journée. Malgré la chaleur, une brise légère parvenait à se faufiler entre les arbres. L'épaisse voûte de feuilles et d'aiguilles de pin les protégeait de l'éclat éblouissant du soleil.

Il leur sembla marcher une éternité. Eenis Richards, le plus jeune des jumeaux de quatre bonnes minutes, avait d'abord voulu les distraire avec des jeux ou des chansons. Mais bientôt, lui aussi se laissa envahir par la sérénité de leur randonnée. Telles quatre fourmis, ils avançaient en file, leur transe ininterrompue, alors qu'ils traversaient des clairières, sautaient par-dessus d'étroits ruisseaux et serpentaient entre des arbres de plus en plus gros et anciens.

Le silence finit par rompre le charme. Difficile de dire depuis combien de temps la cacophonie des bruits de la forêt les accompagnait, mais les quatre garçons remarquèrent le calme simultanément. Nathan, qui ouvrait la voie, s'arrêta net, s'attendant presque à ce que ses amis se cognent contre lui. Mais tous s'approchèrent pour se tenir à ses côtés.

Ils se trouvaient dans une petite clairière, qui débordait de vie. De hautes herbes folles couvraient le sol, un mélange anarchique de plantes de différentes variétés qui pouvait cacher toutes sortes de rochers et autres périls. Des arbres anciens, menaçants, se dressaient au-dessus d'eux de manière imposante. Pourtant, dans tout ce qui aurait pu les rendre nerveux, ce fut le silence sinistre qui joua avec leur imagination.

— Nathan ? fit Jonathan, qui ne reconnut pas sa propre voix.

Le jeune Cicero ne répondit pas. Cloué sur place, il avait les yeux rivés de l'autre côté de la clairière.

— Regardez, dit-il, et il pointa du doigt après un moment. Une grotte.

Difficile à distinguer, derrière un rideau de broussailles, mais bien là ; un trou sombre dans le calcaire, bas sur le sol. Les racines d'un chêne particulièrement gros, qui s'élançait vers les nuages, encadraient l'ouverture. De toute la végétation dans la clairière, c'était le seul élément dépourvu de vie.

Les garçons approchèrent de l'entrée de la grotte prudemment, pour éviter un faux pas dans les hautes herbes. Et aussi à cause de l'atmosphère perturbante des lieux.

— Holà ! s'écria soudain Nathan.

Il écarta les bras, pour empêcher ses amis de continuer à avancer. Il ignorait s'ils avaient vu la même chose, mais pour lui, ça ne faisait aucun doute : ils n'étaient plus seuls. Des yeux brillaient dans l'obscurité par l'ouverture de la grotte.

— Je le vois, confirma Jonathan en chuchotant. Qu'est-ce que c'est ?

— Pas un ours. Les yeux sont trop rapprochés, dit Eenis.

— Ils ont l'air presque… humains.

Nathan laissa retomber ses bras, prenant sur lui pour ne pas s'enfuir à toutes jambes.

— On devrait s'en aller, suggéra Jonathan, formulant à voix haute ce que les autres avaient honte d'admettre.

— *Non… restez…*

Les mots étaient sortis de la grotte, perçant l'air avec un son qui apaisait l'âme et calmait l'esprit.

Alors que la voix se dissipait, un corps émergea des ténèbres à quatre pattes, sa démarche maladroite évoquant celle d'un scarabée ou d'une araignée. D'une pâleur de porcelaine, ses membres manifestement humains pliaient à des angles bizarres au niveau des coudes et des genoux. Tremblante, la créature se mit debout avec des mouvements convulsifs. Elle sembla étudier les garçons, comme pour adopter leur posture. Son corps nu, ni mâle ni femelle, était lisse et monotone, sa peau avait le grain d'une lune sans cratères. Sa taille était à peu près celle de Nathan et ses amis.

Nathan se demanda où la créature avait pu apprendre l'anglais. Elle ne ressemblait à aucun être humain qu'il connaissait, même pas un Indien, et pas non plus à une chose tirée d'une histoire. Ni la société ni le folklore n'avaient de nom pour ce qui venait de surgir du trou sous le chêne mort. Puis il s'aperçut qu'elle n'avait pas parlé. Pas avec des mots, en tout cas, mais avec des idées assez claires, envoyées directement dans leur esprit.

— Qui es-tu ? finit par demander Nathan.

Elle examina ses mains, comme si elle les voyait pour la première fois.

— *Je ne suis pas… c'est difficile à expliquer.*

Elle dégageait une sorte de vulnérabilité. Elle semblait fragile, donnait l'impression d'osciller dans le vent qui soufflait entre les herbes hautes. Chez Nathan, la pitié l'emporta alors sur la curiosité. Néanmoins, à mesure que s'écoulaient les secondes, la créature parut de plus en plus troublée par sa situation. Un sentiment si fort, qu'il finit par se communiquer aux garçons, avec une sensation d'effroi grandissante.

— Tu… Tu veux jouer avec nous ? suggéra Nathan, dans une tentative désespérée pour dissiper son anxiété apparente.

Elle pencha la tête de côté pour réfléchir à la proposition. Le nuage de panique qui pesait sur la clairière disparut immédiatement.

— *Oui. Un jeu. Ça me plairait.*

Le reste de l'après-midi, Nathan, Jonathan et les jumeaux Richards s'amusèrent avec un être qui échappait totalement à leur entendement. Sans balle sous la main et avec peu d'espace à leur disposition, ils se limitèrent à des choses simples. En revanche, ils exploitèrent l'abondance de cachettes pour improviser une demi-douzaine de variantes de cache-cache.

À l'heure de rentrer, la créature montra des signes d'inquiétude, jusqu'à ce que Nathan et ses amis lui jurent de revenir le lendemain. Et pourquoi pas ? Pour singulier que soit l'être de la grotte, quand une occasion si rare se représenterait-elle ? C'était encore plus vrai pour Nathan, pour qui la créature symbolisait tout ce qu'il perdrait en partant à la ville.

Pour les garçons, le reste de l'été fila à toute vitesse, en visites presque quotidiennes à leur nouveau camarade de jeu. Entre eux, ils décidèrent de l'appeler « il », surtout pour éviter que sa nudité les mette mal à l'aise. Bien qu'ils aient réglé la question du genre, ils ne parvinrent jamais à tomber d'accord sur un nom. Dans l'ensemble, ils se montrèrent assez peu curieux. D'où venait la créature ? Pourquoi toute vie animale semblait-elle avoir déserté les alentours de la grotte ? À leur âge, ce genre de détails ne comptait pas vraiment. « Il » était leur camarade, et leur secret ; ça leur suffisait.

Lui, toutefois, apprenait beaucoup à leur contact. En particulier sur les jeux et leurs règles, très importantes pour lui. À plus d'une occasion, il arrivait à Eenis de tricher un peu, et leur nouvel ami entrait dans une colère noire. Comme s'il ne parvenait pas à saisir par quel processus l'esprit humain pouvait enfreindre une règle. Chaque fois, Nathan le calmait et tentait de lui expliquer. Mais sans qu'il réussisse à déterminer le fond du problème, son attitude ne varia jamais. Alors, Nathan se contentait d'atténuer la fureur que déclenchait la moindre entorse chez son ami si bizarre.

— *Violer une règle, c'est comme ne pas tenir une promesse ! Pourquoi en faire, dans ce cas ?*

Nathan n'obtint jamais plus d'éclaircissements. Bien sûr, il savait que la vie n'était pas si simple, mais comment le faire comprendre à un être surgi d'un trou dans le sol ?

Peut-être aurait-il dû insister, avant que l'inévitable se produise, un jour de la fin août. Moins d'une semaine plus tard, Nathan devait partir pour Montréal. Comme d'habitude, ils jouaient tous ensemble dans la forêt.

Un sentiment de culpabilité pesait déjà lourdement sur les épaules de Nathan. Des quatre enfants qui se rendaient régulièrement dans la clairière, c'était clairement avec lui que la créature avait établi les meilleurs rapports. « Il » lui faisait confiance. Malgré ou à cause de cela, Nathan ne lui avait toujours pas avoué qu'il devait s'en aller. Chaque jour, il devenait plus difficile d'aborder le sujet. Alors qu'il y réfléchissait, une dispute éclata.

— *Tu as triché!* s'emporta la créature.

Un rapide coup d'œil établit immédiatement que Jonathan était le coupable.

À force de répétitions, des incidents du même genre avaient fini par mettre la créature en rage. Ils jouaient à une variante de chat perché, particulièrement appréciée de leur étrange ami. Les règles en étaient simples : tant qu'un joueur était observé, il ne pouvait pas bouger ou échapper au loup. Le truc consistait à distraire le loup, puis à rester hors de vue, ajoutant ainsi un élément de cache-cache. Comme avec tous leurs jeux, « il » prenait les règles très au sérieux.

—Je n'ai pas triché! protesta Jonathan.

Ça, c'était inédit. Jusqu'à présent, trop intimidé, il n'avait jamais osé se défendre ; il préférait admettre sa faute, dans l'espoir d'éviter la confrontation. Cette nouvelle audace ne parut pas beaucoup plaire à son accusateur.

—*Si...*, affirma la créature de la grotte, surprise par la contradiction. *Tu as triché, et maintenant tu mens!*

Au cours de l'été, sa peau devenue plus mate avait acquis un grain qui lui enlevait en partie son aspect éthéré. Les garçons avaient attribué cette évolution à son exposition au soleil pour la première fois depuis Dieu sait quand. À présent, la rage qui la dévorait semblait lui rider la peau et y laissait une nuance plus sombre. Sa posture changea également, passant d'un port presque royal à la position basse, accroupie d'un prédateur.

— N… Non !

Jonathan ne cherchait plus à nier, Nathan en était sûr, mais plutôt à communiquer la peur que lui inspirait soudain la situation. Une subtilité qui se perdit dans sa panique, alors qu'« il » approchait de lui.

Tentant de lui échapper, le garçon trébucha et tomba sur le sol. Un cri sortit de ses poumons. Nathan aurait juré voir passer brièvement une expression inquiète sur le visage de la créature, avant qu'elle bondisse sur Jonathan. Puis tout dérapa.

Jonathan, toujours en proie à une peur grandissante, jeta une pierre sur son adversaire, qu'il atteignit de plein fouet à la mâchoire. L'ami se métamorphosa en monstre. Nathan courut en direction de la bagarre, dans l'espoir de désamorcer le conflit, mais cette fois il arriva trop tard.

La créature tourna vers Nathan son visage, un masque inhumain d'anxiété et de contrition. Elle regrettait visiblement ce qu'elle venait de faire, mais ses regrets ne pesaient pas bien lourd face à la quantité de sang de Jonathan qui lui couvrait la bouche.

— *Il a enfreint les règles, Nathan. Personne n'a le droit d'enfreindre les règles.*

Puis « il » recracha un doigt dans l'herbe, du sang et des éclats d'os tachant le sol de la forêt.

Regardant autour de lui, Nathan s'aperçut que les jumeaux Richards avaient déjà déguerpi, mis en déroute par l'aggravation rapide de la situation. Il restait seul avec la créature, et Jonathan, toujours plaqué au sol, en train de hurler.

— *Nathan… pardonne-moi. Je me rattraperai. J'arrangerai les choses !* l'implora la créature.

Sans la quitter des yeux, Nathan recula lentement, tentant désespérément de ne pas trébucher sur les branches ou les pierres qui jonchaient la clairière. « Il » se redressa, mais tenu par son strict respect des règles du jeu, « il » ne put le suivre. Une éternité s'écoula avant que Nathan entende le chant des oiseaux dans les arbres. Une éternité à écouter ses deux meilleurs amis, l'un qui criait pour avoir la vie sauve, l'autre implorant son pardon. Quand les deux voix s'estompèrent complètement, il estima qu'il pouvait se retourner et courir à fond de train vers Saint-Ferdinand.

Plus tard, en route pour sa nouvelle vie, Nathan Joseph Cicero emporterait quelque chose de nouveau dans ses bagages : le poids de son premier remords.

Crowley

Le soleil est un traître, songea l'inspecteur Stephen Crowley, au moment de pousser la porte du mobil-home. *Il brille agréablement le matin, pour mieux te poignarder dans le dos l'après-midi.*

Une puanteur abominable s'échappa du véhicule, un brouillard qui les enveloppa, lui et son adjoint. L'odeur nauséabonde se plaqua contre leurs corps, refusant de se dissiper dans l'air chaud et humide. Plus tard, en racontant cette histoire, les deux policiers qualifieraient l'odeur de presque tangible. Chaque bouffée trahissait son origine : de la chair en putréfaction. Venus procéder à une arrestation, ils comprirent que la source de ce qui leur donnait des haut-le-cœur allait probablement leur fournir une preuve importante.

La journée avait pourtant bien commencé. Crowley avait eu l'intention d'emmener son fils Daniel pêcher à Magog. Sur l'eau, la brise rafraîchissante aurait compensé l'éclat éblouissant du soleil et la forte humidité.

C'était le début des vacances d'été. Crowley savait que Daniel se réjouissait d'écluser quelques bières glacées avec lui. À un peu moins de dix-sept ans, son fils n'avait pas encore l'âge légal. Mais au beau milieu d'un lac et en compagnie de son flic de père, personne n'aurait trouvé à y redire. Malheureusement, on avait appelé l'inspecteur, pendant qu'il préparait le petit déjeuner, pour qu'il s'acquitte de cette fâcheuse visite à domicile avec le lieutenant Bélanger.

Le mobil-home était aussi délabré qu'on pouvait s'y attendre. Traîné au fond des bois près de deux décennies plus tôt, il n'avait visiblement fait l'objet d'aucun entretien depuis. Tout se désagrégeait ; on avait même remplacé le bouton de porte par un cadenas rouillé. Une grande variété de meubles et d'appareils électroménagers créaient une étrange forêt autour, en contraste avec la majesté des arbres voisins. Parmi les épaves, l'œil aguerri de l'inspecteur nota une curieuse préférence pour les réfrigérateurs.

À Saint-Ferdinand, tout le monde savait que le propriétaire n'avait pas toute sa tête. Le vieux Sam Finnegan venait d'une ferme à l'extérieur de Knowlton, où il avait vécu paisiblement, élevant des chiens et des canards. On disait même qu'il avait été marié un jour. Mais au moment de son installation à Saint-Ferdinand, il ne restait déjà presque plus rien de cet homme-là. Il n'était plus que l'ombre de lui-même, distant, mais avec un regard étrangement fixe. Il avait acquis un terrain auprès d'un fermier du coin, avant d'y conduire son mobil-home pour qu'il y pourrisse. Seul un chemin de terre permettait l'accès à cet endroit situé au fond des bois. Finnegan venait régulièrement au village pour acheter à manger, reconstituer son stock d'alcool et s'acquitter de petits boulots que lui confiaient les habitants. Il n'avait jamais causé de problèmes. Parfois, on le voyait en train de marmonner dans sa barbe. « Excentrique », c'était le terme poli employé pour le décrire à Saint-Ferdinand.

En revanche, son mobil-home était celui d'un authentique cinglé. Sam était visiblement tourmenté, empoisonné par de bien sombres obsessions. Des lettres et des dessins de sa main jonchaient l'étroit deux-pièces (si on pouvait l'appeler ainsi). Un assortiment de couteaux aussi nombreux qu'inquiétants occupait le plan de travail à côté d'un évier crasseux. Aucun homme sensé n'aurait dû en posséder tant. Des livres appartenant à une dizaine de religions, écornés et annotés, s'empilaient dans tous les coins.

L'odeur ne provenait pas de la première pièce, la cuisine-salle de séjour. Un épais nuage de mouches les mit sur la voie. L'inspecteur Crowley se doutait déjà de ce qu'il y trouverait.

Aucun des deux policiers ne prévoyait de rencontrer de résistance, mais par sécurité, Crowley dégaina son pistolet. D'un signe de la tête, il invita Bélanger à pousser du coude la porte entrouverte. Avec un grincement sinistre, la lumière se répandit dans la chambre à coucher plongée dans le noir. Allongé paisiblement sur le lit, presque sereinement, se trouvait le corps de Mme Annette Benjamin, institutrice en retraite, bénévole à la bibliothèque locale, jardinière souvent primée, et dernière victime en date du tueur de Saint-Ferdinand.

Stephen rangea son 9 mm Smith & Wesson dans son étui, poussa un profond soupir, et se gratta la nuque. L'inspecteur n'était pas un intellectuel, il en avait conscience ; quand il ne dormait pas, il avait séché la plupart des cours sur l'analyse des éclaboussures de sang, l'évaluation d'une scène de crime et autres techniques d'enquête modernes. Non pas qu'il soit incompétent dans son boulot, mais à l'aube de la cinquantaine, Crowley appartenait à l'ancienne école. Il se fiait à son instinct, à l'interrogatoire sans concessions des témoins – et parfois musclé des suspects. Néanmoins, l'apparition d'un corps ne lui laissait pas le choix : il devait demander l'intervention des crânes d'œuf.

— Jackie ? fit-il d'une voix rauque dans sa radio. Appelle Randy et passe le message à tous les gars : qu'ils chopent Finnegan s'ils le croisent en ville.

Éteignant sa radio, il examina la chambre. Officiellement, son job consistait à attendre l'arrivée de Randall McKenzie, le médecin légiste. Ce serait long. Randy ne travaillait pas exclusivement pour la police locale ; il était aussi l'un des deux toubibs qui soignaient la population de Saint-Ferdinand. Par ailleurs, il s'acquittait de ses responsabilités avec une nonchalance notoire. Crowley avait largement le temps de procéder à ses propres observations.

Mme Benjamin avait manifestement été tuée ailleurs. Les taches sombres qui maculaient sa robe à fleurs bleu clair suggéraient qu'on l'avait poignardée plusieurs fois dans son gros ventre. L'absence de sang dans la pièce signifiait que le corps avait probablement été traîné ici. Pas un mince exploit, si on considérait que Finnegan pesait tout au plus soixante-dix kilos, alors que sa victime devait dépasser les cent dix.

Plus Stephen étudiait le corps, plus la scène lui paraissait étrange. Le cadavre se présentait tourné vers le haut, les bras sur les côtés, comme si le souci du confort de sa victime avait animé le vieux Finnegan. On pouvait pratiquement écarter un mobile sexuel : Mme Benjamin portait encore tous ses vêtements. Le vol faisait un mobile tout aussi improbable, l'ancienne institutrice n'était pas connue pour sa fortune.

La chaleur et l'humidité semblaient plus intenses à l'intérieur du mobil-home exigu. Transpirant abondamment, Crowley recula d'un pas, hors de la pièce. L'odeur devenait insupportable, un peu d'air frais lui ferait du bien. Mais avant qu'il soit sorti, un détail attira son attention : le nombre de mouches qui grouillaient sur le corps. La mort et la décomposition, certes désagréables, n'avaient jamais réellement dérangé Crowley. Pas davantage la vue du sang. Les mouches, en revanche, touchaient un point sensible. Elles lui rappelaient que les gens se réduisaient à des sacs de viande ambulants, prêts à devenir le repas d'autres créatures.

Dans le cas de Mme Benjamin, elles étaient particulièrement nombreuses, ce qui n'avait rien de surprenant par ce temps et vu les circonstances. Mais pour une raison quelconque, les insectes répugnants s'agglutinaient autour des yeux. Ignorant son dégoût, Crowley les chassa de la main. Alors qu'elles se dispersaient en un petit nuage noir, l'inspecteur put mieux voir le visage de la morte. La faible lumière l'obligea à s'accroupir pour en avoir le cœur net. Pas d'erreur possible : quelqu'un avait retiré les yeux de Mme Benjamin.

— Crowley !

L'appel de Bélanger déchira le silence. D'une nature flegmatique, le lieutenant ne se laissait pas perturber, même par les scènes de crime les plus traumatisantes. Mathieu Bélanger n'élevait la voix que pour de bonnes raisons. Sachant cela, l'inspecteur Crowley se précipita à l'extérieur.

Il y trouva son adjoint accroupi à côté d'un des nombreux réfrigérateurs, un petit tas de vêtements rose vif à ses pieds. La porte ouverte du vieil appareil donnait l'impression qu'il avait dégorgé le ballot.

— Comme j'entendais bourdonner un des frigos, j'ai regardé à l'intérieur, expliqua Bélanger.

Crowley baissa les yeux et s'aperçut que ce qu'il avait pris pour des habits était en fait un second corps, petit. Il reconnut immédiatement Audrey, la fille de huit ans de son ami William Bergeron, un chef d'entreprise local. La veille, Crowley l'avait vue en vie, assise au comptoir du drugstore de son père, intarissable sur ses projets pour l'été. Elle portait la même robe rose, ses cheveux blond platine aveuglants noués dans la même queue-de-cheval. Son corps ne présentait ni blessure visible ni signe de suffocation. Ses yeux étaient ouverts et, chose plus importante, toujours dans leurs orbites.

— Nom de Dieu…, chuchota l'inspecteur.

La nouvelle détruirait William et sa femme, Beatrice. Audrey était leur fille unique ; ils tenaient énormément à elle, un sentiment partagé par l'ensemble de la population. Un nombre non négligeable des connaissances de William attribuaient sa récente sobriété à la présence d'Audrey dans sa vie. Dès le jour de sa naissance, prématurée d'un bon mois, elle avait été cette petite chose fragile, mais si douce. Sans surprise, tout le monde avait adopté une attitude protectrice à son égard. Même les enfants plus âgés adoraient cette fillette délicate et lui permettaient de traîner avec eux.

Si les villageois apprenaient sa mort et trouvaient Finnegan avant les flics, ils le mettraient en pièces. Crowley avait presque envie de les laisser faire. L'inspecteur avait la colère facile. À part l'affection qu'il éprouvait pour son fils, ce n'était pas un tendre. Il cédait volontiers à sa frustration, s'en déchargeant souvent à coups de poing sur des objets inanimés. Mais c'était son boulot d'informer William et Beatrice. Comme flic, il avait eu beaucoup de conversations du même genre, pourtant elles ne devenaient pas plus faciles avec le temps.

Depuis près de vingt ans, une longue série de disparitions et de meurtres non éclaircis avait endeuillé Saint-Ferdinand. Comment ne pas se réjouir de trouver par hasard un indice qui permettrait de mettre un terme à ces crimes ? Toutefois, un sentiment bien différent animait Crowley, découvrant qu'il connaissait le suspect depuis belle lurette, sans l'avoir jamais soupçonné. De l'embarras.

Pour cette seule raison, l'inspecteur mourait d'envie de flanquer lui-même une dérouillée légendaire à Finnegan.

Heureusement, ses décennies d'expérience prirent bientôt le dessus. Il se redressa et marcha vers le réfrigérateur le plus proche, posant la main au dos de l'appareil. Fronçant les sourcils, il passa au suivant et renouvela l'opération. Crowley recommença avec six autres, avant de s'arrêter, de regarder autour de lui et de comprendre une chose.

— Ils fonctionnent tous, Matt, constata-t-il, d'une voix terriblement sérieuse. Ils vrombissent tous comme des moteurs Diesel.

Crowley avait en partie raison. Finnegan avait détourné une ligne à haute tension pour alimenter onze des dix-sept réfrigérateurs recensés sur sa propriété – certains bien visibles, d'autres disparaissant sous la végétation.

Malgré leurs soupçons, l'inspecteur et son adjoint attendirent consciencieusement l'arrivée du médecin légiste, des secours et de tous les renforts de police disponibles, avant de procéder à leur macabre ouverture. En fin d'après-midi, le terrain de Sam Finnegan grouillait de flics et de techniciens qui réunissaient un large éventail de preuves médico-légales – empreintes digitales, prélèvements de sang, moulages de traces de pneus et de pas. À ce moment-là seulement on passa au contenu des réfrigérateurs.

En confirmation de leurs pires craintes, chaque appareil en état de marche accueillait un corps. Sur les six qui ne fonctionnaient plus, deux renfermaient des restes humains putréfiés, pour un total vérifié de quatorze victimes. Un nombre déjà choquant en soi, jusqu'à la découverte d'un fossé peu profond creusé en lisière de la forêt. On y avait jeté des os, manifestement d'origine humaine. Une fois qu'ils seraient triés et comptés, le bilan s'alourdirait considérablement.

On identifia sans peine la plupart des cadavres. Finnegan ne s'était donné aucun mal pour cacher qui ils étaient. Il leur avait même laissé leurs objets personnels : portefeuilles, bijoux, etc. Hormis leur gorge tranchée et leurs yeux manquants, ils étaient intacts.

Crowley en connaissait la plupart : d'anciens voisins de son enfance, des camarades de lycée perdus de vue, ou simplement des visages aperçus dans les dossiers du tueur de Saint-Ferdinand. Certaines victimes habitaient le village, d'autres étaient des randonneurs et des campeurs volatilisés dans les bois environnants au fil des ans. Les médias avaient attribué ces disparitions à des ours ou à des accidents en forêt. Mais la presse locale n'était pas dupe. L'inspecteur non plus.

— Tu n'as rien à te reprocher, Stephen, tenta de le réconforter Randy McKenzie, penché sur le corps de Melanie DesPins.

Cette femme d'âge moyen, mère de trois enfants, avait disparu quatre hivers plus tôt. On lui avait impitoyablement tranché la gorge et arraché les yeux. Randy était un petit homme rondelet atteint de calvitie naissante. Il avait le physique d'un type qui passe son temps assis ou à manger, souvent les deux à la fois. Son regard, en revanche, suggérait une étrange combinaison d'intelligence et de sollicitude qui le rendait presque séduisant, un peu à la manière d'un voisin aimable.

— Jusqu'à aujourd'hui, on n'avait pratiquement aucun indice, ajouta-t-il.

— Peu importe, gronda Crowley. Des gens ont disparu durant des années, pendant mon mandat. On en est à combien de morts ? Dix-huit ? Vingt ? Et Audrey Bergeron en plus. Je n'ai pas choisi de devenir flic pour compter les cadavres comme des crans à un ceinturon.

—On n'avait rien. Ni empreintes ni témoins. Bon sang, je n'ai jamais entendu parler de la plupart de ces gens, et j'ai grandi ici ! Et personne n'aurait pensé Sam Finnegan capable de ça.

Sur ce point, Randy avait raison. Il y avait eu d'autres suspects, plus plausibles, au fil des ans. Des étrangers, essentiellement, tant la population de Saint-Ferdinand se montrait réticente à imaginer que l'un des siens soit l'auteur de telles horreurs. À peine neuf mois plus tôt, ils avaient arrêté un routier, un dénommé Patrick Michaud, qui campait fréquemment dans les bois des environs. Ses séjours répétés en ville avaient suffi à le transformer en coupable potentiel. Et aussi le fait qu'il possédait une montre ayant appartenu à une des victimes, bien que Michaud prétende l'avoir trouvée dans la forêt. À contrecœur, on l'avait relâché, par manque de preuves.

Alors, oui, Randy avait raison. Crowley n'avait rien à se reprocher. Ils avaient tous porté les mêmes œillères. Ils avaient tous ignoré ce qui sautait aux yeux. Pourtant, il avait du mal à ne pas se sentir responsable, en particulier pour cette pauvre Audrey.

—Ça semble tout de même bizarre qu'elle soit là, non ? demanda Randy, comme s'il lisait dans les pensées de l'inspecteur.

—Aucun d'eux ne devrait se trouver là, Randy, répliqua Crowley, qui fronça les sourcils.

—Bien sûr. Mais ce que je voulais dire, c'est qu'elle est la seule victime âgée de moins de trente-cinq ans. Et elle ne présente aucune blessure apparente.

Le médecin légiste retira ses gants en latex en les faisant claquer de manière théâtrale.

— Avec juste un ou deux corps, nous pouvions difficilement établir un profil. Mais maintenant ? Maintenant, on a un mode opératoire.

— Et elle n'y correspond pas, compléta Crowley, qui se gratta de nouveau la nuque.

— Franchement, je doute même qu'on l'ait assassinée. Je ne pense pas que Sam ait voulu la tuer.

Une assertion curieuse, sachant qu'on avait retrouvé la fillette moins de vingt-quatre heures après sa disparition, prisonnière à l'intérieur du réfrigérateur d'un fou. À huit ans, on meurt rarement de causes naturelles. D'un autre côté, elle ne montrait aucun signe de résistance. Ni bleus ni lacérations. Dès sa naissance, Audrey avait été extrêmement fragile. Elle avait le cœur faible et souffrait d'asthme sévère. L'un comme l'autre avait pu la tuer. Néanmoins, la coïncidence tracassait Crowley.

— Randy ? demanda l'inspecteur. Rends-moi service, d'accord ?

— Bien sûr.

— Découvre où elle est morte. Fais-le pour moi. Si ça s'est passé dans les limites de la ville… eh bien, tu auras du travail.

Randy hésita, lançant des regards nerveux autour de lui.

— Je préférerais m'abstenir, répondit-il enfin.

— Randy. C'était juste une gamine.

— D'accord…

Malgré la chaleur, un frisson parcourut la colonne vertébrale du légiste.

— Mais bon sang, Stephen…

Quelques moments s'écoulèrent en silence, alors que les deux hommes embrassaient la scène du regard. Une dizaine d'agents appartenant à la police locale, secondés par des collègues venus de toute la région, s'affairaient, empêchant l'accès au périmètre et identifiant les preuves. Les gars de Crowley semblaient à leur aise. Que des flics de province en sachent tant sur les scènes de crime témoignait de l'histoire morbide de Saint-Ferdinand.

— Et pour les yeux ? demanda Randy, coupant court à leur contemplation. Une idée ?

— Pas sûr. Mais j'espère bien qu'il ne les mangeait pas.

— Dépersonnalisation, les interrompit une voix.

Les deux hommes se retournèrent vers une femme proche de la trentaine en tailleur gris, ses cheveux châtains mi-longs soutenus par de grosses lunettes de soleil. Elle leva les yeux du corps de Mme DesPins et sourit d'un air contrit.

— En les défigurant, le tueur déshumanise ses victimes. Ça lui facilite la tâche, surtout s'il connaît sa proie.

Elle avança vers Randy, qu'elle embrassa sur les deux joues.

— Je te présente Erica Hazelwood, expliqua Randy à Crowley. C'est une de mes plus brillantes étudiantes ; elle est docteur en psychologie criminelle. J'ai pensé qu'elle pourrait nous donner un coup de main.

— Génial. Une autre experte.

Crowley n'aimait pas les surprises. Il allait se décharger des frustrations de la journée sur le médecin légiste, quand la nouvelle venue l'en empêcha.

— Je ne suis pas là pour vous marcher sur les pieds, inspecteur, juste pour vous apporter mon aide dans cette affaire.

Le sourire d'Erica céda rapidement la place à la sollicitude, alors qu'elle posait une main compréhensive sur le bras de Crowley.

— Je travaille surtout avec les familles des victimes. Je suis venue pour les parents de la petite.

Crowley s'aperçut qu'il avait serré le poing durant leur échange ; il se détendit, un peu gêné par son manque de maîtrise de soi.

— Si tu es d'accord, elle annoncera la nouvelle à William et Beatrice, ajouta Randy. Tu as déjà bien assez de soucis comme ça.

— Tu as raison, Randy. (Il se tourna vers Erica.) Désolé, madame Hazelwood.

— N'en parlons plus. Mais je me sens obligée de vous poser une question : depuis combien de temps travaillez-vous aujourd'hui ?

On avait réveillé Stephen vers 3 heures du matin. Un policier appelé pour stopper une bagarre dans une taverne locale était arrivé dans l'établissement vers 2 heures. Sam Finnegan avait voulu commander une bière. La vue de ses mains couvertes de sang avait éveillé les soupçons d'Arnold, le barman, qui avait refusé de le servir. Finnegan l'avait très mal pris et les choses avaient tourné au vinaigre. Le vieux Sam avait fui la scène, mais la plainte avait suffi pour justifier une visite de Crowley et Bélanger à son domicile. Ils avaient frappé à la porte en piteux état du mobil-home dix heures plus tôt.

— Pas si longtemps, mentit Crowley.

Erica allait le contredire, mais le crachotement de la radio de l'inspecteur l'en empêcha.

— Crowley ? fit la voix déformée du lieutenant Bélanger. J'ai trouvé les yeux.

Il s'avéra qu'au lieu de manger les yeux de ses victimes, Sam Finnegan leur avait confié une tâche plus productive. Bélanger les attendait dans les bois, à dix minutes de marche environ du terrain, dans une clairière cachée du soleil par des arbres épais à feuillage persistant. Il se tenait devant l'étroite ouverture d'une grotte. Des pierres couvertes de mousse en bordaient l'entrée, à peine visible dans l'obscurité. La grotte elle-même n'avait rien d'imposant. Avec moins de deux mètres de diamètre, elle s'enfonçait presque à la verticale dans le sol. La plupart des adultes n'auraient pu s'y introduire sans éprouver une sensation de claustrophobie.

L'œuvre de Sam se voyait à la façon dont il avait aménagé l'endroit. Le canapé brun foncé installé face à la grotte évoquait la salle de séjour d'un dément. Des branches couvraient le meuble, dans une tentative grossière de camouflage. Des bouteilles d'alcool vides et des mégots de cigarette jonchaient le sol, témoignant du temps passé ici par le vieux Sam. Mais plus perturbante était la demi-douzaine de fines tiges métalliques solidement plantées dans le sol et méticuleusement espacées à intervalles réguliers. Piqués au sommet de chacune d'elles se trouvaient les yeux des victimes.

— Déshumanisation, hein ? commenta Crowley, ses propres yeux rivés sur la scène bizarre devant lui.

— Sam…, murmura Randy, qui s'accroupit pour étudier la pique la plus proche. Mais qu'est-ce qui t'est passé par la tête, bon sang ?

— Vous n'aviez pas noté avant aujourd'hui que le tueur prélevait les yeux de ses victimes, inspecteur ? s'étonna Erica. Ça n'a pourtant pas pu vous échapper au moment d'examiner les corps.

Progressant sur la pointe des pieds à travers les fougères et les branches, la jeune femme essayait d'adopter un meilleur point de vue sur ce tableau macabre.

— Les rares que nous avions retrouvés étaient tous décomposés à des degrés divers, expliqua Crowley, qui observait une des piques. Pas mal de bestioles affamées traînent dans ces bois. Elles sont particulièrement friandes

des morceaux les plus tendres : les yeux, la langue et les couilles.

Le visage d'Erica prit une expression préoccupée.

— Alors, pourquoi n'a-t-on pas encore dévoré ceux-là ?

Crowley ignora la question. Il connaissait déjà la réponse, à la portée de n'importe qui doté d'oreilles. Hormis une rare bourrasque qui venait agiter les branches des arbres voisins, un silence absolu régnait ici. Aucun oiseau ne gazouillait, aucun écureuil ne faisait frémir les broussailles. Les yeux étaient intacts, parce que, pour une raison quelconque, il n'y avait pas d'animaux pour les manger.

L'inspecteur décida de garder son observation pour lui. Il s'agenouilla pour examiner plus attentivement les yeux embrochés. Le plus proche de lui était bleu vif. On avait fait preuve d'un soin incroyable pour éviter d'endommager le globe ou d'obstruer la pupille. Il tendit lentement la main, mais Randy l'interrompit dans son geste.

— Stephen !

Son nom déchira le silence, le son se répercutant dans la grotte voisine.

— Ne les touche pas. Observe-les bien.

Tout le monde se mit à accorder plus d'attention à leur disposition. Les petits points blanc et rouge entourant la grotte étaient effrayants et sinistres. En dépit de la force du soleil de cette fin de journée, un froid sembla imprégner cet endroit.

— Ils regardent tous en direction de la grotte…, dit Erica, qui laissa échapper un souffle audible.

Dès que Crowley le remarqua, tout devint clair. Chaque œil pointait directement vers l'ouverture, comme dans l'attente de quelque chose.

— Dans la mort, ils demeurent vigilants à jamais.

Derrière eux, une voix râpeuse, fatiguée brisa le silence. Instantanément, l'inspecteur Crowley et le lieutenant Bélanger se retournèrent et dégainèrent leurs armes. Tous deux avaient reconnu la voix, qu'ils pensaient entendre tôt ou tard.

— Sam Finnegan…, chuchota Erica Hazelwood.

Ses mots se perdirent dans le vacarme des menaces que les deux policiers criaient, alors qu'ils avançaient vers le vieil homme pour l'arrêter. Sam n'opposa aucune résistance. Il leva les bras et, d'un mouvement presque expert, il mit ses mains derrière la tête, tout en tombant lentement à genoux.

Avec ses yeux enfoncés et ses joues creuses, le vieux faisait peine à voir. Son corps d'une saleté répugnante souffrait de malnutrition. Les deux filets tracés par ses larmes étaient les seules parties de son visage épargnées par la crasse. Les lèvres de Sam Finnegan bougèrent, alors qu'il répétait des mots avalés par le tumulte. Randy comprit tant bien que mal ce que rabâchait le fou :

« Je suis désolé. Je suis désolé. Je suis vraiment, profondément navré. »

Venus

Venus McKenzie leva la tête vers le ciel, plissant les yeux, alors que le soleil implacable cognait dur sur son visage. Les quelques commerces et restaurants de la rue principale s'extrayaient de leur léthargie, se préparant lentement à l'inévitable ruée de midi. Les propriétaires ouvraient leurs portes et sortaient leurs marchandises. La fleuriste s'évertuait à transformer le trottoir en véritable jardin. Les parfums de son stock livraient une lutte sans merci aux odeurs de graisse des frites et des beignets d'oignon du *fast-food* voisin. À part cette artère qui le parcourait, Saint-Ferdinand ne possédait pas de centre digne de ce nom. D'où elle se trouvait, Venus pouvait facilement voir où commençait et où se terminait le village. Elle observa Gaston, l'employé de la station-service, en train de gratter son ample derrière, tandis qu'il retirait le cadenas de l'unique pompe à essence. Deux infirmières en uniforme d'un blanc aveuglant entraient dans le centre médical, papotant d'une voix forte. Elle les connaissait, la mère et la fille, qui chantaient aussi en duo au concours annuel de talents. Elles fréquentaient régulièrement la boutique de thé de sa mère. Le village se réveillait, comme chaque jour depuis une centaine d'années. À un détail près, cependant.

Derrière elle, une serrure émit un petit bruit sec, suivi par le grincement d'une porte et le tintement éthéré d'un carillon éolien. Avec un sourire de satisfaction, elle se retourna, constatant que son amie Penelope avait trouvé le moyen d'utiliser la clé que son patron lui avait confiée. Elle avait ouvert pour évacuer l'air confiné de l'ancien mobil-home converti en boutique de glacier. Sans attendre d'invitation, Venus entra allégrement.

Les deux adolescentes étaient déjà venues des centaines de fois, mais toujours comme clientes. Elles engloutissaient une bonne partie de leur argent de poche en milk-shakes et en cornets de glace. Alors que Venus longeait le mur vert écume décoré de sundaes et de parfaits en direction des trois tabourets de bar rouge vif alignés devant le comptoir, elle eut l'impression de redécouvrir l'endroit.

— Ça va être noir de monde cet après-midi ! déclara-t-elle.

Elle s'assit sur le tabouret du milieu et pivota vers Penny, qui refermait la porte.

Avec la chaleur accablante qui régnait depuis le début de l'été, les jeunes des fermes avoisinantes se feraient une joie de traîner ici et d'y dépenser leur argent. D'habitude, le magasin ouvrait plus tôt dans la saison, mais le propriétaire, M. Bergeron, avait eu des soucis cette année.

— Euh… pas trop quand même, j'espère, répondit Penelope, qui donna un dernier coup de pied dans le coin en bois enfoncé sous la porte. M. Bergeron ne m'a jamais vraiment montré comment fonctionnent les machines ; j'aimerais pouvoir m'entraîner avant qu'arrive le premier client. Honnêtement, je suis surprise qu'il me laisse ouvrir.

— Eh bien, je connais quelqu'un qui sera ravi de te servir de cobaye, pendant que tu t'exerceras.

— Ben voyons…

Penny avait un peu plus d'un an de plus que Venus. Toutes les deux étaient intelligentes, mais là où Penny concentrait son intellect de seize ans sur des objectifs à long terme, Venus, prédisposée aux études, avait déjà sauté une classe. La plus âgée noua ses cheveux blonds mi-longs dans une queue-de-cheval, qu'elle glissa sous une résille. Malgré cet accoutrement, elle restait d'une beauté saisissante, dont elle avait conscience. Mais au grand soulagement de sa mère, multiplier les rencontres ne l'intéressait pas. Pour elle, la priorité était de devenir athlète ou, à défaut, avocate dans un prestigieux cabinet de Montréal. Après avoir mis ses cheveux à l'abri et s'être lavé les mains, elle démarra les différentes machines et servit un généreux cornet au chocolat à l'italienne à son amie.

— Régale-toi, Aphrodite.

— Ne m'appelle pas comme ça, s'irrita la plus jeune, qui accepta tout de même le cadeau.

Penny la taquinait souvent à propos de son prénom. Venus lui avait pourtant expliqué qu'on l'avait baptisée comme la planète, pas la déesse romaine de l'amour. Sa mère lui avait promis qu'un jour elle aurait sa place parmi les étoiles, une prédiction saugrenue qui avait enchanté Venus enfant. C'est ce qui l'avait poussée à vouloir devenir une astronaute – probablement le moteur de sa réussite scolaire –, puis archéologue, océanographe... À présent, les études semblaient se suffire à elles-mêmes. Venus papillonnait entre les matières, biologie, physique, maths... Souvent, elle séchait un cours pour en approfondir un autre à la bibliothèque.

— Tu me laisseras tenir la caisse ? demanda-t-elle, avant de prendre une bouchée de son cornet.

— Pas question.

Penny se pencha sur le comptoir, regardant par la devanture.

— M. Bergeron m'impose trois règles strictes. La première : rester ouvert tant qu'un client a envie d'une glace ; la deuxième : ne jamais autoriser Venus à passer derrière le comptoir.

— Mince… Attends un peu ! Il a inventé une règle juste pour moi ?

— Non, elle ne concerne pas que *toi*, bien sûr. Ça vaut pour tout le monde. Mais je me vois mal faire une exception pour toi.

— Et la troisième ? demanda Venus, qui finissait sa glace, envoyant d'une chiquenaude les miettes du cornet vers son amie.

Penny se tut et se retourna pour préparer un autre dessert. Elle marmonna une réponse qui se perdit dans le bruit de la machine. Puis elle offrit une torsade chocolat-vanille parfaite à Venus, qui l'ignora consciencieusement.

— Allez, cette troisième règle ?

— La troisième… (Penny déglutit.) C'était de ne pas donner de glaces à Audrey.

— Oh.

Un silence pesant s'abattit. Audrey Bergeron, la fille de l'entrepreneur qui possédait la moitié des affaires en ville. L'homme d'âge moyen, jovial et rondelet, comptait beaucoup à Saint-Ferdinand. L'économie locale lui devait énormément, tandis que sa femme exerçait son influence sur les activités sociales de la communauté. Toute la population était tombée sous le charme innocent de leur fille, de son sourire éclatant et de son enthousiasme sans bornes. On avait retrouvé son corps une semaine plus tôt, chez Sam Finnegan.

La mort d'Audrey était une perte terrible pour ses parents, mais ressentie par tout le village. Pourtant, ce qui monopolisait les conversations, c'était le choc de découvrir que Finnegan avait eu une seconde vie. Certes, le vieil homme avait toujours paru bizarre, mais personne ne l'avait soupçonné d'être dangereux.

— Tu savais que c'est lui qui m'a appris à manier la batte, avant le championnat de base-ball des moins de douze ans ? demanda Penny, mettant fin au silence. Et le père d'Abraham l'embauchait chaque hiver pour dégager son allée.

— Il a récupéré mon chat coincé dans un arbre, l'été dernier, ajouta Venus.

En vérité, à Saint-Ferdinand tout le monde avait *son* histoire avec le vieux Finnegan. Bien qu'il n'ait peut-être plus toute sa tête, il n'avait pas son pareil pour réparer un vélo ou construire une cabane dans un arbre. La mort d'Audrey et la découverte de la sanglante vie secrète de Sam avaient profondément secoué le village.

Mais quelque chose de positif était sorti de cette tragédie. Avec Sam derrière les barreaux, elle marquait la fin d'un massacre qui s'étalait sur près d'une génération. Avec leur banalisation, les meurtres et les disparitions avaient introduit le stress et la peur dans la vie quotidienne.

— D'après mon oncle Randy, elle est morte de mort naturelle, précisa Venus. Sam ne l'a pas tuée.

— Ce n'est pas ça qui va ressusciter ses autres victimes, répliqua Penny. Ma mère a eu Mme Benjamin à l'école primaire. À ce qu'on m'a dit, on l'a retrouvée fourrée dans un frigo, bras et jambes sciées, les yeux et la langue arrachés. Et un truc lui avait mangé le foie.

Les rumeurs les plus folles circulaient depuis la découverte des corps, une véritable surenchère dans l'horreur. La macabre description de Penny fit taire Venus, mais seulement un moment.

— Pauvre Audrey, soupira-t-elle. Je plains aussi M. et Mme Bergeron. Elle était tout pour eux.

— Ç'a été une semaine vraiment pourrie. Tu vas à l'enterrement ?

Venus appuya son menton contre le comptoir, le regard perdu dans le lointain, derrière la caisse. Les obsèques avaient lieu aujourd'hui, et elle se sentait presque obligée d'y être. Elle et Penny avaient bien connu Audrey. Penny la gardait fréquemment pour gagner quelques dollars, et Venus l'accompagnait. Avec le temps, elles étaient devenues l'équivalent de grandes sœurs pour cette enfant pleine de vitalité. Venus avait aimé Audrey autant que n'importe qui, mais elle craignait de ne pas se sentir à sa place. Par conviction, ses parents lui avaient donné une éducation laïque. Comme ils ne l'avaient jamais emmenée à la messe, elle avait peur que l'étrange cérémonie la mette mal à l'aise.

— Non, répondit-elle. Si j'y vais, je vais juste recommencer à pleurer. Et… je ne saurais pas quoi y faire.

— Sans déc', réagit Penny, qui saisit une bouteille et un chiffon. C'est simplement une manière de dire au revoir, de rendre un dernier hommage. Les gens s'attendent à t'y voir.

— Pas mes parents. Ils n'y vont pas. Et puis, c'est facile à dire pour toi ; tu as une excuse toute trouvée pour ne pas bouger, ajouta Venus, qui désigna la boutique d'un geste du bras.

— J'irais, si je pouvais. Elle va me manquer, la petite souris.

Penny continua à nettoyer, tandis que Venus mangeait distraitement son second cornet. Alors que les minutes s'écoulaient, la gravité de leur conversation se dissipa. Les filles avaient déjà traversé le plus difficile de leur période de deuil. L'arrivée du lieutenant Bélanger, accompagné d'une dame de la ville, à la ferme de William Bergeron n'avait pas échappé à l'attention de Mme Dwight, qui habitait en face. Quand William s'était effondré en larmes sur le perron, la voisine avait immédiatement compris la situation et bondi sur son téléphone. À la tombée du jour, tout Saint-Ferdinand était au courant de la tragédie. À ce moment-là, le médecin légiste ne s'était pas encore prononcé sur les causes du décès de la fillette. La population s'était divisée en deux camps : ceux qui s'étaient retrouvés devant le poste de police, exigeant que justice soit faite, et ceux qui avaient préféré se rendre chez les Bergeron, pour les réconforter autant que possible. Bien entendu, les parents de Venus étaient restés à la maison, mais la nature curieuse de l'ado l'avait poussée à aller au poste.

Elle savait qu'elle y tomberait sur son oncle Randy. Comme par hasard, il partait pour l'hôpital au moment où elle arrivait. Alors qu'elle jouait des coudes dans la foule, le jaune vif de l'ambulance avait immédiatement attiré son attention. Elle se doutait de ce qui l'attendait avant même d'avoir franchi la barrière de la dernière rangée de badauds. Pourtant, elle s'était obstinée. Une fois à portée de voix, elle avait surpris quelques mots de la conversation entre son oncle, l'inspecteur Crowley et le lieutenant Bélanger. Pas grand-chose. Juste qu'Audrey ne présentait aucune blessure, à part quelques égratignures, et que son petit cœur fragile avait probablement lâché. Puis la discussion avait pris une tournure étrange, mais Venus avait cessé d'y prêter attention dès qu'elle avait posé les yeux sur la civière.

La housse mortuaire noire en plastique semblait presque vide ; une petite bosse suggérait ce qu'elle contenait. À cet instant, elle avait eu l'impression que le reste du monde n'existait plus. Venus ignorait combien de temps elle avait fixé la dépouille minuscule d'Audrey Bergeron. Elle n'était sortie de sa transe qu'après le départ de l'ambulance. Son oncle n'était plus là, et seule une poignée d'habitants se rassemblait encore devant le poste de police. En rentrant chez elle, Venus avait pleuré pendant tout le trajet, évitant tant bien que mal de tomber de son vélo.

Tout cela paraissait si loin déjà. Tellement surréaliste. Peut-être était-ce pour cette raison qu'elle ne voulait pas assister à l'enterrement. Tant qu'elle resterait à l'écart de tout ce qui lui rappellerait ces événements, Venus pourrait essayer de croire qu'ils n'avaient jamais eu lieu. Penny semblait tenir le coup bien mieux qu'elle. Venus se surprit à envier la force de son amie.

Alors que ces pensées vagabondes lui traversaient l'esprit, plusieurs voitures passèrent devant la boutique. Penny écarquilla les yeux, une main sur la bouche. Des piétons s'arrêtèrent pour regarder le cortège. La grand-mère d'Alice Merret se signa. David Radford, qui tenait la comptabilité de presque tout le village, secoua la tête, tandis que Shawn, sa compagne, se mouchait. Au milieu des véhicules qui défilaient se trouvait un corbillard ; à l'intérieur, ils aperçurent un tas d'animaux en peluche de toutes les couleurs.

— Penny ? demanda Venus, qui se levait lentement de son tabouret. Je reviens d'ici à une heure, d'accord ?

Quand Venus rattrapa le convoi mortuaire, les voitures étaient déjà vides. Un jour, son père lui avait dit que le cimetière de Saint-Ferdinand occupait une surface deux fois plus grande que celui de n'importe quel village de taille comparable. Après quelques années, elle avait compris que la responsabilité en incombait presque entièrement au tueur de Saint-Ferdinand. L'endroit comptait une vingtaine de rangées de pierres tombales et un petit mausolée. Après avoir franchi les grilles en fer forgé, elle repéra facilement l'attroupement de ceux venus rendre un dernier hommage à Audrey.

Constatant que tout le monde s'était habillé pour l'occasion, Venus se sentit soudain gênée par son short en jean et son débardeur blanc. Heureusement, de gros érables et des saules pleureurs fournis la cacheraient aisément. Elle approcha autant qu'elle l'osait, avant de s'agenouiller derrière une vieille pierre tombale. Son propriétaire ne lui en tiendrait probablement pas rigueur, l'érosion ayant pratiquement effacé son nom du monument. Parfait : assez près pour tout entendre ; assez loin pour ne pas être vue.

Embrassant la scène du regard, Venus ressentit un pincement au cœur en apercevant la petite boîte blanche, posée à côté d'un trou minuscule creusé dans le sol. Elle ne put s'empêcher de se demander quel genre de monde cruel rendait nécessaire la fabrication de cercueils pour enfants. Les parents d'Audrey, William et Beatrice, offraient un spectacle tout aussi déchirant. Les yeux gonflés par le chagrin, ils se blottissaient l'un contre l'autre.

Dans le passé, Saint-Ferdinand avait fait bloc autour des Bergeron dans l'épreuve. À sa naissance un mois avant terme, Audrey était trop maigre et trop faible pour survivre sans aide. À l'hôpital de Sherbrooke, les médecins avaient constamment veillé sur elle, malgré un pronostic très pessimiste. Et la communauté avait multiplié les initiatives. Beaucoup d'employés de William avaient offert de le remplacer dans ses nombreuses occupations professionnelles. Plusieurs villageois, dont la mère de Penny, avaient préparé des repas pour les jeunes parents, et les avaient livrés à l'hôpital. Au bout de trois semaines, Audrey avait pu respirer sans assistance. Vingt-trois jours après l'accouchement, on avait enfin autorisé Beatrice Bergeron à tenir son bébé entre ses bras. Elle et William avaient été prévenus : leur fille garderait un cœur et des poumons fragiles. Et ils l'avaient dorlotée en conséquence.

Un prêtre que Venus ne reconnut pas, sans doute d'un autre village, raconta *grosso modo* la même histoire, régulièrement interrompue par les sanglots bruyants de Beatrice. Il fit de son mieux pour réconforter les parents et amis de la défunte, en rappelant que, si Audrey les avait quittés, son temps parmi eux avait été heureux. Du jour où elle était venue au monde, elle avait poussé ceux qui l'entouraient à donner le meilleur d'eux-mêmes. En huit trop brèves années, elle avait fait plus de bien que beaucoup pouvaient espérer en accomplir en toute une vie.

Venus estima que le prêtre avait raison. Depuis son installation au village avec sa famille, la petite fille avait été une présence positive dans son existence. À chacune de ses visites chez le glacier, elle avait trouvé Audrey qui suscitait les sourires des clients. En hiver, ces quatre dernières années, elle patinait sur le lac gelé, quand elle ne dévalait pas les pentes en luge. Elle n'était pas la seule enfant de son âge à Saint-Ferdinand, mais elle était sans conteste la plus heureuse, et sa joie était contagieuse.

Enfin, on fit descendre le cercueil blanc dans le trou sombre. Bientôt, la fillette aux cheveux blond platine et au petit nez pourrirait sous terre. Cette pensée troublait Venus. Une fois la tombe rebouchée, chaque personne passa devant la pierre flambant neuve pour déposer une des peluches du corbillard. La plupart offraient des ours achetés pour l'occasion, comme Audrey en raffolait ; les amis proches et les membres de la famille avaient apporté des jouets plus anciens, qui avaient appartenu à l'enfant. Le plus amoché d'entre eux, un petit ours sale à la fourrure emmêlée avec un feutre rouge cousu sur la tête, avait clairement occupé une place particulière dans son cœur. Beatrice le posa avec amour au pied de la montagne de peluches. Elle s'agenouilla, son mari accroupi à côté d'elle, tandis que le prêtre et l'assistance partaient en silence.

Les Bergeron se redressèrent enfin. Il ne restait plus personne dans le cimetière, à part l'inspecteur Crowley et Randy, l'oncle de Venus. Tous les quatre discutèrent longuement à voix basse, trop pour que Venus parvienne à entendre leur conversation. Quand il devint évident que les parents éplorés étaient prêts à prendre congé, l'inspecteur échangea encore quelques mots avec Randy, avant d'escorter les Bergeron à sa voiture pour les ramener chez eux.

Curieusement, l'oncle de Venus s'attarda après avoir regardé le véhicule du policier disparaître au coin de la rue. Venus faillit sortir de sa cachette derrière la pierre tombale pour lui parler, mais quelque chose dans ses yeux la retint.

D'un pas vif, presque nerveux, Randy regagna l'endroit où Saint-Ferdinand venait de rendre un dernier hommage à Audrey. Arrivé devant la terre fraîchement retournée, il lança des coups d'œil furtifs autour de lui, avant de se baisser pour ramasser quelque chose. Il fourra son butin à l'intérieur de sa veste, puis repartit vers sa voiture.

Alors qu'il démarrait, la laissant seule, Venus se glissa lentement hors de sa cachette. Curieuse, elle approcha pour voir quel jouet Randy avait fauché sur ce monument en peluches élevé à la mémoire d'Audrey. Comme elle s'en doutait, le vieil ours au chapeau rouge avait disparu. En revanche, elle avait plus de mal à s'expliquer pourquoi son oncle, un médecin respecté et un homme bienveillant, s'était abaissé à voler le jouet d'une enfant morte.

Venus ne s'étonnait plus des bizarreries que réservait parfois Saint-Ferdinand. Elle n'y vivait que depuis un peu plus de quatre ans. Aux yeux de ses habitants, le village semblait tout à fait normal, mais pour une fille qui avait grandi en banlieue de Montréal, chaque aberration, chaque excentricité sautait aux yeux. Il lui avait fallu du temps pour s'apercevoir de l'ampleur du phénomène. Maintenant, elle n'y prêtait plus attention. Mais apparemment, elle n'était pas au bout de ses surprises.

Traversant à vélo les routes sinueuses qui reliaient les fermes, les vergers et les rares lotissements, Venus pensa à cette personnalité unique que révélait Saint-Ferdinand, pour qui prenait la peine de gratter sous la surface.

Passant à proximité de chez son ami Abraham, elle vit les grandes fenêtres au premier étage de la grange familiale. Le père d'Abraham avait décidé d'abandonner son métier de fermier pour embrasser sa vocation d'artiste, à peu près au moment de l'arrivée de Vénus dans la région. Il avait rénové la bâtisse, qu'il avait convertie en immense atelier. Quasiment en face se situait le verger du vieux Richards, un type irascible, qui semblait détester tout le monde. Seuls ses arbres trouvaient grâce à ses yeux, il allait même jusqu'à leur donner à chacun un nom. Un court détour l'aurait conduite chez Mme Livingston, qui élevait des lapins sans raison particulière. Les gosses du coin racontaient que, si on profitait d'une visite pour baptiser un des animaux, elle vous forçait à repartir avec lui. Venus n'avait jamais essayé. Mais aucune de ces extravagances n'expliquait le comportement troublant de son oncle au cimetière.

Faute d'école à Saint-Ferdinand, les enfants se rendaient à Sherbrooke, à une heure de route. En revanche, le village possédait son propre lieu de culte, l'une des structures les plus anciennes dans la rue principale. L'église Jonathan Moore se dressait au cœur de la communauté. En quatre années de présence, Venus n'avait jamais vu un prêtre ou un autre ecclésiastique. Apparemment, certains notables assumaient cette fonction à tour de rôle. C'était aussi le seul endroit jamais fermé à clé, en dépit de la menace d'un tueur en série qui terrorisait les environs.

La haute tour du clocher qui dépassait de la cime des arbres lui indiqua qu'elle approchait du centre, et donc de la boutique du glacier. L'espace d'un instant, elle entretint l'espoir que Penny lui servirait un autre cornet gratuit. Mais ses rêves glacés s'évanouirent rapidement à mesure qu'elle avançait vers le croisement qui menait à la rue principale.

Son cœur se serra lorsqu'elle repéra trois ados à vélo. Si le village pouvait lui paraître étrange, elle et ses parents faisaient en retour figure d'anomalies pour certains habitants. Quelques-uns trouvaient les « manières de la ville » des McKenzie simplement originales ; pour d'autres, elles paraissaient inacceptables. En particulier pour les trois lascars qui lui bloquaient la route.

Venus pouvait mettre un nom sur chaque visage : Nick, Brad et André. De « braves garçons », aux yeux de tous, mais Venus n'était pas dupe. S'ils ne harcelaient jamais les autres jeunes à l'école ou dans le village, elle était devenue leur tête de Turc dès qu'ils se retrouvaient tous les trois. Ils l'insultaient, la bousculaient ; l'été dernier, elle s'était méchamment éraflé le genou en tombant de son vélo, après qu'ils l'avaient poussée sur le bas-côté. Séparément, aucun de ces crétins ne l'intimidait. Ils n'étaient même pas particulièrement turbulents. Venus connaissait leurs familles, des gens tout à fait normaux, selon les critères de Saint-Ferdinand. On ne pouvait certes pas en dire autant des McKenzie. Pourtant, ces garçons ne la harcelaient pas à cause de la « bizarrerie » de sa famille, mais par pure jalousie.

À Saint-Ferdinand, les parents avaient leurs gamins à l'œil, y compris les plus rebelles et les plus indépendants, quel que soit leur âge. Couvre-feu de bonne heure, surveillance constante et exigence de transparence absolue n'avaient rien d'extraordinaire, tout le monde en comprenait la nécessité avec un tueur en série dans les parages. La plupart avaient connu ce régime depuis la naissance, sans exception.

Sauf Venus.

Avant de venir habiter ici, elle avait joui de plus de liberté que la majorité des enfants. D'aussi loin que remontent ses souvenirs, sa famille ne lui avait jamais imposé de règles, elle n'avait pas eu à rendre de comptes. Ses parents croyaient en une « éducation libre ». Et même avec l'ombre d'un tueur épouvantable qui rôde, ils n'avaient pas jugé utile de changer de méthode avec leur fille unique. Bien sûr, ça lui avait valu une bonne dose de ressentiment de la part des autres jeunes.

Préférant éviter un nouveau conflit, elle décida de rejoindre le centre par un itinéraire plus long. Elle-même n'était pas exempte de jalousie. Pour commencer, si elle n'avait pas possédé un vélo de ville, elle aurait pu rouler plus facilement à travers bois ou prendre un raccourci sur un terrain accidenté. Avec ses roues étroites et fragiles et son cadre léger, le sien ne supporterait pas le moindre obstacle rencontré sur les petites routes de campagne de Saint-Ferdinand. Même par ça, elle se distinguait. Alors qu'elle pédalait pour semer ses harceleurs, Venus envia aux gamins du village leurs VTT plus costauds.

Son itinéraire bis l'entraîna dans la partie de Saint-Ferdinand où habitaient les membres les plus prospères de la communauté, chefs d'entreprise ou fermiers qui préféraient ne pas loger sur leur lieu de travail. Les constructions présentaient un large éventail d'architecture : style dix-huitième, esthétique moderne, style ranch… Toutes les maisons s'élevaient sur de magnifiques propriétés qui possédaient des allées en pierre, des gloriettes et d'immenses plates-bandes.

Les Bergeron vivaient là. En temps normal, leur résidence se reconnaissait aisément. Elle avait tout : plus d'espace qu'il en fallait, une grande piscine extérieure enterrée et une cabane géniale dans un arbre à l'arrière. Des saules pleureurs ornaient la pelouse en façade, cachant mal la surabondance des jouets de couleurs vives qui jonchaient le sol. Deux grosses cheminées flanquaient l'immense construction en pierre ; le pavillon qui accueillait la piscine copiait le design et l'architecture du bâtiment principal. Aujourd'hui, avec plusieurs dizaines de voitures garées devant, le domicile des Bergeron était encore plus facile à repérer.

Venus ne put s'empêcher de ravaler ses larmes. Pour la seconde fois le même jour, elle éprouva le besoin de présenter ses condoléances à William et Beatrice. De dire aux parents endeuillés combien la mort d'Audrey l'avait touchée et de tenter de les réconforter.

Elle ralentit, espérant jeter un coup d'œil à l'intérieur. Par les grandes fenêtres de la maison, elle aperçut des dizaines de personnes. Des villageois avaient grossi les rangs du groupe épié au cimetière moins d'une heure plus tôt. Certains des véhicules garés n'étaient pas du coin. L'influence des Bergeron ne se limitait pas à Saint-Ferdinand.

Ses yeux s'arrêtèrent sur une imposante Ford Taurus vert émeraude. Le break, qu'elle n'avait jamais connu si propre, appartenait à son oncle Randy. Sa vue provoqua chez elle un inexplicable frisson. Pendant un moment, elle envisagea de regarder à l'intérieur. Peut-être y avait-il laissé le jouet volé ? Elle allait descendre de vélo quand une voiture arriva.

La berline Acura gris métallisé ne lui était pas familière. Au passage, Venus remarqua l'autocollant d'une société de location sur le coffre. Elle s'arrêta au domicile des Bergeron, se garant avec précaution à l'écart des autres véhicules. La femme qui en sortit manquait clairement d'expérience derrière le volant.

Cheveux châtains, tailleur gris, elle semblait proche de la trentaine. Trop jeune pour une amie des Bergeron. Elle regarda autour d'elle un moment, croisant les yeux de Venus. Après un temps très bref, elle se pencha sur son téléphone pour vérifier l'adresse, une piètre excuse pour dissimuler son embarras. Sans relever la tête, elle se dirigea vers la porte qu'on lui ouvrit pour la laisser entrer sans poser de questions.

Pour la seconde fois de la journée, Venus choisit de ne pas présenter ses condoléances. Entre le comportement étrange de son oncle, cette maison remplie d'inconnus, et le fait de n'être vraiment pas habillée pour la circonstance, elle décida que ce n'était pas un endroit pour elle.

D'un autre côté, on aurait pu dire la même chose de Saint-Ferdinand.

Randy

Un frisson parcourut Randy. Bien que la nuit soit plutôt fraîche, de la sueur se mit à lui perler sur tout le corps. Il préférait nettement s'acquitter de cette corvée avant le lever du jour. Heureusement, le cimetière était isolé, et tout le monde ou presque était parti présenter ses condoléances aux Bergeron. Sauf sa nièce, bien sûr. Venus. Il avait remarqué sa bicyclette à l'entrée, au moment de quitter la concession d'Audrey.

Inutile d'entretenir de faux espoirs : elle l'avait sans doute surpris prenant la peluche sur la tombe, mais il s'en soucierait plus tard. La tâche en cours exigeait une concentration totale, un exploit en soi à minuit passé, dans ce vieux cimetière qui le mettait mal à l'aise.

Les cadavres ne posaient aucun problème à Randy. Dans le cadre professionnel, il procédait à des autopsies ou, comme la semaine précédente, on l'appelait pour identifier des victimes à partir de restes plus ou moins récents. Même l'obscurité ne rendait pas le légiste particulièrement nerveux, bien qu'elle n'aide pas. Il n'était pas superstitieux non plus. La superstition, une peur née de l'ignorance, ne l'affectait pas.

Par contre, il s'inquiétait du sort qu'on lui réserverait si on le surprenait, ou pire, de ce qui se produirait s'il échouait. Si les gens du village apprenaient ce qu'il s'apprêtait à faire, il deviendrait la cible de leur fureur, bien plus que Sam

Finnegan, qui s'était contenté de fourrer le cadavre d'Audrey dans un frigo. *Ils ne comprendraient pas.*

Il se mit tout de même au travail. D'abord, il dégagea soigneusement tous les jouets qui couvraient la tombe d'Audrey. Pendant cette première étape – émouvante, mais de loin la plus facile –, il s'occupa l'esprit en tentant de mémoriser la position exacte de chaque peluche. Ainsi, il pourrait les remettre en place quand il aurait terminé.

Puis vint la partie la plus physique. Randy n'était pas un homme athlétique, comme le lui prouvèrent une fois de plus les deux heures qui suivirent. Du haut de son mètre soixante-quinze, il avait laissé une modeste bedaine se développer. En conséquence, il ne possédait pas l'endurance cardio-vasculaire nécessaire pour enlever à la pelle les deux mètres de terre qui couvraient le cercueil de l'enfant. Heureusement, il gardait de la force dans ses bras ; sinon, il aurait sans doute déclaré forfait.

Après avoir dégagé le cercueil, Randy s'accorda une pause. Assis au bord du trou qu'il venait de creuser, il fixa du regard la boîte où ils avaient mis le corps de la petite Audrey, moins d'un jour plus tôt. Il lui sembla que la surface blanche lustrée brillait au clair de lune.

Quand il eut repris son souffle, Randy sauta de nouveau dans le trou, sur le cercueil. Il chuchota quelques mots d'excuses, avec l'impression de s'adresser au chérubin perché sur la pierre tombale au-dessus de lui. Puis il abattit sa pelle. Le bois du couvercle claqua comme un coup de tonnerre. Le médecin patienta quelques moments en silence, les oreilles dressées, attentif à la moindre réaction au bruit. À part un grillon de temps en temps, tout était calme.

— Eh bien, prions pour que personne ne revienne t'exhumer de sitôt, ma chérie.

Le volume de sa voix dans l'air nocturne le surprit, mais si loin du village, si quelqu'un avait pu entendre le bruit produit par ses activités, ç'aurait été déjà fait.

Randy força le couvercle du cercueil, sous lequel gisait le corps d'Audrey Bergeron. Sa propre autopsie avait révélé que le petit cœur avait lâché pendant qu'elle roulait à vélo. Éraflures et contusions confirmaient une chute, mais la répartition des blessures suggérait un relâchement et une probable perte de connaissance à ce moment-là. Finnegan affirmait avoir trouvé Audrey en rentrant du bar et, ne voulant pas l'abandonner sur le bas-côté, l'avoir emportée. On avait récupéré la bicyclette de l'enfant à l'endroit où Sam disait être tombé sur elle. L'examen médical concordait avec cette version des faits. Curieusement, la mort d'Audrey paraissait être la seule pour laquelle le vieux Sam Finnegan éprouvait de la culpabilité, alors qu'il n'y était pour rien.

En la regardant, Randy eut du mal à ne pas s'imaginer Audrey qui s'asseyait dans son cercueil et se mettait à glousser. Même dans la pâleur du clair de lune, le petit corps semblait toujours plein de vie. Soudain, une peur irrationnelle s'empara de Randy. S'agenouillant avec précaution, il releva délicatement sa paupière gauche avec son pouce. Ce qu'il cherchait dans les yeux morts de l'enfant, aucun autre médecin légiste n'aurait pu le voir. En fait, une poignée de gens au monde seulement auraient pu croire à ce qu'il guettait, et moins nombreux encore étaient ceux qui auraient pu le comprendre.

— Toujours là ? marmonna-t-il au cadavre. Brave petite.

Rassuré, Randy tendit le bras vers la trousse en cuir qu'il avait laissée au bord de la tombe. Il défit soigneusement les sangles qui maintenaient les rabats tannés, puis les écarta avec révérence. À l'intérieur, il trouva plusieurs clous en fer brut. D'une dizaine de centimètres de long, chacun d'eux semblait avoir été forgé il y a longtemps. Une épaisse couche de graisse empêchait leur corrosion. Le médecin en préleva quatre, avant de refermer l'étui et de saisir le marteau qu'il avait également emporté. Ancien, lui aussi, comme le prouvaient l'usure de sa tête ébréchée en fer, et son manche rendu gris par l'âge.

Avec douceur, Randy posa les outils sur la poitrine d'Audrey. Il retira soigneusement à l'enfant ses chaussures, puis ses chaussettes. Le médecin ramassa une poignée de terre meuble autour de lui et la sentit. Satisfait, il en frotta vigoureusement les plantes de pied, jusqu'à ce qu'elles deviennent complètement noires. N'importe quel témoin de la scène aurait immédiatement pensé avoir affaire à un fou. Il n'avait pas terminé. Et il était trop tard pour reculer. Il se répéta qu'il faisait pour le mieux.

Avec un profond soupir de résignation, Randy empoigna le marteau. Alignant un clou entre les métatarses du milieu, il l'enfonça d'une main sûre dans la peau douce et blanche du pied droit. En deux coups, la pointe avait traversé la fragile petite extrémité.

Des larmes ou des gouttes de sueur voilèrent les yeux du légiste. Randy les essuya, prit un deuxième clou et répéta l'opération sur le pied gauche. Ensuite, de la pointe d'un troisième clou, il toucha l'œil droit d'Audrey, mais il hésita. Il inclina la tête, comme s'il écoutait une voix silencieuse.

— Ne t'en fais pas, ma chérie. Tu seras capable de voir dans une seconde.

Puis il lui enfonça le clou dans l'œil. Avant de pouvoir s'interroger sur ce qu'il avait fait, il saisit le dernier clou et le planta dans l'œil gauche.

Il avait terminé. Contemplant son œuvre, Randy McKenzie avait conscience que ses actes, une abomination, violaient les lois des hommes, mais aussi celles de la décence. Sans parler de ses propres principes et de l'éthique médicale. Pourtant, en dépit des atrocités qu'il venait de commettre, *ne rien faire* se serait révélé bien pire. Comment pouvait-on bien agir, et se sentir si mal ?

Avant de grimper hors du trou, Randy se pencha une dernière fois. Affectueusement, il écarta les mèches blondes du visage d'Audrey, ses beaux yeux détruits à présent, percés par les horribles clous en fer. Le médecin lui caressa la joue, puis lui arracha le médaillon en or avec deux colombes et une bougie qu'elle portait en pendentif autour du cou.

— Désolé, ma chérie, mais ton père voudra une preuve que j'ai tenu ma promesse.

Randy épuisa presque ses réserves de détermination pour s'extraire de la tombe qu'il devait reboucher. Effacer autant que possible les traces de son épouvantable intervention exigerait encore une heure de travail. Mais avant, il prit un dernier objet qu'il avait emporté et le lança dans le trou. Puis il empoigna sa pelle et se mit à recouvrir la petite Audrey de terre pour la seconde fois et, avec elle, un ours en peluche usé coiffé d'un chapeau en feutre rouge.

Crowley

— Monsieur Crowley ! Quelle surprise ! Qu'est-ce qui me vaut le plaisir de votre visite ? Entrez, entrez ! Faites comme chez vous.

Avec un sourire affable, Sam Finnegan désigna la porte de sa cellule. Après l'avoir débarbouillé, on lui avait donné des vêtements propres. Comme la police de Saint-Ferdinand ne possédait pas réellement d'uniformes pour ses prisonniers, quelqu'un avait déniché une salopette trop grande, un tee-shirt, une paire de chaussettes blanches et des sandales Velcro.

Ces derniers jours, l'assassin – qui avait reconnu les faits – s'était remis de la gueule de bois qui ne l'avait pourtant pas quitté la majeure partie de sa vie. Soit qu'il n'ait pas été l'ivrogne que tout le monde soupçonnait, soit qu'il fasse preuve d'une résistance supérieure à celle dont on le croyait capable, il avait vite dessoûlé. En revanche, sa sobriété n'avait pas rétabli sa santé mentale, plus insaisissable que jamais. En fait, Crowley remarqua rapidement que, sans la boisson, Finnegan paraissait encore plus à cran et coupé de la réalité qu'auparavant. Le vieil homme rabâcheur à moitié cohérent s'était métamorphosé en une coquille vide, pleine de regret, et quelque peu fourbe. Derrière ses yeux se tapissait une menace silencieuse, tandis que son visage ne reflétait que le remords.

— Je suis chez moi, Sam.

C'était un fait. En ville, tout le monde savait que l'inspecteur ne comptait pas ses heures, qu'il soit de service ou non. Toutefois, ça allait bien au-delà. Bien que le poste de police appartienne physiquement à la municipalité, Crowley en était l'âme. Le bâtiment, les installations, et même les agents n'existaient que comme une extension de lui-même. Une position qu'il devait à son dur labeur et à son zèle.

— C'est vrai, c'est vrai… Eh bien, c'est tout de même un plaisir, insista Sam. Même si c'est certainement votre travail qui vous amène. D'ailleurs, je tenais à vous remercier personnellement de me traiter si bien. Surtout après… disons…

— Après que vous avez terrorisé ma ville pendant dix-huit ans, assassiné… Combien, Sam ? Vingt ? Trente des gens sous ma responsabilité ? Y compris la fille de mon ami ?

— Stephen, réagit Finnegan, qui approcha de la porte et agrippa les barreaux de sa cellule. Je n'ai pas tué Audrey. Vous devez me croire.

Finnegan, le tueur de Saint-Ferdinand, avait des yeux aussi bleus que la neige du soir. Pâles et froids. Crowley y chercha son âme, mais le voile de la folie l'en empêcha. Il eut la tentation de maintenir le vieux dans l'incertitude. Que le doute le ronge, comme lui en avait torturé tant d'autres avec le chagrin qu'il infligeait. Il ne méritait pas mieux. Mais Stephen savait qu'il n'obtiendrait rien de Sam sans un geste de bonne volonté.

— J'ai reçu le rapport d'autopsie de Randy, annonça-t-il, marquant une pause, à la fois pour faire de l'effet et remuer le couteau dans la plaie. Audrey est morte d'un arrêt du cœur.

Soulagement. Comme en une sorte de réaction inverse à celle que provoquerait un choc, le corps et les muscles de Finnegan semblèrent se détendre. Il desserra sa prise sur les barreaux. À cet instant, il n'y avait plus ni prison ni cellule, Sam se sentit plus libre qu'il l'avait été depuis longtemps. Peut-être des décennies. Son relâchement était celui d'un homme qui avait obtenu le pardon de son dieu, ou avait trouvé la paix intérieure.

— Dieu merci, chuchota-t-il.

— Quelle différence ça fait, Sam ? J'ai douze pages d'aveux où vous reconnaissez avoir tué vingt-deux personnes. Vous avez même terminé en déclarant *explicitement* qu'il pouvait y en avoir d'autres, que vous aviez oubliés. Une fillette de plus ou de moins, ça change quoi ?

Que ce psychopathe donne l'impression de se soucier de la gamine de son ami rendait Stephen furieux. Il avait l'air sincère, en plus, mais là n'était pas la question. Il n'avait pas droit au remords, réel ou feint. Pourtant, l'inspecteur devait se maîtriser, ce qui n'était pas sa spécialité. Il était là pour réunir des informations. Pour résoudre un problème. Pas pour décharger sa colère sur le vieil homme.

— Je ne suis pas un monstre, Stephen, dit Sam, qui se gratta le visage. Je sais, je sais... J'ai tué. Beaucoup. Mais par nécessité ! Je n'ai pas une once de méchanceté en moi. Pourtant, tout le monde se souviendra de moi comme du tueur de Saint-Ferdinand, le monstre qui volait les yeux de ses victimes. Leurs yeux si précieux.

Il leva la tête vers Stephen, les ongles toujours enfoncés dans sa courte barbe grise. Depuis son arrestation, Sam n'avait guère été plus qu'un sac d'os pleurnichard. Il n'avait opposé aucune résistance et avait passé le plus clair de son temps à marmotter pour lui-même. Il n'y avait plus rien de menaçant chez lui. C'était un croulant, faible et incohérent.

Néanmoins, pour la première fois, Crowley vit le tueur. Quelque chose dans les yeux de Finnegan, une intensité et une détermination. Voilà la personne que ses victimes avaient dû voir dans les instants qui précédaient leur mort.

— Je ne suis pas un assassin d'enfants, Stephen, poursuivit Sam. Je ne suis ni un violeur, ni un sadique et certainement pas un nécrophile. Par nécessité, Stephen ! J'ai tué par nécessité !

— D'accord. Calmez-vous.

Jusqu'à présent, Finnegan s'était comporté en détenu modèle. Entré dans sa cellule sans faire d'histoires, il avait pris ses repas paisiblement et coopéré lors des interrogatoires. Bien que Crowley n'ait que peu rendu visite au vieil homme, il lui avait toujours paru placide et résigné.

Pas aujourd'hui.

Seul face à lui, l'assassin se montrait sous un jour différent. Finnegan n'était plus ce prisonnier docile, mais arpentait sa cage, tripotant les barreaux et ses vêtements. La panique incarnée, tout juste contenue.

— Et si vous commenciez par me parler de vos complices ? À quoi bon porter le chapeau, Sam ? Vous vous sentirez plus léger.

— Il n'y a personne. Je suis seul, Stephen ! Seul à devoir m'en occuper. Seul à garder les clés et à surveiller la porte. À avoir des yeux, le plus possible, rivés sur cette grotte.

Les yeux. On en revenait toujours là avec ce village. Crowley n'était pas du coin. Il s'était installé ici à cause de l'offre d'emploi et de sa femme. Il y était resté pour sa famille et la communauté. Avec le temps, il était devenu une composante si essentielle de Saint-Ferdinand qu'il aurait pu y être né. Pourtant, il n'avait jamais compris cette fascination pour les yeux.

— Eh bien, vous n'avez plus à vous inquiéter pour ça.

— Vous croyez ? répliqua Sam. Je ne suis pas un mauvais bougre, Stephen. Vous et moi ? On ne se ressemble pas, mais on fait presque le même boulot.

— Sam, le reprit Stephen, qui sourit en s'efforçant de ne pas adopter un ton trop condescendant. Vous n'avez pas de boulot.

— Vous voulez jouer sur les mots ? Appelons ça une responsabilité, alors. Si ça peut vous faire plaisir. Mais ça ? (De sa paume ouverte, Sam frappa les barreaux de sa cellule.) C'est inutile ! Quand il viendra me chercher, ce qui ne saurait tarder, ça ne le retiendra pas.

Crowley fronça les sourcils, avançant à moins d'une trentaine de centimètres de la porte. Il voulait jouer sur sa carrure imposante pour intimider Finnegan et lui arracher des réponses. Mais les barreaux qui les séparaient, ou quelque chose chez Sam lui-même, l'en empêchèrent. Le tueur soutint son regard. Quoi que soit ce qui le tourmentait, cela le rendait plus menaçant que l'inspecteur.

— Qui viendra vous chercher, Sam ? La chose de la grotte ?

— Ne vous faites pas plus bête que vous n'êtes, Stephen. Vous savez très bien de quoi je parle.

— Faites-moi plaisir. Où est-elle en ce moment ?

Sam haussa les épaules et se pinça.

— Apparemment, je ne suis pas mort. Alors, je suppose qu'elle n'a pas bougé. À moins qu'elle soit prise au piège ailleurs ? Par un de vos amis, peut-être ?

Cette grotte. Tôt ou tard, une fouille s'imposerait. Crowley ne pouvait pas temporiser éternellement. Pour l'instant, ses supérieurs avaient suffisamment confiance en son jugement pour se fier à son instinct. Toutefois, s'il attendait trop longtemps, il allait devoir se justifier sous une tonne de paperasse, un peu comme un sapin de Noël qui ploie sous les guirlandes. Mieux valait se débarrasser de cette corvée au plus tôt, mais pas avant de s'être assuré que personne ne trouverait rien de gênant.

— Alors, le verrou est toujours en place, la porte bien fermée ? La chose est à l'intérieur.

Il y avait de l'espoir.

— Vous n'avez pas retiré mes yeux, hein ? Ils sont tout ce qui la retient dans la grotte. Grâce à eux, je suis encore en vie, c'est la seule raison. Grâce à eux…

— Les techniciens de la police scientifique les étudient ; ce sont des preuves. Ils n'y sont plus, et vous, ajouta Stephen en pointant un doigt vers le visage de Finnegan, vous êtes toujours en vie.

Sam parut étonné. Et si Crowley pouvait se fier à son instinct, il ne feignait pas la surprise.

— Peut-être qu'autre chose l'empêche de sortir ? Ou qu'elle reste volontairement à l'intérieur et prépare un mauvais coup…

— À moins qu'elle soit coincée dans la grotte. Ou qu'elle n'ose pas s'exposer au soleil. Depuis combien de temps elle se terre là-dedans, hein, Sam ? Presque deux décennies ? Plus ? Elle s'est sans doute affaiblie.

Le sourire sans humour de Finnegan révéla des dents de travers, mais d'un blanc éclatant, entre ses lèvres gercées. L'expression d'un homme qui vient de s'apercevoir qu'il a l'avantage sur son interlocuteur.

— Vous ne comprenez pas à quoi vous avez affaire, n'est-ce pas ? Vous n'en avez pas la moindre idée, dit Sam, qui fit danser ses doigts sur les barreaux, tandis qu'il se lançait dans ses explications. C'est un dieu, Stephen ! Bien réel. Pas le fruit d'une imagination mystique et magique. Il ne faiblit pas. Estimons-nous heureux qu'un moyen de le contenir existe.

— Eh bien, puisque vous êtes toujours en vie, peut-être n'est-il pas si méchant que vous le pensez ?

— Oh, Crowley, ne soyez pas si stupide, répliqua Finnegan, qui secoua la tête. Ce n'est pas un ours. C'est un réceptacle. Un récipient dans lequel Saint-Ferdinand pisse toute sa cupidité et sa haine depuis des décennies. À force, c'est devenu un dieu bien particulier. Un dieu de mort. *Un dieu de haine et de mort.*

Daniel

Contrairement à la plupart des garçons de son âge, Daniel se réveillait en général au lever du jour, même pendant les vacances d'été, aux nuits pourtant courtes. Avoir grandi sans sa mère, avec un père à la tête de la police locale, lui avait inculqué un sens de la discipline que peu d'adolescents comprenaient, et que moins encore pratiquaient. Non content de se lever tôt et de s'imposer un régime d'exercice strict, Dan mangeait sainement et faisait preuve d'une hygiène impeccable. Pendant que ses copains découvraient les joies et les peines de l'abus d'alcool, Dan se satisfaisait d'une bière qui lui durait toute la soirée. Pour cette raison, il se retrouvait souvent conducteur désigné, ou servait d'alibi à ses amis que leurs parents refusaient de laisser boire.

Dan tenait également à gagner son argent de poche. Ces trois dernières années, il avait travaillé l'été et les week-ends au magasin d'alimentation de Luke Howard, où il mettait en sac les achats des clients ou regarnissait les rayons. Le salaire n'était pas mirobolant, mais il couvrait les frais d'essence et d'entretien de sa vieille Honda Civic, pierre angulaire d'une vie sociale active à Saint-Ferdinand.

Heureusement, on ne l'attendait pas au boulot avant encore deux semaines, plus de temps qu'il lui en fallait pour régler un certain nombre de choses. Des journées qu'il remplirait sans difficulté. D'abord, sa Civic avait besoin d'entretien. Elle n'était pas en mauvais état, pour une voiture d'occasion, mais elle commençait à faire son âge. Et puis, été oblige, il consacrerait une partie de ce temps à lézarder consciencieusement au bord du lac, seul ou avec Sasha Lindholm, sa petite amie de longue date. Enfin, Dan voulait traîner avec son père.

Il appréciait sincèrement sa compagnie. Après que sa mère les avait abandonnés quand Dan portait encore des couches-culottes, les liens entre eux s'étaient renforcés. À cause de ses horaires exigeants, l'inspecteur Crowley comptait sur son fils pour tenir la maison. En retour, Dan comptait sur lui pour assumer le rôle de deux parents, une tâche dont il se montrait généralement très capable.

Généralement. Les événements de la semaine précédente avaient déjà contrarié plusieurs activités prévues entre eux. Dan comprenait que l'arrestation de Sam Finnegan et le décès brutal d'une enfant chérie de tout le village passent avant une partie de pêche. Mais Finnegan avait avoué, et en attendant qu'un avocat soit nommé pour le défendre, Dan espérait reprendre les bonnes habitudes.

L'adolescent sortit de son lit et descendit à la cuisine. La maison style XVIIIe à un étage était assez grande pour que les deux hommes n'aient pas à se voir de la journée, s'ils souhaitaient s'éviter. Dan ne fut donc pas surpris de ne pas croiser son père au cours de ses rituels matinaux. Mais quand il s'attabla pour un petit déjeuner composé d'œufs et de bacon, il remarqua l'absence du Ford Explorer de son père dans l'allée.

— C'est une blague, marmonna-t-il.

Laissant tomber sa fourchette, il se leva pour mieux voir par la fenêtre.

Ce n'était pas la première fois. De loin. Souvent, Stephen Crowley travaillait toute la nuit, ou quittait la maison avant l'aube pour une urgence. Par conséquent, Daniel avait fait en sorte que son père puisse parer à toute éventualité. Il s'était donné la peine de sortir une glacière, d'acheter de la glace pilée et de préparer des sandwichs pour leur virée. L'affaire Finnegan n'avancerait pas au cours des prochains jours, et Matt Bélanger pouvait facilement s'occuper du reste pendant vingt-quatre heures. Pas de radios, pas de téléphones mobiles, pas d'interruptions : ç'avait été leur accord.

Furieux, Dan appela son père pour exiger une explication. Ne parvenant pas à le joindre sur son portable, le garçon laissa un message incendiaire, qu'il regretterait probablement plus tard. Bouillant de colère, Daniel abandonna son petit déjeuner, attrapa ses clés et se dirigea vers la porte.

Si modeste que soit Saint-Ferdinand, le territoire de la commune, composé de champs de blé et de maïs, de vergers et de quelques exploitations laitières, s'étendait assez loin. Une grande surface, pour une si petite population, et encore plus vaste pour qui cherchait quelqu'un. Ces circonstances avaient joué en faveur de Sam Finnegan, l'aidant à garder son noir secret pendant près de vingt ans. À présent, Stephen Crowley en profitait. Daniel décida de retourner au poste pour demander si quelqu'un savait où trouver son père.

Avec juste un peu moins de deux mille habitants permanents, Saint-Ferdinand n'avait pas besoin de forces de maintien de l'ordre d'un effectif supérieur à une dizaine d'agents, et se contentait d'installations rudimentaires. Situé à l'entrée du village dans la rue principale, le poste se répartissait sur trois niveaux pas très spacieux. Au rez-de-chaussée se trouvait l'accueil, où trois dispatcheurs se relayaient pendant la semaine ; il y avait aussi un *open space* et trois bureaux fermés, Stephen Crowley bénéficiant du plus grand. Au sous-sol : deux autres pièces (utilisées pour du rangement, pensait savoir Dan, essentiellement des dossiers en lien avec le tueur de Saint-Ferdinand), et deux cellules, le plus souvent occupées par des fermiers trop soûls pour conduire. Enfin, au premier étage, l'administratif et les archives.

Quand Dan entra, Jacqueline Tremain, la dispatcheuse, l'accueillit poliment. Il la connaissait depuis l'enfance, et elle l'avait longtemps traité comme un neveu préféré. Maintenant qu'il dépassait un mètre quatre-vingt-cinq, avait la mâchoire carrée et du poil au menton, elle avait changé, adoptant une attitude plus professionnelle à son égard. Eût-il été du genre manipulateur, il aurait pu exploiter la situation pour obtenir presque tout ce qu'il voulait, mais Dan n'y pensa même pas.

— Bonjour, Jackie. Mon père est dans les parages ? demanda-t-il, alors qu'il franchissait le seuil.

— Bonjour, Dan. Il est passé, il y a environ une heure, répondit la dispatcheuse, qui leva les yeux de son magazine de chasse. Je le croyais rentré. Tu veux que je l'appelle pour savoir où il est ?

C'était tentant, et efficace, puisqu'il éviterait de se perdre davantage en conjectures. Mais sa colère et son ressentiment exigeaient de s'abattre sur son père sans avertissement.

— Non, inutile. Il devait s'arrêter quelque part ?

— Je crois qu'il avait un truc à vérifier chez Finnegan.

Dan prit à peine le temps de la remercier, avant de sortir en trombe.

— Je pensais qu'on s'était mis d'accord : pas de boulot.

Daniel Crowley appliquait énergiquement une nouvelle couche d'écran solaire. Après avoir roulé autour de Saint-Ferdinand la moitié de la matinée, il avait trouvé la voiture de son père à l'endroit que Jackie lui avait indiqué. Toutefois, quand Dan était arrivé chez Finnegan, un terrain perdu dans les bois, derrière la ferme Peterson, Stephen Crowley n'y était pas.

Franchissant le ruban jaune qui délimitait la scène de crime, il avait bravé l'interdiction, sachant que la police scientifique n'avait certainement rien laissé d'important. Après son passage, les lieux étaient probablement plus propres que depuis une éternité. Pourtant, l'inspecteur Crowley restait invisible.

Suivant un sentier qui s'enfonçait dans les bois, Dan l'avait aperçu, accroupi à côté de l'entrée d'une grotte. Il avait entendu parler de cet endroit, où Sam Finnegan, le tueur de Saint-Ferdinand, avait été arrêté ; c'était aussi là qu'il s'était livré à certains de ses passe-temps les plus épouvantables.

Ils avaient eu une violente dispute, Daniel accusant son père d'avoir oublié leur partie de pêche, l'inspecteur réprimandant son fils pour avoir risqué de contaminer une scène de crime. Une dispute d'anthologie. Une des rares occasions où Dan, sûr de son bon droit, avait refusé de revenir sur sa position, fidèle en cela à l'éducation qu'il avait reçue. Au bout d'un long moment, il était parvenu à un résultat que nul autre à Saint-Ferdinand ne pouvait espérer atteindre : faire plier l'inspecteur Crowley.

Le policier tiendrait sa promesse : ils iraient à la pêche comme convenu. Il oublierait même que son fils avait enfreint la loi en traversant une scène de crime. Un peu plus de deux heures plus tard, ils se trouvaient sur les eaux du lac près de Magog, leurs cannes à la main.

— Quoi ! moi ? Quel boulot ? feignit de s'indigner Crowley.

— Ce caillou, que tu as ramassé chez Finnegan, répondit Dan, pointant sa bouteille d'écran solaire vers ce que son père tenait dans sa main. Ce n'est pas un indice ?

Crowley fit tourner l'objet incriminé entre ses doigts.

— Non, bien sûr. Autrement, l'un des techs l'aurait mis sous scellé.

Il avait quelque chose de particulier. Lisse et arrondi, on s'attendait à le trouver dans le lit d'une rivière, pas à proximité d'une grotte. Chose plus intéressante, le symbole sculpté dans la pierre : un œil, avec un iris en spirale.

— Je n'en ai jamais vu un de si vieux, commenta Dan. Je parle du symbole.

L'adolescent lança sa ligne dans le lac. Après leur dispute, ils avaient sorti le bateau pour se rendre au lac Memphrémagog. Ça mordait mieux aux aurores, mais leurs virées n'avaient jamais eu pour principal objectif de prendre du poisson. Pour le père et le fils, ces moments permettaient avant tout de se retrouver, de passer du temps ensemble, seuls. Stephen avait besoin de cette coupure avant de se replonger dans une enquête qui, les jours prochains, lui réserverait sans doute peu d'occasions de se détendre.

— Allez, range-moi ce truc, dit Daniel, sinon je m'en sers pour faire des ricochets.

Avec un signe de tête, Stephen Crowley fit sauter la pierre entre ses mains, avant de la fourrer dans sa poche de poitrine. Il se pencha en arrière, offrant son visage à la chaleur du soleil estival et s'autorisant même un bref sourire de contentement. Il s'en mordrait bientôt les doigts, mais sa fierté lui interdisait de mettre de l'écran solaire.

Les brûlures sur sa peau déjà rouge allaient lui donner une méchante nuance cramoisie. Et son humeur volatile s'en ressentirait. Alors que la lumière abaissait un voile orangé à travers ses paupières closes, Stephen avait conscience de tout cela, mais il s'en accommodait. Ce sacrifice en valait la peine.

L'inspecteur laissa échapper un soupir de satisfaction.

— Merci.

— De quoi ?

— De m'avoir forcé la main, et obligé à faire ça.

Daniel adorait le bateau de son père. Avec six mètres de long, l'embarcation plutôt confortable et spacieuse pour deux pêcheurs était équipée d'un puissant moteur hors-bord. Ils auraient aisément pu tenir à six sans se bousculer. Mais la plupart du temps ils n'étaient que tous les deux, avec une glacière remplie de boissons et de sandwichs. D'aussi loin que remontent ses souvenirs, ces moments avec son père étaient les plus précieux.

Stephen semblait fatigué, plus las que jamais. Depuis des années, Dan le voyait travailler à y laisser la santé après chaque meurtre du tueur de Saint-Ferdinand. Les nuits blanches, l'absence d'indices, les impasses, les attentes constamment déçues… L'endurance de l'inspecteur avait été mise à rude épreuve, mais il avait toujours su rebondir. En général, un jour de repos et une bonne nuit d'un sommeil réparateur suffisaient à relancer la machine.

Cette fois, bien que l'affaire soit pour ainsi dire résolue, il semblait plus sérieusement et plus profondément ébranlé. Malgré les sourires et l'apparente sérénité, une expression étrange traversait parfois son visage. Si Daniel n'avait pas su que cette émotion ne figurait pas dans son répertoire, Daniel aurait juré reconnaître de la peur. Pourtant, c'était si fugace, ça devait cacher autre chose.

— Une bière ? proposa Stephen, tandis qu'il fouillait dans la glacière pour en extraire deux sandwichs emballés dans du papier d'aluminium.

— Et si les flics débarquent ? plaisanta Dan.

Bien sûr, la police procédait à des patrouilles sur le lac, mais Stephen connaissait tous ces gars par leurs noms ; aucun d'eux n'aurait bronché en surprenant Dan une canette à la main.

— Toi et moi, on est de taille à affronter une poignée de flics.

Souriant, Stephen lança la bière à son fils et en sortit une pour lui.

— À propos, je n'ai pas eu l'occasion de te demander : comment s'est passée la cérémonie ?

Chez les Crowley, on n'avait pas la conversation facile. Ils avaient brièvement discuté de la mort d'Audrey Bergeron, mais n'avaient plus évoqué le sujet, ou Sam Finnegan, depuis les obsèques.

— Tous les enterrements se ressemblent, répondit l'inspecteur, lançant sa ligne dans l'eau. Les gens se croient émouvants, mais disent le plus souvent des idioties.

Dan hocha la tête. Il avait conscience du peu d'estime dans lequel son père tenait la population. En vertu de sa fonction, Stephen Crowley connaissait un grand nombre d'informations privées. Dans un village de cette taille, où garder un secret relevait de l'exploit, rien ne lui échappait.

— Alors… quand ? demanda Stephen, avec une pointe d'hésitation.

— Quand quoi ?

— Quand est-ce que tu deviens membre ?

Daniel soupira bruyamment et tourna les yeux vers l'horizon. Sans regarder son père, il tenta de formuler une réponse réservée.

— La religion, ça n'a jamais été mon truc, tu le sais…

Ils parlaient de l'église, ou plutôt du club constitué autour. Ses membres incluaient Stephen et d'autres notables, qui se réunissaient au moins une fois par semaine. C'était à la fois une émanation des Compagnons de Saint-Ferdinand et une évolution de cette communauté qui avait jadis existé autour de la congrégation. De nos jours, c'était surtout devenu une excuse pour boire un coup entre gros bonnets du coin.

— Ça n'a rien de religieux, expliqua Stephen, entre deux bouchées de son sandwich. Bien sûr, il y a certains rituels…

— Et une initiation, l'interrompit Dan.

— Oui, c'est vrai, et quelques règles. Mais ce serait bon pour toi d'apprendre comment tourne réellement cette ville, Dan.

— Nan.

— Nan ?

— Nan, répéta l'adolescent avec une certaine désinvolture. Je me plais à Saint-Ferdinand, mais je n'imagine pas ma vie ici. Je me vois assez bien décrocher une licence de commerce à l'université de Sherbrooke ou à McGill. Trouver du boulot dans ce domaine.

Stephen cessa de manger une seconde, cette expression bizarre revenant sur son visage. Cette fois, au lieu d'éviter de regarder son fils dans les yeux, il scruta ses traits, comme s'il y cherchait quelque chose d'immatériel, dissimulé sous plusieurs couches invisibles.

— Papa ?

— Désolé, dit Crowley, qui secoua la tête et se força à sourire. Parfois, j'oublie à quel point tu ressembles à ta mère.

Ah, songea Daniel. C'était donc ça qui le tracassait. Il lui en avait déjà fait la remarque, et ce ne serait probablement pas la dernière fois. En vieillissant, son père avait tendance à noter un plus grand nombre de similitudes entre lui et celle qu'il avait aimée. Si Daniel avait un jour des enfants, il gageait que Stephen verrait aussi chez eux des traces de son ex-femme. La plaie de l'abandon se rouvrait sans cesse, toujours sous la lame du plus agréable et familier des couteaux.

— Je ne vais pas disparaître, papa, voulut-il le rassurer, se penchant pour lui pousser gentiment l'épaule du poing. Mais si j'obtiens un bon diplôme, je ne vais pas le gaspiller à Saint-Ferdinand.

L'inspecteur accueillit son argument avec un regard sévère et peu convaincu. Dan avait été trop jeune pour ressentir pleinement l'impact du départ inexplicable de sa mère. D'après ce qu'avait raconté Stephen, Marguerite Crowley avait tout plaqué, du jour au lendemain. On avait d'abord craint une mauvaise rencontre avec le tueur de Saint-Ferdinand, mais un an plus tard, les papiers du divorce étaient arrivés au courrier, avec instructions de les retourner, signés, à une boîte postale à Sherbrooke.

— De toute façon, je n'entrerai pas à l'université avant quelques années ; et même si je déménage, tu sais que je reviendrai les week-ends.

— C'est ça…, dit Stephen d'un ton sarcastique.

— Bien sûr ! Où est-ce que j'aurais accès à un bateau de pêche si cool ?

L'inspecteur secoua la tête, mais finit par sourire.

— Tu peux être fier de toi, tu sais ? Ta mère s'est plantée.

— Ce n'est pas ma mère, répliqua Daniel, qui tenta de dissimuler son embarras en avalant une lampée de bière. Elle t'a donné de ses nouvelles depuis ?

— Pas un mot.

Il cédait à la mélancolie. Ces derniers jours d'enquête avaient été épuisants, et bien que l'inspecteur Stephen Crowley ne soit pas du genre à se laisser dominer par ses émotions, il se sentait trop fatigué pour lutter plus longtemps.

— Papa ?

— Quoi ?

— Les Crowley Boys n'ont besoin de personne, déclara Daniel, levant sa canette vers son père.

— Tu as bien raison, renchérit Stephen, qui trinqua avec son fils, un sourire hésitant chassant le nuage sombre. Aux Crowley Boys !

Venus

— Hé ! la hippie !

Venus rentrait tranquillement à pied du bureau de poste, quand la voix familière lança l'insulte qui l'était tout autant. Cette semaine tout allait de mal en pis ; tout semblait se liguer contre elle, à croire que quelque dieu malfaisant avait porté son regard haineux sur l'adolescente.

Il pleuvait. Des trombes d'eau s'abattaient depuis un ciel gris maussade. Après quinze jours d'un soleil de plomb, Saint-Ferdinand avait d'abord accueilli les averses comme un répit. Maintenant, les villageois avaient l'impression d'avoir troqué un supplice pour un autre. Et quand le temps s'éclaircirait, le soleil transformerait les flaques en nuages d'humidité moite qui planeraient sur le village pendant des jours. Ce serait un sauna insupportable. Mais pour l'instant, le déluge inattendu était une source de contrariété en soi.

Et puis il y avait eu l'employée au guichet de la poste, Anaïs Bérubé, qui refusait de remettre son paquet à Venus sans pièce d'identité. Elles se connaissaient depuis des années, Anaïs avait eu affaire à Venus des centaines de fois, mais elle ne tolérait pas la plus petite exception à la règle. Par conséquent, Venus avait eu le choix : rentrer à pied, et revenir avec sa carte de sécurité sociale, sous la protection toute relative de son parapluie contre des torrents diluviens ; ou attendre le lendemain pour récupérer sa nouvelle carte graphique. L'ironie de la chose, c'est qu'un jour comme celui-là aurait été idéal pour installer son matériel informatique – malheureusement retenu en otage au bureau de poste.

Maintenant, au milieu de cette mousson, il fallait qu'elle tombe sur André Wilson. Un garçon plus intelligent aurait opté pour un meilleur moment et un temps plus clément pour se livrer à son harcèlement débile. Pas André, qui montrait une persévérance digne de celle d'un artiste qui aurait adopté l'insulte puérile comme moyen d'expression, et se servirait de l'amour-propre de Venus en guise de toile.

— Sérieusement, André ?

Venus se retourna pour lui faire face. Elle oublia son exaspération en s'apercevant qu'il n'était pas seul. Ses deux potes, Nick et Brad, l'accompagnaient. À en juger par leurs uniformes trempés et leurs protège-tibias boueux, ils revenaient de leur entraînement de foot.

— On rentre à la communauté ? insista André en riant.

Quand la famille de Venus s'était installée au village, André avait été son premier ami. Ils construisaient des forts dans la neige, allaient se baigner au lac et campaient derrière chez lui. Puis, environ deux ans plus tôt, Venus avait sauté une classe pour passer directement en seconde. Elle avait perdu beaucoup de camarades cette année-là, mais André avait été le plus proche. Elle tentait de se consoler en se disant qu'à long terme ça en valait la peine, mais continuait de regretter leur brouille. Heureusement, il y avait eu Penny et Abraham. Surtout depuis qu'André avait décidé de devenir son pire ennemi.

— Je ne suis pas une hippie, répliqua-t-elle. Tu ne connais même pas le sens de ce mot !

— Tes parents sont des hippies, alors t'en es forcément une, hein, *Venus* ?

André et ses abrutis de copains rirent de plus belle. Les parents de Venus étaient effectivement « libres d'esprit ». Ils possédaient une boutique où ils vendaient des bouilloires artisanales, des thés et des infusions d'importation. Sa mère cuisinait aussi des pots pour bébé bio qu'elle proposait aux mamans du village. Quant à son père, il contribuait aux revenus de la famille par des travaux de menuiserie. Tous deux étaient des végétariens convaincus et d'ardents pacifistes. Mais aux yeux de Venus, leur philosophie d'« éducation libre » était synonyme de « négligence ». Ses parents méritaient qu'on les raille pour leur bizarre comportement new age. En revanche, elle n'admettait pas qu'on l'associe à leurs stupides choix de style de vie. Surtout avec les efforts qu'elle déployait pour ne pas être comme eux.

— Écoute, André, il pleut des cordes. Tu ne veux pas appuyer sur pause et attendre demain pour redevenir un con ?

Les mots lui avaient échappé avant qu'elle s'aperçoive qu'il n'en sortirait rien de bon.

— Je ne sais pas si c'est grâce à la pluie, mais je te trouve super propre pour une hippie, répliqua le petit dur, avec un signe de tête à ses amis. Chopez-la.

Venus fit volte-face, mais avec ses jambes courtes et ses pieds chaussés de sandales, elle ne pouvait pas espérer distancer trois garçons en baskets. En quelques foulées, ils la rattrapèrent et lui arrachèrent son parapluie. Puis, la soulevant par les bras, ils la balancèrent sans cérémonie dans le fossé sur le bas-côté.

— Et voilà le travail ! triompha André. T'es pas bien là ? Y a tout le confort, pour une sale hippie comme toi !

Quand Venus arriva enfin chez elle, elle était furieuse. Sale, mouillée, frigorifiée et humiliée, sa seule consolation fut que personne ne voyait ses larmes alors qu'elle faisait irruption dans la maison. Virginie posa immédiatement son livre pour chercher une serviette et aider sa fille à se sécher. Venus et sa mère avaient clairement en commun leur structure osseuse délicate. En revanche, l'adolescente avait hérité du patrimoine écossais de son père ses taches de rousseur et ses cheveux flamboyants, là où Virginie avait d'épaisses mèches brunes. Elle semblait toujours jeune, malgré les nombreuses années au soleil éblouissant de pays équatoriaux, comme bénévole pour la Croix-Rouge ou Médecins sans frontières. Sa peau en avait gardé un hâle et ses yeux des pattes-d'oie qui lui donnaient un regard malicieux.

— Oh, ma chérie ! Qu'est-ce qui s'est passé ? Tu es tombée ?

Venus lui arracha la serviette et répondit d'une voix entrecoupée.

— Non ! On m'a jetée sur le bas-côté ! Dans un fossé.

— Qui a fait ça ? Pourquoi ? demanda sa mère.

— Parce que ! Juste parce que toi et Paul, vous ne pouvez pas être comme les autres parents ! Parce que au lieu de passer les vacances en Floride, comme tout le monde, vous vous sentez obligés d'aller au Burning Man ! Parce que vous n'êtes pas fichus de m'imposer une heure à laquelle rentrer, et d'exiger de moi l'exécution des tâches ménagères en échange de mon argent de poche ! Et aussi parce que vous auriez pu m'appeler Mary, Suzy ou n'importe quel autre prénom *normal* !

Lentement, et avec douceur, Virginie prit un coin de la serviette pour essuyer la boue sur le visage de sa fille.

— Venus, commença-t-elle d'un ton le plus apaisant possible, si nous t'avons élevée ainsi, c'est que nous espérons que ça te rendra meilleure. Nous ne te traitons pas comme une enfant normale parce que nous pensons que tu n'es pas comme les autres. Nous croyons que tu es extraordinaire.

— Non, c'est faux ! Tous les parents disent ça à leurs gosses, mais ça ne prend pas avec moi ! Qu'est-ce qu'il y a de mal à être normal ? Ça vous amuse qu'on vous considère comme des phénomènes de foire ? Parfait ! Mais je ne devrais pas avoir à en subir les conséquences !

Sans se donner le temps de regretter ses paroles, Venus bouscula sa mère et se précipita dans sa chambre, à l'étage.

Venus

— Sale petit morveux. Je vais le démolir, déclara Abraham Peterson, comme on énonce un fait.

Pour un garçon de seize ans, Abe se montrait étonnamment peu enclin à lancer des menaces en l'air et n'avait pas pour habitude de faire dans l'hyperbole. Non pas qu'il soit pathologiquement flegmatique, mais il se laissait rarement freiner par l'hésitation, ou l'absence de plan.

— Certainement pas, dit Penelope, qui posa un gros sundae au chocolat devant lui.

— Pourquoi ? J'ai deux fois la taille d'André. Je n'en ferais qu'une bouchée.

Un gaillard costaud comme Abe n'avait aucune raison de craindre qui que ce soit. Un appétit vorace concourait avec d'incessants travaux agricoles pour le doter d'un physique puissant, bien que disgracieux. Ses yeux perçants, trop petits pour son visage, lui donnaient l'air plus bête qu'il l'était. Ça, plus le fait qu'il soit avare en paroles, faisait de lui un objet de risée, comme Venus à cause de ses parents excentriques. La différence étant que les autres gamins restaient à distance respectueuse d'Abraham.

— Parce que je te le dis. Mais si ça ne te suffit pas, parce que André se vengera sur Venus.

Abraham grogna son assentiment, puis enfourna une énorme cuillerée de glace et de sirop dans sa bouche.

Penny grimaça devant cet étalage de gloutonnerie avant de poursuivre.

— Je n'ai pas besoin qu'on tabasse André à ma place, intervint Venus, levant les yeux de sa coupe.

— Tu n'as qu'un mot à dire et je...

— Non ! l'interrompit Penny.

— Je pense à déménager, annonça Venus entre deux bouchées.

— Tu ne peux pas. Tu n'as pas encore l'âge pour bosser, répondit Penny, qui attrapa un torchon pour essuyer quelques assiettes. Pour aller où, d'ailleurs ? Personne ne loue d'appartement ici.

— Tu pourrais habiter à la ferme, proposa Abraham, avalant soigneusement avant de reprendre la parole. Ce n'est pas la place qui manque, et Pa trouverait sans doute un truc à te faire faire.

— La remise, annonça Venus. Je vais déménager dans la remise derrière chez moi. J'ai tout prévu.

Nulle autre que Venus n'aurait pu sérieusement envisager cette solution. Farouchement indépendante, l'adolescente s'était pratiquement élevée toute seule depuis qu'elle était en âge de marcher. Intelligente, mais aussi trop impulsive, elle manquait souvent de sens commun. La remise offrirait un endroit confortable pour dormir et travailler sur son ordinateur, à condition qu'elle soit à portée du Wi-Fi. Elle devrait retourner dans la maison pour se doucher et utiliser les toilettes. En fait, ce serait comme d'habiter une cabane dans un arbre, mais au sol. C'était une nouvelle idée saugrenue que Penelope devrait lui sortir de la tête. Pas la première, et certainement pas la dernière.

— Tu es juste énervée. Tu as besoin de te calmer, dit Penny. Peut-être en passant quelques jours chez moi ?

— Mais si tu décides de t'installer dans la remise, intervint Abraham, de nouveau la bouche pleine, je peux t'aider à déménager tes affaires.

À bout de patience, Penny lui donna une claque sur la bouche. Mais avant qu'elle puisse le sermonner sur ses manières à table, le carillon de porte sonna, annonçant un nouveau client.

Vêtu d'un costume-cravate – un accoutrement réservé aux mariages et aux enterrements à Saint-Ferdinand –, il parcourut la boutique du glacier du regard avec l'air d'attendre quelque chose. Quand ses yeux se posèrent sur Penelope, il sourit et entra, laissant la porte claquer derrière lui. Jeune et relativement petit, il avait des cheveux mal peignés et un visage sur lequel une barbe ne pousserait sans doute pas avant plusieurs années. Il avança à grands pas vers le comptoir et s'assit à côté d'Abe, saluant le garçon de la tête.

— Vous désirez ? demanda Penny avec un sourire sincère, essuyant sa main sur son tablier.

— Un soda avec une boule de glace, vous en faites ? répondit l'homme avec un sourire parfait.

— Bien sûr. Quel parfum ?

— Racinette.

Alors que Penelope se tournait pour préparer la commande, Abraham pivota sur son tabouret, appuyant ostensiblement son coude sur le comptoir. Adoptant une attitude pleine d'assurance qui lui allait comme une robe de cocktail, il sourit et vérifia que sa bouche ne contenait plus de nourriture.

— Alors, flic ou journaliste ? fit-il, tentant de jouer – maladroitement – la carte de la convivialité.

— Abe ! le houspilla Penny. N'ennuie pas les clients !

— Ce n'est pas grave, dit le nouveau venu. Ça se voit tant que ça ?

— Ouais, poursuivit Abraham, après avoir lancé à Penny un regard triomphal. En fait, avec ce qui s'est passé récemment à Saint-Ferdinand, je suis surpris que ça ne grouille pas de gens de la ville.

— Vous pouvez remercier votre commissaire. Il a vraiment su étouffer toute l'histoire.

— On n'a pas de commissaire ici, intervint Venus, tandis que Penny servait à l'homme son soda. L'inspecteur Crowley nous suffit.

— Quel que soit son titre, il a un don extraordinaire pour mesurer l'importance d'une information. Sans cet ami à l'hôpital de Magog, qui m'a raconté la curieuse histoire du décès de cette petite…

— Un journaliste, alors ? demanda Abraham une seconde fois.

— Je plaide coupable.

L'homme sourit et avala une longue gorgée. Ses yeux roulèrent dans son crâne, exprimant un plaisir divin.

— Pourquoi n'est-on pas fichu d'en faire d'aussi bons en ville ?

— Si vous êtes journaliste, pourquoi perdre votre temps à boire des sodas avec des lycéens, au lieu de chasser le scoop ? s'enquit Venus, pleine d'appréhension.

— Rien ne presse. Et puis, je ne suis sans doute pas beaucoup plus vieux que vous.

— Pour quel journal travaillez-vous, monsieur… ?

Venus plissa les yeux, comme si elle tentait de le reconnaître.

— Chris Hagen. Pigiste.

— Moi, c'est Abraham. Elles, Penny et Venus.

Le temps d'un silence, la jeune fille plus âgée, agacée d'avoir été présentée par son diminutif, lui lança un regard furieux.

— C'est Penelope, en fait, corrigea-t-elle. Alors, monsieur Hagen...

— Chris, dit le journaliste avec un sourire.

— Si vous voulez. Vous n'avez toujours pas expliqué pourquoi vous êtes ici, au lieu d'interviewer des gens importants.

— À part ce délicieux soda glacé ? Essentiellement parce que tous les « gens importants » m'ont déjà bien fait comprendre qu'ils sont trop occupés pour parler à la presse.

— Donc, vous faites une pause avant de repartir à l'assaut, conclut Abraham avec assurance.

— Non, répondit Hagen. Je me lie d'amitié avec la jeunesse locale, dans une tentative plus ou moins ingénieuse pour trouver quelqu'un qui plaidera ma cause.

Penny ricana devant l'opération séduction du journaliste. Son cynisme naturel la poussait à ne jamais juger quelqu'un sur les apparences, surtout s'il ne faisait pas mystère de ses intentions. Venus avait un jour appelé cela sa « paranoïa interpersonnelle ». Bien qu'elle ne l'eût jamais admis, son amie ne pouvait que reconnaître la justesse de cette expression.

— Eh bien, vous n'avez pas frappé à la bonne porte, répondit Penny, alors qu'elle rinçait le verre de Hagen, rapidement vidé durant la conversation. Vous devriez vous adresser à Daniel Crowley, le fils de l'inspecteur. Par contre, je doute que vous obteniez quelque chose de sa part en lui faisant du charme.

— L'inspecteur a donc un fils ? réagit Hagen, ravi. Qu'est-ce que je vous disais ? Je n'ai pas perdu mon temps, après tout. Une boisson rafraîchissante, une conversation agréable, et maintenant, j'ai même avancé un peu dans mon travail.

Hagen se leva et fouilla dans ses poches, pour en extraire cinq dollars en billets et en pièces, qu'il posa sur le comptoir.

— Peut-être qu'on aura l'occasion de se revoir, les amis. Merci pour le soda, Penelope, ajouta-t-il, insistant sur son prénom complet, avant de partir avec un clin d'œil et un sourire.

Les adolescents regardèrent la porte se refermer. Après un temps, Abraham se tourna vers Penny.

— Je prendrai un autre sundae, s'il te plaît.

Elle roula des yeux, exaspérée par la voracité de son ami.

— Quoi ? demanda Abe, avec une perplexité non feinte.

Venus

Sortant par la porte de derrière de la maison, Venus traversa le jardin en portant un grand seau d'eau. Alors que ses bras peinaient à ne rien renverser, elle eut un regard noir pour son père. Pas parce que Paul McKenzie, fidèle à sa politique de non-intervention en matière d'éducation, ne lui avait pas offert son aide, mais parce qu'il semblait presque ouvertement se gausser de ses intentions. Comme souvent les jours de grosse chaleur, il avait décidé de fermer la boutique de thé pour l'après-midi. Après tout, la canicule ne favorisait pas la vente de boissons chaudes. Les parents de Venus avaient envisagé de proposer des thés glacés raffinés l'été, mais le chiffre d'affaires réalisé en hiver compensait largement les mois plus calmes. Inutile de se montrer cupides, disaient-ils.

Contrairement à ce que tout le monde pensait de l'attitude décontractée de Paul, le père de Venus travaillait énormément. Pendant que sa femme s'occupait de la boutique, il créait des meubles à la main pour les entreprises locales, les touristes et les amateurs de menuiserie artisanale. Il restaurait aussi des pièces anciennes, qu'il revendait à des antiquaires de Montréal. Sa production, très recherchée, s'arrachait chez les nouveaux riches des quartiers les plus branchés de la métropole. Mais cet après-midi, il se reposait.

— Tu es sûre de vouloir emménager là-dedans ? Ça ne me semble pas si confortable ! cria-t-il à Venus.

— C'est un décret parental ? lui répondit-elle sur le même ton, soufflant comme un bœuf, alors qu'elle traînait le seau.

— Absolument pas, dit Paul en riant. Ce ne serait pas cool. Fais comme tu le sens, ma grande. Mais c'est juste une remise vraiment merdique.

Venus laissa tomber son fardeau à côté d'un arsenal de nettoyage réuni à la porte. Elle renversa la moitié de l'eau dans l'herbe, mais sembla s'en moquer. Ajoutant une sorte de savon tous usages au liquide restant, elle mélangea avec une serpillière.

— Ça m'est égal, papa. Pour le moment, je veux juste un espace à moi.

Paul se laissa aller en arrière et envoya valser ses sandales, avant de boire une lampée de limonade. Il avait toujours tenté d'élever Venus pour qu'elle se comporte en personne indépendante dans sa façon de penser. Lui et sa femme avaient la conviction qu'ils n'avaient rien à lui apprendre que la vie ne se chargerait pas de lui inculquer mieux qu'eux. Jusqu'à présent, l'expérience s'était révélée gratifiante. Venus était une jeune fille intelligente et pleine de ressources. En grandissant, elle était devenue plus une amie qu'une enfant. À eux trois, ils pouvaient parler et entretenir des rapports que la plupart des familles ne connaissaient pas, et il avait vraiment l'impression qu'elle se sentait assez à l'aise pour tout lui dire. Mais parfois, surtout durant l'année écoulée, Venus déclarait qu'elle regrettait de ne pas avoir des parents « normaux ». Au cours de ces phases, Paul estimait préférable de la laisser faire comme elle l'entendait. Jusqu'à ce que ça lui passe.

— Sensass, dit-il. Appelle-moi si tu as besoin d'un coup de main.

Le nettoyage à fond de la remise représentait une tâche colossale, et Venus s'aperçut rapidement qu'elle nécessiterait plus d'une journée. Elle consacra déjà près de deux heures à la vider du bric-à-brac accumulé au fil des ans. À sa plus grande joie, elle constata l'existence d'une installation électrique : une vieille tondeuse était toujours branchée sur la seule prise. Un simple essai confirma qu'il y avait du courant, ce qui ouvrait considérablement le champ des possibles de son futur domicile.

Peu après, Venus eut une surprise. Derrière le matériel de jardinage et les produits de traitement du gazon oubliés, là où personne n'aurait dû le trouver, elle tomba sur un nid, avec cinq œufs parfaits. Elle ne comprenait pas comment un oiseau avait pu entrer, mais c'était une cachette ingénieuse. Elle n'y toucha pas.

Elle dut encore balayer et frotter le sol et les murs pendant une heure avant de voir le propriétaire du nid. Elle débarrassait un coin des toiles d'araignées et de la saleté, quand un pépiement résonna bruyamment dans la remise, la faisant presque sauter au plafond. Elle se retourna, mais ne parvint pas à reconnaître l'espèce. Avec un geai bleu ou un cardinal rouge, pas de problème. Mais dès que le nom d'un oiseau ne correspondait pas à un code couleur, ils se ressemblaient tous pour elle. Ce spécimen particulier manquait cruellement d'originalité. Une boule de plumes grises en forme de ballon de foot, surmontée d'une tête minuscule avec des yeux sans une lueur d'intelligence. Toutefois, l'animal la captiva par son comportement. Il dansa autour de son nid, gazouillant et battant des ailes pour défendre ses oisillons pas encore nés.

Avec précaution, Venus se dépêcha d'abandonner la remise, revenant quelques minutes plus tard, les bras chargés de matériel électronique. Oubliant toute velléité de nettoyage, elle s'embarquait dans un projet entièrement différent. Son père, témoin de ce revirement subit, se mordit la lèvre pour étouffer un rire. Intelligente, mais dispersée, telle était sa fille.

Penny arriva juste au moment où elle achevait son installation. Elle jaugea du regard le chantier dans le jardin des McKenzie. Des produits de nettoyage jonchaient la pelouse, parmi le bric-à-brac abandonné.

À son entrée dans la remise, Penny vit son amie debout sur un tabouret en train d'assembler des câbles en faisceau. La fille plus âgée tendit un gobelet en plastique de crème glacée à moitié fondue et afficha son expression la plus désapprobatrice.

— Tu sais, Veen, pour une lycéenne si brillante, tu as vraiment le chic pour trouver des idées complètement idiotes.

Surprise, Venus faillit tomber de son perchoir.

— Qu'est-ce que tu racontes ? C'est une super idée.

Elle bondit au bas du tabouret et accepta la gourmandise qui dégoulinait.

— Oh, bien sûr ! Si tu as l'intention de finir vieille fille, entourée d'une dizaine de chats…

— À propos de chats, dit Venus, jetant un coup d'œil aux alentours. Tu as vu Sherbet ?

Sherbet était le nom que Venus avait donné à son mi-persan gris fumée.

— Je ne veux pas qu'il touche aux œufs.

Penny regarda son amie avec l'expression que la plupart des gens réservent aux faibles d'esprit.

— Qu'est-ce que tu me chantes ? Je croyais que tu devais emménager dans cet… endroit. Et maintenant, tu me parles d'œufs ? Tu es sous traitement ? ajouta-t-elle en adoptant un ton moqueur. Et tu as oublié de prendre tes médocs, c'est ça ?

— Je ne prends rien du tout, répliqua Venus. J'ai juste trouvé un nid au fond de la remise, avec des œufs dedans. Je n'ai jamais vu d'oiseaux de ce genre dans les parages. Alors, j'ai décidé d'installer une caméra pour assister à la naissance et filmer leur mère quand elle prendra soin de ses bébés. Ensuite, je réaliserai un montage, que je posterai en ligne.

— Tu vas épier un oiseau dans ta propre remise vide, par l'intermédiaire de ton ordi, c'est ça ? demanda Penny, s'appuyant contre un mur tout en chipotant sa glace. Là, c'est sûr, tu tiens ta revanche sur tes parents.

— Je suppose. Je ne sais pas. C'est juste… j'ai le sentiment que c'est leur faute, si on s'en prend autant à moi.

— On s'en prend à toi parce que tu es au lycée. Comme tout le monde. En plus, tes parents ne sont pas si étranges. Plutôt… *uniques*, mais d'une manière cool.

— Uniques ? répéta Venus, qui se rassit sur son tabouret. Toi et Abraham ne voyez que la surface. Paul et Virginie ne sont pas simplement uniques ; ils sont carrément bizarres !

— Oh ? fit Penny, qui haussa un sourcil.

— Tu ne les vois pas, quand ils se mettent tout à coup à interpréter des scènes de leur heure de gloire au théâtre. Et pas juste de temps en temps, s'ils s'ennuient. Tout le temps. Andrew Lloyd Weber au petit déjeuner, trois jours d'affilée. C'est agaçant, tu n'imagines même pas !

Penny gloussa.

— Non, je suppose que non.

— Ils continuent aussi de se comporter comme des ados en chaleur. C'est quand même bizarre ! Je suis leur fille, pas leur… leur coloc' ! C'est dégueu.

» Tu te rappelles l'été dernier ? Quand ils se sont barrés sans prévenir, en laissant juste un mot sur le frigo ? « Chère Venus, partis en vacances. À bientôt. Argent dans le buffet pour manger. » Il y a tout de même des *lois* contre ça, non ?

Penny se perdit soudain dans sa propre mémoire familiale. Son sourire amusé se fit mélancolique, alors que ses yeux se tournaient vers le passé.

— Oh… Penny. Je suis vraiment navrée, dit Venus, qui se couvrit la bouche, gênée. Je suis trop conne…, ajouta-t-elle en serrant son amie entre ses bras. Quelle égoïste…

— Ça va. C'est juste que, parfois, les souvenirs… (Penny secoua la tête.) Grâce à toi, je vis par procuration.

Venus la lâcha.

— D'accord, tu peux emprunter Paul pour le week-end. De toute façon, on ne s'en sert presque pas.

— Très drôle. Mais tu sais, tu n'as vraiment pas à te plaindre, Veen, dit-elle, essuyant une larme au coin de l'œil. Sans même parler de mon père disparu, je ne vois pas ma mère très souvent. Elle est rentrée si tard hier soir et repartie si tôt ce matin, que je ne l'ai pas croisée. Son travail passe avant tout, même sa propre fille.

— D'accord, tu as raison. Je n'ai pas à me plaindre, reconnut Venus. Alors… à combien je suis montée sur le nombrilimètre cette fois ?

— Sur dix ? Je dirais neuf, neuf et demi, confirma la fille plus âgée avec un sourire. C'est lui, ton piaf ?

La mère des oisillons à naître venait d'arriver en se dandinant par un petit trou à l'arrière de la remise qui, avec beaucoup d'effort, lui permettait d'entrer et de sortir. Après un coup d'œil inquiet autour d'elle, elle vola prudemment en direction du nid, tout en lançant un regard furieux aux deux amies.

— C'est juste une perdrix. On en trouve partout autour de la ferme des Richards.

— C'est la première fois que j'en vois une, comment ça se fait ? demanda Venus, qui tentait de justifier son ignorance.

— Je ne sais pas. Peut-être parce que tu détestes la nature et restes tout le temps enfermée à jouer sur ton ordi ? (Penny lui donna un coup de coude.) Et si tu me retrouvais au travail demain ? À la fin de mon service, on pourra aller chez moi et regarder des films avec ma mère. Un parent « normal », comme tu les aimes. Tu verras, c'est super ennuyeux.

Gabrielle

En général, Gabrielle LaForest ne rentrait pas à pied du travail. En hiver, elle prenait sa voiture, mais l'été, qu'il pleuve ou qu'il vente, elle s'imposait de sortir son vélo. Non pas qu'elle soit une athlète assidue, mais elle voulait garder la forme et ses horaires ne lui offraient que rarement l'occasion de faire du sport. Alors, elle s'accommodait de la situation, et ces trajets à bicyclette lui avaient donné la solution la plus efficace.

Elle aurait aimé partager ce passe-temps avec sa fille. Bien qu'elles soient proches, encore plus depuis le décès du mari de Gabrielle presque cinq ans plus tôt, elles se voyaient trop peu. Elle travaillait dur pour subvenir à leurs besoins ; l'unique notaire à exercer à Saint-Ferdinand avait ses journées et ses soirées souvent bien remplies.

Que la chaîne de son vélo casse juste au moment de quitter son étude l'avait d'autant plus frustrée qu'elle avait prévu de surprendre sa fille, Penny, à son travail. Elles auraient pu passer du temps ensemble, en savourant un cornet de glace. Mais cette fichue chaîne avait tout gâché. À cette allure, il ferait nuit quand elle arriverait chez elle. Le crépuscule tombait déjà, et elle distinguait mal la route, alors que le soleil tirait sa révérence à l'horizon.

À peine plus d'une semaine plus tôt, Gabrielle aurait hésité à marcher seule, dans l'obscurité, sur une route isolée. Elle aurait couru à la ferme la plus proche, pour supplier qu'on la ramène chez elle. Et personne n'aurait eu l'idée de refuser, même si son bon Samaritain ne la connaissait que de vue. Personne ne voulait abandonner qui que ce soit à la merci du tueur de Saint-Ferdinand.

Ce soir, avec Sam en prison, cette menace n'existait plus. Et bien qu'il subsiste de nombreux problèmes à résoudre, comme d'établir une liste définitive de ses victimes (au rang desquelles figurait peut-être son défunt mari), le danger appartenait au passé. Pouvoir de nouveau marcher seule la nuit avait quelque chose de grisant. Elle admettait volontiers tirer une partie de ce plaisir de la certitude de voir le monstre qui avait presque détruit sa vie payer pour ses crimes.

Elle estimait en avoir encore pour environ une demi-heure. Avec les lumières de la ferme Richards loin derrière elle, elle pouvait distinguer la lueur familière du porche des écuries Demers droit devant. Sa maison se situait juste au-delà, à la limite d'un petit lotissement, au nord du village. Bien que ça ne semble plus très loin, elle savait d'expérience que la distance était trompeuse.

À sa surprise, une voix l'interrompit dans sa solitude méditative. Un son faible, si éthéré qu'elle pensa d'abord l'avoir imaginé.

Une panique familière s'empara d'elle. Toutes les peurs qui l'avaient tourmentée ces dix-huit dernières années ressuscitèrent immédiatement, plus puissantes et plus réelles que jamais. Puis elle entendit de nouveau la voix, et une tout autre terreur étreignit son âme.

La voix appartenait à une petite fille. Elle répétait des mots inintelligibles, mais la mort récente d'Audrey Bergeron avait profondément marqué la communauté. Surtout les parents qui avaient eux aussi des filles.

N'écoutant que son instinct maternel, Gabrielle sauta par-dessus le fossé sur le bas-côté, parcourant plusieurs mètres dans la pénombre hostile de la forêt. Alors qu'elle regardait derrière chaque arbre, elle s'attendait à trouver une petite blessée ou perdue, terrifiée et seule, comme Audrey avait probablement dû l'être la nuit de sa mort.

Bientôt, Gabrielle s'était enfoncée dans les bois au point de ne pratiquement plus voir la route. Elle s'arrêta, tendit l'oreille, mais rien ne vint troubler le silence, pas même le bruissement des animaux ou le chant des insectes. Elle était sur le point d'oublier l'incident quand elle aperçut la fillette.

Elle était toute petite, avec une peau d'albâtre et des cheveux ivoire pâle. Elle portait ses habits du dimanche, mais ses pieds étaient nus. Des clous en fer grossiers plantés dans sa chair laiteuse s'enfonçaient dans le sol. Les mêmes lui perçaient les orbites. Dans ses bras, elle tenait un ours en peluche coiffé d'un feutre rouge vif.

Alors que Gabrielle la fixait dans un silence stupéfait, l'apparition parla de nouveau. Les mêmes mots qu'auparavant, mais cette fois, elle les comprit sans difficulté : « Sauve-toi… »

Crowley

Crowley était debout dans son bureau. Malgré l'air conditionné, de la sueur ruisselait dans son dos large, avant d'imprégner le coton léger de sa chemise brune. Il n'avait pas bougé depuis quelques moments. Son devoir exigeait qu'il passe ce coup de téléphone, mais la peur de perdre le contrôle d'une situation délicate retenait sa main. Ses doigts épais effleurèrent le combiné, presque comme une caresse apaisante.

Les yeux. Il les sentait, dans son dos, qui le clouaient sur place et l'observaient par la cloison vitrée. Dans le poste de police, tout le monde suivait ses moindres mouvements. Les agents de communes voisines, le personnel médical de l'hôpital de Sherbrooke… Même ses hommes attendaient une décision de sa part, un ordre.

Mais d'abord, il avait un choix à faire.

Il ne parvenait pas à détacher son regard, si fatigué soit-il, du tableau en liège accroché derrière le volumineux fauteuil en cuir en piteux état. Il était couvert de photos ; celles des yeux trouvés chez Finnegan constituaient l'ajout le plus récent à cette mosaïque. Mais il y en avait d'autres, qui ne venaient pas de la scène de crime.

L'inspecteur retira ses doigts du combiné, plaquant sa main sur sa nuque, comme pour ne pas se raviser, puis il se retourna. Sa décision était prise, un processus allait se mettre en branle.

Il sortit de son bureau, s'adressant aux professionnels épuisés réunis dans le poste de police.

— Bien. Ç'a été une rude journée. Et demain sera tout aussi dur. Ceux qui viennent de l'extérieur et ne veulent pas rentrer, voyez avec Jackie, la jolie brune à l'accueil, qui vous indiquera où passer la nuit. Il y a une maison d'hôte dans cette rue qui pourra loger quelques personnes ; pour les autres, ce sera chez l'habitant. Certains ont des chambres d'amis à offrir.

» L'ampleur et la durée de la folie meurtrière de Finnegan portent à penser qu'il n'a pas agi seul. Alors, avant que vous partiez, je dois fixer certaines règles.

Une rumeur parcourut l'assemblée. Dans le village, tout le monde voulait croire que le cauchemar était enfin terminé. Sam Finnegan avait accepté d'avouer. On avait trouvé les corps. On étudiait la scène de crime. C'était fini. Le reste, c'était de la paperasse. Après presque deux décennies d'une enquête interminable, pourquoi l'inspecteur refusait-il d'entendre raison ?

— J'espère me tromper, mais par mesure de sécurité, la presse doit être tenue à l'écart, tant que nous n'en saurons pas plus. À nous de faire correctement notre boulot, soit en arrêtant un complice, soit en prouvant que Sam n'en avait pas. Mais si on merde sur ce coup-là, on risque de se retrouver avec un autre meurtrier en liberté.

Des hochements de tête approbateurs remplacèrent les haussements d'épaules de confusion chez les hommes regonflés à bloc, de nouveau complètement concentrés. Ses années d'entraîneur en championnat de base-ball des moins de douze ans pour son fils portaient leurs fruits. Stephen Crowley excellait à motiver un petit groupe de gens. Ils se lèveraient tôt et se remettraient au boulot dès demain, et le jour suivant. Aussi longtemps que nécessaire pour réunir tous les indices et les preuves. Chose plus importante, tout passerait par l'intermédiaire de l'inspecteur. Restes humains, rapports d'autopsie, photos de scène de crime : il verrait tout et, avec un peu de chance, obtiendrait les réponses à ses propres questions.

Un par un, les agents et les volontaires quittèrent le poste de police, certains le saluant d'un geste, d'autres prenant le temps de lui serrer la main avant de prendre congé. Leur départ laissa derrière eux un champ de bataille jonché de cadavres éventrés de boîtes de beignets et de cafetières taries. De la cacophonie du travail naquit un silence quasi absolu, uniquement rompu par le petit bruit discret du photocopieur, rappelant qu'il manquait de papier.

Toujours aussi consciencieuse, Jackie se mit à ramasser les ordures, pour que le bureau soit prêt à accueillir le second round de l'enquête dans la matinée.

Crowley envisagea de rentrer chez lui. Il aurait besoin d'énergie dans les jours à venir, et la voix de la sagesse le poussait à rejoindre un lit confortable, même solitaire. Malheureusement, s'agissant de sa propre santé et de son bien-être, Crowley ne faisait que rarement les bons choix.

Assis à son bureau, il fit pivoter son fauteuil pour fixer une nouvelle fois du regard le tableau en liège, d'où le contemplaient près de deux décennies d'enquête. Des indices, patiemment réunis, tous plus inutiles les uns que les autres. Dix-huit ans à suivre des pistes, à se fier à des intuitions, et à interroger des suspects, pour qu'en fin de compte le tueur fasse une boulette qui le trahisse, comme un imbécile.

Mais si Finnegan était réellement cet imbécile, ce crétin, quel que soit le terme médical exact pour décrire son état mental, comment avait-il pu échapper à la police toutes ces années ? Un idiot maladroit avec son sourire de travers n'aurait tout de même pas pu se montrer plus malin que lui et ses agents si longtemps ?

— Tu penses vraiment qu'il avait un complice ?

Crowley n'eut pas besoin de se retourner pour reconnaître la voix de Randy McKenzie ou le bruit de son corps replet qui s'installait dans l'un des fauteuils du bureau. Randy en savait presque autant que lui sur cette affaire. Chacun d'eux avait travaillé sur l'enquête dans son domaine. Deux hommes au faîte de leurs professions, tenus en échec par un débile.

— Comment aurait-il pu y arriver autrement ? Oublie que Finnegan tout mouillé pèse moins de soixante-dix kilos et que mon fils pourrait le passer à tabac, même dans un mauvais jour…

— Ton fils pourrait *me* passer à tabac dans un mauvais jour.

— Ça, c'est à la portée de n'importe qui, Randy. Ce que je me demande, c'est comment ce vieil homme s'y est pris pour maîtriser toutes ses victimes ?

Crowley se retourna, voulant autant lire la réponse sur le visage du médecin que l'entendre de sa bouche. Une habitude de flic.

— De la même manière qu'il nous a laissés dans le brouillard pendant dix-huit ans : personne ne soupçonne l'idiot du village. Sam est notre Ed Gein, en dix fois pire.

Prenant soin de ne pas déranger les papiers minutieusement empilés et les gobelets vides, Crowley balança ses jambes sur son bureau. Ses bottes étaient toujours couvertes de terre de la scène de crime. Le personnel d'entretien aurait un boulot fou mercredi. Entre les traces de boue et le café renversé, les sols du poste étaient un désastre.

— Je n'ai jamais eu confiance en lui.

— Oh, arrête, Stephen. Tout le monde lui aurait donné le Bon Dieu sans confession. Tu l'as reconnu toi-même : ce type était inoffensif. Du moins, c'est l'impression qu'il dégageait.

Le silence tomba entre les deux hommes. Il était plus de minuit, et les effets de la caféine se dissipaient rapidement. Crowley lança un regard en coin aux gobelets vides sur son bureau, victimes de son besoin de rester éveillé ; il envisagea de se resservir. À moins que son ami, assis en face de lui, accepte de lui donner quelque chose d'un peu plus puissant. Ce ne serait pas la première fois qu'il le lui demanderait.

L'inspecteur pouvait sentir les yeux sur le tableau en liège lui percer l'arrière de la tête. Ce n'étaient pas tant ceux de la collection de Finnegan qui le travaillaient, mais les autres, dessinés dans des livres de bibliothèque, peints à la bombe sur des bâtiments, ou gravés dans l'écorce d'arbres. Tous représentaient la même image : un œil stylisé avec un iris en spirale.

D'aussi loin qu'il se souvienne depuis qu'il vivait à Saint-Ferdinand, ces actes de vandalisme avaient fait leur apparition dans tout le village à intervalles réguliers. On en avait effacé certains, on avait repeint sur d'autres, mais ils finissaient par resurgir, gravés sur un banc de parc ou sous forme d'empreinte dans le ciment d'un trottoir.

— S'il n'a pas agi seul, qui d'autre ? s'enquit Randy, nettoyant ses lunettes.

— Je n'ai pas de nom ! Mais entre cette grotte, ces yeux et l'histoire de ce village…

D'un geste de la main, il désigna le tableau derrière lui.

— Tu ne vas pas me dire que tout ça est une coïncidence ?

— Quoi ? Les Compagnons ?

Les Compagnons de Saint-Ferdinand, vieille organisation dissoute, avaient eu l'œil avec un iris en spirale comme symbole. Entre loge maçonnique et chambre de commerce, les Compagnons avaient autrefois joué un rôle moteur dans l'activité économique locale. Leur emblème ornait chaque bâtiment, chaque ferme.

— Pourquoi pas ?

— Parce qu'ils sont morts et enterrés, Stephen !

Le légiste rondelet sourit à l'inspecteur, tentant de détendre l'atmosphère.

— La présence d'un œil dans leur logo ne suffit pas à établir un lien.

— Tu ne les connais pas comme moi, Randy.

— Tu es fou. Ces graffitis sont l'œuvre de gamins. Qu'est-ce que tu crois ? Que des vieillards rôdent la nuit, avec des bombes cachées dans les poches de leur robe de chambre ?

— Marre-toi tant que tu veux, ducon. Sam avait un complice. J'en suis convaincu.

— D'accord, mais qui ? Qui regarde Sam et se dit : « Voilà le gars qu'il me faut pour mener à bien un massacre » ? Qui fréquente Finnegan, d'abord ?

— Bon sang, Randy, je n'en sais rien, répondit Crowley, qui se pinça l'arête du nez, épuisé et frustré. Peut-être qu'on l'a manipulé. Sam me semble plutôt influençable, non ?

Randy s'appuya sur le bureau, tâchant de mieux comprendre ce qui rongeait l'inspecteur. Ses propres vêtements, un pantalon brun et une chemise blanche, avaient souffert d'une journée de travail sur le terrain. Seules ses mains, protégées la plupart du temps par des gants en latex, avaient été épargnées.

— Stephen ? Pourquoi as-tu tellement besoin de prouver l'existence d'un complice ?

— Parce que.

Crowley fit rouler son fauteuil sur le côté, pour que McKenzie puisse voir clairement le tableau en liège. De vieilles photos jaunies et des croquis du symbole, rejoints par des sorties papier récentes des yeux trouvés sur la scène de crime. Certains toujours au bout d'une pique, d'autres putréfiés et découverts dans le sol, près de l'entrée de la grotte.

— Ce que Finnegan faisait avec ces yeux ne devait rien au hasard. Il y a quelque chose dans cette grotte, et tout est lié.

L'inspecteur pointa du doigt l'image la plus proche de l'iris en spirale. La photo datait d'avant la naissance de son fils. Elle représentait le mur d'une grange avec le même symbole peint en blanc, couvrant la plus grande partie de sa surface.

— Ils savaient, Randy…

— Et quand bien même ? Ils sont partis. Tu as fait ce qu'il fallait.

Crowley grommela, non sans une certaine fierté. Ses yeux revinrent au tableau, son attention se portant lentement d'une photo à l'autre. L'inspecteur se gratta le menton.

— Finnegan aurait-il pu être l'un d'eux ?

Le médecin haussa les épaules et se laissa aller en arrière dans son fauteuil.

— Possible. On ignore pas mal de choses sur lui, mais je doute que quiconque soit resté pour tirer les ficelles.

— On aurait dû fouiller la grotte, dit Crowley d'un ton songeur.

Derrière lui, Randy fronça les sourcils, son attitude joviale et cavalière disparaissant un instant. La pensée de la grotte et de ce qu'elle contenait eut raison de sa désinvolture et lui glaça le sang. Son front se rida sous le fardeau de ce qu'il savait.

— Non, Stephen. Personne ne devrait approcher de cette grotte. Aussi longtemps que possible.

Crowley

— Qu'est-ce que c'est que ce foutoir ?

Crowley indiqua d'un signe de la main les trois cartons pleins à ras bord qui encombraient son bureau. Ils avaient remplacé les gobelets jetables minutieusement accumulés et les piles de papiers qui lui tenaient compagnie depuis de si nombreuses semaines.

Chaque boîte contenait le double de documents de son volume normal. Des élastiques réunissaient des chemises, d'où dépassaient des Post-it de différentes couleurs, en fonction de leur teneur et de leur objet.

Heureusement, quelqu'un avait pensé à coller des étiquettes sur les cartons. « VICTIMES », sur celui qui semblait le plus proche de l'indigestion. Crowley y trouverait les rapports d'autopsie et médico-légaux, les témoignages, et les dossiers de chaque personne assassinée par Finnegan. « ARCHIVES », juste à côté, réunissait les archives de l'enquête. Crowley en avait gravé presque l'intégralité dans sa mémoire. Il en avait d'ailleurs probablement écrit la moitié.

Le dernier, qu'il avait demandé était de loin le plus raisonnable. Les dossiers empilés ne dépassaient du bord que de cinq à dix centimètres. Personne n'avait eu à le lui préparer ; bien connu de tous, il prenait la poussière à l'étage, aux archives. La police locale s'en servait pour le classement vertical de tout ce qui concernait les actes de vandalisme gratuits attribués aux Compagnons. Pas d'étiquette, juste le mot « POUBELLE », écrit à la main par l'ancien patron de Crowley.

Quand Stephen avait demandé ces documents, il n'avait pas réfléchi au volume qu'ils occuperaient. Il pensait également que les réunir exigerait un peu plus de temps, et qu'on ne se contenterait pas de les balancer sur son bureau. Quelqu'un allait avoir les oreilles qui sifflent, mais pas maintenant.

Il avait prévu de faire un saut au travail, juste avant de rentrer chez lui. Il voulait emporter quelques papiers, probablement enfouis sous les cartons ou rangés là où le génie responsable de cette livraison intempestive avait jugé opportun de les déplacer.

Avec un grognement d'effort et d'irritation mêlés, l'inspecteur se mit à soulever les boîtes pour les poser à côté du mur. S'il parvenait à trouver ce qu'il était venu chercher, il pourrait repartir et sauver ce qui pouvait l'être de cette soirée. Peut-être même passer un peu de temps avec Dan.

Le premier et le deuxième carton ne lui causèrent aucune difficulté, bien qu'il apparaisse clairement que les documents qu'il espérait n'étaient plus sur son bureau.

La dernière boîte était si légère comparée aux deux autres, que Crowley la souleva aisément d'une seule main. Malheureusement, la poignée rompit, et elle vomit ses piles de chemises et de dossiers soigneusement ordonnés sur le sol.

— Bordel de merde ! s'emporta l'inspecteur.

Les deux agents encore présents au poste ne prirent pas la peine de lever la tête.

Stephen se baissa pour ramasser tout ce bazar, en priant pour que tout ne se soit pas mélangé. Il n'avait pas de temps à perdre en classement.

Il retrouva le même symbole, page après page. L'œil avec l'iris en spirale. Peint sur un trottoir, dessiné sur un panneau de signalisation, gravé sur un poteau électrique. Les lieux aussi lui étaient familiers. Les marquages plus anodins avaient été faciles à effacer, comme cette version grossière, sur la porte du drugstore Bergeron, une décennie plus tôt. D'autres, plus bizarres et plus permanents, restaient visibles aujourd'hui encore. Comme celui sculpté d'une main experte dans la pierre tombale de Neil McKenzie, au cimetière.

On avait longtemps soupçonné les Compagnons d'être à l'origine de ce vandalisme, une manière de s'affirmer les maîtres du village. Eux-mêmes se décrivaient comme un groupe d'entrepreneurs et d'érudits, un club privé à l'ancienne. Quand Stephen s'était installé à Saint-Ferdinand, leur étoile pâlissait déjà. Leurs membres étaient âgés. L'arrivée de sang neuf dans la région, sous la forme d'hommes d'affaires tels William Bergeron, ne laissait que peu de place à l'organisation vieillissante. De nos jours, ce symbole mettait un peu de couleur locale, mais les gamins qui le reproduisaient ignoraient la signification originelle de l'œil. C'est du moins ce que pensaient la plupart des gens.

L'inspecteur Crowley n'était pas dupe. Les Compagnons n'avaient pas été qu'un club, mais une secte, née d'un objectif abominable. Ses membres étudiaient des arts anciens, interdits, sans craindre les conséquences de leurs actes.

Néanmoins, tous n'avaient pas été animés de mauvaises intentions. Sans les Compagnons, Randy McKenzie n'aurait jamais appris les rituels nécromanciens qu'il maîtrisait. Même Harry Peterson n'était pas un sale type, il s'était juste acoquiné avec des individus peu recommandables.

Heureusement, il y avait longtemps que Stephen Crowley avait chassé cette racaille de la région.

Son propre groupe était différent. Une vision bien plus claire de l'avenir du village l'animait. Chose plus importante, ses membres avaient à présent les moyens d'atteindre leurs objectifs ambitieux.

L'inspecteur ramassa une pile de documents sur le sol, mais au lieu de la fourrer de nouveau dans le carton « POUBELLE », il l'apporta à son bureau. Là, il s'assit et parcourut les rapports et photos réunis.

Tendant le bras derrière l'accoudoir, Stephen plongea la main dans la poche de sa veste d'uniforme. Il en sortit une pierre couverte de mousse, la même que Daniel avait menacé de jeter dans le lac à Magog, quelques jours plus tôt. L'inspecteur lança un regard furtif vers ses deux employés qui continuaient de remplir de la paperasse et de répondre aux emails.

Sachant qu'on ne le dérangerait pas, Crowley posa la pierre sur son bureau, à côté des documents. Il suivit méticuleusement les lignes sculptées avec son pouce, attendant une sorte de révélation. Quand rien ne vint, il ouvrit les dossiers.

Les Compagnons et leur stupide symbole. Après toutes ces années, Crowley avait espéré que cette bande de croulants laisserait à peine une note en bas de page dans l'histoire de Saint-Ferdinand. Qu'il en avait fini avec eux dix-huit ans plus tôt.

Mais s'il s'était trompé ? que la secte avait manipulé Sam Finnegan dans sa folie meurtrière ? qu'elle était responsable du cimetière surpeuplé de Saint-Ferdinand ? Il avait du mal à l'avaler.

Il avait trouvé une pierre avec leur symbole. Et alors ? Ces trucs, il en traînait partout en ville, et ce caillou ne datait visiblement pas d'hier. Finnegan l'avait probablement ramassé et gardé près de la grotte, comme un souvenir. À moins qu'il soit lui-même responsable des actes de vandalisme, imitant l'œil avec l'iris en spirale pour une raison quelconque soufflée par son esprit malade.

Sinon, Crowley pouvait se fier à son instinct.

L'inspecteur regarda la première photo du dossier. La grange avec le symbole grossièrement reproduit sur le mur.

Écoutant la petite voix dans sa tête, Crowley fit rouler son fauteuil jusqu'aux cartons posés sur le sol. Puis il se mit à fouiller, sans égard pour le classement des documents. Pêchant un rapport d'autopsie après l'autre, il ne s'arrêta qu'au moment d'atteindre le fond de la boîte.

Jackson Conroy. Première victime présumée du tueur de Saint-Ferdinand. Propriétaire de la seule pizzeria que le village ait connue, il avait disparu presque dix-neuf ans plus tôt. Une semaine avant qu'on aperçoive l'œil avec l'iris en spirale pour la première fois.

Crowley récupéra un des rapports d'autopsie les plus récents parmi ceux qu'il avait écartés. Graham Henderson. Le corps du gros homme n'avait presque pas tenu dans un des réfrigérateurs de Sam. En fait, on lui avait cassé les bras au niveau des épaules, et plié les jambes jusqu'à faire craquer les genoux pour pouvoir fermer la porte.

L'autopsie ne semblait pas révéler grand-chose. Causes du décès : coups de couteau. Heure : plus difficile à estimer, mais dans un intervalle ne dépassant pas quelques semaines. Peu importe ; tout le monde savait quand Henderson avait disparu. On avait découvert sa camionnette abandonnée dans les bois, près de la grand-route, en novembre dernier, le siège avant maculé de sang. On l'avait présumé mort, assassiné, et son nom avait allongé la liste des victimes. La seule particularité que mentionnait le rapport était la présence de longues éraflures dans le dos de Graham, ainsi que quelques chardons pris dans ses vêtements.

Novembre dernier. Parcourant les dossiers de vandalisme, Crowley repéra l'acte le plus proche deux semaines après le signalement de la disparition d'Henderson et à peine deux jours après qu'on avait trouvé son véhicule. La photographie attachée au rapport avec un trombone montrait un trottoir récemment refait. Quelqu'un avait tracé un œil avec un iris en spirale, alors que le ciment n'était pas encore sec. À côté du trottoir, floue, mais reconnaissable, poussait une poignée de chardons.

Son sang ne fit qu'un tour.

Ce n'était pas un lien solide. Pas même quelque chose qui mérite qu'on s'y arrête – en temps normal. Après tout, les chardons pullulaient dans le coin.

Néanmoins, il avait deux cartons pleins de rapports d'autopsie et d'enquête, et toute une nuit pour établir entre eux autant de liens que possible. Au matin, Crowley saurait si les Compagnons appartenaient définitivement au passé, ou représentaient une menace pour le présent.

Daniel

Les Crowley n'habitaient pas la maison la plus ostentatoire de Saint-Ferdinand, mais elle reflétait bien le statut de son propriétaire. Seul luxe incontestable, son garage double, qui contenait un gros Ford Explorer noir et un étalage coûteux de matériel de sport, skis, sacs de golf et même un kayak en fibre de verre.

Devant le garage s'étendait une longue allée asphaltée qui menait à la route. Le soleil cognait dur sur le tapis noir, créant des ondulations dans l'air juste au-dessus du sol. Au milieu de ce désert inhospitalier de bitume brûlant se trouvait une Honda Civic blanche d'une propreté impeccable avec ses enjoliveurs en chrome. Sous le capot levé, Dan Crowley se penchait, torse nu, sur le moteur.

— Chouette bagnole ! lança une voix proche.

Dan sortit la tête de sous le capot ; plissant les yeux, il détailla l'inconnu. Que quiconque puisse mettre un costume-cravate par cette chaleur le sidérait.

— J'avais presque la même à ton âge, continua l'homme. Rouge, trois portes. Mais certainement pas aussi bien entretenue.

— Merci, répondit Daniel. Si vous cherchez mon père, vous n'avez pas de chance. Il travaille, aujourd'hui.

— Ça ne me surprend pas beaucoup, dit l'inconnu.

Déçu, il enfonça ses mains dans les poches et s'appuya contre la voiture.

— Dites-moi qui vous êtes, je pourrai l'informer que vous êtes passé, proposa l'adolescent, qui essuya la graisse de ses mains.

— Oh ! où avais-je la tête ? Chris Hagen, journaliste pigiste.

Dan hésita à accepter la main que lui tendait Chris. À Saint-Ferdinand, les gens se méfiaient de la presse, en particulier les Crowley. Il y avait quelque chose de troublant chez ceux dont le travail consistait à fouiller dans la vie des autres.

— Mon père vous évite, je suppose ?

— Il n'est pas le seul. Tout le village semble s'être passé le mot, répondit Hagen en souriant. Remarque, je ne leur en veux pas. Moi non plus, je n'aurais pas envie de me parler, si j'avais enduré la même chose.

— Les gens du coin ne se confient pas facilement, monsieur Hagen.

— Chris, le corrigea Hagen, qui s'essuya le front, malgré une absence totale de sueur. Écoute, je vais être franc avec toi, Dan. J'aimerais autant ne pas déranger ton père, mais dans les affaires criminelles, il est d'usage de recueillir le point de vue officiel. Je fais mon possible pour respecter sa position et sa communauté en m'assurant d'obtenir ces informations d'une source autorisée.

— Eh bien, ce ne sera pas évident, Chris. Mon père n'a pas son pareil pour éviter les gens, et il peut se montrer terriblement têtu en prime.

— D'accord. Dans ce cas, à qui devrais-je m'adresser ?

— Euh… Il y a bien cette psychologue, en ville pour soutenir les familles de victimes. Elle pourra probablement répondre à la plupart de vos questions.

L'adolescent avait le sentiment que son père ne verrait pas d'un très bon œil que deux étrangers fourrent leur nez dans le linge sale de Saint-Ferdinand. Normalement, il serait le premier à s'aligner sur les principes de son père, mais son éducation le poussait également à aider son prochain, une habitude dont il avait du mal à se débarrasser.

— Intéressant. Tu as une idée de l'endroit où je peux trouver cet autre hôte de passage dans ce charmant village ?

— Son nom de famille est Hazelwood. Elle s'est installée au poste de police.

— Au poste ? Eh bien, merci, Dan, répondit Chris, qui lui tendit une carte de visite. Si tu veux bien la remettre à ton père de ma part. Peut-être qu'il changera d'avis.

Chris Hagen remonta tranquillement l'allée, les mains dans les poches, et apparemment toujours aussi peu gêné par la canicule. Baissant les yeux vers la carte, Dan remarqua un symbole curieux, mais familier : un sablier ailé. Il tâchait de se souvenir d'où il l'avait déjà vu, quand une autre question lui vint à l'esprit. Se retournant vers le journaliste qui s'éloignait, il cria :

— Hé ! Chris ! Comment saviez-vous que je m'appelais Dan ?

Soit Hagen n'entendit pas, soit il l'ignora. Quoi qu'il en soit, une seconde plus tard, il avait disparu.

Randy

Randy McKenzie se glissa sous le ruban jaune qui délimitait la scène de crime. Il sentait déjà l'odeur de putréfaction de la chair dans l'air. Tendant la main vers sa poche, il en tira une paire de gants en latex. Il ne doutait pas qu'il en aurait bientôt l'usage.

Devant lui s'étalait un tableau de cauchemar, facilement le spectacle le plus horrible de sa carrière, et il en avait vu d'autres. S'il s'agissait d'un meurtre, et le contraire l'eût étonné, ce serait le plus sanglant dans l'histoire de Saint-Ferdinand.

Il trouva Crowley dans un état second, debout devant un morceau de corps en bouillie, fixant silencieusement un regard écœuré sur les centaines de mouches qui grouillaient dans la cage thoracique exposée de la victime. Clairement, il se passait pas mal de choses derrière ses yeux à ce moment-là.

— J'espère que ta copine a l'estomac bien accroché, Randy.

— Erica ? Elle en a vu d'autres, répondit le légiste, mais je ne pense pas nécessaire de lui imposer ça.

Il balaya d'un lent geste du bras le carnage insensé qui les entourait.

— Tant pis. J'ai besoin de quelqu'un qui parlera à la fille LaForest.

— Elle n'a pas… Attends, c'est Gabrielle LaForest ?

Randy verdit et perdit l'équilibre. Pendant un moment, il eut la conviction qu'il allait vomir son déjeuner, mais il parvint à se maîtriser. Gabrielle LaForest était la mère de l'amie de sa nièce, mais aussi une de ses relations, dont il était relativement proche. Elle l'avait aidé pour les démarches administratives, quand il avait vendu sa maison de Saint-Ferdinand pour déménager à Sherbrooke et travailler à l'université. Voir un corps dans cet état était une chose, découvrir qu'il s'agissait du cadavre d'une connaissance en était une autre. Et la pilule était amère, même pour quelqu'un d'aussi bien habitué à côtoyer la mort que Randy.

— Comment as-tu identifié… ?

— Son portefeuille, expliqua Crowley.

— Qu'est-ce qui a fait ça ? Un ours ?

La question sonnait creux, une manière de se raccrocher à tout prix à un semblant d'espoir.

— Merde, Randy, tu sais très bien que ce n'était pas un ours. On sait tous les deux ce qui a fait ça.

Le médecin n'avait pas besoin qu'on lui mette les points sur les *i*. À lui seul, le niveau de violence apparent excluait l'hypothèse d'un animal. Il y avait du sang absolument partout. Sur la terre détrempée, sur l'écorce des arbres, aux troncs copieusement éclaboussés. Assez pour remplir les veines de trois personnes de la taille de Gabrielle. De grands lambeaux de peau étaient étalés sur le sol jonché d'organes et de morceaux de chair à la forme curieuse. Seuls ses intestins avaient été épargnés, suspendus aux branches en guirlande grotesque. Au pied d'un érable particulièrement imposant, la plupart des os de Gabrielle, y compris son crâne écorché, formaient un tas sanglant. C'était l'œuvre d'un boucher barbare, qui s'illustrait par son audace et l'amour du travail bien fait.

— On a une réunion ce soir, Randy. Je compte sur toi.

Les yeux de Crowley continuaient de se fixer sur la masse de mouches agglutinées sur le sternum, en couverture foisonnante.

Le médecin savait de quoi parlait Crowley. Il ne voulait rien avoir affaire avec ce groupe. Randy avait toujours considéré qu'il n'était pas des leurs. Il préférait rester neutre.

— Non. J'ai fait ce que j'ai pu.

— Tu ne peux pas te défiler, McKenzie. Tu as un rôle à jouer.

— Exactement, renchérit Randy, dont l'inflexibilité soudaine surprit Crowley. Tu penses que j'ai un quelconque pouvoir là-dessus ? Je cours plus de risques que n'importe lequel d'entre vous.

— Sans blague ?

— Qu'est-ce que tu attends de moi, Stephen ? Que je me pointe à l'église pour dire une petite prière qui mettra un terme à tout ça, comme par magie ?

Crowley se tourna vers le médecin légiste pour le regarder droit dans les yeux. Pendant une seconde, Randy se demanda si Stephen allait le frapper pour avoir osé refuser. Heureusement, il semblait avoir d'autres sujets de préoccupation.

— Tu en as toujours su plus que tu le laissais paraître. Aujourd'hui plus que jamais, la moindre information compte. (Crowley se gratta nerveusement la nuque.) On ne peut plus rien garder pour soi.

— Le mieux que je puisse offrir, c'est tenter de trouver quelqu'un de vraiment qualifié pour nous aider.

Randy s'accroupit pour étudier les restes humains de plus près.

— Ç'aurait été nettement plus facile si tu n'avais pas chassé tous les Compagnons de la ville. Bon sang, peut-être que Finnegan savait ce qu'il faisait, après tout.

— Tu ne vas tout de même pas défendre ce monstre, maintenant ? gronda Crowley.

— Un monstre ? Regarde autour de toi ; ce n'est que le début. On ne négocie plus. Tu dois te ressaisir et trouver une autre solution. Sam a probablement sauvé plus de vies en gardant cette chose…

— Oh, mon Dieu…, fit une voix quelques mètres derrière eux.

Sans la quiétude de la forêt et le silence respectueux des agents de Crowley, aucun d'eux n'aurait entendu l'exclamation étranglée. Ils se retournèrent vers Erica Hazelwood, qui marchait prudemment parmi ce qui restait d'une femme.

— Erica…, commença Randy, presque paniqué. Vous ne devriez pas être là.

Mais la psychologue continua à avancer sans un mot vers les deux hommes, une main plaquée sur la bouche, comme pour étouffer un cri. Elle progressait avec soin, s'assurant que ses pieds n'entrent en contact avec aucun des fragments de chair et de viscères qui jonchaient le sol.

— Eh bien, mademoiselle Hazelwood, vous qui vouliez participer à l'enquête, vous voilà servie, lança Crowley, avec un tact douteux.

Erica marqua un temps d'arrêt, mais resta calme.

— Vous avez raison, inspecteur. Désolée. J'aurais dû mieux me contrôler, dit-elle, d'une voix qu'elle vida de toute émotion. Mais reconnaissez que cette scène de crime sort de l'ordinaire ?

Crowley hocha la tête, regardant de nouveau longuement autour de lui.

— Oui. Je suis d'accord. C'est pousser un peu loin la dépersonnalisation de la victime, vous ne trouvez pas ? demanda l'inspecteur, sans attendre de réponse.

— Stephen…, intervint Randy, dans une tentative peu convaincante pour défendre son étudiante.

— Laissez, Randy. Il n'a pas tort. Ça va bien au-delà de toute dépersonnalisation, dit-elle à Crowley. Si je devais émettre une hypothèse, je pencherais pour un crime rituel.

Crowley et McKenzie échangèrent un regard pendant un moment, aucun d'eux ne convenant de l'ironie de cette déclaration.

— Il suffit d'observer la scène, expliqua Erica. De toute évidence, ce meurtre respecte un certain cérémonial : les os entassés, la peau tendue sur le sol, les organes suspendus aux branches. C'est l'œuvre d'un Charles Manson sous amphés. Les yeux sont-ils toujours dans le crâne ?

— Non, répondit l'inspecteur. Tous deux ont été extraits de leurs orbites et écrasés.

Il pointa du doigt un petit drapeau jaune planté au pied d'un bouleau élancé ; on y avait retrouvé ce qui restait des yeux.

— Celui qui a commis ce meurtre avait des intentions précises pour presque chaque partie de sa victime. Les yeux sont détruits, alors que Sam les préservait. Le corps est anéanti, alors que Sam rangeait ses cadavres dans des frigos.

— Vous croyez à l'existence d'un lien ? demanda Randy, bien que Crowley et lui connussent déjà la réponse.

— Je serais surprise du contraire. Peut-être que l'inspecteur a raison, et que Sam avait un complice. Plusieurs, même.

— Je ne pense pas que Sam ait agi seul, mademoiselle Hazelwood, dit Crowley, mais de là à parler de secte…

— Qu'est-ce qui vous permet d'être si catégorique ? fit Erica sur un ton soupçonneux. Étant donné la nature des meurtres et l'état de ces restes, je peux citer plusieurs spécialistes qui se rangeraient à mon avis. Randy, vous savez que j'ai raison…

— J'entends bien, mademoiselle Hazelwood, la coupa Crowley. Mais je connais personnellement les habitants de ce village. Une paire d'assassins est déjà assez difficile à imaginer. Écoutez, je vous promets de demander à Matt de s'intéresser à d'éventuelles activités sectaires. Pendant ce temps, j'ai une autre tâche à vous confier. Allez parler à la fille de la victime, d'accord ?

Sans ajouter un mot, Crowley se retourna et repartit vers la route. Randy se hâta de clopiner derrière lui, abandonnant Erica au milieu du champ des horreurs.

— Tu as été un peu dur avec elle, tu ne crois pas ? demanda-t-il à l'inspecteur.

— Ta « copine » pose trop de questions gênantes, Randy. Tu ne veux pas venir à la réunion ? Parfait. J'ai une nouvelle mission pour toi : débarrasse-moi d'elle. À moins que tu aies envie de lui expliquer précisément qui sont les Compagnons et à quoi tu occupes tes loisirs à la morgue.

— Des menaces, Stephen ?

— Appelle ça comme ça te chante. Ce n'est que le début.

Sur ces mots, Crowley s'éloigna comme un ouragan en direction de certains de ses agents.

Randy McKenzie se retourna vers son amie. Penché à côté d'un arbre, le docteur Hazelwood étudiait un objet sur le sol. Randy avait commis une erreur en l'associant à cette affaire. Il avait saisi cette occasion de retravailler avec elle dans l'espoir de lui offrir la chance de collaborer à une enquête unique. La première pierre d'une brillante carrière. Mais il commençait à en mesurer les risques, y compris pour la vie de la jeune femme.

Au-delà du coup de pouce professionnel, le danger était d'autant plus réel qu'Erica n'en avait pas conscience.

Alors que Randy l'observait, à la fois soucieux et admiratif, il remarqua quelque chose de curieux à propos de ce qui avait attiré l'attention de son amie : un objet brun, apparemment mou, coiffé d'une touffe rouge. Peut-être un morceau de chair qui avait atterri sur un bout de bois. Toutefois, il avait quelque chose de familier.

Pensant que personne ne la regardait, le docteur Hazelwood tendit le bras pour le ramasser. À ce moment-là, Randy le reconnut. Il ressentit un choc si puissant qu'il ignora le comportement de sa protégée, contrevenant à toute procédure – et potentiellement illicite.

Non contente de toucher un indice, Erica le glissa dans son sac. Normalement, Randy serait intervenu pour lui rappeler les conséquences de son acte, mais il n'en fit rien.

Ce qu'Erica avait volé sur cette scène de crime n'existait plus. Ou plutôt, aurait dû être inaccessible. Hors de portée de n'importe quel mortel. Pourtant, elle était bien là : une peluche brune, coiffée d'un feutre rouge.

Venus

Ils arrivèrent en milieu d'après-midi. L'inspecteur Crowley, le lieutenant Bélanger, et cette femme qui n'était pas du coin. Pour autant que sache Venus, elle donnait un coup de main à la police locale dans l'affaire du vieux Finnegan. Calmement, ils demandèrent à tout le monde de quitter la boutique du glacier, à l'exception de la femme et de Penny, qui devint blanche comme un linge. D'abord, Venus pensa que Sam avait avoué le meurtre du père de sa meilleure amie. Beaucoup de gens avaient eu droit à des visites de ce genre ces deux dernières semaines. En général, le lieutenant Bélanger s'en occupait, mais il n'était pas le candidat idéal pour annoncer une nouvelle si brutale à une adolescente. Là, ça semblait plus grave. Venus et Abraham s'en aperçurent immédiatement en entendant leur amie pousser un hurlement effroyable, pur concentré de souffrance, alors qu'on les escortait hors du magasin.

Abraham laissa tomber son milk-shake quand il commença à soupçonner la réalité de la situation. Quelque chose avait dû arriver à Mme LaForest.

— Inspecteur Crowley ? Qu'est-ce qui se passe ? demanda-t-il, dans l'espoir d'obtenir des éclaircissements.

— Nous avons trouvé le corps de la maman de Penny dans la forêt ce matin, répondit le lieutenant Bélanger, impassible.

— Matt ! le réprimanda Crowley en voyant le choc et la détresse sur le visage des deux adolescents.

Le lieutenant haussa les épaules, l'air penaud.

— Écoutez. Malgré son manque de tact, ce qu'a dit le lieutenant Bélanger est vrai.

Il marqua une pause, le temps que la nouvelle fasse son effet. Crowley mettait son point d'honneur à connaître la plupart des gens du village. Avec Venus et Abe, il avait conscience de ne pas avoir affaire à des idiots ; il espérait pouvoir compter sur eux pour garder leur calme. Venus resta figée, les yeux écarquillés, mais Abraham hocha la tête.

— Très bien, poursuivit l'inspecteur en posant la main sur l'épaule de l'adolescent bâti comme un ours. Voici comment ça va se passer. Vous n'en parlez à personne et vous attendez là. Mlle Hazelwood va avoir une conversation avec Penny, mais quand elle aura terminé…

— Il faudra qu'on soit là pour elle, compléta Venus à voix basse.

— Exactement. Je peux compter sur vous ? Ne laissez pas votre amie seule, et faites ce que vous demandera Mlle Hazelwood.

— On s'en occupera, inspecteur, dit Abraham.

D'un signe de la tête, Crowley invita Bélanger à le suivre. Sans un mot, Venus et Abraham retournèrent vers le mobil-home, sous les regards de quelques curieux. Christine Bowler, une fille de la classe de Penny, approcha des deux amis adossés en silence au mur de la boutique du glacier. Grande et athlétique, elle avait un visage sévère et affichait en permanence une expression dépourvue d'humour.

— C'est quoi tout ce ramdam ? demanda-t-elle, une fois à portée de voix.

— C'est fermé, Christine. Il est arrivé quelque chose à la maman de Penny, répondit Abraham.

— La ferme, Abe, le coupa Venus. On est censés rien dire.

— Pas de problème. Je peux tenir ma langue. Alors ? insista Christine, à l'affût d'un juteux ragot.

— On… On ne sait pas, tenta de se dépêtrer Abraham, qui lançait des regards furtifs aux deux filles, évaluant le degré d'irritation de Venus.

Alors qu'Abe continuait de s'enfoncer, Venus reporta son attention sur le trottoir d'en face. Au bout d'un moment, elle se décolla du mur de la boutique et, sans un mot, se dirigea vers sa cible : Chris Hagen. Toujours vêtu de son costume impeccable, il savourait une grande limonade à la terrasse d'un café. Ses lunettes de soleil trônaient sur ses cheveux élégamment mal peignés, et ses yeux bleu pâle se fixèrent sur Venus. Elle se tint devant lui, les mains sur les hanches. Il lui sourit, portant le verre à ses lèvres.

— On a quelque chose de particulier ou vous êtes juste attiré par les ados en général ? demanda Venus d'un ton de défi.

— Oh. C'est vrai, j'ai parlé à beaucoup de jeunes ces deux derniers jours, répondit-il, comme s'il s'en rendait subitement compte. Ça doit paraître un peu louche.

— Pas qu'un peu, confirma-t-elle, s'asseyant en face de lui sans savoir pourquoi. Vous n'avez pas d'autre passe-temps ?

— Je suis désolé. Mais mon travail consiste à observer. Vous et votre ami sembliez bouleversés.

Il ferma un calepin usé, qu'il glissa dans la poche de sa veste, mais pas avant qu'elle remarque les étranges motifs en spirale sur la couverture.

— Vos trucs ne prennent pas avec moi, réagit-elle. J'ai déjà eu affaire à de pauvres types comme vous. Vous ne m'impressionnez pas.

— Oh, une fille de la grande ville, alors ?

L'homme se pencha par-dessus la table, ses yeux plantés dans les siens.

— Si je vous ai mise mal à l'aise, j'en suis navré. J'étais juste... curieux. Je pense que toute la rue a entendu le cri de votre amie Penny plus tôt. Vous ne pouvez pas me reprocher de m'y intéresser, mais vous... Qu'est-ce que vous faites là, avec moi ?

Hagen donna un coup de menton en direction de la boutique du glacier. Par la porte entrouverte, la psychologue parlait à Abraham, qui montrait Venus du doigt, une expression troublée sur le visage.

Hagen but une gorgée de limonade.

— Votre amie va avoir besoin de vous en cette heure sombre, mademoiselle McKenzie.

Venus se leva et repartit en courant, sans même un au revoir.

— Qu'est-ce qu'il voulait ? demanda Abraham, quand elle se trouva à portée de voix.

— Je... Je l'ignore.

Venus jeta un coup d'œil vers le café, où Hagen notait rapidement quelque chose dans son calepin, avant de se lever pour s'en aller.

— Je l'ai juste vu assis là-bas et... Ce type a quelque chose de répugnant. Comme si, d'une certaine façon, tout ça était sa faute.

— Venus McKenzie ?

Venus reconnut la femme aperçue chez les Bergeron le jour de l'enterrement d'Audrey.

— Je suis le docteur Erica Hazelwood. Puis-je vous parler un instant ?

— Je préférerais voir Penny, répondit Venus.

— Dans un moment. Vous êtes très proches, toutes les deux, n'est-ce pas ?

Venus hocha la tête. Elles ne se connaissaient que depuis un an et demi, mais le courant était passé immédiatement entre elles. Elles se complétaient. Et le fait que Penny semble incapable de tolérer la plupart des autres personnes de son âge les avait rendues inséparables.

— Bien, poursuivit Erica. J'ai déjà eu une conversation avec elle, et nous aurons des entretiens réguliers par la suite. Mais pour le moment, elle a besoin d'amis auprès d'elle, et de tout le soutien que vous pourrez lui apporter.

— Je peux la voir, maintenant ? demanda Venus, après une pause.

Erica s'écarta de la porte et l'adolescente se précipita à l'intérieur.

Penny était assise au comptoir, les yeux gonflés et les joues humides de larmes. Le regard perdu dans l'infini, elle ne semblait qu'à moitié consciente de la présence de son amie.

— En fait, elle ne m'a pas posé un lapin l'autre jour.

Penny renifla. Elles comprenaient toutes les deux ce que cela signifiait. Au moment précis où elle s'était plainte de ses problèmes avec ses parents, la mère de Penny gisait dans la forêt, morte.

Elles gardèrent le silence quelques instants. Venus avait l'habitude des situations délicates et inconfortables, pourtant elle ignorait comment réagir. Tout lui paraissait trop irréel. Il lui semblait qu'elle allait se réveiller d'un moment à l'autre, et que la vie reprendrait son cours normal. Elle savait que ce n'était pas un rêve et qu'elle aurait dû serrer son amie dans ses bras, entendre ses cris, l'écouter rager contre un univers qui lui volait si froidement ses deux parents. Pourtant, elle ne parvenait pas à bouger. Comme si, en réagissant à la situation, elle craignait de lui donner une réalité.

Lentement, Penny tourna vers elle un visage transformé en masque d'affliction. Devant une telle détresse, Venus s'arracha à sa transe. Après un premier pas, elle se précipita pour serrer son amie dans ses bras.

Les filles restèrent enlacées longtemps. Venus caressa les cheveux de Penny, qui pleurait toutes les larmes de son corps. Bientôt, la plus jeune éclata en sanglots à son tour. Gabrielle LaForest avait cuisiné pour elle, elle avait accueilli Venus quand elle passait la nuit chez Penny, elle les avait conduites toutes les deux à l'école. Pendant l'année et demie écoulée, la défunte avait été plus présente dans la vie de Venus que ses propres parents.

Au bout d'un moment, elles mirent fin à leur étreinte. Penny, qui avait toujours été la plus pragmatique, rompit le silence en premier.

— Tu… Tu peux appeler Abraham ? demanda-t-elle entre deux sanglots.

Venus se hâta de hocher la tête et se dirigea vers la porte.

— Je veux juste rester là pour l'instant, avec vous deux.

Le grand gaillard entra, la tête basse. Penny le surprit en s'appuyant contre lui. Les trois amis ne dirent plus un mot. Périodiquement, Penny fondait en larmes. Après environ deux heures de ce régime, le choc émotionnel eut raison de ses dernières résistances et elle s'endormit.

— Où est Mlle Hazelwood ? chuchota Venus. Qu'est-ce que je dois faire, maintenant ?

— Elle a dû partir. Elle a demandé si l'un de nous pouvait accueillir Penny pour la nuit, puisqu'elle n'a personne au village pour s'occuper d'elle. On a de la place à la ferme, et Pa n'y verra pas d'inconvénient, mais…

— Non, l'interrompit-elle. Penny a déjà dormi chez moi des dizaines de fois. Elle vient avec moi.

— D'accord. J'appelle ta mère pour qu'elle vienne vous chercher, annonça Abraham, qui se leva pour téléphoner.

— C'est vraiment nécessaire ? demanda-t-elle en se souvenant de leur récente dispute.

— Oui, répondit-il, soulevant le combiné. Il y a toujours un tueur en liberté.

Daniel

Dan avait trouvé. Après avoir fouillé la maison de fond en comble une bonne partie de l'après-midi, il avait fini par se rappeler où il avait déjà vu l'étrange symbole reproduit sur la carte de visite de Chris Hagen. Son souvenir du sablier ailé remontait à l'enfance, mais dès que ça lui était revenu, il avait mis la main dessus en moins d'une minute.

La grosse malle glissée sous le lit de son père ne ressemblait pas au genre d'objet que possède une personne à l'esprit pratique comme Stephen Crowley. Plusieurs essences de bois entraient dans la composition du meuble ancien, très orné et patiné, qui faisait plus penser à une œuvre d'art qu'à un coffre où ranger ses effets.

Un frisson parcourut la colonne vertébrale de Daniel, alors que ses doigts suivaient le motif incrusté dans le couvercle : un sablier aux ailes stylisées. Le symbole et l'objet appartenaient à une époque révolue, un temps où le père et le fils n'occupaient pas seuls cette maison. La malle ne correspondait pas aux goûts de Stephen Crowley, mais elle aurait aisément attiré le regard de Marguerite Crowley, la mère de Dan.

Qu'est-ce qui pouvait bien être caché à l'intérieur ? Peut-être les souvenirs que son père avait choisi de garder de son ex-femme. À moins que la malle elle-même soit ce souvenir, et que son contenu n'ait aucun rapport avec

Marguerite. L'adolescent savait qu'il n'obtiendrait jamais la réponse juste en contemplant le couvercle. D'une manière ou d'une autre, un lien existait entre cet objet et Chris Hagen. Avec une certaine appréhension, Dan se décida à l'ouvrir.

S'y entassaient pêle-mêle toutes sortes de documents : classeurs, photos, lettres… Des papiers jaunis d'apparence fragile et des photos aux couleurs passées se dégageait une odeur de sel et de naphtaline.

— Marchands de sable ? chuchota Dan pour lui-même.

Parmi les premiers documents qui attirèrent son attention figurait une liste de noms griffonnés à la hâte. Il reconnut l'écriture de son père, sur deux rangées, dont l'une presque complètement barrée au marqueur.

Les noms de la première colonne lui étaient tous familiers – les membres du « club » de son père. Bergeron, LaFrenière, Parcs, tous des notables à Saint-Ferdinand.

Dans la seconde, seul un nom n'avait pas été biffé : Harry Peterson. Le mot « COMPAGNONS » en majuscules surplombait cette liste.

Dan mit le document de côté pour s'intéresser à la feuille suivante, une lettre jaunie signée par William Bergeron. L'entête portait le symbole du sablier ailé, au-dessus des mots « MARCHANDS DE SABLE » dans une élégante police avec empattement. Comme pour du courrier officiel. La lettre elle-même était à peine lisible, mais avant que Dan puisse se concentrer sur son contenu, autre chose attira son attention. Une photo. Apparemment prise une vingtaine d'années plus tôt ; on y voyait une fête foraine ou un cirque dressé dans un champ, à en juger par la présence d'une ferme à l'arrière-plan, sur le bord. Devant une machine à pop-corn posait une jeune femme dont le visage lui disait quelque chose. Elle tenait la main d'un petit garçon d'environ cinq ans, aux traits curieusement familiers. À côté de lui se trouvait un Stephen Crowley jeune et dynamique.

Alors que son esprit s'efforçait de comprendre ce qu'il avait sous les yeux, le bruit de la porte d'entrée arracha Dan à ses réflexions. Il referma immédiatement la malle, qu'il glissa de nouveau sous le lit. Puis il se hâta en silence vers la salle de bains, où il ouvrit le robinet, agitant ses mains sous l'eau pour donner l'impression qu'il se les lavait.

— Dan ? appela son père dans l'escalier.

— Une minute ! répondit l'adolescent, alors qu'il prenait un essuie-mains sur un crochet au mur.

Il sortit de la salle de bains, faisant mine de se sécher.

— Oui ?

Les yeux enfoncés, Stephen Crowley semblait revenir de l'enfer. Labourés par ses doigts nerveux, ses cheveux courts et grisonnants ressemblaient à un champ de bataille. Avec sa cravate dénouée et sa chemise tachée de terre, l'homme paraissait avoir oublié comment prendre soin de lui-même.

— Écoute, fiston, dit-il d'un air contrit. Tu dîneras sans moi ce soir. J'ai du boulot.

— Qu'est-ce qui s'est passé ? insista Dan, assez intelligent pour discerner une tension particulière dans la voix de son père, une urgence qui ne trompait pas, le signe de quelque chose d'important.

— Un nouveau meurtre. Vraiment horrible.

Le visage hagard de l'inspecteur appuya cette affirmation.

— Il y a… un monstre en liberté. Je ne veux pas que tu sortes, c'est compris ?

Ceux qui avaient grandi au village avaient appris à vivre dans l'ombre du tueur de Saint-Ferdinand, un croquemitaine qui avait pris au moins une vie chaque année pendant près de deux décennies. Avant l'arrestation de Finnegan, les gens avaient accepté qu'une poignée d'entre eux disparaissent, probablement aux mains de l'assassin. Le marché de l'immobilier local avait plongé, pour ne plus se relever. Un lent exode avait vidé le village d'un tiers de ses habitants. Pourtant, Dan ne se rappelait pas un jour où son père, l'homme qui connaissait le mieux le danger sur son territoire, avait si catégoriquement exigé de son fils qu'il évite de sortir. Si Dan n'avait pas su à qui il avait affaire, il aurait juré qu'il était terrifié.

— D'accord. Où vas-tu ?

— Suivre une piste.

Crowley se changea rapidement, enfilant des vêtements civils, jean et chemise à carreaux. Mais il garda son ceinturon et son arme de service.

— Papa… qui est mort ?

— Gabrielle LaForest.

— Oh.

Dan n'avait pas connu Gabrielle. Mais la police venait de retrouver le corps du père de son ami Bernard, disparu deux étés plus tôt, dans un des frigos de Finnegan. Pourtant, au ton sur lequel son père prononça le nom, Dan ne put s'empêcher de sentir que ce meurtre-là était de nature différente. Quelque chose de neuf. Dan s'aperçut que, probablement comme le reste du village, il s'était habitué à ces assassinats, parce que, en dépit de leur horreur, ils étaient familiers. Maintenant, il semblait qu'ils soient face à un danger inconnu.

Alors que Stephen finissait de boucler sa ceinture, le téléphone de sa table de chevet sonna. Dan allait décrocher, quand son père le devança.

— Crowley, dit-il. Salut, Will… Ça m'est égal. C'est important.

Alors que son interlocuteur lui répondait, Stephen Crowley s'échauffa. Dan vit la peau de son cou virer au cramoisi. Il avait passé la majeure partie de son adolescence à apprendre les trois choses capables de contrarier si rapidement son père : qu'on lui désobéisse, qu'on le contredise, et un échec personnel.

— Écoute-moi bien, Will. Tu vas traîner ta carcasse d'ivrogne à cette réunion ; tu dessoûleras en chemin, le café a été inventé pour ça. Si tu n'es pas là, j'irai te chercher moi-même et je t'attacherai à un arbre pour la nuit ; tu serviras d'appât.

Crowley n'exagérait pas. Dan en avait conscience, et Will sans doute également.

— Tu savais à quoi tu t'engageais ; pas de congés maladie pour nous !

Il raccrocha et se tourna de nouveau vers son fils. À Saint-Ferdinand, personne ne voulait se frotter à Stephen Crowley dans cet état, en particulier le garçon qui le connaissait le mieux.

— Toi ! lança-t-il à Dan, en le pointant du doigt, alors qu'il se dirigeait vers l'escalier. Pas un seul pas hors de cette maison !

— Bien, mon commandant ! salua Dan, mais sa tentative d'humour tomba à plat.

Son père sortit avec fracas, fermant la porte à clé derrière lui et laissant Daniel pensif.

Celui-ci envisagea brièvement de se renseigner à propos du meurtre de Gabrielle LaForest sur le web. Étant donné la haine pathologique de son père pour les médias, rien ne filtrerait sans doute avant un bon moment. Puis il songea à reprendre sa fouille de la malle sous le lit. Peut-être découvrirait-il qui était le garçon sur la photo, ou quel était le lien avec l'homme que son père avait eu au téléphone.

— Will, répéta Dan à voix haute. William Bergeron.

Pourquoi son père, sur les talons d'un tueur dangereux, éprouverait-il le besoin de rencontrer Bergeron ? Pourquoi menacerait-il un autre père en deuil et un ami ?

Avant que le bon sens lui fasse regretter sa décision, Dan courut au rez-de-chaussée, attrapa ses clés de voiture et se précipita hors de la maison.

Daniel devina aisément la destination de son père. Initialement, il avait prévu de le suivre discrètement, ce qui n'aurait pas présenté beaucoup de difficulté dans une zone si rurale. Il connaissait assez bien les routes pour rouler tous feux éteints, et seule la rue principale bénéficiait d'un éclairage public. À une heure si tardive, même sa Civic blanche serait presque invisible.

Toutefois, le risque était trop grand. Daniel savait la fureur qu'il encourrait pour un acte de désobéissance de cette ampleur. Après réflexion, il réduisit le nombre de destinations possibles de son père à trois : le poste de police, peu probable, puisqu'il venait de se changer ; la grotte sur la propriété de Finnegan, puisqu'elle semblait l'obséder. Mais au bout du compte, la plus vraisemblable demeurait l'église.

S'il fixait rendez-vous à Bergeron à une heure pareille, c'était sans doute en rapport avec les affaires du village. Les deux hommes ne se rencontraient jamais officiellement sans le reste de l'assemblée. Que ce soit pour les premières contractions prématurées de Mme Bergeron, la disparition d'une nouvelle victime du tueur de Saint-Ferdinand, ou simplement une chute de neige anormalement abondante, Stephen Crowley retrouvait systématiquement ses pairs à l'église. C'était ce qu'ils faisaient en cas d'urgence.

La mort de Gabrielle LaForest entrait certainement dans cette catégorie.

Durant le trajet silencieux et tendu, Daniel réfléchit à son propre refus d'appartenir à ce « club ». Aurait-il été mieux informé s'il avait accepté d'en devenir membre ?

Dans la rue principale déserte, le seul commerce encore ouvert à cette heure était Kelsey's Tavern, un bar situé tout au bout, dans la direction opposée. Daniel prit la précaution de se garer dans une rue transversale, puis de couvrir à pied la distance qui le séparait du parvis de l'église Jonathan-Moore. Il reconnut le SUV noir de son père, ainsi que les véhicules de plusieurs notables, dont la présence confirma ses soupçons. Dan eut l'impression que des yeux suivaient chacun de ses pas. Entre le blanc éclatant de ses baskets et l'écho de leurs semelles sur les marches, il s'attendait à ce qu'on l'interpelle à tout moment.

Heureusement, il était seul, avec la lune et un silence parfait comme unique compagnie, lorsqu'il se faufila entre les portes en chêne qui ornaient la façade du bâtiment.

Ce n'était pas sa première visite. Il connaissait aussi un peu l'histoire de l'édifice. Initialement appelée Saint-Ferdinand, en hommage au saint éponyme du village, l'église avait été rebaptisée Jonathan-Moore au milieu des années 1870, en hommage à un membre important de la congrégation. C'était la plus grosse bâtisse dans la rue principale, mais pas la plus ancienne du village. Cet honneur revenait à la ferme de Pascal Begin, qui, en dépit de travaux de rénovation considérables, avait conservé l'essentiel de sa façade en pierre depuis plus de deux siècles.

Curiosité intéressante de l'église, et secret méconnu à propos de ses portes : la plupart des habitants pensaient que, si les immenses panneaux en chêne n'étaient jamais fermés à clé, c'était pour créer une atmosphère plus accueillante.

En vérité, la serrure était cassée. Elle l'était depuis des décennies, et les pièces nécessaires à sa réparation étaient trop chères et difficiles à se procurer. Dan n'eut donc aucun mal à entrer rapidement, et en silence.

À l'intérieur, l'adolescent ignora volontairement la conversation dont résonnait le vaste plafond de la salle principale. Il connaissait toutes les voix ; un simple effort de concentration lui aurait permis de distinguer ce qu'elles disaient. Mais il reporta toute son attention sur la mezzanine, qui offrait à la fois une bonne vue sur l'autel et une excellente acoustique. Dans ce sens, il n'aurait pas pu choisir un pire poste d'observation, mais dans son enfance, Daniel avait fait partie de la chorale. Il connaissait donc l'existence d'un coin où le son ne portait pas du tout ; réservé au chef de chœur, il lui permettait de donner ses instructions pendant les offices sans déranger.

C'est là que Dan s'installa pour voir voler en éclats l'idée qu'il se faisait des Marchands de sable.

Sans ciller, le fils de l'inspecteur de police épia une assemblée des individus les plus distingués et les plus respectés du village réunie en cercle autour de l'autel. À l'emplacement où l'on avait allongé les enfants de Saint-Ferdinand pour leur baptême, l'élite locale était penchée sur une grosse boule de fourrure qui se débattait. C'était l'un des lapins de Mme Livingston. Presque chaque gamin du coin en avait possédé un, à un moment ou à un autre, mais celui-là ne servirait de compagnon à personne.

Tandis que Mme Bergeron l'immobilisait, le vieux Gédéon LaFrenière plongea une fine lame dans le cou de l'animal. Du sang jaillit de la blessure, mais pas assez pour réduire la pauvre bête au silence. Les murs de l'église renvoyèrent l'écho de ses cris perçants, comparables à ceux que pouvait produire un enfant brûlé vif.

Ce chœur impie ne dura qu'une minute, avant que LaFrenière, une expression de dégoût et d'agacement sur son visage ridé, enfonce le couteau dans le cœur. Après qu'il eut accompli cette tâche déplaisante, il posa l'arme avec déférence sur un plateau couvert d'un linge blanc propre brodé d'un sablier ailé. Des fleurs écarlates s'épanouirent là où des gouttes tombèrent.

— Et maintenant ?

La voix bourrue et désagréable d'Hector Alvarez venait de percer le silence. Propriétaire d'un abattoir juste à l'extérieur du village, ainsi que de la boucherie-traiteur dans la rue principale, il avait l'habitude du sang et des cris d'animaux.

— Maintenant, on croise les doigts, en espérant que ce sacrifice suffira à attirer le prisonnier de Finnegan.

LaFrenière ouvrit le ventre du lapin, jouant de la pointe de son couteau cérémoniel dans les entrailles. Si répugnant soit ce spectacle pour Daniel, plus rien ne l'étonnait dans le comportement du vieil homme. Gédéon avait perdu sa famille depuis longtemps, survivant avec aigreur à tous ceux qu'il avait connus et aimés. Si une âme avait une date de péremption, celle de la sienne était largement dépassée.

— Pff, se moqua Stephen Crowley. Pour une fois, je me réjouis d'avoir affaire à une telle bande d'imbéciles.

Si l'inspecteur cherchait à susciter une réaction chez ses pairs, ce fut un succès. Après la scène à laquelle il venait d'assister, Dan encouragea son père en silence.

— Pardon ? demanda Beatrice Bergeron, chez qui l'insulte semblait avoir fait mouche.

— Vous pensez obliger un dieu de haine et de mort à se manifester en tuant un lapin ? Vous êtes tous des crétins. Des animaux comme celui-là, il en meurt des centaines dans les bois, à peine plus de vingt mètres derrière cette église.

— Un sacrifice pour attirer un dieu, expliqua LaFrenière d'une voix mauvaise. C'est si difficile à comprendre, Crowley ?

— Ça, un sacrifice ? répliqua Stephen, avec un geste du menton vers l'autel. Les Compagnons connaissaient la signification de ce mot. Finnegan aussi ! Pas de sacrifice sans perte, sans renoncer à quelque chose d'important. Ça ? C'est juste une stupide bestiole. C'est pour ça qu'on a toujours été à la traîne derrière eux, et qu'on le restera ! Et si ça avait marché ? Vous y avez réfléchi, hein ?

Le vieil homme fronça les sourcils, et le boucher vint se placer à côté de lui, en soutien. Devenu plus sombre, le visage de Beatrice trahissait une agitation grandissante.

— Écoutez-moi bien, espèce d'idiot incompétent ! explosa-t-elle avec colère. C'est grâce à ce dieu que je récupérerai ma fille. Alors, si vous pensez que je me soucie de quelques dommages collatéraux, vous vous trompez lourdement !

— Allons, allons. Calmons-nous, s'interposa William, qui avait encore un peu de mal à articuler.

— Vous n'avez donc rien compris ? cracha Crowley, furieux. Si ce stupide rituel avait fonctionné, on serait tous dans le même état que Gabrielle en ce moment. Tous autant que nous sommes ! L'église, entièrement repeinte avec notre sang, nos entrailles et nos os ! C'est pour ça qu'on a McKenzie !

Stephen agita les bras autour de lui pour souligner ses propos.

— Eh bien, peut-être que si vous aviez réussi à amener Randy ici ce soir, les choses seraient différentes, Crowley, répliqua LaFrenière, sa propre colère montant pour rivaliser avec celle de l'inspecteur.

— Qu'est-ce que vous croyez ? Que je ne le lui ai pas demandé ?

Crowley approcha, menaçant, du frêle vieillard.

— Demandé ? Et vous osez *nous* traiter d'imbéciles, Stephen ? Si vous étiez la moitié de l'homme que vous prétendez être, McKenzie serait là, qu'il l'ait voulu ou non. Non ! Si vous faisiez votre putain de boulot, le dieu serait déjà à nous !

Le vieux n'eut pas le temps de cligner des yeux, que le poing massif de Stephen Crowley lui faisait rentrer ses mots dans la gorge. Du sang jaillit de la lèvre fendue de LaFrenière. La soudaineté et la violence de l'agression coupèrent le souffle à Daniel. L'adolescent retint sa respiration, persuadé que tout le groupe l'avait entendu. Néanmoins, la façon dont Stephen Crowley malmenait LaFrenière monopolisait l'attention des villageois réunis. Le vieil homme avait déjà reçu un second coup de poing, dans le ventre cette fois.

— Stephen ! lança fermement William, d'une voix d'où avait enfin disparu toute trace d'alcool.

L'inspecteur Stephen Crowley cessa de s'en prendre à LaFrenière, jetant un regard brûlant de fureur à Bergeron. L'impact de sa colère suffit à faire reculer William d'un pas, et lever les mains devant lui, paumes en avant.

— Calmez-vous, Stephen, marmonna-t-il, la peur d'être le prochain à perdre ses dents transpirant de chacune de ses syllabes.

Daniel en avait assez vu. Il avait déjà été témoin de la colère de son père dans le passé. Un jour, Stephen avait même enfoncé son poing dans un mur, parce qu'il ne parvenait pas à réparer une tondeuse. La colère n'était pas l'émotion préférée de l'inspecteur, mais il en était souvent la victime et avait goûté chaque saveur et chaque nuance de ce sentiment. Pourtant, en plus d'une quinzaine d'années, Dan n'avait jamais vu son père s'abandonner à tant de rage. Pas plus qu'il ne l'avait vu perdre si totalement son contrôle de soi et tabasser un homme sans pitié.

Rien ne valait qu'il s'inflige le spectacle de son héros tombé si bas.

Crowley

Cette foutue grotte.

Stephen Crowley s'était rarement senti d'une humeur si noire. Il comprenait que chaque Marchand de sable appartienne au groupe pour ses propres raisons, plus ou moins valables. Bergeron avait perdu sa fille, bien sûr. Mais même un vieux connard comme LaFrenière avait une motivation qui se tenait. Le cancer avait fauché toute sa famille, y compris ses deux fils, et au fond de lui, il savait qu'un sort identique l'attendait. Plus vaniteux, Archambeault rêvait des richesses et de la sécurité associées au pouvoir. Il avait déjà vu son vœu en partie exaucé par son inclusion dans le groupe, mais une fois les yeux de la cupidité ouverts, il était difficile de les refermer.

Crowley comprenait d'autant moins leur manque d'engagement. Tout le monde exigeait sa part du gâteau, mais plus les appétits s'aiguisaient, plus se manifestaient les réticences à fournir l'effort nécessaire. Ils n'espéraient tout de même pas qu'il se taperait tout le boulot à leur place ?

Stephen voulait-il réellement avoir ces gens-là à ses côtés le jour où ils ouvriraient la boîte de Pandore ? Qu'arriverait-il, alors ? Qui l'aiderait à maîtriser les forces qu'ils déchaîneraient ? Dans ces moments-là, il regrettait le refus de Daniel de devenir un Marchand de sable. Peut-être aurait-il dû se montrer plus convaincant avec son fils, voire lui forcer un peu la main. De cette manière, il aurait au moins eu un allié sur qui compter. Les Crowley Boys.

Randy aussi l'avait déçu. Malgré l'aversion que lui inspirait ce mot, l'inspecteur devait le reconnaître : ce qu'était capable d'accomplir le médecin légiste avait quelque chose de *magique*. Pourtant, il avait à peine marqué une hésitation avant de décliner son offre de rejoindre leur groupe. Certes, Randy occupait déjà un poste enviable à l'université et ne montrait guère d'intérêt pour la plupart des biens de ce monde. Mais compter parmi ses relations des gens influents constituait un atout, en particulier pour un adepte d'activités préférablement exercées dans l'ombre.

Mais non. Stephen devait se débrouiller seul.

Il n'avait pas attendu la fin de la réunion pour sortir de l'église comme un ouragan. Que les autres fassent le ménage pour une fois ! S'ils avaient si peur de se salir les mains, ils pouvaient au moins ranger le bazar de leur rituel ridicule. Il ne ressentait pas une once de culpabilité à l'idée de laisser les notables de Saint-Ferdinand nettoyer derrière lui, même si ce groupe incluait des parents en deuil et des vieillards diminués. Pendant ce temps, lui devait affronter cette foutue grotte.

En espérant qu'ils avaient raison, et que l'endroit était réellement déserté.

À environ un kilomètre de la ferme Peterson, Crowley coupa ses phares et ralentit. De la lumière brillait toujours dans la grange de Harry Peterson. Malgré l'heure tardive, l'artiste malade peignait. Lui aussi l'avait déçu. Il possédait les connaissances et l'expérience nécessaires à Crowley pour achever sa tâche, mais il choisissait égoïstement de les garder pour lui. Personne n'ignorait que Peterson avait appartenu aux Compagnons de Saint-Ferdinand, avant leur dissolution, des années plus tôt. Il était incollable sur l'histoire du village. L'inspecteur l'avait longtemps soupçonné d'être l'auteur des graffitis des Compagnons, sans parvenir à en apporter la preuve.

Et les suspicions de Crowley ne s'arrêtaient pas là. Le terrain de Sam et cette stupide grotte se trouvaient en bordure de la propriété de Peterson, et le policier ne croyait pas aux coïncidences.

Il engagea son Explorer sur le chemin qui séparait deux champs à l'abandon de l'exploitation. En raison des fréquentes allées et venues de la semaine écoulée, quelques traces de pneus supplémentaires n'attireraient pas l'attention. L'inspecteur se gara près du ruban jaune qui délimitait la scène de crime. Refoulant à toutes fins utiles sa colère pour un usage ultérieur, il descendit du SUV.

Avant la découverte des corps, le terrain de Finnegan offrait déjà un spectacle déprimant. Tout y témoignait d'un esprit détraqué. La bizarre collection d'appareils électroménagers et le mobil-home solitaire rappelaient le triste quotidien de Sam.

La nuit n'arrangeait rien. Même Crowley, qui, à en croire le lieutenant Bélanger, ne connaissait pas la peur, ressentit une anxiété croissante en traversant la propriété. Dans ce genre de situation, il appliquait une méthode imparable : la colère comme antidote à la peur. Cette nuit, en dépit des ombres menaçantes, de l'inévitable odeur nauséabonde de putréfaction, et du spectre des événements survenus ici, il avait accumulé assez de rage en lui pour tenir la terreur en respect.

À défaut d'un sentier clairement tracé jusqu'à la grotte, Stephen dut utiliser les projecteurs qu'il transportait à l'arrière de son véhicule. Mijoter dans sa colère à chaque pas l'empêcha de penser au sang dont s'était gorgé le sol et à la puissance des forces auxquelles il se mesurait. Il aurait besoin de chaque parcelle de courage disponible pour ce qui l'attendait.

Une lumière crue jaillit, éclairant chaque détail, chaque fissure dans la roche, chaque branche du chêne mort qui encadrait l'entrée. En revanche, elle ne dissipa en rien l'atmosphère sinistre. La grotte elle-même, tel un vortex de ténèbres, refusa de donner un aperçu de son contenu.

Crowley sentit ses cheveux se dresser sur sa tête, comme en réaction à une sensation de froideur dans l'air dont il ne parvenait pas à se défaire. Il allait franchir l'entrée, son second projecteur à piles dans la main, lorsqu'il marqua une pause. Retenant sa respiration et fermant les yeux, il tenta d'entendre si un bruit, quel qu'il soit, émanait de la grotte. Un froissement de feuilles, un mouvement, peu importe : un indice qui lui permette de savoir si ce qu'il cherchait se cachait toujours à l'intérieur. À part un frémissement dans les arbres et le ululement d'une chouette, rien ne sortit du trou noir dans le sol.

Crowley se rappela la journée chaude et ensoleillée où Bélanger avait découvert ce lieu. La clairière, complètement silencieuse, dépourvue de toute vie, une désolation qui n'appartenait pas à la forêt. Les sons qui, d'ordinaire, effrayaient ceux qui s'aventuraient de nuit dans les bois se paraient de vertus réconfortantes pour l'inspecteur. Ils apportaient la garantie que les choses avaient repris leur cours normal.

Néanmoins, Crowley dut faire appel à toute sa détermination pour s'accroupir et pénétrer sous la voûte basse de terre, de racines et de pierres. La lumière de l'extérieur fendait la pénombre, mais les tours et les détours du tunnel peu profond l'empêchèrent de percer bien loin. Au bout de quelques moments, il dut s'en remettre à sa torche de service pour s'orienter.

La texture des parois lui parut étrange. Il n'y avait guère d'espace de part et d'autre, et aucun pour se tenir debout. Après une minute dans ce goulet, il déboucha dans une salle plus vaste. Le faisceau de sa torche semblant trop faible, il posa le projecteur sur le sol. Cet endroit finissait par jouer avec ses nerfs, à force de faire voir à son imagination toutes sortes de créatures derrière chaque ombre. Bataillant honteusement avec l'interrupteur, Crowley parvint à éclairer la salle en orientant le projecteur vers le plafond.

Songeant à son ancien occupant, il avait pensé trouver un lieu désolé et stérile. Il ne s'attendait pas à un tableau de démence. On aurait presque pu y voir une certaine beauté.

La texture des parois lui apparut enfin dans toute sa terrible splendeur. Des restes organiques desséchés couvraient chaque surface. Un œil inexercé, connaissant mal la physionomie des organes et des os cassés, aurait pu passer à côté de telles subtilités, mais pour l'inspecteur, la macabre peinture murale révéla tous ses secrets. Le bas-relief de spirales entrelacées et de courbes élégantes était sculpté dans des crânes, des fragments d'os, des viscères presque fossilisés et les lambeaux parcheminés de peaux d'animaux.

Une petite voix dans sa tête lui cria de partir, mais il resta cloué sur place. La colère, la peur… Rien n'était plus fort que le respect mêlé de crainte ressenti face aux motifs hypnotiques qui l'entouraient.

Cette œuvre n'avait rien d'humain. En dépit de sa nature effroyable, l'inspecteur ne put s'empêcher d'approcher. D'une main tremblante non de peur, mais de vénération, il toucha la paroi. Pour la première fois depuis le début de sa traque, dix-huit ans plus tôt, Stephen Crowley tenait un lien tangible avec sa proie.

Venus

C'était une petite victoire, mais elle en valait la peine. Les deux derniers jours avaient été difficiles. Pas à cause de Penny, presque réduite à l'état de zombie par le chagrin. Murée dans un silence accablant, son amie d'ordinaire si forte et déterminée avait renoncé à son autonomie. Fidèles à leur style d'éducation, Paul et Virginie avaient manifesté le désir d'aider leur fille, mais en se mêlant le moins possible de ses affaires. Ils avaient ainsi rempli les placards de la cuisine des snacks préférés de Penny – non pas que l'adolescente avale grand-chose. Ils avaient aussi parlé à la grand-mère de Penny, qui habitait en Floride, et étaient convenus avec elle que sa petite-fille resterait chez les McKenzie, le temps que les choses se tassent.

Au domicile des LaForest, Venus avait récupéré quelques effets personnels indispensables à son amie. Comme elle s'y attendait, chaque pièce avait réveillé en elle un souvenir douloureux ; la chambre de Penny, où Mme LaForest leur avait apporté des *brownies*, pendant qu'elles regardaient des films d'horreur ; le canapé du salon, où elles avaient partagé de si nombreux dîners. Si Penny parvenait à garder la maison et décidait de revenir y habiter, le retour s'annonçait éprouvant.

Néanmoins, rien de tout ça ne constituait la victoire dont Venus se sentait si fière. Ce qu'elle avait accompli la rassurait sur le fait que, avec le temps, Penelope s'en sortirait. Après des heures à rester assise avec elle en silence, à l'écouter pleurer et tenter d'accepter l'inimaginable, après l'avoir suppliée et poussée, Venus avait enfin réussi à faire manger quelque chose à Penny.

Les deux adolescentes avaient bavardé calmement, jusque tard dans la nuit. Venus avait fait de son mieux pour ne pas aborder la tragédie de la veille. Mais inévitablement, la conversation avait dérivé vers le sujet tabou de la perte de la mère de Penny, et des conséquences pour la jeune fille qui se retrouvait seule. Son amie avait fini par s'endormir, épuisée.

Par contre, Venus n'avait pas sommeil. À cause des événements récents, les questions se bousculaient sous son crâne. Qui était ce Chris Hagen ? Pourquoi s'était-elle sentie obligée de lui parler ? Qui avait tué Mme LaForest ? Sans moyen de trouver des réponses à 2 heures du matin, elle chercha une manière de se distraire, en attendant que le sommeil l'emporte à son tour.

Elle alluma son ordinateur, surfant sur le web tout en caressant Sherbet. Au bout d'une heure, malgré le ronflement de son amie et le ronronnement de Sherbet sur ses genoux, elle ne se sentait toujours pas fatiguée.

Venus décida de jeter un coup d'œil à ce que filmait en temps réel la caméra installée dans la remise. À une heure si tardive, il ne se passait sans doute pas grand-chose. La maman oiseau devait couver ses œufs, ne dormant que d'un œil, au cas où un prédateur se manifesterait.

Quelque chose se trouvait dans la remise.

Mais quoi ? La basse résolution de la caméra et le mauvais éclairage ne fournissaient pas une image d'une qualité suffisante pour acquérir une certitude. Toutefois, Venus s'aperçut que quelque chose clochait.

Au milieu de la remise vide apparaissait une tache. Une ombre qui masquait le nid objet de ses observations. Elle envisagea d'abord une trace sur l'objectif ou une erreur de compression du signal, mais après avoir revérifié son matériel, elle écarta cette hypothèse.

Plus troublant encore était le contour de l'ombre. Une flaque de liquide sombre semblait filtrer des ténèbres. Elle paraissait effroyablement familière.

Venus se pencha, le nez presque sur l'écran, pour mieux voir. Soudain, l'ombre se retourna et l'adolescente fit un bond en arrière. Des yeux. Des yeux brillaient à l'intérieur de la remise. Son cœur se mit à battre la chamade. Ils semblaient fixés directement sur l'objectif, comme s'ils avaient conscience de sa présence.

À la fois pétrifiée et fascinée, Venus ne parvint pas à détacher son regard. Après plusieurs minutes de surveillance, elle comprit qu'on lui faisait une farce. Forcément. André et ses copains lui jouaient un de leurs tours débiles. Entrés par effraction dans la remise, ils avaient trafiqué l'éclairage pour créer ce jeu d'ombres. Pour les yeux, ils avaient probablement utilisé des LED ou des lampes de poche. Quant au liquide, la touche finale, on avait renversé un pot de peinture, un seau ou autre chose pour lui foutre la trouille. Elle n'aurait pas cru un garçon comme André capable de concevoir un plan si sophistiqué. En fait, aucune des petites brutes qui la persécutaient habituellement n'avait l'intelligence ou le savoir-faire pour inventer un truc pareil.

Le coupable, quel qu'il soit, avait au moins réussi à l'intriguer. Elle se leva, laissant tomber ce pauvre Sherbet de ses genoux, et descendit à la porte de derrière. Le chat la suivit, offusqué de son manque d'égard.

Il faisait sombre par cette nuit sans lune, surtout sans éclairage public urbain pour compenser. La seule source de lumière émanait de la remise elle-même. La douce lueur blanche de la caméra filtrait à travers les fissures dans le mur et par la petite fenêtre de la porte.

Venus marcha aussi calmement que possible, ses pieds nus laissant des empreintes dans l'herbe humide, trop préoccupée pour jouir de cette sensation entre ses orteils.

En entrant, elle s'aperçut que la terrible qualité d'image sur son écran s'expliquait en partie par l'éclairage, encore pire que ce qu'elle craignait. L'éclat de l'ampoule qu'elle avait installée semblait étouffé, comme si un voile sombre couvrait l'ensemble de la remise.

Quelque chose remua dans le coin. Un bruissement léger, comme une traîne en tissu sur le sol d'une pièce vide. Elle sursauta et se retourna vivement, son pied gauche marchant dans quelque chose d'humide. Les yeux écarquillés et les pupilles dilatées, elle scruta les ténèbres… et les ténèbres lui rendirent son regard. Des yeux de braise. Rivés sur elle. Pas des LED. Pas une farce.

Venus recula en trébuchant, espérant se diriger vers la porte et la nuit, mais quelque chose attira son attention sur le mur en face de l'ombre, une nouveauté. Un motif en spirale, une représentation artistique qui tenait à la fois de l'arabesque et de la coquille de nautile. Belle dans sa complexité, la peinture se caractérisait par une minutie dans les détails et une structuration des courbes agréable à l'œil et apaisante pour l'esprit. Puis vint la lente prise de conscience des substances luisantes et humides utilisées dans cette création. Écœurée, Venus reconnut des fragments de coquille d'œuf, de crânes fragiles et quelques plumes minuscules. Ainsi que des ingrédients prélevés dans le contenu fœtal. Des os, des viscères et du sang. Voilà ce qui avait servi pour cette œuvre fascinante.

Alors qu'elle hésitait entre hurler et s'enfuir à toutes jambes, la porte claqua derrière elle. Venus glissa et tomba contre le mur, faisant trembler toute la remise. Elle s'assit un moment, les yeux fixés sur son pied gauche. Un liquide épais assombrissait ses orteils. Elle les remua, la consistance poisseuse lui rappelant une sensation rendue familière par de nombreux genoux écorchés et coudes éraflés.

L'ombre avança vers elle sans un bruit, tandis que Venus tentait de reculer encore plus contre le mur. Si elle avait trouvé le moyen de se glisser entre les planches, elle n'aurait pas hésité. Tout pour fuir la présence à qui appartenaient ces yeux.

Soudain, l'ombre s'immobilisa, comme si elle avait rencontré un obstacle invisible. Elle se tordit et tourbillonna, telle de la fumée malmenée par le vent, mais qui refuse de se dissiper. À la limite de son ouïe, Venus perçut à peine des cris de rage folle, mais affaiblis, comme émanant de l'intérieur d'une tombe. L'ombre riva de nouveau ses yeux sur elle, et les hurlements cessèrent. Pendant un moment tendu, Venus songea qu'elle dormait dans sa chambre à l'étage, et qu'elle faisait un cauchemar.

Puis l'ombre parla.

La voix qui en sortit ne ressemblait à rien de ce que Venus avait déjà entendu. À la fois belle et terrible, comparable à un chœur céleste chantant de l'intérieur d'une grotte occupée par des centaines de milliers de chauves-souris, elle résonna majestueusement, tandis qu'elle lacérait son âme avec un appétit vorace.

— *Libère-moi.*

La demande s'introduisit dans l'esprit de l'adolescente, plus comme des vers qui se creuseraient un passage dans ses pensées que comme un son dans ses oreilles.

L'ombre se débattit de nouveau, et Venus ramena ses jambes contre elle, pour se maintenir hors de sa portée. Malgré sa peur, elle tenta d'identifier son agresseur, ou à défaut de savoir au moins à *quoi* elle avait affaire. Pour l'instant, elle n'avait vu que du sang et des ombres.

La créature paraissait avoir renoncé à l'atteindre physiquement. Elle tourbillonnait lentement dans les ténèbres, forme n'existant qu'à la limite de la perception, entre réel et imaginaire.

Elles restèrent ainsi pendant plusieurs minutes, dont chacune sembla durer une éternité. Venus eut le temps de réfléchir. Parfois, un craquement humide résonnait dans l'obscurité, brisant le silence, et elle sursautait. Les yeux se tournaient vers elle, faisant se dresser le duvet sur sa nuque. Plus elle regardait cette chose, plus elle se sentait petite. Ce n'était pas juste la sensation de se trouver en présence d'un prédateur. C'était quelque chose de plus, une expérience qui forçait l'humilité.

— Qui… ? Qui es-tu ? demanda-t-elle péniblement, avec beaucoup moins d'assurance qu'elle l'espérait.

L'ombre recula un moment, avant de repartir à la charge. Moins agressive, plus comme une vague se retirant pour s'abattre de nouveau sur le rivage.

— Je veux juste savoir qui tu es ! Ton nom ! se surprit-elle à crier.

— *Pas de nom. Je suis unique*, répondit la créature, décrivant de nouvelles volutes.

Venus lui trouva presque une allure majestueuse.

— Qu'est-ce que tu es, alors ?

— *Pour toi ? Un dieu.*

Elle la crut.

La voix s'enfonçait profondément dans son âme ; elle ne se contentait pas de transmettre le son de ses mots, elle implantait des idées dans son esprit. Des graines, que Venus devait consciencieusement arracher, de peur qu'elles prennent racine contre sa volonté. Elle s'aperçut rapidement qu'en procédant ainsi elle parvenait à mettre plus calmement de l'ordre dans ses pensées, et regagnait partiellement le contrôle de la situation.

— Qu'est-ce que tu fais dans ma remise ?

— *Tu m'as tendu un piège. Libère-moi.*

C'est ce que je devrais faire. Voilà ce qui lui vint immédiatement à l'esprit, avant qu'elle comprenne que c'était une très mauvaise idée et que l'ombre la tuerait. Elle avait déjà essayé, avant même d'exiger qu'elle lui rende sa liberté. L'adolescente déglutit, dans l'espoir de se réveiller devant son ordinateur. Mais ses yeux se posèrent une fois de plus sur la peinture murale, l'œuvre de ce dieu, réalisée avec les restes de fœtus d'oiseaux.

— Pourquoi ?

Un moment s'écoula en silence, avant que la créature reprenne la parole.

— *Parce que je te connais. C'est ce que tu fais.*

À présent, la voix était douce, du velours, riche de promesses tacites si tangibles que Venus crut presque pouvoir les toucher. L'ombre avança encore, la menace remplacée par une ondulation séductrice, gracieuse, comme un serpent.

— Tu ne…

— *Si. Tu t'appelais Neil la dernière fois qu'on s'est rencontrés.*

— Tu… Tu te trompes. Neil était mon grand-père.

L'ombre s'écrasa contre le mur invisible, tentant de franchir la barrière immatérielle qui la retenait.

De nouveau, des pensées fleurirent spontanément dans l'esprit de Venus McKenzie. Elle comprit ce que voulait dire la voix ; l'espace d'une fraction de seconde, la durée de vie d'une étincelle, elle *fut* Neil McKenzie. Le soi-disant dieu ne voyait pas la différence ; à travers son regard, la ligne entre l'homme et sa petite-fille devint floue.

— *J'oublie*, dit l'ombre, en sons et en pensées. *Ton espèce se perd en itérations, mais tu sens comme Neil. Tu me crains, comme Neil. Et tu m'aideras, comme Neil.*

Venus se releva en prenant appui contre le mur. Ses pieds nus glissèrent un peu, mais elle ne quitta jamais des yeux le torrent de ténèbres qui occupait maintenant une bonne partie de la remise.

— Je ne suis pas mon grand-père, déclara-t-elle, après qu'elle eut retrouvé son équilibre et la fermeté de sa voix.

Des paupières battirent dans l'obscurité, imitation maladroite d'un clignement d'yeux. Le tourbillon de nuages noirs recula devant elle, se coagulant dans le coin, révélant de nouveau l'épouvantable peinture murale. La créature cherchait-elle à faire admirer son œuvre ? Les courbes et les spirales invitaient irrésistiblement à un examen plus attentif, mais le tricotage humide de tissus et d'organes donna des haut-le-cœur à Venus.

— *Forte. Comme Neil*, ajouta l'ombre, un compliment en guise de main tendue. *Mais ta force plie sous le poids de la peur et du doute. Es-tu sûre que tu n'es pas lui ?*

— Je m'appelle Venus, répondit-elle, se décollant du mur en démonstration de volonté et de courage. Et je n'ai pas peur ; je suis prudente.

Alors que l'ampoule vacillait, elle faillit se mordre la langue jusqu'au sang, tentant de garder son sang-froid. À chaque jet de lumière, la créature d'ombre et de sang bougeait, se tordant dans l'air tel un ouragan difficilement contenu. Elle était magnifique.

— *Libère-moi, Venus.*

Pour la première fois, la voix ne sembla agresser ni ses oreilles ni son esprit. Aucune tentative manifeste d'implantation de pensées étrangères parmi les siennes, juste ces trois mots implorants, prononcés d'une voix si basse et si douce qu'elle ne pouvait émaner que d'une ombre.

— Comment ?

— *L'œil de verre et de métal. Enlève-le, Venus. Libère-moi.*

L'adolescente comprit immédiatement. La ligne invisible apparemment infranchissable coïncidait avec le champ de vision de la caméra. Pour une raison quelconque, une webcam à cinquante dollars tenait en respect ce soi-disant dieu, en dépit de sa puissance.

— *Libère-moi.*

Curieuse, elle avança d'un pas de plus. Son pied nu, humide de sang en train de sécher, pénétra de quelques centimètres dans la cage virtuelle de la créature. Son cœur battait si fort qu'elle entendait son propre sang affluer dans ses veines. Elle attendit que quelque chose se produise. Une attaque, une agression. Une façon pour l'ombre de lui imposer physiquement sa volonté.

Rien.

Un autre pas. Les ténèbres bougèrent de nouveau, mais de manière lente et mesurée, tout le contraire du comportement de prédateur adopté la dernière fois que Venus s'était trouvée à leur portée. Impossible de ne pas sentir la force brute de cette chose dont elle partageait l'espace à présent. Nager avec un grand requin blanc aurait été à peine aussi intimidant.

Un troisième pas. Si le dieu avait l'intention d'agir contre elle, elle ne pourrait plus l'en empêcher. Dans un moment de terreur glacée, Venus se demanda s'il l'avait effectivement charmée pour qu'elle se jette dans la gueule du loup. Elle n'avait pas senti les germes de pensées étrangères prendre racine en elle, mais elles étaient pourtant bien là. À moins que ces sentiments soient réellement les siens ? La frontière était devenue invisible.

Un vortex de velours noir, avide de lumière, dansait entre ses pieds. À la manière d'un derviche, l'ombre tournait autour d'elle. D'une manière ou d'une autre, l'obscurité agitait ses cheveux, tel un vent léger qui lui soufflerait des mèches sur le visage. À ce stade, il n'y avait que les ténèbres et l'odeur du sang.

Venus ferma les yeux, se délectant de cette communion de la chair et de l'esprit. Dépouillée simultanément de son poids et de sa volonté, elle s'éleva sur la pointe des pieds, se laissant emporter par des forces surnaturelles. Cet abandon avait quelque chose de grisant. Une étreinte qui touchait des parties de son âme dont elle ignorait jusqu'à l'existence.

Elle était capable de le voir à présent, ce lien établi entre son grand-père et elle. Des fragments des rapports que le dieu avait tissés avec Neil McKenzie, et comment, pour une créature hors du temps, les différences entre générations pouvaient sembler insignifiantes.

— Stop, murmura-t-elle.

Venus pensa qu'elle devrait lutter, discuter, résister. Qu'elle s'était trop engagée dans le piège pour conserver tout contrôle. À travers la chorégraphie des ombres, elle distingua de nouveau la peinture murale. Belle, mais terrible, et qui la dégrisa immédiatement.

En l'espace d'une respiration, la danse s'interrompit, et le dieu se replia dans un coin sombre.

À pas prudents, Venus retrouva la sécurité du mur. Ses yeux ne quittèrent jamais l'endroit où le dieu se recroquevillait au-dessus d'une flaque de sang. Au-delà, la remise semblait s'étendre à l'infini, telle une ouverture sur les ténèbres.

— Pourquoi tu m'as laissée partir ? demanda Venus, arrivée à la porte.

— *Tu reviendras*, répondit le dieu, gravant une fois de plus ses mots dans son esprit.

Elle hocha la tête. Après cette expérience, son cœur continuait de battre la chamade, bien qu'elle ait du mal à décider ce qui, de la peur ou de l'euphorie, en était la cause. Elle regarda à l'extérieur de la remise, scrutant la nuit un moment, avant de se retourner vers l'ombre avec laquelle elle venait de danser.

— Oui..., dit-elle. Ou pensa-t-elle.

Peu importe. Le dieu comprit.

Cicero

C'était bon de revenir à Saint-Ferdinand. Le village n'avait pas tellement changé pendant ses années d'absence. Toutefois, il n'avait pas vraiment le sentiment d'un retour au bercail. Manquaient la chaleur et la sérénité. Il avait davantage l'impression d'une visite à son ancien lycée. Chaque bâtiment lui chuchotait des souvenirs, chaque rue l'invitait à se rappeler, mais dans ces bribes de nostalgie, tout n'était pas agréable. Du chagrin par ici, de la peur par là, et énormément de souffrance un peu partout.

Il gara sa Coccinelle 1968 bringuebalante à la ferme Peterson, avant de faire le reste du chemin à pied. Ce serait l'occasion de se confronter au passé comme il se présenterait.

Alors qu'il sortait de son véhicule d'un autre âge, Nathaniel regarda autour de lui, ses yeux s'attardant un instant en direction du mobil-home de Finnegan. Quelque part dans ces bois habitait son vieil ami. Malheureusement, et à son grand regret, ils avaient manqué à leurs devoirs l'un envers l'autre.

Juste avant la limite des arbres se trouvait le terrain que Peterson lui avait loué, et quelques mètres plus loin, la ferme où lui et sa famille avaient vécu à cette époque terrible. Un garçon travaillait dans le champ, pour le dégager.

Nathaniel entama la longue marche vers Saint-Ferdinand proprement dit. Par cette chaude journée, le vieil homme se félicitait d'arriver en fin d'après-midi. Plus tôt, il aurait dû prendre sa voiture, ou risquer de griller en chemin.

Les fermes qu'il croisa étaient toutes chargées de vifs souvenirs de ses amis qui avaient habité là autrefois. Maintenant, des travaux de rénovation et de modernisation avaient rendu la plupart d'entre elles presque méconnaissables. Pourtant, elles gardaient toutes au moins une infime partie de leur charme originel : une vieille clôture, une grange délabrée, ou quelque vestige du temps jadis. À sa gauche se trouvait l'exploitation d'un céréalier où son ami et complice Jonathan avait vécu jusqu'à sa mort. À sa droite, un potager où l'on cultivait autrefois des pommes de terre. Il se rappela l'été de ses onze ans, une jolie fille y avait passé les vacances. Il y a si longtemps.

Avant, Nathaniel revenait à Saint-Ferdinand tous les ans, refusant d'écouter Katrina, une de ses employées et sa plus vieille amie qui, dans sa grande sagesse, tentait de l'en dissuader. Sa dernière visite lui avait effectivement valu un court séjour derrière les barreaux. Après cet épisode, il n'y avait pas remis les pieds pendant près de vingt ans, attendant le moment prévu. Mais en fin de compte, il arrivait avec quelques jours de retard. Telle était la nature d'une prophétie : vague et pleine de sous-entendus bien commodes.

Plus loin, juste après la ferme Richards, qu'il se rappelait avec tendresse comme la maison de deux jumeaux avec qui il pêchait et chassait, le nez sensible de Nathaniel détecta l'odeur écœurante du sang en putréfaction. À une époque, il n'aurait pas remarqué ou reconnu cet effluve. Aujourd'hui, il ne lui était pas juste familier ; il y était attentif.

S'enfonçant de quelques pas entre les arbres, il tomba rapidement sur une partie de la forêt interdite d'accès par du ruban jaune. Une zone assez vaste. Un frisson parcourut l'échine de Nathaniel, qui se demanda s'il se trouvait sur le site d'un massacre, ou celui de la mort d'une seule victime terriblement malchanceuse.

Malgré ses soupçons, certains détails ne collaient pas. Des ténèbres puissantes auraient dû s'abattre sur cet endroit ; pourtant, il devinait aussi une petite lueur dans l'obscurité. Quelque chose de sombre et de froid avait eu lieu ici, mais ce n'était pas passé inaperçu. Et Nathaniel en sentait la force.

Mais il avait beaucoup à faire, des gens à voir. Tellement de gens. Nathaniel ne s'attarda pas. Ça attendrait.

À son arrivée à près de 5 heures du soir, certains commerces baissaient déjà le rideau. On rangeait les tables et les chaises, on décrochait les ardoises et les placards. Des employés épuisés se préparaient à rentrer chez eux, priant pour qu'aucun client de dernière minute ne se présente. Certains des villageois plus âgés lui lancèrent des regards curieux, comme d'anciens camarades de classe incapables de se souvenir de son nom. Lui, en revanche, n'en avait oublié aucun.

Nathaniel se sentit un peu honteux d'éviter le poste de police. Il se dirigeait vers le seul autre bâtiment municipal, situé à côté. Il n'avait rien à craindre, pas officiellement du moins, juste certaines personnes qu'il préférait ne pas croiser pour l'instant. Ce genre de désagrément viendrait plus tard.

L'hôtel de ville de Saint-Ferdinand assurait le nombre limité de fonctions essentielles à la bonne marche du village. Il accueillait le bureau du maire, les services administratifs, et même un petit tribunal, peu utilisé en l'absence de juge siégeant à demeure depuis quelques années déjà. Heureusement, Nathaniel n'était là que pour une tâche insignifiante, mais nécessaire. Une formalité.

Le vieil homme se faufila par la porte au dernier moment. La femme au guichet laissa échapper un soupir audible à l'idée qu'on prolonge si impoliment sa journée de travail. Elle était jeune, remarqua Nathaniel. Assez pour avoir été une enfant en bas âge lors de son dernier passage.

—Navré de vous déranger si tard, mademoiselle, dit-il en approchant. Je ne vous retiendrai pas longtemps : ma demande est simple.

—En quoi puis-je vous être utile, monsieur ? s'enquit-elle mécaniquement.

—Je viens juste chercher un permis. Deux, en fait : un de séjour provisoire et un autre d'aménagement commercial.

Avec un large sourire, il annonça :

—Le cirque arrive en ville.

Ça ne fit ni chaud ni froid à l'employée, qui écarta une mèche de cheveux châtains de son visage, avant de se diriger vers un classeur voisin, derrière le guichet. Nathaniel se rappela une époque où hommes et femmes, jeunes et vieux auraient rayonné de plaisir à la seule mention d'un cirque. Pour le public blasé d'aujourd'hui, le cirque traditionnel ou la fête foraine avaient perdu en grande partie de leur intérêt. Leurs attractions faisaient pâle figure, comparées aux merveilles qu'on voyait sur les écrans des cinémas, quand ce n'était pas le recours aux animaux et aux phénomènes de foire qui choquait dans cette époque politiquement correcte. Quelle déception !

—Votre nom, monsieur ? demanda la jeune femme, avec toute l'indifférence dont elle était capable.

Le vieil homme sourit, ni de fierté ni de joie, mais plutôt comme un gamin qui révèle un secret.

— Nathaniel, mademoiselle. Nathaniel Joseph Cicero.

Ce qui n'eut pas raison de l'apathie de la fonctionnaire.

Daniel

Ç'avait été un long week-end introspectif pour Daniel Crowley. Après avoir assisté à l'étrange réunion de son père à l'église, il était rentré avec plus de questions que de réponses.

Ces deux derniers jours, Dan avait évité tout contact avec le monde extérieur. Sasha, sa petite amie, lui avait laissé une dizaine de messages, qu'il avait ignorés. Deux journées ensoleillées s'étaient écoulées sans qu'il mette le nez dehors. Il n'avait pas respecté sa routine quotidienne et avait négligé ses séances d'exercice physique. Plus que tout, il avait fui son père. Pas par peur, bien qu'il y ait certainement de ça, au moins en partie. Non, surtout par confusion. Daniel n'avait pas l'habitude de mentir et ne savait pas s'il pourrait rester impassible. Et s'il se laissait aller à un de ses rares accès de colère – une spécialité chez les Crowley –, il exigerait probablement une explication. Et son père ne réagissait pas bien aux ultimatums.

Heureusement, Stephen Crowley lui avait facilité la tâche. L'inspecteur avait à peine mis les pieds chez lui de tout le week-end. Daniel en avait profité pour poursuivre sa fouille de la malle cachée sous le lit. Ce qu'il avait découvert le faisait douter de la santé mentale de son père, ou de la sienne.

D'après ce qu'il comprenait, le club auquel appartenait son père et la secte des Marchands de sable formaient une seule et même organisation. Si les papiers et les photos qu'examinait Dan ne constituaient pas une preuve suffisante, ses souvenirs de la réunion bizarre le confirmaient.

Plus déconcertantes, pourtant, se révélaient les notes concernant les Compagnons de Saint-Ferdinand. Plusieurs documents, certains à caractère officiel, mentionnaient les Compagnons. Parmi eux, une assignation adressée à son père, pour entendre son témoignage dans l'affaire d'une violente altercation opposant un certain Stephen Crowley et « le cirque Cicero ». On avait abandonné les poursuites, par manque de preuves.

En revanche, Dan ne tomba à aucun moment sur le nom de Chris Hagen. Ce détail particulier ne collait pas. L'emblème des Marchands de sable figurait sur sa carte de visite. Il avait donc clairement des liens avec l'organisation. Était-il une nouvelle recrue ? Mais alors, n'aurait-il pas dû se trouver à l'église, lui aussi ? Pourquoi son père chercherait-il à éviter un membre de son propre groupe ? Tout ça n'avait aucun sens.

Autre pièce de ce puzzle incomplet, la photo de son père avec l'étrange garçon et la femme que Daniel pensait avoir déjà vue quelque part. L'endroit où elle avait été prise lui semblait également familier. La machine à pop-corn archaïque, avec son enseigne démodée aux caractères très ornés. Le chapiteau turquoise et blanc qui dominait l'arrière-plan. Même la ferme, sur le côté, chatouillait sa mémoire.

Assis sur le sol de la chambre de son père, Dan avait étalé le contenu de la malle autour de lui. Il avait pris soin de garder les documents organisés, pour pouvoir les ranger dans l'ordre exact où il les avait trouvés. Avec la tension qui régnait entre eux en ce moment, l'inspecteur exploserait en découvrant que son fils avait touché à ses affaires.

La sonnerie du téléphone fit voler le silence en éclats, avec la violence d'un marteau de forgeron qui s'abattrait sur une vitre. Le souffle coupé, Dan se sentit honteux de sa nervosité. À la seconde sonnerie, il se leva maladroitement pour aller répondre.

— Allô ?

— Daniel ? fit la voix familière de Jackie, la dispatcheuse de service au poste de police. Bonjour. Est-ce que Stephen est là ?

Bien sûr que non, songea Dan. *Il est probablement trop occupé à éventrer des lapins ou à tenir des réunions secrètes. Quand trouverait-il le temps de rentrer chez lui ?* Mais il garda ses pensées pour lui. Et si Jackie était l'un d'« eux » ?

— Non. Il est en vadrouille, dit l'adolescent aussi nonchalamment que possible. Tu n'es pas arrivée à le joindre sur la radio ?

— Non, c'est pour ça que j'ai cru qu'il était à la maison. (Elle ne semblait pas perturbée.) C'est bon. Ça n'a rien d'urgent.

— Hé ! (*Autant tirer un maximum d'informations*, se dit Daniel.) Je peux lui transmettre un message, si tu veux ?

Pendant le silence qui suivit, il sentit que la dispatcheuse hésitait, de crainte de se mettre à dos Stephen Crowley.

— D'accord. Dis-lui juste d'aller jeter un coup d'œil du côté de la ferme Peterson, quand il trouvera un moment.

Dan joua le tout pour le tout.

— Tu le connais : il voudra savoir pourquoi.

— Dis-lui que le cirque Cicero vient d'obtenir un permis pour s'installer dans le champ la semaine prochaine.

— À t'entendre, ça n'a pas l'air d'une bonne nouvelle.

— Ouais, eh bien, tu connais ton père.

— Je suppose. C'est d'accord, je lui en parlerai dès qu'il sera rentré, dit-il, ses yeux se posant tour à tour sur les différentes piles de documents déployées au pied du lit.

Dès qu'il eut raccroché, Dan retourna près de la malle et saisit l'assignation, ainsi que les copies des dossiers du tueur de Saint-Ferdinand. Il les parcourut rapidement, à la recherche d'un détail qui avait attiré son attention peu de temps auparavant. Tirant un dossier de la pile, il regarda la photo d'un suspect. Il la plaça à côté du cliché qui l'avait obsédé ces derniers jours, assemblant deux pièces supplémentaires du puzzle.

— Nathaniel Joseph Cicero, murmura-t-il, lisant le nom du suspect dans le dossier. Cirque Cicero. Ancien membre des Compagnons de Saint-Ferdinand.

Venus

— *As-tu confiance en moi ?* demanda le dieu.

Venus avait passé les deux derniers jours à prendre soin de Penny ou les yeux rivés sur l'écran de son ordinateur. Dès que son amie quittait la maison pour ses rendez-vous avec le docteur Hazelwood, Venus reportait son attention sur les images de la remise. Aux heures où les deux adolescentes étaient censées dormir, Venus espionnait son prisonnier.

Non qu'il y eût beaucoup à voir. La plupart du temps, la créature restait dans l'obscurité. Venus n'avait pas encore réussi à la distinguer sous sa forme réelle. Le dieu, qui paraissait avoir conscience des moments où on l'observait, jouait avec la lumière, s'enveloppant dans les replis de ténèbres.

La peinture murale s'étendait et gagnait en complexité. Bien que Venus répugne à l'admettre, elle devenait plus belle. Le grain de la caméra bon marché dissimulait la véritable nature des substances utilisées, ne montrant que les intrications exotiques de courbes et de spirales qui semblaient s'emmêler à l'infini. L'effet était comparable à de la musique projetée contre un mur. Chaque mouvement s'enchaînait avec le suivant, se combinant dans une symphonie de formes. Tant qu'elle n'avait pas à réfléchir à la provenance de la peinture sur la toile, Venus pouvait apprécier l'œuvre.

Pendant deux jours, elle avait observé la chose de cette façon. L'étudiant et la regardant, dans l'espoir qu'elle se laisserait aller et se dévoilerait. *Tu reviendras*, lui avait-elle chuchoté, et Venus n'avait pas protesté. Mais en dépit de cette certitude, elle hésitait à y retourner. La distance et le temps lui avaient permis d'analyser la situation avec la tête froide.

Dès sa première rencontre avec celui qui revendiquait une nature divine, l'adolescente avait su, avec une conviction absolue, qu'elle avait affaire à un prédateur. Un monstre capable de l'exterminer et de la dévorer. Elle ignorait si c'était une sorte de mémoire primitive qui la mettait en garde ou si elle était juste terrifiée, mais elle comprenait que la balance du pouvoir ne penchait pas en sa faveur.

Pourtant, elle était toujours en vie. Elle avait dansé avec un dieu, lui avait permis de toucher son âme, et elle avait survécu. C'était un sentiment grisant, extraordinaire. Quelle que fût la nature de cette créature, dont la malveillance ne faisait aucun doute dans son esprit, son étreinte lui avait procuré une sensation de bien-être sans précédent. Le dieu avait deviné son désir le plus secret, son besoin de sécurité, et l'avait satisfait. Même maintenant, sachant qu'elle avait frôlé la mort, elle rêvait d'y retourner.

Alors, bien sûr, c'est ce qu'elle fit.

Il était plus de minuit, et Penny dormait à poings fermés, quand Venus se glissa hors de sa chambre. Elle ne s'inquiéta pas de réveiller ses parents, qui roupillaient toujours comme des souches. Et de toute façon, ils n'auraient pas fait attention à elle. Seule cette boule de poils de Sherbet l'enquiquina, se faufilant entre ses jambes alors qu'elle traversait la maison. En arrivant à la porte de derrière, Venus le chassa. Ce moment n'appartenait qu'à elle.

À elle, et à son dieu.

Elle marcha à pas de loup dans le jardin humide de rosée. À cause du brouillard bas qui cachait en grande partie le sol, elle dut faire attention à ne pas trébucher sur le bazar qu'elle avait sorti de la remise. Elle ouvrit la porte et se retrouva, en tee-shirt et pantalon de pyjama décoré de personnages de dessin animé, face à une imposante masse d'obscurité.

— *As-tu confiance en moi ?*

Tels étaient les mots qu'il choisit pour l'accueillir.

— Non, répondit-elle, sa voix se cassant en dépit de ses efforts.

Plus par timidité que par peur, d'ailleurs, et qui ne lui ressemblait pas.

Les ténèbres dansantes s'écrasèrent à ses pieds, se heurtant à la barrière invisible qui les retenait prisonnières. Une brume humide, comme des embruns, lui caressa le visage.

— *Libère-moi.*

La voix envahit de nouveau son esprit, telles des aiguilles plantées dans ses pensées.

— Mais alors, tu partiras, répondit-elle.

Alors qu'elle prononçait ces mots, ses craintes se cristallisèrent. La créature lui avait montré que, même si elle n'était pas inoffensive, elle n'était pas animée de mauvaises intentions à son égard. Trop coriace pour que le spectacle de sang et de ténèbres l'impressionne, Venus avait tout de même peur. Peur que le monstre s'échappe. En voulant observer un nid d'oiseau, elle était tombée sur beaucoup plus. Elle ne pouvait pas laisser passer cette occasion. C'était *son* dieu.

— *Ma gratitude serait légendaire.*

Elle n'en doutait pas.

Venus leva son pied, de nouveau esclave de son prisonnier. Elle avait peut-être mis un dieu en cage, mais il tenait son esprit sous son emprise. L'odeur du sang la sortit de sa transe soudaine. Avant qu'elle ait achevé le premier pas, la senteur métallique dans l'air, forte et piquante, lui rappela exactement à quel genre de divinité elle avait affaire.

Un dieu de haine et de mort.

— Je ne peux pas te laisser partir, dit Venus.

— *Peux-tu me retenir ici ?*

Non. Pas longtemps. Quelqu'un finirait par pénétrer dans la remise, n'est-ce pas ? N'importe qui muni d'un marteau pouvait casser le cadenas. Et alors ? La créature se montrerait-elle aussi aimable avec l'intrus ? Il y avait tellement de sang sur le sol…

Venus ferma les yeux et avança d'un pas. Chassant de son esprit les odeurs et ce qu'elle voyait, elle traversa timidement la barrière qui la séparait de son dieu. La montée d'adrénaline justifia à elle seule le simple fait de franchir cette limite. Échanger la morale et la sécurité contre un frisson que nul ne pouvait connaître. Contre la promesse de quelque chose qui dépassait l'entendement humain. De nouveau, la voix dans ses pensées se fit caresse suave. Le champ des possibles s'ouvrit à elle, alors qu'elle s'autorisait ce contact avec le dieu. L'espace d'un instant, elle s'abandonna à un sentiment de sérénité que ses parents n'avaient jamais été capables de lui offrir. Ici, elle n'avait rien à craindre du monde. Et pour que cela dure, un simple engagement de sa part suffisait.

— *Tu me fais confiance.*

— Je ne…, protesta-t-elle, se raccrochant à sa propre force.

Les ténèbres impénétrables dansèrent autour d'elle. Même les yeux fermés, elle pouvait voir comment l'obscurité dévorait la lumière. Elle frissonna au contact de ce qui possédait un si grand pouvoir, mais était incapable d'échapper au regard d'une caméra. Tous les sens en alerte, telle une proie prête à bondir au premier signe d'une menace, elle eut droit en retour à un déluge sensoriel. Sa peau connut des sensations dont elle avait seulement rêvé comme de plaisirs coupables. Bien-être et intimité la tenaient par la main. La voix chuchota des promesses inarticulées, un gage de bonté, tandis que l'odorat de Venus notait l'herbe humide à l'extérieur de la remise. Même son goût, bien qu'il ne puisse percevoir que la saveur acidulée du sang, apprit à l'apprécier d'une manière nouvelle et perturbante.

Ces sens n'étaient pas les siens. Ces sensations n'étaient pas les siennes, mais celles que le dieu lui imposait. Il se languissait de sa liberté, pour retrouver la nature sauvage et se délecter de la nuit sombre et calme. Plus dérangeante était sa soif de sang, et des vies qui le lui fournissaient. Elle sentit l'écho d'innombrables victimes, mortes ou non entre les mains du monstre, mais dont il avait dévoré les âmes.

Quand Venus rouvrit les yeux, le dieu s'était éloigné dans son coin.

— Tu… Tu les manges ? demanda-t-elle, impassible.

— *Pas les corps. L'âme, l'essence, quel que soit le nom que tu lui donnes, est aspirée en moi, vive et douce. Elle me nourrit en m'offrant un plaisir incomparable. Sans elle, je ne meurs pas de faim. Mais avec elle, je suis capable de refaire le monde.*

Hébétée, Venus retourna à la porte de la remise. Elle ne pouvait pas regarder la créature-ombre. Elle savait ce qu'elle verrait, et l'impossible absence de lumière avait perdu sa magie et son mystère.

— *Ma franchise te trouble*, dit le dieu, puis il répéta les mots de leur première rencontre. *Tu reviendras.*

— Je… Je ne sais pas encore.

Venus sortit de la remise. Après quelques pas dans l'herbe humide, elle fit demi-tour, se rappelant de fermer correctement la porte. À l'horizon, un lever de soleil timide redonnait au ciel nocturne ses premières nuances de violet.

Elle prit soin de bien s'essuyer les pieds avant d'entrer dans la maison, et monta au premier étage avec une discrétion qui ne lui ressemblait pas. Il était plus tard qu'elle l'avait pensé, et elle ne tenait pas à expliquer à Penny ce qui l'avait occupée une partie de la nuit.

Dans la salle de bains, elle se regarda dans la glace. Du sang lui piquetait le visage. Tendant la main vers le robinet, elle s'aperçut que ses doigts étaient eux aussi tachés de rouge, bien qu'elle ne se souvienne pas d'avoir touché quoi que ce soit.

Elle se débarbouilla et se brossa les mains. L'eau chaude lui fit du bien et l'aida à se distancier des événements. Qu'est-ce qu'elle faisait ?

Face au miroir, elle fut déçue de constater que, même si sa peau était impeccable, le dieu avait laissé une marque sur son âme.

— Tu as l'air crevée.

Venus leva les yeux de ses céréales, un Granola sucré mais bourré de fruits que ses parents achetaient au rayon bio du magasin d'alimentation. En temps normal, elle en engloutissait aisément deux bols, mais aujourd'hui, elle n'avait pas faim.

Croisant le regard de Penny, elle ne pouvait qu'imaginer le spectacle qu'elle offrait à son amie. Les cheveux ébouriffés et les traits tirés, elle présentait tous les symptômes du manque de sommeil, combiné avec une abondance de soucis. Comment en était-elle arrivée à se faire plaindre par quelqu'un qui venait de perdre sa mère ?

— Tu n'as pas l'air en grande forme non plus, fut ce qu'elle trouva de mieux à répondre.

Un mensonge. Sa meilleure amie avait étonnamment bonne mine. Les cheveux brossés, le dos droit et, malgré des yeux encore gonflés et rouges, un regard concentré. Si Venus lui avait prêté davantage attention, elle aurait remarqué les signes de colère derrière les apparences, mais pour le moment, elle tentait de ne pas piquer du nez dans ses céréales.

— J'ai une bonne excuse, tu ne crois pas ? répliqua Penny, avec une pointe de sarcasme.

Venus baissa de nouveau les yeux sur son bol. Elle avait raison, bien sûr. Venus voulait parler à sa meilleure amie de sa découverte, mais elle ne savait pas par où commencer. « Il y a un dieu dans la remise au fond du jardin » semblait ridicule, même si elle en détenait la preuve, enfermée derrière la maison. En fait, elle n'avait qu'à tendre un peu le cou pour apercevoir la prison du dieu par la fenêtre de la cuisine.

En plus, son amie venait de subir un événement qui bouleversait sa vie. Elle ne pouvait pas lui en imposer un autre si tôt. Penny faisait bonne figure, mais une rude journée l'attendait. Elle avait de nouveau rendez-vous avec le docteur Hazelwood et l'inspecteur voulait l'interroger. Elle devait aussi s'entretenir au téléphone avec un avocat de Sherbrooke, à propos des démarches pour décider si on la laisserait vivre seule avant qu'elle devienne une adulte aux yeux de la loi. Elle n'avait pas besoin de l'existence d'une entité surnaturelle par-dessus le marché.

— Venus ? fit Penny, qui donna un petit coup avec le doigt sur le front de son amie. Qu'est-ce qui ne va pas là-dedans ?

— Hmm, grogna Venus. Manque de sommeil...

La réponse, évasive, ne parut pas convaincre Penny, mais Venus fourra une cuillerée de céréales dans sa bouche pour couper court.

— Peut-être que si tu éteignais ton ordi et te couchais à une heure raisonnable...

— Je surfe toujours sur le web avant de m'endormir. Et puis, tu t'es entendue ronfler ?

Venus regretta immédiatement ses paroles.

Penny se mordit la lèvre avant de répliquer. Toutes les deux savaient à quel point il était important qu'elle séjourne chez les McKenzie, mais elle avait sa fierté. Si ce n'était le spectre du chagrin et de la solitude, elle cesserait volontiers d'être un fardeau pour rentrer dans sa maison vide.

— Je devrais peut-être dormir sur le canapé ? proposa-t-elle avec raideur.

— Non, voyons. Ce n'est pas ce que j'ai voulu dire.

Venus ne souhaitait certainement pas que son amie se sente coupable.

— Tu n'es pas en cause. Et tes ronflements non plus.

C'est cette chose dans la remise. Mais les mots refusaient simplement de sortir de sa bouche. Pas seulement pour ne pas faire peser un poids supplémentaire sur les épaules de cette pauvre Penny, pourtant. Même dans le brouillard de son épuisement, Venus en avait conscience. Pour autant qu'elle sache, personne n'avait jamais fait ce qu'elle faisait. Elle était tombée sur quelque chose qui la rendait unique. C'était son dieu, et elle n'était pas sûre de vouloir le partager. Quel besoin avait-elle, d'ailleurs, de redevenir comme tout le monde ?

—Écoute, je ne suis peut-être pas la mieux placée pour émettre une opinion sur l'équilibre psychique de qui que ce soit, mais je vois bien que ce n'est pas juste le manque de sommeil, ajouta Penny en pointant sa cuillère vers son hôtesse. Je t'ai déjà vue mal reposée, Aphrodite…

—Ne m'appelle pas comme ça ! répliqua sèchement Venus.

Penny fronça les sourcils. Mettant soigneusement sa cuillère à côté de son bol, elle prit sa serviette, une feuille d'essuie-tout pliée, et s'essuya la bouche. Puis elle respira profondément.

Venus s'aperçut de sa bévue. De nouveau, elle avait fait passer ses problèmes personnels avant son amie.

—Penny…, commença-t-elle, mais le regard de la fille plus âgée l'interrompit.

—Pour la dernière fois…

Le tremblement dans sa voix suggéra que Penny était au bord de la colère ou de la crise de nerfs.

—… Qu'est-ce qui cloche ?

—Rien. Je suis désolée.

Venus se hâta de se lever et de débarrasser la table des bols à moitié pleins. Elle les vida, les rinça et les mit à sécher, chaque geste lui servant de prétexte pour éviter que reprenne la conversation.

Elle avait invité son amie à s'installer chez elle pour lui remonter le moral, pas pour l'accabler. Elle réfléchit à toute vitesse pour changer de sujet, ou trouver une activité à partager susceptible de distraire Penny. Toutefois, ses pensées la ramenaient immanquablement au vortex de sang et d'ombres. La créature séduisante qu'elle cachait dans la remise, rien que pour elle, était devenue son obsession. Elle tenait un dieu en son pouvoir. Plus que tout, elle désirait retourner le voir.

Elle allait suggérer un saut chez Abraham, à la ferme. Le grand air ferait du bien à Penelope. Et puis ça éloignerait Venus de la remise. Mais avant qu'elle puisse lui faire part de son idée, Penny renifla.

— J'ai reçu un message sur mon portable.

— Tu n'as pas de portable, répondit Venus.

— Si. Je ne l'utilise pas, c'est tout.

Venus la regarda. Le soleil levant, qui avait fini par franchir la ligne des arbres dans le jardin, entrait à flots par la fenêtre de la cuisine et sur le dos de Penny. La seule ombre projetée était celle de la remise.

— Ça disait : « Je sais que tu n'écouteras pas ce message, mais au cas où, est-ce que tu pourrais passer me prendre ? »

La signification de ce qu'elle entendait frappa Venus au ventre avec la force d'un train en marche. Ses lèvres bougèrent, cherchant à former les mots qui apaiseraient son amie, mais rien ne vint.

— Pourquoi ne pas m'en avoir parlé ? demanda-t-elle enfin, incapable de supporter le silence plus longtemps.

— Parce que je suis fatiguée, Veen. De ce rôle de victime. Ce n'est pas pour moi. Quand ta mère m'a regardée de cet air apitoyé, j'ai juste eu envie de lui flanquer mon poing dans la figure. Oh, mon Dieu… Je suis désolée. Je ne voulais pas…

Venus sourit. Chaque fois qu'une fissure apparaissait dans la coquille de désespoir de son amie, elle retrouvait l'ancienne Penny.

— C'est triste, Venus. Tomber sur un message comme celui-là. Je ne veux pas y penser.

Finalement, elle leva la tête vers son amie, ses yeux bleus secs, mais remplis de colère.

— Mais je n'ai pas non plus la patience pour écouter tes conneries. Alors, parle-moi. Distrais-moi. Donne-moi de quoi m'occuper l'esprit. N'importe quoi.

Venus jeta des regards furtifs autour de la cuisine, avant de s'arrêter sur l'ombre de la remise sur la table. Elle s'efforça d'exprimer clairement ce qu'elle voulait dire. Plusieurs versions de sa confession se succédèrent dans sa tête, alors que s'écoulaient les secondes. Cette fois encore, avant qu'elle puisse formuler ses pensées et expliquer sa situation, Penny prit l'initiative.

Repoussant sa chaise avec un grand soupir, elle se leva et passa à côté d'une Venus pétrifiée, marquant un temps d'arrêt avant de monter.

— Laisse tomber. Je vais chez la psy. Je dois me doucher.

Venus

Tu reviendras. C'était une prédiction et une menace. Dès la première fois où le dieu lui avait fait cette simple prophétie, Venus n'en avait pas douté.

Elle gardait un dieu prisonnier au fond du jardin, qui lui farcissait la tête de promesses, mais Venus n'était pas stupide. Elle sentait que cette offre avait un coût, en soi une raison suffisante pour éviter la remise. Mais elle ne pouvait pas laisser indéfiniment les choses en l'état. Et si cette créature était réelle, où s'arrêtaient les possibilités ?

Après que Penny avait quitté la cuisine, Venus ne l'avait pas revue de la matinée. Elle était partie au village, pour son rendez-vous avec le docteur Hazelwood. Venus se demanda si elles parleraient d'elle, de son égoïsme et de son insensibilité. Que penserait d'elle la psychologue ?

Venus chassa ces idées. Elle n'avait pas de temps à perdre. Ses parents, également sortis, avaient pris leur Combi Volkswagen couleur crème pour aller faire des courses et ne rentreraient pas avant quelques heures. Elle avait tout loisir de rendre visite à son dieu, pour obtenir des réponses et peut-être voir ce que la créature avait réellement dans le ventre.

Le cadenas de la remise céda sans effort, après qu'elle eut saisi la combinaison. Dès qu'elle le retira de la poignée, elle entendit un léger bruissement à l'intérieur.

La porte s'ouvrit en grinçant, libérant une odeur nauséabonde dans le jardin. La puanteur lui piqua les yeux.

À travers un voile humide, Venus scruta la remise. Immédiatement, elle repéra les signes de sa présence la nuit précédente. Son pied avait laissé des empreintes de sang séché sur son parcours. Des traînées brun terne attestaient ses efforts pour se lever.

Ayant conscience de commettre une erreur, Venus tira la porte derrière elle, son désir d'intimité plus fort que la nécessité de pouvoir s'esquiver rapidement. C'était stupide. C'était dangereux. C'était son dieu.

— *De nouveau, tu reviens*, fit la voix, apaisante cette fois, une caresse pour les sens. *Plus comme Neil à chaque rencontre.*

Des ombres bougèrent pour cacher la créature au regard de Venus. S'infiltrant par la porte entrouverte, le soleil se mesura aux ténèbres tourbillonnantes, révélant, l'espace d'une pensée, la forme du dieu.

Venus ne s'attendait pas à ça. Elle n'était pas sûre non plus que la silhouette brièvement apparue ne soit pas celle que la créature voulait lui montrer. Le dieu, en dépit du formidable pouvoir qui en émanait, avait la taille d'un enfant de quelques années de moins que Venus. Ses yeux brillaient avec une intensité inhumaine et sa chair avait un aspect étrange, mais il s'en dégageait également une vulnérabilité qui la surprit.

— Je ne suis pas Neil, répéta-t-elle.

Venus n'avait pas connu son grand-père, mais d'après ses parents, le bonhomme ne lui aurait pas beaucoup plu.

— *Non, mais toi aussi, tu m'appartiens.*

Son dieu.

En était-elle si certaine ?

— Je ne t'appartiens pas. C'est moi qui détiens les clés de ta prison.

Tels des derviches, des ombres tournèrent en spirale au sol. Puis la voix se manifesta de nouveau dans son esprit. Les mots n'avaient rien perdu de leur douceur, mais la pensée semblait légèrement plus mordante.

— *Pourtant, tu es revenue.*

— C'est vrai, répondit-elle, échouant à injecter de l'autorité dans son ton.

— *Tu veux quelque chose.*

Venus s'assit par terre, là où elle était tombée, terrifiée, la nuit où elle avait découvert la créature. Elle se sentait un tout petit peu plus à son aise. Une peur sourde, supportable, avait remplacé son horreur.

— Qu'est-ce qui se passera, si je te libère ?

L'idée ne lui avait même pas traversé l'esprit, avant que les mots quittent ses lèvres. Ténèbres, sang et yeux de braise : la créature présentait toutes les caractéristiques traditionnellement associées au mal. Elle suintait la malveillance chaque fois qu'elle s'exprimait. La relâcher mènerait au désastre. Et pourtant, voilà que Venus y réfléchissait.

— *Tu seras récompensée, au-delà de tes rêves les plus fous.*

Des pensées pleines de chaleur accompagnèrent la réponse.

— C'est ce que tu répètes sans arrêt, mais qu'est-ce que ça signifie ? Sois plus précis.

— *Comment définir une infinité de possibles ?*

Autrement dit : aucune limite. Elle avait assez lu pour savoir qu'un pacte faustien a toujours un coût. Rien n'était gratuit ou sans conséquence. Devant elle se tenait un génie, et la remise était sa lampe. Elle s'était frottée trois fois à la créature ; peut-être le moment était-il venu de faire un vœu.

— Il y a ces voyous qui m'embêtent…, dit-elle.

À défaut d'être son problème le plus important, c'était sans doute la demande qui présentait le moins de risques. Tant d'autres souhaits pouvaient se retourner contre elle. Vouloir ressusciter Gabrielle LaForest, c'était s'exposer à un scénario à la « Patte de singe ». Quelle forme prendrait le résultat ? Et si le dieu la ramenait, mais… différente ? Mieux valait miser petit.

— Ils me persécutent. Sans arrêt. Pour des raisons idiotes.

Les ombres restèrent bas sur le sol, alors qu'elle parlait. Elle pouvait voir les yeux à travers le brouillard sombre, ils semblaient avoir perdu de la malveillance qui les animait. À la place, elle crut distinguer une étrange forme de compréhension. Elle lançait ce genre de regard à Sherbet, quand elle avait l'impression de sentir ce que pensait l'animal.

— *Des voyous ?*

Le dieu goûta le mot avec curiosité. Jusqu'à présent n'avaient filtré que des émotions empreintes de haine dans son discours.

— Des jeunes du même âge que moi. Ils me traitent comme de la merde parce que je ne suis pas comme eux. Je ne suis pas d'ici, je ne me comporte pas, je ne pense pas, ou je n'agis pas comme eux. Je n'aime pas les mêmes choses et je n'ai pas les mêmes jeux. Mais je ne vois pas pourquoi ça les choque à ce point.

» Ils me bousculent, m'insultent. Je n'en fais pas un drame non plus, c'est juste… fatigant à la longue. Je veux que ça cesse. Tu peux les obliger à arrêter ?

» J'ignore comment tu t'arranges pour accorder tes « récompenses », comme tu les appelles. Je ne suis même pas sûre de comprendre. Je ne veux pas que tu les tues, simplement que ces brutes me fichent la paix. C'est dans tes cordes ?

Venus avait concentré son attention sur le bout de son espadrille. Elle avait voulu mettre de l'ordre dans ses pensées pour formuler clairement sa demande.

Alors qu'elle relevait la tête, elle vit la créature assise en tailleur devant son épouvantable peinture murale. Les ombres avaient disparu. Le dieu était nu, exposé pour la première fois au regard de Venus. Même physiquement, il était difficile à décrire. Une peau sombre et des yeux de braise sur le corps d'un enfant. Quelque chose n'allait pas dans l'anatomie. Une élégante caricature d'humanité. Et bien que sa chair soit intacte, il semblait blessé.

Au carrefour entre vulnérabilité et splendeur.

— *Oui*, fut sa réponse, glaçante.

Brad

Libre !

Brad Ludwig n'avait jamais réellement connu ce sentiment depuis son arrivée à Saint-Ferdinand. Mais aujourd'hui ? Aujourd'hui, il était libre comme l'air.

Bien sûr, il avait toujours un couvre-feu familial à respecter, et interdiction de quitter le village. Mais pour la première fois, d'aussi loin que remontent ses souvenirs, Brad pouvait aller où il voulait, faire ce dont il avait envie. Son argent de poche et son vélo flambant neuf lui ouvraient un monde de possibilités. Le soleil brillait et ses amis l'attendaient.

La journée s'annonçait formidable.

Brad n'en avait pas conscience, mais en relâchant ainsi provisoirement leur surveillance constante, ses parents l'avaient également soulagé de la rancune qu'elle engendrait. À l'époque où ils habitaient Saint-Jérôme, une voiture avait renversé sa sœur aînée, Heather. Elle circulait à vélo, seule, comme lui en ce moment, quand un pick-up Ford l'avait accrochée.

Malgré un choc latéral peu violent, la tête de Heather avait heurté le trottoir dans sa chute. Admise à l'hôpital pour une commotion cérébrale, elle avait sombré dans le coma, après que les médecins avaient échoué à stopper l'hémorragie crânienne. Trois semaines et deux opérations chirurgicales plus tard, Heather était morte.

La tragédie avait marqué toute la famille. Deuil, dépression, difficultés professionnelles. Bientôt, le père de Brad avait perdu son travail. Quand on lui avait proposé un nouvel emploi au drugstore local, les Ludwig avaient été la première famille à s'installer à Saint-Ferdinand depuis des années.

Bien entendu, dès qu'ils avaient eu vent de l'existence du tueur de Saint-Ferdinand, ses parents, peu désireux de pleurer un second enfant, avaient imposé de strictes restrictions aux activités de Brad. À dater de ce jour, le garçon de quinze ans avait fait une croix sur les sorties non accompagnées. S'il se rendait chez un ami, son père ou sa mère l'y conduisait. Il n'était jamais seul.

Jusqu'à aujourd'hui. Avec le tueur enfin derrière les barreaux, Brad jouissait de sa liberté retrouvée, comme tout le village. Il avait timidement demandé à son père s'il pouvait aller chez André à vélo. Après une longue minute de réflexion, M. Ludwig avait donné son accord. Il convenait de rester vigilant. D'après un article paru dans le journal local, on avait découvert le corps de Gabrielle LaForest dans les bois. Mais selon le communiqué de la police, l'état du cadavre suggérait l'attaque d'un ours. Cela avait compliqué les négociations entre Brad et son père, mais après avoir multiplié les promesses de prudence et s'être engagé à téléphoner dès son arrivée à bon port, Brad était enfin en route.

Privilégiant les chemins de campagne, il coupa par le champ de pommiers Hawthorn. *C'est ce que doit ressentir cette fille, McKenzie*, se dit-il. *Faire ce qu'on veut, quand on veut.*

—Hé, mon vieux !

Brad tourna la tête pour voir qui l'appelait, il s'arrêta dans un dérapage contrôlé qu'il jugea particulièrement réussi.

— Je cherche un truc. Tu peux m'aider ?

La voix sortait des bois, sans qu'il en distingue la provenance. Mais le ton lui sembla plutôt amical. Savourant son indépendance toute neuve, l'adolescent cala son vélo sur sa béquille et s'enfonça entre les arbres.

Quand Brad se réveilla, la route et la forêt avaient disparu. Il se trouvait dans un endroit sombre, étendu sur le sol. Non. En hauteur. Sur une sorte de table, mais il ne pouvait pas bouger.

Il entendit un tintement. Comme une ceinture qu'on enlève, puis un bruissement de vêtements. Quelqu'un fredonnait un air que Brad ne reconnut pas. Il lui rappela l'une de ces vieilles chansons qu'écoutaient ses grands-parents. Il avait regardé suffisamment de films d'horreur pour se faire une assez bonne idée de la situation, et il lutta contre son envie de crier. Quoi qu'il arrive, quelle que soit la personne avec lui dans cette pièce sombre, inutile d'attirer son attention.

— Comment va ta tête ?

La voix entendue dans les bois. Calme et aimable, bien qu'un peu froide et détachée. Sa tête allait bien, même s'il hésitait à la bouger.

Des pieds nus avancèrent vers lui à pas feutrés. L'ombre d'une main plana au-dessus de lui pour saisir quelque chose sur la table. Un couteau, qui entra et sortit de son champ de vision.

— Tu sens ça ? demanda la voix, avec une certaine sollicitude.

Incapable de répondre, Brad se contenta de secouer la tête. Le mouvement révéla un léger désagrément dans son crâne, assez comparable à celui ressenti quand il plongeait au fond de la piscine.

— Bien ! Alors, ce ne sera pas trop pénible.

La voix sembla sincèrement soulagée et, l'espace d'un instant, Brad aussi.

Puis le couteau passa de nouveau devant son visage. La lame était couverte de sang.

— Tu devrais être content. Tu as été choisi, tu en as conscience ? Pas par moi, par quelque chose qui nous dépasse, toi et moi. J'ai entendu l'appel, qui m'a demandé de m'occuper de toi. J'ignore qui tu es, mon vieux, mais tu peux être fier de toi. Maintenant, ne bouge pas. Ça ne devrait pas prendre trop longtemps.

Au cours de l'heure suivante, Brad vécut un cauchemar surréaliste. Dans la pénombre, difficile de dire ce qui se passait exactement. Mais à mesure que s'écoulaient les minutes, son sang en faisant autant de son corps. Toutefois, il ne sentait rien. Des drogues quelconques ou des dégâts subis par sa colonne vertébrale l'empêchaient de bouger et d'éprouver la moindre douleur. À en juger par ce qu'on extrayait de lui, il s'en trouva soulagé.

À quel moment il mourut, il n'aurait su l'affirmer avec exactitude. Une certaine détresse filtra dans son esprit. Les images devinrent floues. Ses pensées, insaisissables. Enfin, il comprit que son corps avait capitulé, après qu'on en eut retiré trop de sang et d'organes. Ce qui avait aidé à tenir la souffrance en respect l'empêcha aussi de trop réfléchir à sa fin. Le chagrin de ses parents, l'effacement de ses espoirs et de ses rêves, tout cela ne signifiait rien dans cette brume qui l'engourdissait et le protégeait des ravages perpétrés sur son corps.

Il n'avait plus à lutter. L'esprit détaché du réceptacle de chair et de sang qu'il avait occupé pendant quinze ans, Brad avait quitté la pièce sombre, bien qu'il ne fasse pas plus clair. Sans savoir comment, il continuait de percevoir la silhouette de l'homme à la voix, qui lui parlait toujours.

— Ne lui résiste pas, mon garçon. Écoute l'appel de l'ombre. Aide-moi à la trouver.

Alors que les mots lui parvenaient en ce lieu entre la vie et la mort, Brad comprit ce que l'homme disait. Il entendait bien un appel. Terrifiant, repoussant, mais aussi omniprésent, inévitable, qui cherchait à l'attirer dans un endroit précis, au sein de ténèbres implacables, impénétrables.

Non. Pas impénétrables. Il distinguait une lueur dans l'obscurité. Une fillette d'environ huit ans, entourée d'un éclat aveuglant, comme un phare au milieu d'une mer déchaînée. *Heather?* songea-t-il, se réjouissant à l'idée de revoir sa sœur.

Ignorant l'ombre et la voix, Brad avança vers la lumière. Peut-être rêvait-il ? Seulement, quand il se trouva assez près d'elle, il s'aperçut que ce n'était pas Heather. Une autre fille, à peu près du même âge que sa sœur au moment de l'accident. Elle avait les cheveux raides, alors que ceux de Heather avaient été courts et frisés. Et elle portait une jolie robe blanche, tandis que sa sœur avait refusé de mettre autre chose que des salopettes et des tee-shirts.

— Ne l'écoute pas… N'y va pas…, dit l'apparition en blanc.

Brad faillit lui obéir. Il tenta de marcher vers elle et de saisir la main qu'elle lui offrait, mais de près, il vit ses yeux. Les clous sombres enfoncés dans ses orbites. Une vision de cauchemar. Les ténèbres l'appelaient. Brad se détourna pour suivre la voix dans l'obscurité. La fille chercha encore à le retenir, mais il l'ignora, préférant se concentrer sur l'attrait exercé par les ténèbres. Peut-être y rejoindrait-il Heather ?

Venus

Il faisait froid, plus que s'y attendait Venus. Dans sa tenue estivale – short en jean et tee-shirt ample –, elle ne pouvait s'empêcher de frissonner.

Le docteur Hazelwood, assis de l'autre côté de son bureau, s'en aperçut et sourit. Dans son tailleur beige, probablement insupportable à l'extérieur, la psychologue ne souffrait pas de la température ambiante.

— La clim tourne en surrégime ces jours-ci, s'excusa-t-elle.

— On se croirait dans une chambre froide.

— Désolée. J'ai demandé à l'inspecteur Crowley de s'en occuper. Un café chaud vous fera peut-être du bien. Vous en voulez ?

Venus secoua la tête. Elle avait déjà avalé plus que sa dose de caféine. Entre ses nuits consacrées au contenu de sa remise et ses journées où elle tentait de faire comme si de rien n'était, sa consommation avait crevé le plafond.

— D'accord. On commence ? enchaîna le docteur Hazelwood, qui arracha une page du bloc posé devant elle. Je dois vous avouer que je me demandais quand vous vous décideriez enfin à venir me voir.

— Pourquoi ? Je n'ai perdu personne.

Le docteur Hazelwood prit une note, que Venus ne parvint pas à lire.

— Pas l'un de vos proches, c'est vrai. Mais la mort de Mme LaForest a dû vous affecter. Ou celle d'Audrey.

— Penny vous a parlé de moi, n'est-ce pas ?

Le docteur Hazelwood nota autre chose. Son sourire amical et sa jeunesse donnaient l'impression à Venus qu'elles pouvaient se comprendre. Par ailleurs, la psychologue venait de la ville, comme elle. Le village leur était étranger, à toutes les deux – loin des rues plus bruyantes, plus trépidantes de Montréal, ou même de Sherbrooke, d'ailleurs.

— Évidemment, répondit le docteur Hazelwood. Nous parlons beaucoup de sa mère et de son père, mais aussi de ses amis et de ses relations. La thérapie du deuil s'intéresse aux sentiments, aux éventuels problèmes de culpabilité. Si possible, j'offre mes conseils sur la façon de reprendre émotionnellement le cours de sa vie, une tâche souvent difficile.

— D'accord. Je suis une relation.

— Pour Penny ? Vous représentez beaucoup plus, Venus. Je ne pense pas exagérer en affirmant que vous êtes la sœur qu'elle n'a jamais eue.

L'adolescente eut de nouveau un frisson, qu'elle attribua au froid. En vérité, ces mots la touchaient profondément. D'aussi loin que remontent ses souvenirs, même avant son arrivée à Saint-Ferdinand, Venus ne s'était jamais entendue avec quelqu'un aussi bien qu'avec Penny. Mentir à son amie en deuil n'en était que plus honteux.

— Je comprends, répondit-elle. L'autre jour, chez le glacier, vous m'avez demandé de prendre soin d'elle… et je n'ai pas vraiment été à la hauteur.

Le docteur Hazelwood fronça les sourcils, tapotant le bout de son crayon sur le papier. Elle regarda Venus, comme si l'adolescente venait de donner la mauvaise réponse à une question pourtant simple.

— Personne n'a dit ça. Mais Penny s'inquiète pour vous. Vous me semblez être une jeune femme intelligente. Alors, si vous éprouviez la moindre difficulté à gérer les événements de ces dernières semaines, j'espère que vous n'hésiteriez pas à frapper à ma porte.

Venus ne pouvait pas demander au médecin de comprendre l'ampleur du problème dont elle avait hérité. Le docteur Hazelwood était au courant des meurtres, et grâce à ses séances de thérapie, elle en avait probablement appris beaucoup sur Saint-Ferdinand. Mais elle n'avait aucune idée de ce que Venus cachait dans sa remise. Cette seule idée lui glaça le sang.

— Parlons donc un peu de vous, poursuivit le docteur Hazelwood. Comment allez-vous ? Soyez complètement honnête avec moi.

— Bien.

Le docteur Hazelwood prit une autre note, ce qui irrita Venus, venue pour qu'on l'aide avec Penny. Elle pensait glaner quelques informations sur l'état d'esprit de Penny et peut-être repartir avec des conseils sur la façon de remettre son amie sur les rails. La thérapie, ce n'était pas son truc. Elle ne discutait de ses sentiments qu'avec sa meilleure amie. Elle n'était pas du genre à tout déballer face à une inconnue.

— Alors, pourquoi avez-vous demandé à me voir ?

— Pour que vous me disiez comment mieux aider Penny.

— Vous avez déjà voyagé en avion ?

— Euh... oui, ça m'est arrivé. Je suis allée en Allemagne avec mon oncle, et mes parents m'emmenaient à Vancouver quand j'étais petite. Pourquoi ?

— Oh ! j'adore Vancouver. Quelle ville magnifique ! Par contre, je n'ai jamais visité l'Allemagne, réagit le docteur

Hazelwood. Peu importe. Vous vous rappelez sans doute les démonstrations de consignes de sécurité ? Quand on vous recommande, en cas de dépressurisation, bla, bla, bla, de toujours enfiler d'abord votre masque ?

Venus soupira, comprenant où la psychologue voulait en venir.

— La meilleure façon d'aider Penny est de commencer par moi-même ?

— Exactement ! répondit le docteur Hazelwood avec un sourire. Alors, Venus ? On reprend ? Vous êtes sûre d'aller si bien que ça ?

— Non.

— D'accord. Comment allez-vous ?

— Je ne sais pas trop.

Le docteur Hazelwood se pencha pour prendre une nouvelle note. Chaque fois que Venus se rebiffait face à une question, le médecin écrivait quelque chose.

— D'accord, vous voulez tout savoir ? Ça ne va pas ! Pas du tout, même, et je ne sais pas quoi faire.

Venus s'emporta, se mit presque à crier.

— Je ne dors plus, je néglige ma meilleure amie et je suis incapable de vous expliquer pourquoi. Je ne sais pas qui peut m'aider à m'en sortir. Probablement personne, et certainement pas vous !

Lentement, le docteur Hazelwood posa son crayon. Elle ne souriait plus. L'espace d'un instant, Venus pensa être allée trop loin. Mais la psychologue tourna calmement le bloc et le poussa vers elle, pour lui faire lire ce qu'elle avait écrit.

« Salade, carottes, sauce, feta. » Une liste de courses.

— Vous… Vous m'avez piégée…, dit Venus.

— Vous avez raison. Je ne peux probablement pas vous aider avec ce qui vous ronge. Je n'ai pas de solutions toutes faites à offrir, je suis là pour vous écouter. Et j'ai conscience de la difficulté à s'ouvrir à une inconnue. En particulier s'agissant de sujets intimes. C'est normal, mais vous devez parler à *quelqu'un*.

Venus resta silencieuse, les yeux rivés sur la feuille de papier. Sa fureur en réaction à la manipulation du docteur Hazelwood avait cédé la place à la honte suscitée par son propre comportement puéril. La solution à son problème était simple : pour mieux s'occuper de son amie, elle devait dire ce qu'elle avait sur le cœur. Elle avait besoin de parler à quelqu'un de la chose qu'elle gardait prisonnière, de ce dieu de haine et de mort. Et la personne à qui s'adresser était Penelope. Cette pensée lui donna le frisson. À moins que ce soit l'air conditionné ?

— Ne bougez pas, lui dit le docteur Hazelwood, qui se levait. Je vais vous chercher une boisson chaude ; pendant ce temps, réfléchissez à la suite de la conversation.

Alors que la psychologue la laissait, Venus estima que la température devenait ingérable. Elle allait attraper un rhume avant de quitter le poste de police. Sa peau se couvrait de chair de poule, et son nez commençait à couler. En fait, elle allait emboîter le pas au docteur Hazelwood, la remercier de son aide et sortir se réchauffer au soleil, quand une voix la retint.

— Par ici…

Les mots étaient comme des aiguilles de glace, se brisant dans le vent, juste à la limite de son ouïe. Seule dans la pièce, Venus sursauta. Elle se tourna, mais ne vit rien, à part le bureau, couvert de dossiers, et le bloc, avec cette stupide liste de courses.

Et le sac du docteur Hazelwood.

Pour une raison qui lui échappait, Venus eut brusquement la conviction que la voix émanait du sac. En fait, elle le croyait si fort que, sans hésiter, elle y plongea les mains pour en extraire un objet. Un ours en peluche, qu'elle connaissait. Le même qu'elle avait vu son oncle Randy voler sur la tombe d'Audrey.

— Qu'est-ce que vous faites ?

Le docteur Hazelwood se tenait dans l'embrasure de la porte, portant deux gobelets de café fumant. Elle tremblait d'indignation.

— Où avez-vous trouvé ça ? demanda Venus.

— Ça ne vous regarde pas ! Pourquoi étiez-vous en train de fouiller dans mon sac ?

— Je suis désolée, docteur Hazelwood, je ne sais pas ce qui m'a pris, mais d'où vient cet ours ? C'est mon oncle qui vous l'a donné ?

Toujours bouillant de colère, le docteur Hazelwood ferma la porte de son pied et posa les gobelets sur son bureau. Elle fit mine de récupérer le jouet entre les mains de Venus, mais l'adolescente recula.

— C'est lui ? insista-t-elle.

— Non. Je l'ai trouvé.

— Où ?

— Je ne peux pas vous le dire. Pourquoi croyez-vous que Randy me l'aurait donné ?

Venus réfléchit soigneusement à sa réponse. Elle avait voulu consulter la psychologue pour obtenir de l'aide, un point de vue extérieur. Elle n'était pas préparée à la décision qu'elle s'apprêtait à prendre, susceptible d'avoir des conséquences directes sur son oncle.

— Parce que… je l'ai vu le ramasser sur la tombe d'Audrey. Après l'enterrement. Où l'avez-vous trouvé ?

La psychologue sembla provisoirement désarçonnée. Elle s'assit et, levant un doigt, intima le silence à Venus, le temps de se calmer.

— Allons voir l'inspecteur Crowley, dit-elle enfin.

— Pourquoi ?

— Parce que j'ai trouvé cet ours sur une scène de crime. Celle du meurtre de Gabrielle LaForest.

Crowley

— Assieds-toi.

Crowley n'était pas dans les meilleures dispositions, dans cet état d'esprit que son ex-femme avait un jour décrit en employant les mots « tolérant, mais tout juste ». Une plaisanterie, à l'époque, mais devenue de plus en plus une réalité avec les années, depuis le divorce.

Ces deux dernières semaines, avec Sam Finnegan en prison, l'inspecteur aurait dû pouvoir fêter sa victoire et enfin lever le pied. Au lieu de quoi il s'agitait inutilement pour débusquer une entité surnaturelle censée se cacher quelque part à Saint-Ferdinand. Il ne comptait plus les nuits blanches consacrées vainement à tenter d'établir des liens entre les Compagnons, le dieu et Finnegan. Et il avait de nouveau essayé d'interroger Sam, mais n'avait abouti qu'à plus de frustration.

À la découverte d'un second corps, celui de Brad Ludwig, Stephen avait pensé tenir une nouvelle piste. En fait, il avait surtout perdu son temps à calmer les Ludwig et à les convaincre de ne pas rameuter la presse. Une autre impasse.

Il travaillait trop, excluant ceux à qui il accordait d'habitude sa confiance.

Comme Randy McKenzie. L'inspecteur et le médecin légiste avaient longtemps formé une bonne équipe. Les Holmes et Watson de Saint-Ferdinand. Inséparables et complémentaires dès qu'il s'agissait d'étudier une scène de crime.

Pourtant, aujourd'hui Randy n'était pas au poste en ami ou en collaborateur de Crowley, mais en suspect potentiel. C'était une situation délicate. Ensemble, ils avaient traqué un tueur monstrueux pendant des années ; maintenant, l'un d'eux soupçonnait l'autre d'être un fou dangereux.

Randy obéit et prit un siège. Crowley le fixa de son regard bleu pâle, fronçant les sourcils, alors qu'il envisageait différentes approches.

— Randy, aide-moi..., commença l'inspecteur. Donne-moi une bonne raison de ne pas te coller en cellule à côté de Finnegan.

— Quoi ? s'étrangla le légiste, si incrédule que les yeux menacèrent de lui sortir de la tête. Tu veux une bonne raison ? En voilà déjà une : tu sais très bien ce qui a tué Gabrielle !

— Possible, admit Crowley, qui se frictionna la nuque. Mais pas sûr. Pas à cent pour cent. Je suis presque certain que ce n'est pas toi, mais je ne peux pas ignorer ce que vont penser le reste du village, mes hommes et la foule de journalistes qui m'attend au tournant. Et je n'écarte pas totalement l'hypothèse que tu profites de la situation à tes propres fins.

— Qu'est-ce que tu me chantes, Stephen ? s'emporta Randy, dont la surprise se muait lentement en colère. Quelles « fins » ? Qu'est-ce qui pourrait me pousser à tuer quelqu'un et à décorer la forêt avec ses entrailles ?

— Tu ne sais pas ?

Crowley s'assit sur son bureau et ouvrit un dossier.

— J'ai ici la preuve que tu as exhumé une petite fille pour mutiler son cadavre. Alors, explique-moi en quoi c'est différent de, je cite ton amie Erica, « un meurtre de nature manifestement rituelle ».

— Salaud. J'ai sauvé Audrey d'un sort pire que la mort et tu veux me jeter aux chiens ?

— Écoute, Randy, on savait toi et moi que le jour finirait par arriver où on ne serait plus du même côté de la barrière. Je m'y suis juste mieux préparé.

— Fais bien attention, Stephen. Tu penses peut-être que je ne garde pas, moi aussi, quelques atouts dans ma manche ?

Crowley décrocha une photo récente de son tableau en liège. Comme beaucoup d'autres, elle représentait un symbole particulier. L'œil à l'iris en spirale.

— Tes amis sont de retour en ville. Cicero, Katrina, et leur bande d'idiots.

Il tendit la photo à McKenzie, sur laquelle figurait l'affiche grossièrement dessinée pour le cirque Cicero, placardée contre un poteau télégraphique.

— À ta place, s'il me restait un tour dans mon sac, je m'en servirais pour m'aider à trouver le dieu. Sinon, fais-toi à l'idée de passer les prochains temps en prison.

Randy jaillit de son fauteuil, le doigt pointé dangereusement près du visage de Crowley. L'inspecteur le regarda avec dédain, son front se rida, comme s'il sentait quelque chose de nauséabond.

— Je ne te le conseille pas, Stephen. Tu joues avec le feu.

— Qu'est-ce que tu vas faire ? Appeler des fantômes à la rescousse ? Lever une armée de zombies ?

La menace du légiste resta sans effet face à la belle assurance de Stephen Crowley.

— Ça ne marche pas comme ça. Mais si tu me fais porter le chapeau, tu auras plus de problèmes que tu l'imagines.

Il y eut une lueur d'inquiétude dans les yeux de l'inspecteur, alors qu'il se mettait à arpenter lentement son bureau. Il savait que Randy ne pouvait pas simplement commander aux morts-vivants pour qu'ils exécutent ses ordres. Ce genre de magie exigeait un sacrifice. En revanche, il ignorait l'étendue réelle des connaissances occultes et du pouvoir que détenait le légiste. Toutefois, Stephen n'était pas homme à reculer devant la menace.

— Écoute, Randy, je n'ai pas forcément envie d'en arriver là, mais tu l'as dit toi-même : tout ce temps, Finnegan a agi juste sous notre nez. Je ne suis pas prêt à courir de nouveau un tel risque. Jusqu'à ce que nous ayons trouvé… notre « ami », je tiens à te garder à l'œil.

L'inspecteur lança à son collègue un regard perçant.

— À moins que tu saches déjà où il est ?

— Non, répondit Randy. Tu ne peux pas me retenir contre mon gré, Stephen. Tu n'as rien contre moi. Toute accusation que tu porterais contre moi te mettrait également sous le feu des projecteurs. Un coup de téléphone suffira à me sortir d'ici.

— Faux. Deux personnes t'ont formellement identifié. Dis-moi où est le dieu, qu'on puisse régler cette histoire entre nous.

— Attends. Qui m'accuse ? demanda Randy, sur le ton ombrageux d'un homme usé par près de deux décennies de contact avec les morts, pour la science et pour le surnaturel.

— Tu préfères ne pas savoir, Randy, crois-moi. Livre-moi le dieu, et ça n'ira pas plus loin. Je m'y engage. Dis-moi juste où il est.

— Je n'ai rien à te dire, Stephen, répliqua le légiste en colère. Et j'ai le *droit* de savoir.

Crowley cessa d'arpenter la pièce et toisa une dernière fois son interlocuteur qui, à cet instant précis, ressemblait à s'y méprendre à un nécromancien. Les yeux enfoncés, les lèvres retroussées dans une grimace hargneuse. Que ferait-il de cette information ? Devait-on craindre une réaction violente, chercherait-il à se venger ? Le moment semblait mal choisi pour jeter de l'huile sur le feu. D'un autre côté, le choc de la révélation suffirait peut-être à l'affaiblir et le rendre inoffensif.

— D'accord, mais je t'aurai prévenu, dit Crowley. Erica est venue me voir avec une preuve… qu'elle a obtenue auprès de ta nièce.

Pour la seconde fois depuis son arrivée, Randy McKenzie n'en crut pas ses oreilles. Erica et Venus. Deux des personnes qu'il chérissait le plus au monde. Il savait que Venus entretenait des soupçons à son égard, mais jamais il n'aurait pensé qu'elle irait jusqu'à agir contre lui. Quant à Erica, elle avait vu ce qui restait du corps de Gabrielle. Comment pouvait-elle le croire capable d'une telle atrocité ? Il sentit les larmes lui monter aux yeux. À travers le voile humide, il aurait juré apercevoir une expression de regret fugace sur le visage de Crowley.

Daniel

Dan était déjà en retard, quand il sortit de chez lui. Les événements de la semaine écoulée avaient bouleversé son emploi du temps habituel. Marchant vers sa voiture, il s'aperçut que la pelouse avait grand besoin d'une tonte, et que de mauvaises herbes avaient surgi dans les fissures de l'allée et les plates-bandes. Si son père n'avait pas eu l'esprit ailleurs, il n'aurait probablement pas manqué de lui en faire la remarque.

Ces soucis ne pesaient pourtant pas bien lourd, comparés à ce qui tourmentait l'adolescent. Mais pour le moment, sa priorité était son job d'été, et d'arriver à l'heure. Il n'avait plus que quelques papiers à signer, mais il tenait à faire bonne impression. Son patron, Luke, n'était pas intransigeant, mais si le père de Daniel l'apprenait… Stephen Crowley fermerait peut-être les yeux sur un jardin mal entretenu, mais mieux valait éviter des motifs de dispute supplémentaires. D'autant plus que Luke employait Dan en partie pour lui rendre service.

Alors, quand l'adolescent vit la voiture garée derrière sa Civic blanche, il sentit la colère caractéristique des Crowley monter en lui.

— Virez-moi cette bagnole de mon allée ! hurla-t-il, une fraction de seconde avant de s'apercevoir à qui appartenait le véhicule.

C'était une vieille Dodge Caravan. Bordeaux. Aussi propre qu'une neuve, mais avec les bosses et les éraflures d'un modèle qui a connu des années d'un usage intensif. Depuis son enfance, Daniel était souvent monté dans ce monospace qui l'avait conduit et ramené de ses cours de natation et de ses entraînements de foot. Plus récemment, il l'avait emprunté chaque fois que sa Civic se révélait trop exiguë pour les accueillir, lui et ses amis.

Si ce monospace pouvait parler, il lui attirerait des ennuis.

En le voyant, Dan se prépara à affronter des problèmes d'un genre différent. La Dodge Caravan appartenait à la mère de Sasha. D'instinct, il toucha le téléphone dans sa poche. Sasha avait laissé au moins une dizaine de messages, et le double de SMS, auxquels il n'avait pas répondu.

— Il faut qu'on discute.

Debout à côté du monospace, elle enleva une paire de lunettes de soleil et fronça les sourcils. Dans les très rares occasions où elle se mettait en colère, Sasha avait l'air étrange. Ce n'était pas naturel chez elle. Sa bouche se resserrait et devenait molle, comme si elle ne savait pas quoi faire de ses lèvres. Sa personnalité enjouée était une de ses qualités que Daniel appréciait le plus. Toutefois, à cet instant précis, il ne subsistait aucune trace de cette oasis de tranquillité.

— Oui, euh… tu as raison, dit Dan, qui lançait des regards furtifs entre Sasha et son monospace, inquiet d'arriver en retard à son rendez-vous. Ça… Ça peut attendre ?

Sasha approcha à une trentaine de centimètres de lui et s'immobilisa, comme si elle hésitait pour la suite. Un moment, elle sembla sur le point de le frapper, puis prête à se jeter dans ses bras. Sa présence paraissait à la fois la soulager et la rendre furieuse, mais surtout perplexe.

— Quoi ? Non ! Merde, Daniel, je t'ai cru mort !

— Oh, n'exagère pas, j'ai juste raté quelques appels…

— Quelques appels ? Tu réponds toujours au téléphone, Daniel, en particulier quand c'est moi ! Et là, tu disparais pendant une semaine et tu t'attends à ce que je fasse comme si de rien n'était ? Tu n'as tout de même pas oublié *où* tu vis ?

Non, bien sûr. Saint-Ferdinand. Le village du tueur. Un monstre dont le règne de terreur s'étalait sur près de deux décennies. Un assassin dont le nombre de victimes finirait peut-être par dépasser celui d'Andreï Chikatilo, le tristement célèbre boucher de Rostov. Ici, plus qu'ailleurs, aucun adolescent, en particulier un garçon aussi responsable que Daniel, n'ignorait les coups de téléphone de ses parents et de ses amis. Ici, le croque-mitaine était une réalité.

— D'accord, tu as raison, concéda-t-il, les mains levées en geste d'apaisement. J'aurais au moins dû…

— Mort, Daniel ! Je t'ai cru mort ! Tu imagines que je ne sais pas ce qui se passe ? Je me tiens au courant. Je m'informe. Ton père a beau faire, même lui ne peut pas étouffer les choses éternellement !

— Holà ! De quoi tu parles, enfin ?

— Cette femme, morte dans la forêt ? Et maintenant, ce garçon disparu hier ? Je croyais que la police avait coincé le tueur ?

Un garçon ? Dan n'avait rien entendu à ce sujet. Bien sûr, il avait eu l'esprit occupé ailleurs, mais son père avait l'habitude d'évoquer avec lui ses nouvelles enquêtes. Crowley serait furieux d'apprendre cette fuite dans la presse. D'un autre côté, les feux de l'actualité étaient braqués sur Saint-Ferdinand depuis l'annonce de l'arrestation de Finnegan. Et maintenant que les médias nationaux s'intéressaient au village, l'émergence d'un imitateur du meurtrier, ou pire, la preuve que la police avait attrapé la mauvaise personne allait provoquer un cirque médiatique.

— Je… J'ignorais tout de cette nouvelle disparition. Tu sais qui c'est ?

— Non. J'ai juste lu un entrefilet sur ce garçon soupçonné d'avoir fugué, et dont les parents souhaitent garder l'anonymat, pour une raison quelconque. J'ai tout de suite compris que ton père avait fait pression : qui ne voudrait pas diffuser le visage de son gamin dans tout le pays, s'il venait à disparaître ?

Alors, ils ont trouvé le corps, songea Daniel. C'était le style de son père : toujours conserver une longueur d'avance sur les médias. Attendre d'avoir du nouveau, avant de communiquer la moindre information. Le temps que les détails les plus horribles deviennent publics, c'était déjà de l'histoire ancienne et les journalistes s'intéressaient à des sujets plus croustillants. Daniel n'avait jamais mis en doute ses méthodes. Jusqu'à aujourd'hui.

— Écoute, Sasha, j'ai besoin que tu déplaces ta voiture.

— Quoi ?

Ses yeux reflétaient la surprise, mais sa voix était pleine de colère.

— Pas question, merde ! J'ai fait tout ce chemin, alors j'ai au moins le droit de savoir pourquoi tu n'as donné aucun signe de vie pendant une semaine. Tu me dois une explication !

— Je n'ai pas le temps. J'ai un rendez-vous avec mon patron. C'est important, pour mon job d'été.

— D'abord, explique-toi. Et sois convaincant, ou je te crève les pneus…

— Je ne te trompe pas, si c'est ce que…

— Je n'ai jamais dit ça, Daniel.

— Bon sang ! Comme tu voudras !

De nouveau, la colère des Crowley monta en lui, mais il parvint à la contrôler. Se frottant la nuque, un tic nerveux qu'il avait copié sur son père, il baissa les yeux vers la pelouse et respira à fond.

— Écoute. Tu n'es absolument pas en cause, mais c'est compliqué et, franchement, ça ne me ferait pas de mal d'avoir quelqu'un à qui en parler. Laisse-moi… Laisse-moi juste aller à ce rendez-vous, et dès que j'aurai terminé, je te retrouve chez Daisy's et je te dis tout. D'accord ? Sasha ? Ça te convient ?

Quand il leva la tête, elle le fixait droit dans les yeux. Ses pupilles brillaient de frustration. Sa patience avait manifestement atteint, et même dépassé ses limites. Tous les gestes romantiques, tous les services qu'il avait pu lui rendre, tous les bons points accumulés en trois ans depuis qu'ils étaient ensemble, il avait tout épuisé. À court d'arguments, il avança pour la prendre dans ses bras.

— Ne me touche pas, dit-elle, reculant d'un pas.

Sortant ses clés de sa poche, elle se dirigea vers le monospace, sans jamais le quitter des yeux. Alors même qu'elle démarrait pour regagner la route, elle continua de scruter le visage vaincu de Daniel, le voyant distinctement articuler en silence les mots « Je t'aime ».

Sasha

Évidemment, elle avait bien l'intention d'écouter sa version des faits. Aucune fille dotée d'un minimum de jugeote ne larguait un gars comme Daniel Crowley sans lui donner une chance de s'expliquer. Le connaissant, il avait probablement une bonne raison pour avoir agi ainsi. Alors qu'elle montait la climatisation de sa voiture pour l'aider à se calmer, elle se demanda ce qui pouvait être si terrible, au point qu'il croie nécessaire de le lui cacher. Une fois qu'il lui aurait tout raconté, serait-elle toujours en colère, ou lui apporterait-elle le réconfort dont il avait besoin pour traverser une crise ? Son esprit envisageait les différents scénarios, quand elle frôla elle-même la catastrophe.

— Oh, merde ! hurla-t-elle, donnant un brusque coup de volant, alors qu'elle écrasait la pédale de frein.

Après un dérapage, le monospace s'immobilisa. Elle baissa la vitre côté passager, mais ne vit d'abord qu'un nuage de poussière et de fumée bleue âcre produite par les pneus.

Puis un homme émergea de la brume et approcha. Son costume noir impeccablement repassé semblait repousser la saleté qui flottait autour de lui. Cette expérience traumatisante ne paraissait nullement l'avoir perturbé.

— Bonjour, dit-il avec un sourire froid. Vous n'avez rien ?

— Je… Non, ça va. Désolée. Je ne vous ai pas vu.

— Ce n'est pas grave, répondit l'homme, qui pencha la tête sur le côté. Je m'appelle Chris Hagen. Dites, vous n'iriez pas au village, par hasard ?

Hagen

Le téléphone coincé en équilibre précaire entre la joue et l'épaule, Hagen avait les mains occupées. Plus jeune, avec de gros combinés qui exigeaient à peine qu'il incline la tête, ce genre d'acrobatie lui causait moins de difficultés. Il pouvait passer des heures au téléphone, sans le moindre problème. Maintenant, les constructeurs qui vantaient la finesse de leurs appareils rendaient presque impossible toute discussion sans micro-casque ou sans utiliser le mode haut-parleur. Chris ne possédait pas le premier et le second ne filtrait pas bien le bruit ambiant. Ces considérations de « vieux » le firent sourire. D'habitude, ce genre de petite contrariété ne l'atteignait pas. Après tout, les longues conversations étaient passées de mode. Les gens privilégiaient les emails et les SMS. Mais sa discussion actuelle était trop importante pour ne pas être tenue de vive voix.

— Bien sûr que je fais attention.

Il réussit à glisser ces mots entre deux diatribes. Hagen voulait poser l'appareil pour soulager son cou endolori. Baissant les yeux vers ses mains couvertes de sang, il décida de s'abstenir dans l'immédiat.

— Non, personne ne semble savoir où *il* est.

Chris Hagen avait parlé à presque tout le monde au village, ou du moins à quiconque pouvait avoir une idée de l'endroit où trouver ce qu'il cherchait. Évidemment, il avait stratégiquement évité certaines personnes. Les Bergeron figuraient en tête de cette liste, en compagnie de l'inspecteur Crowley. Il n'avait pas éprouvé de difficulté à échapper aux premiers, trop occupés à pleurer leur fille. Mais Crowley travaillait sur le devant de la scène. Hagen avait donc feint de le traquer pour « lui poser quelques questions ». De façon prévisible, le policier avait décidé qu'il valait sans doute mieux fuir tout journaliste qui souhaitait le rencontrer.

Hagen chercha du regard quelque chose pour s'essuyer les mains. Son costume immaculé pendait à proximité sur un cintre en bois. Le pantalon était impeccablement plié, la chemise bleue à col blanc boutonnée, sa cravate rouge préférée méticuleusement nouée autour du cou, sa veste noire repassée. Sous cet ensemble se trouvait une paire de chaussures noires en cuir verni.

Le sol était en terre battue, les murs en béton teinté. À part l'unique ampoule électrique accrochée au plafond bas, la cave était complètement vide. Enfin, en excluant ce que Chris y avait apporté.

Avec une grimace de dégoût, il essuya sa main gauche sur sa jambe nue, avant d'utiliser ses doigts presque propres pour changer son téléphone de côté.

— Non, non, tu n'as pas à me rappeler l'importance de tout ça, dit-il, s'efforçant de rester courtois et patient. Mais je te demande de me faire confiance. À moins que tu préfères venir t'en occuper toi-même ?

Hagen sourit en entendant la réponse qu'il attendait. Il hocha la tête en écoutant les explications bien connues qui motivaient ce refus.

Sachant que la conversation pouvait continuer sans sa participation pendant un moment, Hagen contempla son œuvre d'un œil critique. Il n'avait pas la prétention d'être un artiste, et il n'avait certainement jamais pensé travailler cette matière. Mais la qualité du résultat était indéniable, qui respectait l'esquisse qu'il avait apportée. Chaque courbe, chaque angle méticuleusement reproduit imitait le dessin. Mais au lieu d'encre sur le papier, il se servait de chair sur le béton.

Une source d'inspiration presque inépuisable ! Sang et viscères, os et muscles. À l'aide de son grand couteau à filet, Hagen taillait de fines bandes de peau et extrayait de longues sections de veine. Le plus délicat consistait à mettre ces substances sur le mur.

Le processus exigeait de la patience. Utilisant le sang coagulé en guise d'adhésif, Hagen appliquait une mince couche de tissu comme base de son dessin. Chaque matière, qu'il s'agisse de muscle ou de peau, possédait sa propre viscosité. Les os et les organes plus épais présentaient encore plus de difficulté. Il devait soigneusement poser ses fondations, pour leur donner le support nécessaire. La peinture murale ne servirait à rien si tout ne tenait pas ensemble.

Si pénible et délicat que soit ce travail, Hagen ne manquait pas d'expérience. Dès son enfance à Saint-Ferdinand, il avait infligé de terribles traitements à de petits rongeurs, et parfois à un chat. Son esprit inquisiteur le poussait à regarder au-delà de leur apparence adorable et sans défense, et à se demander ce qu'ils cachaient à l'intérieur. Il s'intéressait à leur fonctionnement, à ce qui les rendait vivants. Il avait rapidement fait preuve de créativité dans ses dissections. Il démontait des animaux d'une manière comparable à la façon dont son père désassemblait son pistolet de service et ses fusils de chasse, posant chaque pièce dans un ordre bien précis sur une couverture.

Son entreprise d'aujourd'hui allait au-delà de la curiosité d'un enfant. Ce chef-d'œuvre avait valeur de rituel.

Les jacassements au téléphone se calmèrent un peu, lui signalant qu'il devait de nouveau prêter attention. Marquant une pause, il fronça les sourcils d'un air préoccupé.

— Un cirque ? Quel cirque ? (Il écouta la réponse.) Non, je m'en moque. J'ai prévu d'aller voir Harry Peterson.

Distraitement, Chris trempa un doigt dans la flaque de sang qu'il utilisait comme colle. Le trouvant trop épais, il mit ses doigts en coupe pour prélever plus de liquide encore chaud à sa source. Il l'ajouta à son mélange, tout en s'intéressant à ce que lui disait la personne à l'autre bout du fil.

— Oui. Je comprends. Ça pourrait poser un problème. Tu penses qu'ils me reconnaîtraient ?

Satisfait de sa mixture, il s'attaqua à une nouvelle partie du motif, appliquant d'une main experte de larges touches sur le béton humide, tel un enfant prodige peignant avec ses doigts un chef-d'œuvre macabre.

— Et si… et si j'éliminais tout simplement ce Cicero ?

Son cou le mettait de nouveau dans une position inconfortable. Il allait devoir bientôt interrompre cette conversation.

— Je t'ai déjà dit ce que je pense de toute cette histoire de « prophétie ». Pour moi, ce sont des foutaises. Surtout quand elles contrarient mes plans. Et même si Cicero me reconnaît ? Qu'est-ce qui peut arriver ? Il doit être plus que centenaire.

Hagen écouta d'autres avertissements, entendus une dizaine de fois dans le passé. Impatient de se remettre au travail, il soupira bruyamment dans le micro, déclenchant un flot de colère indignée.

— Eh ! Eh ! je m'excuse, d'accord ? Je ne cherchais pas à te manquer de respect, mais je suis très occupé. Non, je n'ai pas terminé. Comment veux-tu, si tu m'interromps tout le temps ?

Nouvelles protestations outrées, mais cette fois, Hagen en profita pour appliquer du sang en couches toujours plus épaisses à son dessin. Arrivé au centre d'une spirale particulièrement régulière, il recula d'un pas. Les doigts ruisselants de sang, il admira son art. Son travail n'avait certes rien d'agréable, mais il n'avait aucune raison de ne pas se sentir fier du résultat si celui-ci dépassait toutes ses espérances. Satisfait de l'apparence de la partie qu'il venait d'achever, il décida qu'elle accueillerait parfaitement l'un des yeux.

On en revenait toujours aux yeux, n'est-ce pas ? Le but de tout ça était de voir. Le garçon n'avait pas suffi. Et ça peut-être non plus. Il s'en moquait. Si déplaisant lui paraisse ce rituel, Chris le répéterait autant que nécessaire, jusqu'à ce qu'il lui montre où trouver ce qu'il cherchait.

— Tu es plus calme ? Écoute, je ne voulais pas te manquer de respect. Je sais combien c'est important, mais ça te porte sur les nerfs. Tu connais l'enjeu mieux que moi. Alors, si tu me dis de ne pas aller chez Peterson, je n'irai pas. Maintenant, je n'ai presque plus de batterie. Il faut que je raccroche.

Chris s'essuya la main droite sur la partie restée propre de sa cuisse nue, puis coinça de nouveau son téléphone sous son oreille droite.

— Bien sûr que je mens, mais sérieusement, je vais devoir te laisser. Ma matière première risque de s'abîmer. (Il attendit la réponse.) Bien sûr. Toi aussi. Je t'aime, maman.

Satisfait, il jeta l'appareil sur un tas de vêtements au sol. Un short en jean et un débardeur blanc.

De nouveau, il envisagea le travail qu'il lui restait à accomplir. Si tout se déroulait comme prévu, ce rituel complexe lui révélerait où se rendaient les âmes à Saint-Ferdinand. Telle une goutte de colorant qu'on verse dans l'eau pour observer le courant, les victimes sacrifiées montreraient à Hagen où leur essence était attirée. Plus facile à dire qu'à faire.

Le « journaliste » ramassa son couteau et se pencha sur le corps dont il avait extrait le sang et la chair nécessaires à sa peinture murale. Approchant du visage de l'adolescente, il plaça la pointe de la lame juste sous son œil gauche.

— Enfin seuls, Sasha. Toi et moi, sans personne pour nous déranger.

Venus

Ses mouvements convulsifs, c'était ce qui la hérissait le plus.

Pétrifiée, Venus regardait dans la pelouse haute et mal entretenue. Des secondes, peut-être des heures s'étaient écoulées, alors qu'elle se tenait immobile, les doigts agités de tremblements, reproduisant inconsciemment les contractions de la patte arrière de son chat.

Sherbet était mort. Forcément. La malheureuse créature gisait sur le sol humide, le corps couvert de gouttes de rosée. Elle ne l'avait d'abord pas reconnue, sans son épais pelage noir cendré. En fait, plus un lambeau de peau ne subsistait sur la pauvre bête transformée en une masse luisante de tendons et de muscles. On lui avait arraché les oreilles, les paupières et les moustaches. De sa queue, magnifique plumeau qu'il agitait fièrement quand il traînait dans la maison, ne restait qu'un moignon osseux, d'où dépassaient quelques brins rose et rouge.

Seul le collier en Nylon autour de son cou permettait encore à Venus de l'identifier. Quiconque avait tué Sherbet en lui infligeant ces mutilations tenait à ce qu'on puisse reconnaître le corps. Que Venus comprenne ce qu'elle voyait.

La patte arrière remuait toujours. Un léger mouvement de va-et-vient, probablement causé par un genre de réflexe de Lazare. Venus savait qu'un certain nombre de fonctions physiologiques pouvaient se produire *post mortem* : halètements, toux, spasmes dans les extrémités, le temps que s'installe la rigidité cadavérique. Mais cette connaissance théorique n'empêchait pas chaque contraction de la frapper en plein cœur.

Les yeux écarquillés, sa vision brouillée par les larmes, elle s'accroupit sans ciller pour examiner son chat écorché. Les grands yeux verts, implorants et désorientés, semblèrent lui rendre son regard.

Elle observa la petite poitrine, heureuse de constater qu'il ne respirait pas. Elle tendit ses doigts tremblants pour toucher le cou de Sherbet. Dieu sait combien de temps elle retint son souffle, avant de pousser un soupir de soulagement, quand elle ne trouva pas de pouls.

Venus leva la tête, avec une conscience aiguë de son environnement. Le vrombissement lointain d'une tondeuse, le parfum de rosée, son humidité sous ses genoux : autant d'éléments qui fendirent la brume de sa détresse pour lui rappeler où elle était exactement. Ses yeux se posèrent sur la remise, à seulement quelques mètres.

Le sang de trois générations d'Écossais ne fit qu'un tour. L'odeur de sang des oiseaux morts à l'intérieur avait sans doute attiré son compagnon bien-aimé, mais pas très futé. Il y avait rencontré un monstre de ténèbres et de sang.

Heureuse de ressentir autre chose que de la tristesse et de la peur, Venus ramassa son chat. Elle s'étonna d'abord que ses muscles lui paraissent si secs, alors qu'elle s'attendait à un contact poisseux. En fait, leur texture rappelait un fin caoutchouc. Elle marqua un temps d'arrêt, les contractions de sa patte arrière lui donnant un haut-le-cœur. Mais rapidement, elle se laissa de nouveau gagner par la rage.

— Qu'est-ce que tu as fait ? explosa Venus, faisant irruption dans la remise.

L'adolescente avait pris soin d'ouvrir la porte à toute volée, dans l'espoir que les rayons du soleil en révèlent davantage sur la créature insaisissable qui se cachait dans l'obscurité. Peut-être même souffrirait-elle du contact avec la lumière, comme un vampire qui tombe en cendres au lever du jour.

Ç'aurait été trop beau. Le dieu resta dans son coin, son expression dissimulée par la pénombre. Se moquait-il d'elle ? C'était impossible à savoir.

En revanche, le soleil matinal ne manqua pas d'éclairer l'œuvre du monstre.

La peinture murale avait progressé. L'artiste avait ajouté aux oisillons l'anatomie plus massive de leur mère. Du sang séché, de la bile et des viscères arrachés à l'animal avaient servi à coller les os fragiles et creux au bois.

Venus repéra aussi d'autres parties de corps, mais leur degré de démembrement et de décomposition ne facilitait pas l'identification. Elle parvint néanmoins à reconnaître la fourrure caractéristique d'un raton laveur, ainsi que la forme unique d'un crâne de grenouille. Autant de visiteurs qui avaient connu leur triste fin dans la remise.

C'était plus qu'une œuvre d'art, comprit Venus. Quelque chose de puissant, qui exigeait des sacrifices. Elle s'interrogeait encore sur sa destination, quand elle interrompit brusquement son examen minutieux. Ses yeux s'arrêtèrent sur une tache noir cendré à l'extrémité d'une spirale. Une fourrure ensanglantée.

Tel un élastique tendu à se rompre, Venus laissa sa colère reprendre le dessus. Continuant de serrer contre elle le corps écorché de son compagnon, elle se tourna vers l'obscurité. Le dieu était là, qui la regardait. Ses yeux brillants se fendirent lentement, perçant les ténèbres et se rivant dans les siens.

— *Tu vas m'écouter, maintenant ?*

La voix s'insinua dans les pensées de Venus.

— Tu as tué mon chat.

— *Oui. C'était long. Et douloureux.*

Chaque mot transperça le cœur de Venus.

— *Son corps est mort, mais son âme n'est pas encore en paix. L'entends-tu ? Non, bien sûr. Moi, si. Elle crie son angoisse depuis l'au-delà. Uniquement parce que j'ai accepté de te rendre service, Venus McKenzie.*

Les ombres bougèrent subtilement, une forme physique bruissant en leur sein. Venus s'assura qu'elle se trouvait du bon côté de la ligne imaginaire qui retenait le dieu prisonnier. Elle sentait sa conviction vaciller à chaque instant. Son poing se serra, comme si elle le refermait sur sa propre haine. Elle avait effectivement demandé quelque chose au dieu. Mais la fin des persécutions depuis lors n'impliquait pas nécessairement une intervention surnaturelle.

— *Je peux y mettre un terme.*

La voix avait la douceur d'une pomme pourrissante, tentante l'espace d'une seconde, avant que son odeur rance gâte tout son attrait.

— *Je peux te rendre l'animal. Tu connais mon prix.*

— Non.

La fermeté de sa propre voix la surprit. D'ordinaire, d'elles deux, c'était Penny la plus forte. Mais alors qu'elle tirait fierté de sa réponse, Venus se demanda ce qu'elle espérait accomplir par sa présence ici.

— *Écoute…*, insista la voix.

Entre ses mots, on pouvait distinguer un chat qui hurlait, comme si on l'ébouillantait. Venus reconnut ce bruit pour l'avoir entendu, quand Sherbet se coinçait parfois la queue dans une porte. Un miaulement terrifiant et déchirant, qui se prolongeait de manière abominable.

— *Je peux y mettre un terme... Je veux y mettre un terme. Pour toi.*

— Non, répéta-t-elle.

— *J'ai commis une erreur. Je ne savais pas qu'il t'appartenait.*

Sous la voix, les miaulements restaient audibles.

— *Laisse-moi le ramener... pour toi... si tu me libères.*

— D'accord.

Sa réponse tomba de sa bouche sans y avoir été invitée. Elle n'avait pas eu l'intention d'accepter, pourtant elle venait de le faire. C'était ce qu'elle voulait réellement.

Les yeux de braise se plissèrent et Venus sentit la créature sourire. Elle crut entendre un grincement de dents dans l'obscurité.

Il n'y eut ni jet de lumière ni reconstitution grotesque et spectaculaire, mais Venus perçut comme une vibration qui parcourait le cadavre mutilé dans ses bras. Les yeux écarquillés, elle regarda le mur et vit la tache noire emmêlée, toujours collée. La chose qu'elle tenait avait gardé sa texture sèche et caoutchouteuse. Appréhendant la suite, Venus baissa lentement les yeux vers Sherbet et, conformément à ses craintes inexprimées les plus sombres, il bougea.

Le dieu avait effectivement rendu la vie à son chat, mais sans toucher à son apparence physique. Sherbet leva son regard humide et privé de paupières vers elle et miaula. Sans sa fourrure et sans sa peau, il semblait ne pas savoir ce qu'il était. Il se tortilla pour l'obliger à le poser par terre. Elle avait bel et bien retrouvé son compagnon bien-aimé, en vie, mais dépouillé de sa chaleur et de son pouls.

— *Voilà*, chuchota l'ombre.

Derrière la voix, un rire vint remplacer le miaulement de souffrance.

— *On est de nouveau amis ?*

Venus ne répondit pas. Luttant pour ne perdre ni Sherbet ni sa santé mentale, elle sortit de la remise à reculons. Même sous le soleil estival de Saint-Ferdinand, elle pouvait sentir chaque cheveu se dresser sur sa tête, tandis qu'elle tremblait comme une feuille.

Daniel

Il est vraiment tôt, songea Daniel, alors qu'il descendait de sa voiture. À peine levé au-dessus de la limite des arbres, le soleil enveloppait les silhouettes des chênes verts et des érables d'une agréable lueur rose. À l'ouest, les étoiles les plus brillantes restaient visibles dans le ciel encore sombre. Le tout formait un équilibre curieux, et Daniel s'étonna de la beauté du contraste.

Fermant la portière de la Civic, il regarda autour de lui. Il connaissait la ferme Peterson, pour y avoir travaillé l'été, dans les champs de blé. Plus récemment, il avait eu une discussion houleuse avec son père, dans la forêt, au nord de cette même propriété. Ce matin, les champs habituellement vides grouillaient d'activité. Une petite flotte de vieux camions délabrés occupait l'un des terrains en jachère. Pas moins d'une vingtaine de personnes s'agglutinaient autour des véhicules, pour le déchargement de bâches goudronnées, fauteuils pliants, sacs de nourriture, caisses de décorations, etc. À en juger par les couleurs criardes, la grande roue branlante, les gens bizarres et les bruits d'animaux exotiques, le cirque s'installait à Saint-Ferdinand.

Daniel marcha parmi les techniciens, qui montaient la petite ville de toile et de bois avec une bonne dose d'huile de coude. Hommes et femmes de tous âges travaillaient fébrilement à l'assemblage de leurs baraques à partir de pièces qui tenaient sur le plateau d'un camion. La variété des tâches avait de quoi étourdir. Des toilettes mobiles flambant neuves jouxtaient une caravane si ancienne qu'on voyait presque à travers le bois. Des jeux de hasard d'un autre âge voisinaient avec des distributeurs automatiques modernes. Un jeune garçon, qui ressemblait un peu à un rat, sale et agité, aidait un fringant vieillard à accrocher une affiche pour « Katrina, l'Oracle de Nouvelle-Angleterre ». Partout où se posait son regard, une sensation de familiarité assaillait Daniel.

L'œil à l'iris en spirale, symbole des Compagnons, se trouvait sur toutes les surfaces, peint sur des enseignes écaillées, imprimé sur des affiches et marqué au pochoir sur les attractions. L'œil observait, omniprésent.

Personne ne s'intéressa à Daniel, qui se promenait sur le champ de foire, se gorgeant de curiosités. Un véritable géant le dépassa, porteur d'un poteau aussi long et épais qu'un tronc d'arbre. Mais soudain, alors qu'il pensait se noyer dans l'étrange mer d'activité, Daniel stoppa net.

Juste devant lui, époussetée par un malabar de près de deux mètres, se dressait la machine à pop-corn de la photo de son père. Il pouvait presque imaginer Stephen Crowley, en compagnie de la jeune femme et du curieux petit garçon. Daniel ne douta pas une seconde qu'il s'agissait du même appareil. Il semblait avoir été installé au même endroit.

L'adolescent se sentit pris d'une nausée soudaine. Son pas devint plus lent, comme s'il marchait dans un bac de miel. Une sueur froide lui perla au front et dans le dos. À mi-chemin de la machine, une voix l'arracha à sa rêverie.

— Vous ne trouverez pas ce que vous cherchez ici, mon garçon.

La voix était âgée, fatiguée, et sans émotion.

Daniel se retourna. Un vieux monsieur en costume gris, propre, mais en piteux état, lui faisait face. Il portait également un gilet rouge vif impeccable et flambant neuf.

— Hein ? réagit l'adolescent.

— Votre sens de la repartie n'y changera rien ; c'est la vérité, insista l'inconnu, qui leva les deux mains, feignant de capituler. Il n'y a rien pour vous ici.

— Comment pourriez-vous savoir ce que je cherche, monsieur ? demanda Daniel. D'ailleurs, je pense l'avoir déjà trouvé.

— Ça ? poursuivit le vieil homme, qui approcha de la machine à pop-corn et posa doucement la main sur le verre taché de graisse. J'en doute. Non, vous cherchez des réponses, monsieur Crowley, mais vous ne les trouverez pas ici.

— Comment connaissez-vous mon nom ? s'étonna Daniel.

Il baissa les yeux pour vérifier qu'il ne portait pas son badge du magasin.

— Votre père vous ressemble beaucoup. Ou du moins, c'était le cas, à l'époque.

— Si vous connaissez mon père, vous pouvez peut-être m'aider.

— Je vous le répète, monsieur Crowley. Vos réponses sont ailleurs.

— Écoutez au moins ce que j'ai à vous demander, et nous verrons si vous avez raison.

Le vieil homme se gratta le menton. Une certaine espièglerie se glissa dans son expression, alors qu'il réfléchissait à la proposition.

— D'accord, mais je veux quelque chose en contrepartie.

— Ça dépend de ce que c'est, éluda prudemment Daniel.

— Oh, pas grand-chose. Vous devrez transmettre un message de ma part. Une sorte de convocation.

Le vieil homme se fendit d'un petit sourire paradoxalement effrayant et apaisant.

— Ça ne devrait pas être trop difficile.

Grâce à son père, Daniel connaissait tout le monde au village.

— D'accord, dit-il. Je cherche un nommé Cicero.

— Le propriétaire de cette belle entreprise ? Je vous préviens, il est très occupé, surtout un jour comme celui-là, quand il y a tant à faire. (Il lui fit un clin d'œil.) Et il est susceptible de vous demander quelque chose en échange.

— C'est vous, alors ? déduisit Daniel.

— Petit futé, va. Oui, c'est bien moi : Nathaniel Joseph Cicero, à votre service.

Le vieil homme salua bien bas, avec une grâce démentie par son corps ridé.

— Vous dites connaître mon père, reprit Daniel, ce que Cicero confirma d'un hochement de tête. Vous rappelez-vous sa visite dans votre cirque ?

Le vieil homme regarda au loin, une lueur de regret dans les yeux.

— Il est venu la dernière fois que le cirque s'est arrêté à Saint-Ferdinand. Voilà presque vingt ans.

— Vous souvenez-vous de qui l'accompagnait ? insista Daniel, impatient de découvrir l'identité de la femme et de l'enfant de la photo.

— Laissez-moi réfléchir, monsieur Crowley. C'est long, deux décennies.

Cicero regarda autour de lui. Peut-être surveillait-il distraitement l'installation ; peut-être cherchait-il quelque chose qui bouscule sa mémoire.

— Ah, oui. Sa famille était avec lui.

— Sa… Sa famille ?

Soudain pris de vertiges, Daniel tendit le bras pour retrouver l'équilibre, sa main se posant sur la machine à pop-corn.

— Oui. Sa délicieuse épouse, Marguerite, et leur fils, confirma Cicero, qui fronça les sourcils, puis sourit. Enfin, leur autre fils, je suppose.

— Leur autre fils ?

Daniel eut besoin d'un moment pour se calmer. Il avait déjà éprouvé suffisamment de difficulté à admettre que son père était membre d'une secte. Mais la découverte de l'existence d'un frère aîné avait de quoi le traumatiser. Il avait l'impression que, chaque jour depuis l'arrestation de Sam Finnegan, une autre partie de sa vie partait à vau-l'eau.

— Je…, murmura-t-il, luttant pour construire la question suivante.

Mais à présent, elles se bousculaient par dizaines dans son esprit. Et pour la plupart, il aurait dû les poser à son père, pas à un inconnu usé par l'âge.

— Vous sentez-vous bien, monsieur Crowley ? s'enquit le vieil homme avec une sollicitude manifestement feinte. Peut-être n'étaient-ce pas les réponses que vous attendiez ? Dustin !

Un grand gaillard à l'air sévère, mais au regard bienveillant approcha. Vêtu d'une salopette, il tenait un bloc-notes et parut légèrement agacé par cette interruption.

— Oui… ?

— Dustin, voudrais-tu avoir la gentillesse de chercher un peu d'eau pour ce jeune homme ?

Dustin poussa un profond soupir, mais tourna les talons pour s'exécuter.

— Je… Ça va aller. (Daniel prit une grande inspiration pour se calmer.) Permettez que je change de sujet une minute ?

— Je vous accorde une question supplémentaire, monsieur Crowley. J'ai à faire.

— D'accord, d'accord, céda Daniel, qui ne demandait pas mieux que de quitter le cirque, après que le vieil homme lui avait donné matière à réflexion. Juste une dernière chose : pourquoi vous a-t-on soupçonné des meurtres du tueur de Saint-Ferdinand ?

Le visage de Nathaniel Cicero se ferma.

— Une question pour le moins brutale, monsieur Crowley. Vous êtes bien le fils de votre père, après tout. (Son froncement de sourcils se creusa.) Je n'étais pas du village, et plusieurs disparitions ont eu lieu pendant mon séjour. Mais aucune accusation n'a jamais été portée contre moi. À la grande déception de votre père, j'en suis persuadé.

— Déception ?

Un choix de mot curieux pour décrire l'attitude professionnelle de son père, estima Daniel.

— N'êtes-vous pas au courant, monsieur Crowley ? Ce n'est pas le grand amour, entre votre famille et moi. Vous et moi sommes censés être des ennemis. (Le visage de Nathaniel retrouva son amabilité.) Vous m'avez l'air d'un brave garçon. Vous n'avez pas à hériter de la guéguerre que nous nous livrons, votre père et moi, mais cette décision vous appartient.

Daniel hocha la tête, dressant déjà une liste de questions à l'intention de son père.

Dustin revint enfin, porteur d'une bouteille d'eau en plastique. Mais le vieil homme chassa son employé d'un geste. Poussant de nouveau un profond soupir, Dustin leva les bras au ciel, la bouteille toujours à la main, et repartit par où il était venu.

— Comme vous pouvez le constater, monsieur Crowley, poursuivit Cicero en indiquant le champ qui débordait d'activité autour de lui, je suis vraiment très occupé. Pouvons-nous discuter de ce petit service que vous me devez en contrepartie ?

Venus

— Ça ne colle pas.

Assise en tailleur sur le lit de Venus, Penny se penchait sur une masse de membres et de fourrure. Autour d'elle s'éparpillaient des morceaux de bourre, des ciseaux et la plupart des éléments de l'ancien nécessaire à couture de grand-mère McKenzie. Elle avait enfilé un tee-shirt trop grand en guise de chemise de nuit, avec des chevaux de dessin animé sur le devant.

Debout dans l'embrasure de la porte de la chambre, Venus n'en croyait pas ses yeux. Après que son chat écorché avait été ramené à la vie d'une manière aussi épouvantable que contre nature, Venus avait enfin consulté son amie. Elle avait expliqué ses découvertes de la semaine écoulée, concluant par la terrible résurrection du pauvre Sherbet.

Penny avait pris la chose plutôt bien. Le chat la fascinait, elle le traitait comme un adorable chaton. Elle avait également cuisiné son amie à propos du prisonnier de la remise, suppliant qu'elle lui permette de le voir. C'était inquiétant, mais au moins Penny semblait-elle avoir oublié leur précédente altercation.

Venus se sentait gênée d'avoir cédé au charme d'un démon ténébreux. Pouvoir en parler à quelqu'un avait eu l'effet d'un retour à la raison.

Mais la sérénité de Penny la préoccupait. Une chose était de ne pas se laisser démonter par une situation qui sortait de l'ordinaire, autre chose était de traiter un tas de muscles réanimé comme un animal qu'on avait envie de caresser.

— Penny ? dit Venus, manquant de lâcher une assiette où s'empilaient des sandwichs. Qu'est-ce que tu fais ? C'est capitaine Mittens que tu as là ?

Capitaine Mittens était l'une des peluches préférées de Venus, un cadeau de sa grand-mère paternelle, avant sa mort. On avait arraché les yeux du jouet éventré et vidé son corps de son rembourrage.

— Ça ne colle pas du tout, répéta Penny, observant la chose qui se tortillait entre ses mains.

Habillé des restes de capitaine Mittens, Sherbet tentait de toutes ses forces d'échapper à ce déguisement raté.

Venus éclata de rire. L'œuvre de Penny flottait sur le corps écorché du chat. La pauvre bête parvenait à peine à regarder par les trous découpés pour les yeux. Les manches en peluche semblaient aussi très inconfortables. En dépit du résultat à la fois grotesque et hilarant, Venus perçut clairement le véritable potentiel de cette idée.

— Oh, mon Dieu, Penny, dit-elle, reprenant son souffle. Je n'ai jamais vu un truc si ridicule… et génial, en même temps. L'exécution, en revanche…

Avec un froncement de sourcils, Penny posa le chat qui se débattait. Maladroitement, il clopina au pied du lit, où Venus le souleva. Elle retira son manteau de fortune à Sherbet, le laissant arpenter la pièce dans son état anormal. Cette vision continuait de la perturber. S'asseyant à son tour en tailleur au pied du lit, elle mit l'assiette de nourriture entre Penny et elle.

— On peut sans doute l'améliorer, commenta Venus, qui examinait le petit costume. Avec quelques ajustements par endroits…

— Ce n'est qu'un prototype, se défendit Penny, qui reprit sa création. Désolée, pour ta peluche.

— Ne te bile pas. Et puis, c'est pour la bonne cause. (Elle mordit dans son sandwich) Tu as appelé Abraham ?

— Oui, répondit Penny, qui s'empara à son tour d'un sandwich. Je ne lui ai rien dit. Il verra lui-même…

— Et, euh… comment ça va, aujourd'hui ?

Penny posait souvent cette question, pour évaluer l'état émotionnel de son amie. Non pas que Penny soit particulièrement insaisissable, mais le docteur Hazelwood l'avait encouragée à ne pas rester à la surface des choses.

— Pas trop mal. Je peux ne pas y penser pendant plusieurs heures, et me sentir brusquement vide à l'intérieur et me mettre à pleurer toutes les larmes de mon corps. Mais ça va mieux. Demain, je vais probablement commencer à parler plus sérieusement avec le docteur Hazelwood de la suite.

Venus hésita. Elle revenait tout juste d'une rencontre avec la psychologue et l'inspecteur Crowley, où ils avaient discuté la possible implication de son oncle dans le meurtre de Gabrielle LaForest. Penny avait accueilli la nouvelle de l'arrestation de Randy avec un calme troublant. Elle avait qualifié de foutaises tout l'aspect surnaturel. Bien sûr, Venus avait gardé pour elle certains des détails les plus intimes de ses relations avec le dieu, mais après avoir montré à son amie l'état de Sherbet, l'étrange histoire devenait plus facile à croire. Venus avait même accepté de lui faire voir la créature captive sur son écran d'ordinateur. Malgré le côté frustrant de la scène, le monstre caché dans l'obscurité avait fasciné l'aînée des deux ados. Entre ça et les cajoleries prodiguées à ce pauvre Sherbet, Penelope était presque de nouveau elle-même.

— Abraham doit arriver à quelle heure ? demanda Venus entre deux bouchées.

— Abe ? Huit heures, il ne devrait plus tarder. Tu t'es absentée longtemps, Aphrodite.

Venus fronça les sourcils, pour plaisanter. En général, Penny l'appelait par ce surnom qui l'agaçait pour s'amuser. C'était probablement bon signe. Si elle était capable de taquiner ses amis, son état s'améliorait.

Elles bavardèrent un moment, de choses banales, comme les programmes TV que Penelope avait regardés pour s'occuper l'esprit. Devenue accro aux émissions de télé-réalité de changement de look, elle exposa en détail sa stratégie pour convaincre Abraham d'y participer, avec la complicité de Venus. Cette conversation sans meurtres ni monstres, sans peur ni deuil leur fit du bien.

Mais Venus ne pouvait pas complètement oublier ce qu'elle gardait dans la remise, et qu'elle envisageait de montrer à ses amis, plus tard dans la soirée. C'était à la fois important et dangereux, comme de tomber par hasard sur une bombe atomique dans la forêt. Sauf que, dans ce cas, elle aurait pu beaucoup plus facilement le signaler aux autorités.

Quand elles eurent fini de manger, Venus fit mine d'emporter l'assiette, mais Penelope la lui arracha subitement de la main.

— Je m'en occupe ! dit-elle en souriant. Tu as préparé les sandwichs ; tu as mérité de passer un peu de temps en compagnie de ton chat-zombie.

Cette soudaine gaieté surprit Venus. Pouvait-on se remettre *trop* rapidement d'une tragédie ? Comment réagirait-elle, si elle perdait ses propres parents de façon si brutale ? Combien de temps les pleurerait-elle ? Serait-elle capable de faire bonne figure ? de sourire et de plaisanter pour se distraire ? Elle n'était pas aussi proche de Paul et Virginie que Penny l'avait été de sa mère, mais elle les aimait. Leur mort lui aurait porté un coup terrible. Comment son amie pouvait-elle sembler si enjouée ?

Un bruit à la fenêtre interrompit le cours de ses pensées. Elle reconnut le son d'un caillou frappant le verre et roulant sur les bardeaux. Abraham. Apparemment, ce gros plouc continuait de croire qu'il vivait dans un roman de Mark Twain, au lieu d'un village à la modernité toute relative, mais où l'usage de la sonnette s'était répandu.

— Passe par la porte, espèce d'idiot ! lui cria-t-elle, alors qu'elle ouvrait la fenêtre et baissait les yeux vers lui.

Après une journée de travail dans les champs, il portait toujours sa salopette d'une saleté répugnante et son tee-shirt trempé de sueur. Il ne sentait certainement pas la rose, mais il ne semblait pas s'en soucier.

— À la réflexion, reste là.

— Hé, bonjour !

Il la salua de la main, lui lançant son habituel sourire éclatant, naïf et chaleureux.

— Tu avais quelque chose à me montrer, dans la remise, c'est ça ? Une bestiole dont tu veux que je te débarrasse ?

Il se dirigea vers la porte cadenassée au fond du jardin. La nuit tombait, et les ombres des arbres rendaient le crépuscule plus sombre et plus menaçant qu'il aurait dû l'être. La panique envahit l'esprit de Venus.

— C'est fermé ! cria-t-elle.

Et heureusement. Elle ne voulait pas que ses parents, ses amis ou même un inconnu de passage rencontrent en toute innocence la créature. Le sort réservé à Sherbet et aux autres animaux imprudents montrait clairement de quoi le dieu était capable.

— Je connais la combinaison ! hurla Abraham, toujours avec le sourire.

Il continua d'approcher de la remise.

— Stop ! ordonna Venus d'une voix perçante.

Avant qu'Abraham puisse toucher au cadenas, ou même atteindre la porte, elle se jeta par la fenêtre de sa chambre. Elle avait déjà utilisé ce raccourci discret pour sortir de chez elle, bien pratique pour aller traîner avec des amis tard le soir. Non que ses parents eussent soulevé la moindre objection. Mais comme n'importe quelle adolescente, elle préférait que certaines rencontres restent secrètes. À une différence près : cette fois, elle ne contrôla pas soigneusement sa descente, mais dérapa sur les bardeaux et glissa, la tête la première, vers les gouttières. Ne parvenant pas à s'arrêter, elle tomba du toit sur la pelouse, les quatre fers en l'air.

— Veen !

Abraham courut vers son amie.

Allongée sur le dos, Venus laissa échapper un gémissement de douleur et d'embarras, alors qu'elle fixait le regard sur le ciel indigo de plus en plus sombre. Elle avait eu le souffle coupé, mais ne semblait pas avoir quoi que ce soit de cassé. Remuant ses orteils en silence, elle s'estima heureuse qu'aucune pierre ne se cache dans les mauvaises herbes.

— Venus ? Ça va ? s'inquiéta Abraham, qui s'agenouilla à côté d'elle et lui attrapa le bras. Ne bouge pas, j'appelle tes parents.

— C'est bon, ça va.

Elle lui sourit chaleureusement, contente de sa sollicitude, mais surtout de l'avoir tenu à l'écart de la remise.

Il l'aida à se lever, et elle s'épousseta. Tout son dos lui semblait couvert de bleus, et son bras droit avait laissé une fine couche de peau sur les bardeaux. C'était douloureux, et elle aurait probablement plus mal demain matin. Elle avait agi de manière impulsive, mais à la réflexion, elle aurait volontiers sacrifié un bras, ou plus, pour empêcher son ami d'ouvrir cette porte.

— Bon sang, Venus, qu'est-ce qu'il y a là-dedans ?

Le sourire désinvolte d'Abraham avait disparu. En fait, elle ne se rappelait pas l'avoir vu si inquiet.

— Tu ne me croiras pas.

— Si tu es prête à te jeter du toit pour ça, j'imagine que c'est sérieux.

L'ombre de son sourire niais réapparut.

— Oh, oui, c'est sérieux. Tu peux me croire.

Venus prit une profonde inspiration.

— C'est… Je pense que c'est un démon, d'accord ? Oui, sans doute plus une sorte de démon.

L'adolescent l'écouta sans broncher. Elle n'aurait su dire s'il la croyait, mais c'était sans importance. Ce soir, elle avait l'intention de leur montrer, à Penelope et lui.

— Un démon ? réagit-il enfin, avec une pointe de doute dans la voix.

— Tu devrais voir ce qu'il a fait à son chat, ajouta Penny, en train de rajuster son tee-shirt, depuis la maison.

Malgré leur sujet de conversation, le visage d'Abraham s'éclaira. Il n'avait pas vu Penny depuis le jour où la police avait découvert le corps de sa mère, et il s'inquiétait manifestement pour elle. Les deux ados s'enlacèrent. Penny, généralement la première à se plaindre du peu de soin qu'Abraham prenait de sa personne, parut parfaitement heureuse d'étreindre longuement son ami crasseux.

— Hum, les interrompit Venus, que la situation mettait mal à l'aise. Alors ? Vous voulez le voir, oui ou non ?

Les deux adolescents se lâchèrent, une certaine gêne s'installant entre eux.

— Absolument, répondit Penny, qui s'écarta. Des consignes ?

— Pas grand-chose. Restez le dos au mur, comme moi. Ne touchez à la caméra sous aucun prétexte. Et surtout, n'acceptez aucune proposition.

— C'est quoi, cette histoire de caméra ? s'enquit Abraham.

Tous deux abordaient la situation de manière très terre à terre, comme s'ils avaient l'habitude de frôler la mort. D'une certaine façon, en vivant simplement à Saint-Ferdinand, ç'avait été le cas.

— C'est comme un sort ou une malédiction. Il ne peut pas sortir du champ de vision de la caméra. Et je pense qu'il ne peut pas bouger quand on l'observe.

Abraham hocha lentement la tête. Espérant qu'ils comprendraient, Venus s'attaqua au cadenas. La combinaison était simple : la date de la mort de sa grand-mère. Pourtant, son agitation l'obligea à s'y prendre à plusieurs fois. Elle se retourna vers ses amis qui, elle en avait conscience, même s'ils semblaient effectivement la croire, n'avaient aucune idée du spectacle qui les attendait.

— N'oubliez pas : restez contre le mur, répéta-t-elle, au moment de pousser la porte.

Alors qu'elle tâtonnait nerveusement à la recherche de l'interrupteur, une puanteur d'œufs pourris et de viande avariée l'assaillit. Elle pensa d'abord que le dieu était peut-être mort de faim et de soif, après une longue captivité, sans pouvoir s'alimenter.

Un espoir rapidement dissipé, alors qu'elle accommodait sa vision aux ténèbres. Il était bien vivant, et pour une raison quelconque, le voile d'obscurité autour de lui avait été levé.

Accroupi, il ignora les adolescents qui entraient l'un derrière l'autre. Penny et Abraham étouffèrent une exclamation en voyant la créature. Venus nota ses proportions étranges, non humaines. Les membres, trop longs. La silhouette asexuée, mais musclée, le corps qui défiait l'anatomie. Le sang frais à ses pieds.

Puis elle identifia la source de la puanteur. Derrière le dieu, la peinture murale s'était encore étendue. Belle et morbide, elle couvrait presque toutes les surfaces, jusque dans les coins. Comment avait-il réussi à attirer un si grand nombre d'animaux ? La taille des os et des organes ne correspondait pas à la faune de la forêt locale.

Daignant enfin accueillir ses visiteurs, le dieu se leva et se tourna vers eux dans un seul mouvement fluide. Venus observa attentivement son visage. Pommettes saillantes, bouche sans lèvres, petites oreilles. Mais le plus frappant était ses yeux – brillants, rouges, et complètement morts. Aucune âme ne s'y reflétait. Rien, à part la puissance brute d'un dieu, ancien et étranger.

— *Tu es revenue, Venus McKenzie.*

Le chuchotement hurla dans leur esprit. Les trois ados eurent un mouvement de recul.

— *Et tu m'as apporté… des offrandes.*

Venus s'arma de courage, déterminée à tenir ses peurs en bride.

— Non, dit-elle fermement, faisant un pas en avant, mais restant derrière la ligne imaginaire qui la séparait de la mort.

— Nous sommes venus chercher des réponses.

— *Tu m'as menti. Tu n'es pas en droit de formuler des exigences*, répliqua le dieu, qui l'ignora. *Tes amis, en revanche… un marché avec eux, peut-être ?*

— On nous a mis en garde, intervint Abraham, qui avança aussi, s'alignant avec Venus. Mais je suis curieux : t'es quoi, au juste ?

— *Peterson… non. Une nouvelle itération. Tu ne me reconnais pas ? Comme c'est intéressant.*

À son tour, la créature fit deux pas, gracieuse et terrible. Alors qu'elle bougeait, elle révéla des pans de son étrange anatomie.

— *Je suis pur dessein, vaste et sans âge.*

— Un ramassis de foutaises prétentieuses, oui, dit Venus, avec un geste de la tête en direction des oiseaux morts. Tu n'es qu'un monstre, qui prend plaisir à torturer et à tuer.

— *Ton odeur m'est familière.*

La créature s'était adressée à Penny, ignorant Venus une seconde fois.

— Eh ! une minute ! J'ai d'autres questions, protesta Abraham, pas du tout aussi effrayé qu'il aurait dû l'être. Pourquoi tu ne peux pas sortir de cette remise ?

— *Un dieu tient ses promesses.*

La créature se retourna vers Penny, avançant de deux pas, jusqu'à se trouver presque à portée de main. La jeune fille tint bon, son visage un masque stoïque. Elle gardait les deux bras derrière le dos, comme pour les empêcher de traîner à proximité du monstre. Bien qu'il ne possède pas de nez, le dieu inclina la tête et feignit de renifler l'air.

— *Oui, je me souviens*, grinça de nouveau le chuchotement dans leur esprit. *Je t'ai tuée récemment, n'est-ce pas ?*

Venus réfléchit à toute vitesse. Les impossibles quantités de sang qui entouraient le dieu. Les atrocités perpétrées sur son chat et les oiseaux. Ce monstre, qui ne parvenait pas à distinguer entre elles les générations d'êtres humains, avait tué Gabrielle LaForest. Elle avait conduit sa meilleure amie à un face-à-face avec la créature qui l'avait rendue orpheline.

—Oh, mon Dieu…

Venus se tourna pour prévenir son amie, mais elle arriva trop tard pour empêcher la scène qui se jouait devant elle.

—*Avance. Laisse-moi te tuer de nouveau*, demanda le dieu à Penny, d'aussi près que la caméra l'y autorisait. *Je ferai vite cette fois.*

—Et si c'était moi qui *te* tuais, hein ! répliqua Penny.

D'un mouvement rapide, attisé par la haine, elle tira un grand couteau de cuisine de l'arrière de son jean et le planta avec force dans le ventre du dieu, appliquant une torsion à la lame. Enfin, Penny donna libre cours à ses larmes, tandis qu'elle serrait les dents en un sourire de vengeance douce-amère.

Surpris, le dieu se figea. Un sang noir, plus froid que de la glace coula sur les mains de Penny, alors qu'elle continuait d'enfoncer son arme dans la poitrine du monstre. Pendant un instant, il sembla qu'elle avait effectivement tué la puissante entité. Mais lentement, la créature lui adressa un large sourire inexpressif.

—*Nous nous entretuons et partageons notre sang. Quelle danse magnifique*, commenta le dieu avec une douceur morbide.

Penny ferma les yeux. Elle parut comprendre qu'elle avait eu sa chance, avec ce petit acte si bref, et se résigna à son sort.

Mais coupant court à d'éventuelles représailles, Abraham repoussa la créature, loin de son amie. En dépit de la force considérable de l'adolescent, le dieu recula à peine, mais un seul pas suffit à les mettre à l'abri du dieu. Alors qu'il fouettait l'air dans leur direction, Venus attira de nouveau ses amis contre le mur. Penny cligna des yeux, puis baissa la tête et regarda avec surprise le couteau à la lame couverte de sang noir dans sa main.

La frustration du dieu lacéra leur esprit alors qu'il tentait de l'atteindre. Ses hurlements poursuivirent les trois adolescents qui sortaient de la remise en trébuchant. Penny semblait hébétée par ce qu'elle avait fait. Abraham s'assura de bien fermer la porte avec le cadenas. Venus s'écroula, les mains tremblantes. Tout ce temps, elle avait gardé le dieu prisonnier, traitant la créature comme un animal de compagnie, un ami et plus. Une merveilleuse curiosité qui n'appartenait qu'à elle, quand en fait, c'était le monstre qui avait détruit la vie de sa meilleure amie. Elle pouvait bien échapper au dieu, sa culpabilité, elle, la rattrapait déjà.

Randy

Le stylo que lui avait donné Crowley n'avait presque plus d'encre. À minuit passé, Randy n'avait pourtant pas terminé. Il manquait de temps, et sa patience atteignait ses limites. S'il doutait de rester longtemps en prison, les choses arrivaient néanmoins à un point critique plus vite qu'il s'y attendait. Les accusations portées contre lui ne tiendraient pas. Il avait un solide alibi. Si ça s'avérait insuffisant, des témoins de moralité et son casier judiciaire vierge le protégeraient certainement. L'inspecteur aurait beau ne pas ménager ses efforts pour le garder derrière les barreaux, la créature frapperait encore, un désaveu pour le policier, et une preuve supplémentaire de son innocence. Il s'inquiétait plus pour la prochaine victime.

Crowley avait pourtant eu raison d'affirmer que la faille entre les deux hommes était inévitable. Il aurait dû l'anticiper et s'y préparer. Crowley détenait certes le pouvoir judiciaire à Saint-Ferdinand, mais Randy possédait les compétences pour comprendre les aspects les plus ésotériques de la situation et agir en conséquence.

Randy ne regrettait tout de même pas d'avoir décliné l'invitation à se joindre aux Marchands de sable. Stephen Crowley avait-il seulement conscience de la parenté entre son groupe et l'ancienne association des Compagnons de Saint-Ferdinand ? Les rituels, les sacrifices sanglants, l'ambition folle de contrôler un dieu vivant… Les efforts de Crowley avaient rencontré autant de succès que ceux de ses vieux adversaires, mais il ne l'admettrait jamais.

— Vous êtes là pour quoi ? s'enquit Finnegan.

— Meurtre, répondit Randy avec impassibilité.

— Ah. Vous avez tenté de le contenir, alors ?

Un mur en béton les séparait, mais le couloir qui menait aux cellules renvoyait l'écho de leurs voix, suffisamment pour faciliter la conversation. Randy espéra que son nouveau colocataire ne ronflait pas.

— Non. Il a encore tué. On veut juste me faire porter le chapeau, expliqua le médecin légiste. *Il* est toujours en liberté – à supposer qu'on parle de la même chose.

Finnegan marqua sa désapprobation d'un claquement de langue.

— Non. Il est prisonnier quelque part. Aucun doute là-dessus.

— Comment pouvez-vous en être si sûr ?

Pour la première fois, Randy leva la tête du papier sur lequel il griffonnait comme un forcené depuis des heures.

— Je ne suis pas mort. Et je suis une sorte de baromètre ambulant. Dès qu'il aura les mains libres, il viendra me choper immédiatement, sans hésitation. Si je respire encore, c'est qu'il est coincé quelque part. Je vous le garantis.

— Vraiment ?

— Il me déteste, doc'. Oh, ça... vous pouvez le croire, répéta le vieil homme d'une voix empreinte d'un regret amusé. Comprenez, je ne l'ai pas seulement empêché de sortir de sa grotte. Je l'ai harcelé, ridiculisé. J'ai traité un dieu comme une limace sur laquelle j'aurais versé du sel. Ça donne un sentiment de puissance que vous n'imaginez pas. Avec le recul, c'était peut-être une erreur.

Randy réfléchit. Narguer un dieu. Sa captivité – la malédiction de Cicero, comme on l'appelait – restait un mystère pour lui. Mais qu'on parvienne à se jouer ainsi d'un être immortel pendant près de vingt ans semblait inconcevable. Finnegan avait-il conscience du sort que lui réserverait le dieu, au moment de lui présenter enfin l'addition ? Son corps succomberait bien avant que la créature se lasse de tourmenter son âme.

— Ça… Ça a dû être une sacrée expérience, marmonna Randy, retournant à son dessin.

— Oui. Mais au bout du compte, ça n'en valait peut-être pas la peine.

Pendant une courte pause, Randy entendit le vieil homme marcher et s'appuyer contre les barreaux de sa cellule.

— Qu'est-ce que vous avez à gratter comme ça ? demanda Finnegan.

— Je dessine. J'aurais plus de réussite si Crowley ne m'avait pas donné un stylo si merdique.

— Je ne vous savais pas artiste, doc', commenta spontanément Finnegan. Ma femme était une artiste.

Randy leva de nouveau la tête. Il ne se rappelait pas que Sam avait été marié en deux décennies à Saint-Ferdinand. Finnegan réservait décidément plein de surprises. Peut-être cela expliquait-il aussi son implication dans cette horrible affaire.

— J'ignorais que vous étiez marié, Sam, répondit le médecin légiste. Elle peignait ou elle dessinait ?

— Elle peignait des oiseaux. Beaux, colorés et pleins de vie, ajouta le vieil homme d'une voix empreinte de tristesse et de nostalgie. Oh, comme ils chantaient, Randy. Vous auriez dû les entendre égayer notre petite ferme.

Randy se demanda s'il ne venait pas de tomber sur l'origine de la folie de Finnegan. La plupart des gens savaient que Sam avait autrefois possédé un élevage de canards et de chiens. En revanche, il n'avait jamais parlé de sa femme. Et cette histoire d'oiseaux peints qui chantaient oscillait entre les divagations d'un esprit dérangé et la suggestion d'une strate supplémentaire dans le passé du tueur en série.

Le médecin légiste baissa les yeux sur ses dessins à première vue dénués de sens ; mais un examen plus attentif révélait des plans de niveau. Plus précisément, ceux du centre médical de l'université de Sherbrooke, son lieu de travail.

Plongé dans ses réflexions, Randy tentait de se rappeler le nombre de pièces qui séparaient son bureau du couloir principal. Il ignorait encore comment il récupérerait ces documents ou qui convenait le mieux pour exécuter son plan, mais il voulait s'assurer de l'exactitude d'un maximum de détails. Il chercha à se concentrer, malgré la voix dans la cellule adjacente. Sauf qu'à présent elle n'avait plus rien en commun avec celle de Finnegan.

— Mon vélo me manque, mais je suppose que je n'en ai plus besoin. Je ne marche même plus vraiment, dit une voix éthérée, suivie par un gloussement.

— Comment tu bouges, alors ? demanda le vieil homme avec douceur.

— Je ne sais pas.

Audrey. Randy reconnut la modulation de sa voix, malgré le voile épais à travers lequel elle paraissait s'exprimer. Le médecin légiste travaillait sur les morts depuis de nombreuses années, il s'était livré à d'étranges rituels. Il était capable de lire des histoires entières dans les yeux des défunts, et de voir si leur âme se trouvait toujours à l'intérieur. Il avait même brièvement ranimé quelques cadavres. Toutefois, il n'avait jamais entendu parler si clairement depuis l'au-delà.

La petite fille morte reprit.

— En fait, chaque fois que j'ai envie d'aller quelque part, j'ai juste à penser où, et j'y suis. Pouf.

Elle se remit à glousser.

Même en se collant contre les barreaux de sa cellule, Randy ne réussit pas à voir dans celle de Finnegan. L'apparition d'Audrey excitait sa curiosité scientifique. La logique voulait qu'elle se matérialise au poste de police, puisque son ours s'y trouvait. Ç'avait justement été l'objectif de la création du totem pour elle.

— Ça a l'air amusant, répondit le vieil homme, qui rit à son tour. Mais c'est comment, là où tu es en ce moment ? Ça te plaît ?

— Non. Ça fait… un peu peur. C'est sombre et, je ne le sens pas, mais j'ai l'impression qu'il fait froid. Tout a *l'air* froid. Et aussi, il y a cette ombre sur tout, et de temps en temps, elle devient vraiment noire à un endroit et… quelque chose meurt.

Randy entendit Finnegan déglutir. Comment le lui reprocher ? Cette « ombre » représentait sans doute la partie visible du dieu de l'autre côté. Au moins les rituels du médecin légiste semblaient-ils avoir porté leurs fruits. Jusqu'à présent, l'âme d'Audrey paraissait avoir échappé à la divinité malveillante. En accord avec les notes laissées par son père, les actes perpétrés *post mortem* sur le corps avaient permis d'ancrer la fillette au monde des vivants. Tôt ou tard, Randy devrait lui rendre sa liberté. Pour l'heure, peut-être pouvait-il tirer parti de la situation. Chiffonnant sa feuille de papier en boule, il s'éclaircit la voix.

— Audrey ?

— Oncle Randy ?

Le tintement de sa voix résonna entre les deux cellules.

Son apparence, bien qu'on ne pût la qualifier de « physique », se révéla si proche des fantômes de cinéma, que Randy crut d'abord à une mise en scène. La réalité ne s'imposa que progressivement, par touches subtiles. Bien qu'elle luise et soit translucide, Audrey ne se comportait pas tel un spectre dans un film. Ses cheveux et sa robe ne flottaient pas, libérés de la pesanteur, mais ondulaient légèrement, comme sous l'influence d'un souffle de vent. Elle ne se tenait pas en suspension dans l'air, non plus ; ses pieds semblaient s'enfoncer d'un peu plus d'un centimètre dans le sol. Clairement, Audrey subissait les lois et les restrictions physiques d'une autre réalité, pendant que lui et Sam observaient une projection de son image dans leur monde.

—Audrey.

À son tour, il avala sa salive, alors qu'il voyait les clous en fer plantés dans ses yeux. Son œuvre.

—Dis-m'en plus sur cette ombre…

Crowley

L'inspecteur ouvrit la porte de l'atelier. Il eut l'impression d'être un indésirable à un enterrement. Des chevalets de tailles différentes occupaient l'immense grenier de la grange rénovée de Harry Peterson. Pendant la journée la lumière entrait à flots par le mur ouest, entièrement vitré. De puissants tubes au néon pendaient du plafond, baignant la pièce d'une lueur blanche et neutre dans la soirée.

Avançant à pas feutrés entre les nombreuses toiles couvertes de draps blanc cassé, Crowley se demanda ce qu'avait à montrer chaque œuvre de ce musée privé. L'inspecteur clamait haut et fort son ignorance en matière d'art, mais il avait des goûts bien arrêtés. En fait, peu de choses trouvaient grâce à ses yeux. Non qu'il ne sache pas apprécier la beauté, il l'associait à l'un de ses souvenirs les plus douloureux de sa vie passée. Quand Marguerite s'asseyait avec lui pour profiter simplement du coucher de soleil. Avant la naissance des enfants, ils sortaient leur petite barque, bien plus modeste que son embarcation actuelle, et ramaient au milieu du lac, pour jouir de la beauté tranquille de la nature.

L'art, par contre, il n'y comprenait rien. À ses yeux, une grande partie de la production n'avait ni queue ni tête. Toutes ces foutaises postmodernes ou abstraites ne méritaient pas un cadre, tout juste un rouleau de papier peint. L'impressionnisme lui laissait juste une sensation d'inachevé. Pour lui, plus une illustration se rapprochait de la réalité, mieux c'était. Peut-être pour cette raison, en dépit de divergences d'opinions fondamentales et de personnalités très différentes, Crowley avait toujours eu un faible pour Harry Peterson.

Tous deux étaient des pères qui s'efforçaient d'élever seuls leurs garçons dans un petit village. Ils avaient connu l'épreuve de perdre leur femme (dans des circonstances absolument pas comparables). Et tous deux s'intéressaient fortement au passé de leur communauté, et plus particulièrement à son histoire secrète. Avant que Harry soit trop diminué par le cancer qui le tuait à petit feu, les deux hommes se croisaient souvent lors de compétitions sportives au lycée, où ils venaient encourager leurs fils.

Mais plus que tout, les tableaux de Peterson le ramenaient inévitablement vers lui. L'inspecteur comprenait ce que peignait Harry. Des oiseaux, des arbres, des fleurs, dans un style aussi réaliste que possible. Parfois, même, un peu plus.

— Crowley ? résonna une voix râpeuse dans l'atelier.

Au lieu de répondre, l'inspecteur surgit d'entre les chevalets pour se tenir devant les fenêtres. Le bruit de ses bottes se répercuta à travers la pièce.

— Comme au bon vieux temps, hein ? dit le policier, qui croisa les mains derrière lui en regardant les champs.

Dehors, le cirque finissait de s'installer. Les tentes agglutinées autour du chapiteau formaient un village de fortune. À la lueur d'un feu de joie, Crowley distingua une dizaine de personnes en train de manger ou de se détendre près des camions. De la lumière sortait de quelques tentes, et quelqu'un essayait la grande roue assemblée pendant la journée.

Cette vision fut un rappel douloureux de jours meilleurs, d'une vie tellement plus simple.

— Ils sont en règle, dit Peterson, ignorant la nostalgie de l'inspecteur. Tu ne peux pas les chasser.

Il avait absolument raison. Le cirque avait obtenu tous les permis, dans son dos. Une fois de plus, il n'avait pas pu compter sur les autres Marchands de sable pour le prévenir. Quand on avait enfin informé Crowley de cette infestation de cafards, il était trop tard pour les arrêter sans enfreindre quelques lois.

— Tu savais qu'ils venaient ? demanda-t-il d'un ton plus accusateur qu'il en avait l'intention.

— Non. Mais, même dans le cas contraire, je ne t'aurais rien dit.

Crowley se retourna vers Peterson, qu'il avait évité de regarder attentivement jusqu'à présent. Harry avait deux ans de moins que lui, mais à en juger par son apparence, il aurait pu être son père. Le cancer le rongeait de l'intérieur depuis une décennie. La maladie, la chimio et la radiothérapie avaient rendu sa peau grise et parcheminée, la couvrant prématurément de taches de vieillesse. Autrefois, le fermier aurait pu casser en deux l'inspecteur sur son genou, comme une petite branche. Maintenant, il ne lui restait plus que la peau sur les os.

D'une main tremblante, Peterson rinça un pinceau dans un bocal de térébenthine. Les vapeurs du solvant s'élevèrent et envahirent l'atelier. Les yeux marron scrutaient l'inspecteur par-dessus la monture de ses lunettes.

— Qu'est-ce que tu veux, Stephen ? s'enquit-il enfin.

— Demande-leur de partir.

Une toux profonde, humide monta des poumons de Peterson. C'était censé être un rire, mais la quinte dura une bonne minute, avant qu'il se maîtrise. Crowley se retourna vers la fenêtre. L'espace d'un instant, il envisagea d'aller lui chercher un verre d'eau à l'évier. Toutefois, la toux se calma avant qu'il manifeste sa compassion.

— Je... Je ne peux pas.

— Et pourquoi, bon Dieu ?

Peterson reprenait toujours son souffle.

— Parce qu'ils risquent de m'écouter.

— De toute façon, ils déguerpissent. Soit tu t'en occupes, Peterson, et tout se passera bien. Soit je m'en charge, et je ne peux rien promettre.

— Suis-moi.

Avec beaucoup d'effort, Harry Peterson se leva de son tabouret et approcha d'une démarche traînante d'une toile voisine.

— Regarde.

D'un geste dramatique, il souleva le drap. Le chevalet oscilla un moment avant de s'immobiliser. C'était un oiseau. Un geai bleu, aux plumes de couleur vive, dressé sur une branche, entre les feuilles d'un érable. Un portrait saisissant de réalisme, qui semblait même posséder ce petit plus par rapport à une photo : une *âme* – faute d'un meilleur terme.

L'oiseau grandeur nature paraissait surpris, comme déstabilisé par le mouvement de la toile, qui continuait d'osciller légèrement.

Puis, pour garder l'équilibre, il battit des ailes.

Crowley en resta bouche bée. Portant une main à sa nuque, il marcha lentement vers le tableau. L'oiseau, remarquant son approche, pépia de manière craintive. Quand l'inspecteur tendit un doigt vers ce miracle, le geai tenta de s'échapper. Mais en dépit de ses efforts, il ne parvint pas à s'affranchir de la toile. Il eut beau gazouiller et multiplier les coups d'ailes, il resta prisonnier des huiles et des pigments.

— Je touche au but, Stephen. J'ai encore quelques problèmes à régler, mais j'y suis presque. Je peux peindre Audrey et la ramener à la vie, comme je l'ai promis. Mais j'ai besoin des Compagnons. Je suis capable de représenter son corps, mais ils me sont indispensables pour trouver son âme.

L'inspecteur n'avait été témoin qu'une fois des miracles qu'accomplissait Peterson avec sa palette et son pinceau. À l'époque, le résultat, si hallucinant soit-il, ne lui avait pas fait une si forte impression. Pour Peterson, ce talent était sa vie, et il avait considérablement progressé. S'il parvenait effectivement à ressusciter la fille des Bergeron, les Marchands de sable risquaient de perdre l'un de leurs membres les plus influents. Avant son deuil récent, William Bergeron avait été l'un des plus fervents partisans de la traque et de la capture du dieu. S'il retrouvait sa fille, même coincée dans un tableau, il se désintéresserait peut-être de leur quête. Et Crowley ne pouvait pas se le permettre. Pas après tout ce qu'il avait enduré. Pas après tous les sacrifices qu'il avait consentis.

Crowley tapota l'oiseau du bout du doigt. De nouveau, le volatile pépia et battit des ailes. Quelques imperfections l'empêchaient de se manifester pleinement dans le monde réel. Il ne pouvait pas non plus fuir au-delà des bords de la toile. Des touches de peinture délimitaient son univers. Stephen caressa le geai, ses plumes à la texture parfaite. Appliquant une certaine pression, il le sentit qui luttait sous sa main.

— Stephen…

Mais Peterson arriva trop tard. Le doigt de l'inspecteur perfora la toile, réduisant l'oiseau au silence, après un ultime cri perçant.

— Nom de Dieu, Stephen ! se remit à tousser Peterson. Tu l'as tué.

— C'est un tableau, Harry. Revenons-en à Nathan et sa bande : tu leur dis de déguerpir, ou tu préfères que je m'en occupe ?

Peterson soutint son regard. Ravagé par la maladie, le corps prématurément vieilli par le cancer et les traitements, le fermier décida de tenir tête à un homme du double de sa taille. Un homme dont il connaissait l'humeur changeante.

— Désolé, Stephen, mais Marguerite n'aurait jamais...

Le poing de Crowley entra en contact avec le ventre du peintre, manquant de le soulever de terre. Immédiatement réduit au silence, comme son oiseau, Peterson s'écroula, se serrant l'abdomen et luttant pour reprendre son souffle. Crowley baissa les yeux vers lui, impitoyable. Se laisser guider par la rage devenait de plus en plus satisfaisant.

— Ne me parle plus jamais d'elle.

Peterson ne répondit pas. L'effort exigé pour se relever monopolisait le peu d'énergie qui subsistait en lui.

L'inspecteur Crowley tourna les talons et s'éloigna du peintre mortellement malade. C'était inévitable à présent. Crowley allait devoir rencontrer Nathan Cicero lui-même et, une fois encore, chasser le vieil homme du village.

Alors que le policier sortait de l'atelier, il regarda sa main droite. Frottant son pouce et son index l'un contre l'autre, il s'aperçut qu'ils étaient tachés de sang. Du sang qui sentait l'huile et la térébenthine.

Venus

— Il a dit qu'il voulait me parler d'un truc important. Ce gros balourd n'a pas intérêt à me balader !

À force d'arpenter la pièce, Penny n'allait pas tarder à creuser des tranchées dans le sol.

— Penny, son père est à l'hôpital, lui rappela Venus, depuis son tabouret. Dans le coma.

Elles retournaient pour la première fois chez le glacier, depuis que le docteur Hazelwood avait poussé la porte de la boutique pour annoncer la nouvelle du meurtre de Mme LaForest. Penny donnait l'impression de se remettre vite, mais Venus avait conscience des changements survenus chez son amie. La jeune fille calme, presque calculatrice était devenue impétueuse, impatiente.

Venus en avait eu la confirmation, la nuit où elle avait montré le dieu à ses amis. Penny avait attaqué cet être d'une puissance considérable, sans se soucier des conséquences. Le courage et l'intervention rapide d'Abraham avaient sans doute épargné à Penny un sort pire que celui du chat de Venus.

Plus tôt, les deux adolescentes avaient reçu un appel d'Abraham : on avait conduit son père à l'hôpital de Sherbrooke ; il avait ajouté qu'il aurait d'importantes nouvelles pour elles à son retour. Ensuite, il avait rappelé pour leur apprendre que Harry Peterson était tombé dans le coma. Depuis, elles l'attendaient.

— Et alors ? Il aurait dû téléphoner.

Penny cessa de faire les cent pas, les yeux brillants de ressentiment, prompte à s'apitoyer sur elle-même.

— Abe a dit qu'il avait des informations sur cette créature dans ta remise. Le monstre qui a tué ma mère !

Venus saisit son amie par les épaules, mais cette dernière la repoussa.

— Qu'est-ce qui cloche avec toi ? Son père est toujours en vie, dit Venus. Mais qui sait pour combien de temps ? Abe a besoin d'être à ses côtés s'il lui arrive quoi que ce soit. Je te connais, Penny. Tu aurais tout donné pour profiter d'un moment comme celui-là avec ta mère. Alors, ne t'avise pas de vouloir l'en priver !

Sous le froncement de sourcils qui se dissipait, Venus devina la peur. Plus forte que celle manifestée par son amie devant un dieu vivant.

— Seigneur…

Les yeux de Penny se remplirent de larmes. Ses lèvres tremblèrent et ses genoux se dérobèrent, alors qu'elle prenait conscience de son attitude.

— Qu'est-ce qui m'arrive ?

— C'est normal, Penny. Tu t'es juste emballée un peu. Vu les circonstances, je pense qu'on peut te pardonner un peu d'égoïsme.

— Non, non, sanglota-t-elle, s'asseyant sur le tabouret à côté de Venus. Vous avez failli vous faire tuer, tous les deux. À cause de moi !

Les deux adolescentes restèrent sans rien dire une minute, avec uniquement la respiration frémissante de Penny pour combler le vide. Venus ne parvenait pas à trouver une manière sincère de réconforter son amie ; elle se demanda même si elle devait le faire. Après tout, Penny avait raison. Aucun désir de vengeance ne justifiait de mettre leur vie à tous en danger.

— Eh bien, déclara finalement Venus dans une tentative pour briser le silence, j'avoue que, même si j'ai bien failli me pisser dessus, j'ai eu envie d'applaudir quand tu as planté ta lame dans cette créature.

— Ça m'a fait un bien fou, reconnut Penelope avec un petit sourire. J'ai eu tort, je sais. Mais je me moque de ce qu'on dit sur la vengeance : ça m'a libérée.

— Tu m'étonnes, répondit Venus, qui lui rendit son sourire. Tu as vu sa tête ?

— Oui ! Venus, j'ai poignardé un dieu !

— En plein dans le bide, renchérit gaiement Venus. Ça n'arrive pas tous les jours ! Dans le temps, on écrivait des chansons sur ce genre d'exploits.

— Et toi, tu l'as enfermé dans ta remise ! ajouta Penny, riant avec son amie. Venus McKenzie : la geôlière des dieux.

— Ouah. Je n'avais pas vu les choses sous cet angle. Je vais avoir un CV incroyable.

Prises de fou rire, les deux adolescentes eurent l'impression qu'elles n'avaient pas souri depuis des années, qu'elles avaient oublié comment rire. C'était un sentiment si agréable, un tel soulagement, qu'elles ne remarquèrent pas qu'on avait poussé la porte du glacier.

— Je dérange ?

Le client était un jeune homme, d'un an de plus que Penny, avec des cheveux châtains courts mal peignés et une silhouette athlétique. Il portait un jean et un tee-shirt gris ajusté avec, sérigraphié, l'emblème blanc délavé de la police de Saint-Ferdinand. Elles reconnurent Daniel Crowley. Gênées, les deux filles piquèrent un fard et interrompirent leur fou rire.

— Désolée, Daniel. Ç'a été calme aujourd'hui, dit Penny, qui se précipita derrière le comptoir.

— Oh, pas de problème, répondit le garçon. Je… J'ai été navré d'apprendre… pour ta mère.

— Oui, ça va. Enfin, pas vraiment, mais merci.

Penny haussa les épaules pour se donner une contenance.

— Je… Je te sers quelque chose, Daniel ?

— En fait, je suis là pour voir McKenzie.

— Moi ? s'étonna Venus.

— Oui. J'ai quelque chose à te demander.

Il fit un geste en direction de la porte, suggérant qu'il préférait avoir cette conversation en privé.

— Euh… d'accord. Je suppose.

Venus regarda tour à tour son amie et Daniel, puis se leva lentement de son tabouret pour le suivre.

Dehors régnait un temps inhabituel pour une journée d'été à Saint-Ferdinand ; au lieu de la chaleur accablante et humide, le froid et la pluie avaient renvoyé la population chez elle. C'était une des raisons qui avaient poussé Penny à se rendre au travail ; elle avait besoin de mettre un peu d'espace entre elle et le dieu. Mais dans ces conditions, elle n'aurait pas affaire à trop de clients aussi insupportables que bien intentionnés.

Les deux adolescents s'efforcèrent de tenir sous la marquise qui surplombait la porte. Mais même en se serrant l'un contre l'autre, ils ne purent empêcher la pluie de les éclabousser.

— Alors… euh… qu'est-ce que je peux faire pour toi ? s'enquit Venus, gênée par la proximité d'un garçon plus âgé qu'elle connaissait à peine.

— En fait, j'ai un grand service à te demander. J'ai besoin que tu transmettes un message à ton oncle.

— Randy ? Il est en prison.

— Je sais, et j'ai entendu dire que c'est un peu grâce à toi.

— Attends. Quoi ?

Venus avait eu l'impression que son signalement des agissements suspects de son oncle était censé rester entre elle, le docteur Hazelwood et la police de Saint-Ferdinand.

— Où es-tu allé pêcher ça ?

— Avec mon père, il m'arrive d'entendre des choses, expliqua Daniel. En tout cas, tu dois parler à Randy.

— Pourquoi tu n'y vas pas toi-même ? Ça devrait être facile pour toi, justement, avec ton père ?

Elle ne se sentait pas prête à faire face à l'oncle qu'elle avait mis derrière les barreaux.

— Ce n'est pas parce que je surprends quelques petites choses de temps à autre que je peux me pointer au poste comme ça me chante et bavarder avec des suspects.

— Et moi, si ?

— Tu es sa nièce, McKenzie. Ton oncle n'a ni femme ni enfants. Toi et tes parents êtes sa seule famille. Allez, je te revaudrai ça.

Venus réfléchit. Ce serait l'occasion rêvée pour obtenir certaines réponses. Elle avait effectivement envoyé son oncle Randy en prison, et comme de juste, elle devait en assumer, au moins partiellement, la responsabilité. Surtout avec ce qu'elle avait appris depuis. Peut-être qu'il pourrait l'aider à imaginer un plan pour tuer le monstre dans sa remise. Encore qu'elle ne pût s'empêcher de penser que Penny ferait une meilleure candidate pour une mission comme celle-là.

— D'accord, Daniel. Quel est le message ?

Penny

Après le départ de Venus, il semblait acquis que personne ou presque ne braverait la pluie torrentielle pour un parfait au chocolat ou un sundae à la fraise. Penelope LaForest décida d'avoir une activité plus fructueuse qu'attendre une hypothétique éclaircie. L'ancienne Penny serait restée fidèle au poste, prête à servir un milk-shake, si improbable soit-il qu'un client pousse la porte par une journée si maussade. Elle aurait au moins appelé son patron, pour lui demander l'autorisation de fermer.

Elle ignorait si son attitude irresponsable persisterait. En attendant, elle exploitait la latitude qu'on lui accordait en vertu de sa tragédie personnelle. Et elle voulait obtenir des réponses à propos de la mort de sa mère et des circonstances inhabituelles qui l'entouraient. Un dieu. C'était à peine croyable. Pourtant, il était bien là, dans la remise des McKenzie, au fond du jardin, retenu prisonnier de la manière la plus absurde. Ça ne pouvait pas durer. À un moment ou à un autre, quelque chose finirait par mal tourner. La caméra rendrait l'âme. Une coupure de courant se produirait. Alors, le dieu se vengerait. Il tuerait Venus, pour l'avoir enfermé ; il tuerait Penny, pour l'avoir poignardé, et Abraham dans la foulée, pour le plaisir. Ce n'était qu'une question de temps. La garantie de sa mort imminente procurait une certaine tranquillité à Penny. Non pas qu'elle ait baissé les bras. Elle continuait d'espérer qu'ils trouveraient une solution, mais s'ils n'y parvenaient pas, elle se résignerait aux conséquences. Que ce soit rapide, elle n'attendait pas davantage. Seule la pensée de sa fin prochaine lui avait donné la force de marcher jusqu'ici, l'avait empêchée de se laisser submerger par ses émotions. « Ici » : un petit coin de forêt, en bordure de la route qui longeait le verger des Richards. Le sol était boueux. De grosses gouttes d'eau tombaient sur elle depuis la canopée. Déjà trempée, elle s'en moquait, mais ne put retenir un frisson au moment d'enjamber le ruban jaune de la police qui gisait à terre.

Le duvet sur sa nuque se dressa. À part la pluie et sa propre respiration bruyante, un silence total régnait. Heureusement, l'odeur de sang qu'avait crainte Penny était soit couverte par celle, humide, de la terre, soit complètement effacée par les averses.

Lentement, Penelope avança au milieu de la zone délimitée par le ruban jaune. C'était une partie relativement dégagée de la forêt, probablement à cause de la dizaine de policiers qui avait foulé le sous-bois pendant l'enquête sur la mort de sa mère.

Elle se rappela une autre promenade dans les environs, des années plus tôt. Abraham et elle avaient cherché des grenouilles, près du lac. Ils avaient dans les neuf ans. Il avait fait beau, et bien qu'ils soient rentrés bredouilles, ils avaient pris plaisir à leur expédition. Au retour, ils étaient tombés sur un ruban jaune décoloré par le soleil, assez semblable à celui qu'elle venait d'enjamber. Ils avaient d'abord pensé avoir fait une découverte mystérieuse et excitante, avant de se souvenir avec horreur que Brandon Morris avait été assassiné à cet endroit l'été précédent. M. Morris travaillait à la quincaillerie et effectuait souvent des réparations au domicile de ses clients, ou il les aidait dans leurs projets de rénovation. Le père d'Abraham avait fait appel à lui pour la transformation du grenier de sa grange en atelier. Ce qu'on avait retrouvé de lui se réduisait à des troncs éclaboussés de sang et des signes indubitables de lutte. Son corps avait disparu, pour ne réapparaître que des années plus tard, sur la propriété de Sam Finnegan.

Penny ignorait ce qu'elle espérait trouver. Peut-être juste l'assurance qu'après tout c'était un coin de forêt normal. C'était d'ailleurs le cas. Aussi normal que tout ce que Saint-Ferdinand avait à offrir. Pourtant, elle ne ressentit pas de libération supplémentaire. Même le fait de se tenir à l'épicentre de la perte qu'elle avait subie ne l'aidait pas à accepter ce qui était arrivé. Plus rien ne serait jamais comme avant.

Penny s'aperçut qu'elle pleurait. Les larmes avaient refusé de couler depuis deux jours, mais à présent, sous la pluie où elle les remarquait à peine, elles ruisselaient sur son visage. La vision brouillée et la respiration entrecoupée par des hoquets, l'adolescente s'appuya contre un chêne vert et donna libre cours à ses émotions. Bientôt, elle se retrouva roulée en boule au pied de l'arbre, en train de sangloter.

Le sommeil dut la surprendre. Quand elle rouvrit les yeux, la pluie avait cessé, remplacée par la grisaille terne du crépuscule. Les muscles endoloris, elle se força à bouger. La terre humide et froide avait miné sa chaleur, et elle frissonna. Il faisait anormalement frais pour une fin d'été. À tel point que Penny pouvait voir son propre souffle.

Puis elle entendit un bruit.

C'était une voix douce, qui résonnait, comme un rire à travers un téléphone à ficelle. D'abord, Penny pensa à un de ses amis venu la chercher. Puis elle vit quelque chose. L'aperçu éphémère d'une silhouette blanche à la périphérie de sa vision. À cet endroit où sa mère avait rendu son dernier souffle, son fantôme tentait-il ainsi d'entrer en contact avec sa fille ? L'idée ne semblait pas plus folle que de garder un dieu prisonnier au fond de son jardin. À moins que la créature se soit justement échappée de la remise pour la traquer jusqu'ici ?

Dans le froid et le silence de la forêt, l'apparition qui approchait finit par avoir raison du calme de Penny. Sans même s'assurer qu'elle partait dans la bonne direction, elle ordonna à ses jambes de courir. Courir, courir, courir. Arriver jusqu'à la route, qui lui donnerait au moins l'illusion de la sécurité.

Dans son affolement, elle trébucha sur une racine et s'étala, ses coudes s'enfonçant dans la boue. Elle se releva tant bien que mal, prenant conscience que sa mère avait probablement trouvé la mort de cette manière. Paniquée, en fuyant quelque chose qu'elle ne comprenait pas. Penny ne voulait pas partir ainsi. Si le dieu en avait après sa vie, il allait devoir se battre pour l'avoir.

Elle rampa vers son sac, saisissant une des sangles. Son souffle redevint visible dans l'air de nouveau glacial. Au bord de l'hystérie, Penny plongea la main à l'intérieur de son sac pour en extraire le couteau de cuisine utilisé pour poignarder le dieu. Empoignant fermement le manche, elle retira le tee-shirt qui enveloppait la lame. Armée de cet horrible souvenir encore couvert d'un sang noir de suie, elle fit volte-face.

Il n'y avait rien derrière elle.

Rien, à part les bois déserts, le feuillage vert luxuriant et les flaques d'eau, toujours plus grandes. Aucun son non plus, à part le crépitement des gouttes de pluie sur la canopée et sa respiration difficile, saccadée. Manifestement, sa peur avait eu raison d'elle, et son imagination galopait. À moins qu'elle soit en train de devenir folle. Après tout ce qu'elle avait enduré, comment s'étonner qu'elle perde la tête ? Folle ou simplement à cran, elle avait imaginé cette apparition, c'était ça, le plus important.

— Penny ?

L'adolescente poussa un cri perçant, se retourna vivement et tailla à l'aveuglette derrière elle. Elle sentit la lame mordre dans la chair, une sensation inconnue d'elle avant sa tentative d'assassinat d'un dieu. Cette fois, seule la pointe du couteau atteignit sa cible. Elle s'inquiéta que cela ne suffise pas pour arrêter son agresseur, quel qu'il soit. Mais avant qu'elle ait eu le temps de brandir de nouveau son arme, son esprit réalisa qui elle avait failli tailler en pièces.

— Audrey ?

La petite morte se tenait devant elle, une main sur son visage. Elle portait une jolie robe blanche qui rayonnait, comme éclairée de l'intérieur. Étrangement, ses vêtements et ses cheveux étaient secs, sa peau pâle et propre. Les pieds de l'enfant semblaient enfoncés dans une flaque d'eau sombre. Penny trembla d'horreur et d'incrédulité, notant les gros clous en fer plantés dans ses orbites.

Pourtant, Audrey paraissait plus peinée par la coupure à sa joue. Elle leva lentement la main pour regarder ses doigts tachés de sang. Ni longue ni profonde, la blessure était manifestement douloureuse, à en croire les larmes qui lui montaient là où auraient dû se trouver ses yeux. La lèvre inférieure de la morte trembla, alors qu'elle tentait de ravaler ses sanglots.

L'instinct maternel de Penny prit le dessus. Laissant tomber le couteau, elle approcha d'un pas et s'accroupit. Alors qu'elle tendait lentement le bras pour toucher l'enfant avec douceur, sa main traversa l'épaule d'Audrey. Penny eut l'impression d'avoir trempé ses doigts dans de l'eau glacée.

Mais cette fois, elle garda son sang-froid, concentrant son attention sur la fillette.

— Audrey, ma chérie ? demanda-t-elle gentiment. Ça va ?

— Non, répondit la petite, reculant d'un pas. Tu m'as fait mal.

— Je suis vraiment navrée, mon ange. Je ne voulais pas, ajouta Penny, rongée par le remords. Je ne l'aurais jamais fait exprès, tu le sais.

Audrey la regarda droit dans les yeux, les clous noirs enfoncés dans son crâne presque hypnotiques dans leur atrocité. Penny s'efforça de garder son calme. D'abord un dieu, maintenant un fantôme. L'esprit de sa mère errait-il aussi dans la forêt ? Une âme perdue dans les bois ?

— Ça va, répondit enfin la fillette. C'est juste une petite coupure. J'ai cru que tu étais en colère contre moi.

— Que… ? Qu'est-ce que tu fais là, Audrey ?

— Je te cherchais.

Sa voix devint froide et impersonnelle.

— Mais c'est bon. Je t'ai trouvée maintenant. Je savais que tu viendrais.

— Pour… ? Pourquoi moi ?

— Oncle Randy dit qu'il a besoin d'aide. Tu peux l'aider ?

Penny avait tellement de questions à poser. Sa mère était-elle aussi un fantôme ? Pouvait-elle lui parler ? Elle voulut supplier la petite fille de lui permettre de revoir sa mère, mais au bout du compte, elle décida de parer au plus pressé.

— Quel genre d'aide ?

Venus

— Tu ne préfères pas que je reste, tu es sûre ?

Venus dut tendre le cou pour regarder Matt Bélanger dans les yeux. Connu des habitants de Saint-Ferdinand comme un homme d'un naturel calme et de peu de mots, le policier ne parlait que quand il en ressentait l'absolue nécessité.

Elle inspecta les barreaux qui la séparaient des deux détenus. L'un d'eux était le vieux Sam Finnegan. Assis placidement sur son lit de camp, il lui souriait gentiment. Deux semaines après son arrestation, elle avait curieusement toujours du mal à l'imaginer en auteur de tant d'atrocités. Maigre et dépenaillé, ridé et négligé, il ressemblait à un grand-père bienveillant, pas à un tueur en série.

L'autre homme, bien sûr, était son oncle Randy. Son séjour derrière les barreaux lui convenait encore moins. Ses yeux enfoncés et son teint livide donnaient l'impression qu'il avait croisé un fantôme. Elle s'attendait à le trouver en colère ou déçu, mais il avait l'air désorienté et effrayé. Le voir ainsi lui remplit le cœur de remords, sachant qu'il lui devait sa situation actuelle.

— Ça ira, lieutenant Matt.

Elle lui lança un sourire plein d'assurance.

Le policier haussa les épaules.

— Quand tu auras terminé, ou si tu as besoin de quelque chose, tu n'as qu'à appuyer sur le bouton de l'Interphone en haut de l'escalier.

Venus attendit que la porte soit complètement fermée pour reporter son attention sur cet oncle qui n'était plus que l'ombre de lui-même. Son apparence négligée et son expression absente lui donnaient plus l'air d'un tueur que Finnegan.

— Je ne savais pas quoi faire d'autre…, commença-t-elle, cherchant à évaluer son état d'esprit. Je suis venue pour m'excuser. Je… J'essaie d'y voir plus clair, mais j'ai besoin d'aide.

Rendue nerveuse par les yeux de Randy toujours rivés sur elle, elle eut la tentation de courir au sommet des marches, vers le gros bouton rouge qui la ferait sortir de cet endroit, pour ne plus jamais revenir. Mais elle avait une responsabilité.

— Oncle Randy ? Je suis désolée. J'ai tiré les mauvaises conclusions, et j'en ai déduit que tu avais quelque chose à voir avec la mort de Mme LaForest. Mais j'ai changé d'avis. C'est pour ça que je suis là, je suppose.

— Pourquoi ce revirement ? demanda Randy McKenzie d'une voix rauque. Tu as pourtant fourni à Crowley des preuves accablantes.

— C'est difficile à expliquer. Je… Je ne sais pas si tu me croiras.

— Essaie toujours, Venus.

Elle se sentit soulagée d'entendre une émotion revenir dans sa voix, fût-ce de l'impatience avec une pointe d'irritation.

— Je sais ce qui… Je sais qui a tué Gabrielle.

Sa révélation spectaculaire eut l'effet escompté, mais pas sur l'interlocuteur voulu. Finnegan inclina la tête et se pencha légèrement en avant. Randy, en revanche, n'eut aucune réaction visible.

—Ce n'est pas une personne, poursuivit Venus.

Randy resta immobile, mais son regard sembla devenir plus perçant.

—C'est un… C'est un dieu.

Elle s'attendait à de l'incrédulité ou même des railleries, mais ces inquiétudes furent rapidement balayées. Sam Finnegan se laissa aller en arrière sur son lit, alors que son sourire disparaissait. Randy, lui, se cacha la figure de ses mains. Ils la croyaient ? Pour de bon ?

—En fait, il prétend être un dieu. Mais c'est peut-être un démon, un mutant ou une sorte de monstre… je ne sais pas ! ajouta Venus, s'efforçant de tirer une réaction supplémentaire de son oncle.

—Oh, c'est un dieu, pour sûr, renchérit Finnegan avec un sourire amer. Juste pas un des nôtres.

—Ne vous mêlez pas de ça, Sam, intervint enfin Randy, qui leva la tête.

Sa voix enrouée semblait n'avoir pas servi depuis des jours.

—Tu l'as vu, Venus ? De tes propres yeux ?

—Il reste hors de la lumière, expliqua-t-elle avec hésitation, alors, j'ai surtout vu des ombres… et du sang.

—Quand ? Où ?

Randy frisait la panique.

—Je l'ai piégé dans la remise, au fond du jardin. Je crois qu'il m'en veut.

—Piégé ? demanda le médecin légiste. En es-tu absolument sûre ?

—Oui. À cent pour cent.

Sam applaudit avec excitation et rit. Il paraissait soulagé, tandis que Randy semblait déconcerté.

— Oui ! cria le fou. C'est une maligne, votre nièce, hein ?

— Non, dit-elle, lançant un regard au vieux cinglé. J'ai eu de la chance. J'avais installé une caméra dans la remise. Et on dirait qu'il ne peut aller nulle part quand on l'observe. Alors, il est coincé. Pour l'instant. Mais il a tué la maman de Penny et… d'autres choses, et il tente de s'échapper. Il peint cette fresque bizarre sur le mur, et pas juste pour passer le temps, je pense. Je dois trouver un moyen de le détruire.

— C'est un peu ambitieux, tu ne crois pas ? répondit Randy, qui se leva et approcha de la porte de sa cellule.

Sa mine défaite choqua Venus.

— On ne peut pas tuer un dieu, ajouta-t-il.

— Si, le contredit Sam. On peut le tuer, mais il ne meurt pas forcément. Pas s'il en décide autrement. Il n'est pas soumis aux mêmes règles que nous. C'est pour cette raison que la malédiction de Cicero fonctionne !

— Mon amie Penny l'a poignardé avec un couteau grand comme ça, dit Venus, qui écarta les mains d'une trentaine de centimètres. Il n'en est pas mort.

— Ou peut-être que si, mais qu'il s'en moque ou que ça ne le dérange pas. Peut-être qu'il est mort depuis des années. Pas les mêmes règles, répéta Sam.

— D'accord. Peu importe, dit Venus, qui s'adressa de nouveau à son oncle. Qu'est-ce qui fait soudain de lui un spécialiste de la question ?

— Je suis un fou dangereux, Venus, on a dû te le dire, répondit Sam, assurant sa propre défense. En ces jours un peu fous, qui mieux que moi peut comprendre ce qui… ?

— Une minute, l'interrompit Randy. Qu'est-ce que tu as dit, Venus ? Penny a fait *quoi* ? C'est un dieu, un *vrai* dieu que tu as emprisonné. Ce n'est pas un jeu.

Venus serra les poings. Elle avait espéré éviter ce genre de réaction plus que tout. Elle n'avait que quinze ans, mais elle ne laisserait personne se montrer condescendant envers elle. Pas après tout ce qu'elle avait enduré.

— Mon chat a été écorché vif et la mère de ma meilleure amie est morte. Ton dieu m'a menacée et, pour autant que je sache, le monde entier est en danger, répliqua-t-elle, tentant de ne pas céder à la colère. Vous étiez où pendant ce temps, tous les deux ? Vous faisiez quoi, concrètement ? Aucun de vous n'était là, moi si ! Je ne joue pas !

— D'accord, tu as raison. Je m'excuse, dit Randy, sur un ton qui se voulait sincère. C'est simplement que… Cette situation est sans précédent. Je ne vois pas comment je peux aider.

— Et j'ignore s'il peut être détruit, ajouta Finnegan. D'autres que nous s'y sont essayés et sont morts. Je sais juste comment le garder enfermé.

Comme son oncle avant elle, Venus commençait à se demander à quel point l'image de vieux fou de Finnegan n'était qu'une façade.

Elle se calma et desserra les poings. Se plaçant entre les portes des deux cellules, elle tenta de s'adresser aux deux détenus en même temps, avec comme priorité de réunir des informations.

— Qu'est-ce que vous pouvez me dire à propos de cette malédiction de Cicero ?

Finnegan détourna le regard. Tristesse et regret se reflétèrent dans ses yeux, alors qu'il les fixait sur le mur.

— C'est une promesse. Une promesse que le dieu a faite à un homme nommé Cicero, il y a plus d'un siècle, répondit-il, d'un ton neutre, bien que sa voix manquât de fermeté. Celle de ne pas bouger tant que quelqu'un le regarderait. Ce qui a commencé comme un jeu est devenu une malédiction.

» Les Compagnons se relayaient pour le surveiller. Puis ma femme a peint *l'œil*. Quand tout a tourné au cauchemar et qu'elle… Quand elle est morte et que sa toile a été abîmée, eh bien, j'ai dû trouver une autre solution.

— « Dans la mort, ils demeurent vigilants à jamais », cita Randy. C'est pour ça que vous préleviez les yeux…

Venus étudia les deux hommes. Soudain absorbé par ses pensées, Randy ne faisait plus attention à elle. Finnegan ne valait pas mieux, qui serrait ses genoux contre lui, le regard distrait. L'adolescente comprit que, quoi qu'il ait dit à la police ou à ses avocats, elle venait d'entendre ses véritables aveux. De toute évidence, certains aspects lui échappaient encore, mais le lieutenant Bélanger n'allait pas tarder à revenir. Le temps pressait.

— Oncle Randy ? dit-elle, tapotant sur les barreaux de sa cellule pour attirer son attention. Cet homme, Cicero ? Il est en ville et veut te parler.

— Comment ? répondit le médecin légiste. Crowley ne le laissera jamais entrer ici.

— Je n'en sais rien. Je ne suis que la messagère, mais si j'ai bien compris ce qu'on m'a dit, tu n'as que jusqu'à demain. Après, il sera parti.

Venus avait de plus en plus l'impression que tout le monde possédait sa bribe d'information à propos du dieu, mais que tout le monde n'appartenait pas au même camp. Elle devait donc choisir avec prudence à qui accorder sa confiance. Sans sombrer dans la paranoïa, elle pouvait difficilement tout déballer à n'importe qui. Elle avait suggéré à Daniel qu'ils se retrouvent tous les deux devant le glacier. Venus s'attendait à ce que ce soit fermé, mais

Penny se tenait derrière le comptoir. Elle avait les cheveux en désordre et les vêtements couverts de boue, les yeux hagards. Réfugié à l'intérieur, Daniel bavardait avec elle.

— Il faut qu'on parle, dit Venus en entrant.

Plus tôt dans la journée, quand ils avaient discuté du service que lui demandait Daniel, Venus avait compris que le fils de l'inspecteur en savait long sur les dessous de Saint-Ferdinand.

— Entièrement d'accord, répondit Daniel. Penny m'a raconté des trucs carrément bizarres, McKenzie.

— Des trucs ? répéta Venus, qui jeta un regard inquiet à son amie. Quel genre de « trucs » ?

— Des histoires de dieux, de chats écorchés… de fantômes.

Le regard de Venus se fit noir et accusateur. Quel besoin avait eu Penny de tout balancer au fils de l'inspecteur ? Elles étaient convenues d'attendre d'y voir plus clair avant de révéler quoi que ce soit à autrui.

— Désolée, Veen. Je revenais à pied de la ferme des Richards, quand Daniel m'a trouvée et déposée ici. On a de nouveau discuté et… disons que les choses sont devenues encore plus… compliquées.

— Comment est-ce que… ? Une minute. Quels fantômes ? demanda Venus, incrédule.

— C'est Audrey, Veen. La petite Audrey, expliqua Penelope. Ton oncle… lui a fait quelque chose.

— Quoi ?

— Il ne l'a pas tuée ni rien. Je pense qu'il a… il a ancré son âme. Par une sorte de sort.

— Je viens de lui parler, bon sang ! Pourquoi ne m'a-t-il rien dit ?

— Pour être juste, c'est toi qui l'as fait mettre derrière les barreaux, McKenzie, rappela Daniel.

Si irritant soit-il, Daniel n'avait pas tort. Au moins savait-elle maintenant ce que son oncle manigançait au cimetière.

— Donc, Audrey est un fantôme, et mon oncle est un magicien ? fit-elle sur un ton empreint de scepticisme. Bien sûr. Pourquoi pas ?

— Ce n'est pas tout, ajouta Daniel.

Venus se tourna vers sa meilleure amie.

— Pourquoi c'est lui le patron, tout d'un coup ?

— Écoute-le. Tu verras.

Quand Venus reporta de nouveau son attention sur Daniel, il la gratifia d'un regard patient et compréhensif qui la surprit.

— Bien. Alors voici : William Bergeron veut ressusciter sa fille, expliqua Daniel. M. Bergeron, mon père et quelques notables du village appartiennent à ce club ou à cette secte, appelle ça comme tu voudras. D'après moi, leur objectif est d'asservir ce dieu pour qu'il exauce le vœu de M. Bergeron. Et peut-être qu'il en accorde quelques autres dans la foulée.

— C'est complètement dingue.

— Absolument. Mais comme je l'ai expliqué à Penny, je les ai surpris en plein rituel, à l'église.

— Tu l'as dit toi-même : le dieu ne cesse de se vanter qu'il est capable de réaliser les rêves les plus fous, ajouta Penny. Il cherche en permanence à négocier, à conclure un marché. La secte pense mettre la main sur une machine à souhaits. Comme un génie dans une lampe.

— Exactement, confirma Daniel. Et ton oncle Randy et Harry Peterson sont certainement aussi dans le coup.

— Le père d'Abe ? dit Venus avec incrédulité.

Elle comprenait mieux pourquoi son amie n'avait pas hésité à partager leurs secrets avec Daniel. Apparemment, le garçon détenait des pièces entièrement différentes du puzzle, qu'il avait offertes pour le compléter.

— J'ai transmis ton message à Randy, mais pourquoi ne m'avoir rien dit de tout ça avant que j'aille le voir ?

— Je n'étais pas sûr de pouvoir te faire confiance.

— C'est de bonne guerre.

Venus devait bien reconnaître qu'elle s'était montrée aussi cachottière que lui.

— Il est prêt à parler à Cicero, mais d'après lui, ton père n'acceptera jamais de laisser ce type approcher des cellules.

— Ça, c'est clair, commenta Daniel.

— J'ai une idée, maintenant, dit Penny. Audrey ne m'est pas apparue sans raison. Elle avait un message pour moi de la part de ton oncle. Ne t'énerve pas, mais il voulait que je récupère quelque chose dans son bureau à Sherbrooke. Peut-être qu'Audrey peut nous aider pour que Cicero et Randy entrent en contact.

— Un instant, l'interrompit Venus. Qu'est-ce que mon oncle voulait dans son bureau ?

— Une liste. Celle des anciens membres de l'association des Compagnons de Saint-Ferdinand. Toutes les informations se trouvent dans une boîte en bois, sur une étagère de la bibliothèque du milieu, dans son bureau.

— Parfait ! dit Venus. Allons-y. Ce sera l'occasion de prendre des nouvelles d'Abraham.

— Tu le salueras de ma part, dit Penny. Je veux parler à ce Cicero, et je pense connaître un moyen de le mettre en contact avec ton oncle. Tu vas devoir aller à Sherbrooke sans moi, Veen.

En entrant chez le glacier, Venus avait eu le sentiment de maîtriser enfin la situation, en partie du moins. Et voilà que les choses se retournaient de nouveau contre elle. Comment était-elle censée se rendre à Sherbrooke ? Penny avait une voiture et le permis ; Venus devrait peut-être patienter des heures avant que ses parents la conduisent, peut-être jusqu'à demain matin. Elle se retrouvait coincée à Saint-Ferdinand, impuissante. À moins que…

— Daniel ? dit-elle. Tu me dois un service.

Crowley

Pour la deuxième fois en autant de jours, Stephen Crowley se rendait à la ferme Peterson. Jamais dans le cadre de ses fonctions, mais outrepasser les limites de son autorité ne le gênait pas.

Son cœur se serra à la vision qui s'offrait à lui. Enfant, il avait aimé le cirque. Surtout celui-là. Le cirque Cicero ne possédait pas d'animaux et seulement quelques clowns. Il ne proposait pas non plus d'exhibition de monstres. Ce genre de spectacle itinérant n'aspirait pas à choquer ou à terrifier son public, mais à l'émerveiller. Personne ne repartait de chez Cicero sans croire au moins un peu à la magie.

Crowley y avait aussi rencontré sa femme.

Malheureusement, Daniel n'avait jamais pu profiter de ce cirque dans son enfance. Par une ironie cruelle, Crowley en était responsable.

À l'époque, Cicero et sa troupe s'arrêtaient au village une fois l'an, à la fin de l'été. Depuis des années, les habitants de Saint-Ferdinand guettaient l'arrivée de la coccinelle déglinguée du propriétaire avec la même impatience que la plupart des communautés réservent à Noël.

Mais, quand un faisceau d'indices avait suggéré que Nathaniel Cicero et le tueur de Saint-Ferdinand ne faisaient qu'un, une série d'événements avait provoqué l'expulsion du cirque et, en fin de compte, la libération ce dieu terrible.

Crowley avait ordonné à Cicero de ne plus jamais revenir. Pourtant, il était là. Avec l'arrestation de Sam Finnegan et la créature de nouveau dans la nature, le retour du cirque était de mauvais augure et certainement pas une coïncidence.

Alors que l'inspecteur se frayait un chemin entre les baraques foraines, les tentes et les attractions, il s'étonna de ne pas attirer de regards furieux. Personne ne semblait le reconnaître. À moins que nul ne s'en soucie. Ezekiel, un cracheur de feu dont il gardait le souvenir, cracha un arc de flammes d'une incroyable perfection au-dessus de sa tête, lui souhaitant la bienvenue au chapiteau avec le même sourire qu'à n'importe quel visiteur. Sauf que Crowley n'était pas n'importe qui, mais le policier qui avait définitivement chassé le cirque Cicero. Maintenant, il marchait parmi eux en uniforme, sans être ni reconnu ni dérangé – presque anonyme.

Sa gorge se noua, alors qu'il entrait dans la grande tente plantée au centre du cirque. L'intérieur correspondait en tout point à l'image qu'on se fait d'un chapiteau : soutenu par deux mâts énormes et bordé de rangs de sièges rayés bleu et blanc. À l'intersection des deux pistes se trouvait l'emplacement réservé à Monsieur Loyal. Saisissante, la splendeur de l'ensemble donna à l'inspecteur la nostalgie d'un temps où il avait aimé cet étrange monument à l'émerveillement et à la magie.

Un individu dans cet endroit ne pouvait pas l'ignorer. Il se tenait seul, au milieu de la tente, éclairé de tous côtés, le dos à l'entrée. L'homme portait un smoking bleu pastel et un haut-de-forme assorti. Frêle et âgé, il s'appuyait sur une canne, la tête levée pour examiner son installation. Crowley n'était pas dupe de son allure de fossile. Nathaniel

Cicero était doté d'une force d'âme inhabituelle et ne se laissait pas facilement surprendre. Il attendait l'inspecteur.

Comme s'il pouvait l'entendre penser, Cicero se retourna de façon théâtrale quand Crowley se fut suffisamment approché. Souriant de toutes ses dents trop parfaites pour un corps si décrépit, il s'inclina bien bas, en retirant son chapeau.

— Monsieur Crowley, dit-il. C'est si bon de vous revoir. Ça fait bien trop longtemps.

Sans entrée en matière, l'inspecteur lui balança un crochet à la mâchoire, qui envoya le frêle Monsieur Loyal au tapis.

— Toujours content de me voir, Nathaniel ? répliqua Crowley, que la montée d'adrénaline remplissait d'une satisfaction primaire.

Cicero se releva et recula d'environ trois mètres. Il sourit de nouveau, mais avec plus de réserve, ne voulant pas paraître suffisant. Son hôte ne partageait manifestement pas la joie de leurs retrouvailles.

— Eh bien, mon garçon, je suppose qu'il ne s'agit pas d'une visite amicale ? ironisa-t-il, crachant du sang sur le sable.

— Votre diseuse de bonne aventure ne vous a pas prévenu ? Je suis venu vous expulser.

— Katrina m'a informé. Sinon, pourquoi aurais-je pris la peine d'une telle mise en scène ? ajouta-t-il, frictionnant sa mâchoire endolorie. En revanche, elle a omis de me mettre en garde contre cet emportement. J'ai dû la contrarier.

— Et ça ne fera que s'envenimer, si vous ne faites pas vos valises.

— Oh, je ne pense pas, monsieur Crowley, répondit Cicero, qui s'appuya sur sa canne. Nous avons le droit d'exercer notre activité ici. J'ai obtenu tous les permis nécessaires.

L'inspecteur haussa les épaules. Comblant rapidement la distance qui les séparait, il décocha un nouveau et violent coup de poing au vieil homme. Cicero s'écroula. Cette fois, il ne cracha pas que quelques gouttes de sang, et il mit plus de temps à se relever.

— Monsieur Crowley, vous vous méprenez sur mes intentions. Je suis… *Nous* sommes là pour vous aider. Vous êtes complètement dépassé par les événements. Si vous persistez dans cette voie, vous ne survivrez pas.

Crowley avait effectivement entrepris de dominer des forces presque insaisissables, mais qui pouvait se prétendre à la hauteur de la tâche ? Cicero et son cirque ? Ils avaient déjà essayé et échoué. Maintenant, c'était son tour.

— Gardez votre aide, répliqua-t-il avec humeur, vous ne m'empêcherez pas d'atteindre mon objectif.

— Allons, monsieur Crowley. Vous n'avez donc rien appris en deux décennies ? Vous pensez réellement qu'il y a des bons et des méchants dans ce scénario ?

Le sourire de Cicero, bien qu'ensanglanté, retrouva sa suffisance.

— Jonestown. Aum Shinrikyō. David Koresh. Chaque secte est bâtie sur sa propre vérité. C'est un leurre ! Les Compagnons se voyaient comme des héros, et nous avions tort. Vos Marchands de sable ont cru la même chose quand ils ont repris le flambeau, et ils répètent les mêmes erreurs. Vous pensez honnêtement pouvoir réussir là où votre beau-père a échoué de manière si spectaculaire ?

Crowley prit une profonde inspiration, comme un adulte exaspéré par un enfant qui refuse d'entendre raison. Puis il frappa de nouveau Cicero. Cette fois, le vieux esquiva le coup au visage. Malheureusement pour lui, l'inspecteur enchaîna avec un violent direct du gauche dans le ventre. Cicero parvint à ne pas s'écrouler, mais il se plia en deux, une bonne minute s'écoulant avant qu'il reprenne son souffle.

— Vous m'avez caché cette créature pendant dix-huit ans. Sous mon nez ! hurla Crowley au Monsieur Loyal. Et vous vous pointez juste au moment où je touche enfin au but ? Vous m'avez déjà trop pris, Nathaniel. Vous n'aurez pas ça.

Pour appuyer sa déclaration, Crowley tenta de revenir à la charge. Il éprouvait une satisfaction infinie à libérer près de deux décennies de rage réprimée. Anticipant une nouvelle esquive, Crowley feinta du gauche, puis opta pour un direct du droit qui, espérait-il, achèverait de convaincre Cicero qu'il n'était pas le bienvenu. D'un autre côté, si cela s'avérait nécessaire, il se ferait une joie de distribuer encore quelques coups.

Mais cette fois, le propriétaire du cirque était prêt. À l'approche du direct, il leva sa canne et le poing de Crowley frappa le bout pointu, qui perfora la peau entre l'index et le majeur. Le bois robuste se logea entre les os, qu'il poussa dans des directions opposées.

Avec un hurlement, l'inspecteur retira son poing dans un jet de sang, empoignant sa main brisée. Cicero, à peine déséquilibré, passa à côté de lui, s'acheminant vers la sortie du chapiteau.

— Expulsez-moi, monsieur Crowley, lança le vieux Monsieur Loyal, sans tourner la tête. Mais ayez la courtoisie de le faire légalement.

— Je vous préviens, Nathaniel : ne vous mêlez pas de mes affaires, gronda l'inspecteur.

— Ne connaissez-vous pas les prophéties, monsieur Crowley ? demanda Cicero, qui se retourna enfin vers son agresseur. Mon ingérence touche à sa fin.

Puis le vieil homme sortit dans la nuit, abandonnant Crowley avec une douleur insoutenable.

Venus

Après que Daniel l'eut déposée devant chez elle, Venus courut jusqu'à la porte sous un ciel d'un gris terne et uniforme. La pluie tombait un peu moins fort, laissant des flaques de boue.

Alors qu'elle traversait la maison comme un ouragan, l'adolescente réfléchit à toute vitesse. Elle n'était pas ravie de savoir sa famille à proximité de la créature malveillante enfermée au fond du jardin. Mais le comportement erratique de Penny, la persistance du fantôme d'Audrey et le besoin brûlant d'en finir avec le dieu la préoccupaient.

— Serait-il impoli de ma part de te demander si tu comptes un jour remettre de l'ordre dans le jardin ?

La voix de sa mère la fit sursauter. Virginie n'exigeait jamais rien de sa fille. Elle et son mari avaient toujours insisté pour la traiter en égale, comme une autre adulte. En contrepartie, elle n'avait pas à attendre davantage de leur part. Par conséquent, Venus se sentait constamment partagée entre reconnaissance, pour la liberté dont elle jouissait, et rancœur, quand elle s'estimait délaissée. Ces derniers jours, leur politique de non-intervention l'avait plutôt servie.

— Pas maintenant, maman, lança Venus, qui passa en trombe à côté de sa mère.

Les McKenzie ne se parlaient pas sur ce ton, en général, mais Virginie accepta la réponse sans sourciller. Venus ignorait de combien de temps elle disposait avant qu'on lui refuse l'accès au bureau de son oncle. Peut-être arriverait-elle déjà trop tard. Elle n'avait donc pas le loisir d'inventer un mensonge crédible pour sa mère. Quant à tout remettre à sa place dans la remise, c'était hors de question.

Les bons jours, sa chambre était un monument de chaos organisé. L'usage aurait voulu qu'elle range ses vêtements dans la commode. Elle préférait la bourrer de câbles informatiques en tous genres. En général, elle triait sa garde-robe en piles bien distinctes, à l'intérieur de sa penderie, dont son père avait démonté la porte, à sa demande. Ces derniers jours, le fatras habituel avait dégénéré en un cloaque de draps froissés, de boîtes de jeu de société et de barquettes de nourriture vides.

Venus ne repéra donc pas immédiatement son ordinateur portable. Quand elle le trouva, elle se hâta de vérifier sur la webcam que son « hôte » n'avait pas bougé. La vision de l'ombre noir d'encre de la créature qui se tordait dans la faible lumière la rassura. Elle semblait en colère, la surface de sa présence vaporeuse ondoyant avec violence. Venus aurait juré qu'elle se savait observée.

Alors qu'elle s'apprêtait à débrancher le câble d'alimentation de sa machine, Venus aperçut sa mère appuyée contre l'embrasure de la porte. Virginie paraissait inquiète. Venus avait toujours admiré son altruisme et sa gentillesse. D'une certaine manière, elle en voulait d'autant plus à cette femme si attentionnée de ne manifester aucun instinct maternel pour sa propre fille.

— Veen. Qu'est-ce qu'il y a dans la remise ?

La question envoya un frisson le long de la colonne vertébrale de Venus.

— C'est… un projet. Je filme un nid d'oiseaux et je préfère éviter qu'on le dérange. Je remettrai tout en place quand j'aurai terminé.

Elle avait passé des heures à s'interroger sur l'opportunité de dire la vérité à ses parents. D'abord, cet esprit d'indépendance que Paul et Virginie lui avaient inculqué l'avait empêchée de demander leur aide. Puis elle avait eu honte de l'influence grandissante qu'elle avait laissé le dieu exercer sur elle. Mais après que Penny avait presque perdu la vie, la fierté et la honte avaient cédé la place à la peur. Elle n'osait pas imaginer ce qui se produirait si l'un ou l'autre de ses parents tombait entre les mains du monstre. Grâce à Daniel Crowley, elle savait qu'ils n'appartenaient pas à la secte de son père, mais si elle leur révélait ce qu'elle gardait dans le jardin, leur premier réflexe consisterait à se tourner vers la police.

— Tu es souvent dans la lune, en ce moment, ma chérie. Je sais que ces dernières semaines ont été difficiles, mais Paul et moi sommes inquiets.

« Inquiets ». Virginie n'avait pas employé un mot comme celui-là depuis des années.

— Ta décision d'habiter dans cette remise. Tes allées et venues à toute heure. Randy qui est en prison. Et maintenant, tu gardes des secrets ? Ça ne te ressemble pas.

Venus s'accroupit pour glisser son ordinateur portable dans son sac. Elle cherchait une rallonge, au cas où, quand ses yeux croisèrent ceux de Sherbet. L'effroyable chat écorché plissa ses pupilles, alors qu'il pointait la tête de sous le lit. Depuis que sa rencontre avec la créature l'avait privé de peau et de fourrure, l'animal semblait gêné par son apparence. Comme il avait aussi plus facilement froid, il restait souvent caché, ce qui convenait parfaitement à Venus. Le nouveau Sherbet était difficile à expliquer. Elle tenta de le chasser sous le lit avant que Virginie le remarque. Sans se laisser décourager, le chat entreprit plutôt de faire sa toilette, parcourant de sa langue le muscle à vif de sa patte. Venus en eut les cheveux qui se dressaient sur la tête.

— Écoute, maman, dit-elle, dans l'espoir de détourner l'attention. Tu voulais que je sois indépendante ? Eh bien, je le suis. C'est mon projet, et j'ai besoin d'aller jusqu'au bout.

Elle repéra enfin sa rallonge électrique, sur un coin de bureau, sous une boîte de cookies à moitié vide. Comptant faire d'une pierre deux coups, elle tira sur le câble, entraînant la chute de la boîte. Effrayé, son hideux compagnon courut se réfugier sous le lit. Réprimant un sourire satisfait, Venus fourra son butin dans son sac.

— Dis-moi juste une chose : as-tu des problèmes ?

L'estomac de Venus se noua en entendant l'inquiétude dans sa voix.

— Nous sommes tes parents, Veen, mais nous sommes avant tout tes amis. Si tu en as besoin, tu sais que tu peux compter sur nous.

Venus s'adoucit et avança vers sa mère pour la prendre dans ses bras, un geste dont la sincérité la surprit elle-même. Elle mourait d'envie de dire la vérité, mais elle préféra mettre fin à leur étreinte.

— Je te jure, maman, je me démène juste pour distraire Penny, autant que possible. Moi, ça va.

Venus se força à sourire.

— D'accord, mais sois prudente, répondit Virginie, visiblement pas convaincue.

Mais après avoir marqué une pause, elle sourit à son tour, avant d'ajouter :

— À ton retour, tu pourras m'expliquer pourquoi Crowley Junior te sert de chauffeur.

À ces mots, le masque de jeune femme indépendante de Venus tomba pour révéler l'adolescente gauche en dessous. Elle détourna les yeux, ajustant maladroitement le sac de son ordinateur portable.

— Ce n'est pas ce que tu crois. Il a déjà une petite amie, et… Il faut que j'y aille, d'accord ? Je… euh… on se voit plus tard ?

Encore plus pressée de quitter la maison à présent, Venus se cogna contre presque chaque meuble en sortant. L'air amusée, Virginie regarda sa fille unique claquer la porte derrière elle.

Virginie

Virginie regarda la Civic démarrer, avec sa fille assise à côté du fils de l'inspecteur Crowley. Daniel était un brave garçon. Et bien qu'il soit un peu vieux pour sortir avec une adolescente de l'âge de Venus, Virginie ne pouvait s'empêcher d'éprouver une étrange fierté à l'égard de sa fille. Si ce qu'elle soupçonnait s'avérait.

Elle résista à la tentation de jeter un coup d'œil dans la remise. Sa fille venait de lui manifester son premier signe d'affection depuis une semaine, mieux valait ne pas choisir ce moment pour fourrer son nez dans ses affaires.

Appuyant son visage contre la fenêtre, face à la rue déserte, Virginie ressentit une brève vague d'optimisme. Pour elle, pour sa fille, et pour leur vie dans ce maudit village.

— Miaou ? fit une voix plaintive et affamée derrière elle.

— Oh, Sherbet, mon pauvre bébé. Ta maman a oublié de te nourrir ? demanda Virginie, qui se tourna vers le chat de Venus.

Randy

Quand il entendit le claquement des sandales en cuir sur les marches, Randy n'en crut pas ses oreilles. Le légiste avait appris à reconnaître le pas de chacun au poste de police. Jackie, qui apportait leurs repas aux détenus, avait une démarche légère et nerveuse. Crowley, absent ces jours-ci, s'annonçait par son pas lourd et décidé.

Mais seul Paul McKenzie rendrait visite en sandales à un prisonnier soupçonné de meurtre. L'odeur de bois raboté et de sueur confirma son hypothèse.

— Paul, l'accueillit Randy.

— Salut, Randy, répondit son frère cadet en apparaissant.

Paul McKenzie se démarquait quelque peu de son frère. Au-delà des différences de parcours professionnels et universitaires, Paul arborait une véritable tignasse, certes prématurément grisonnante, et il était plus mince. Jusqu'à présent, en tout cas.

— Tu as perdu du poids, mon vieux.

Les conditions de sa détention n'autorisant aucun extra, Randy avait dû renoncer à son habitude de grignoter entre les repas. Il nageait déjà un peu dans son pantalon. Comme on lui avait confisqué sa ceinture, il le retenait de sa main.

— Oui. Quand je sortirai, il faudra que je renouvelle ma garde-robe.

— Ou t'enfiler un paquet de *cheeseburgers*.

Mal à l'aise dans cette situation, les deux frères pouffèrent. Ils n'avaient jamais été des adolescents connus pour faire les quatre cents coups. Leurs démêlés avec la justice se limitaient à un bref séjour en prison de Paul, pour sa participation à une manifestation particulièrement agitée. Il ne se rappelait même pas pourquoi. La légalisation de la marihuana ou les brutalités policières. C'était si loin.

— Si papa était encore en vie, il te tannerait le cuir, tu en as conscience ? dit Paul, avec humour.

Mais sa tentative pour détendre l'atmosphère tomba à plat, et l'expression de son frère s'assombrit.

— Si papa était encore en vie, je ne serais pas là, répliqua Randy avec aigreur. Bon sang, si j'avais pu compter un peu sur toi, je ne serais pas là.

— Non, mon vieux, on ne va pas remettre ça sur le tapis, protesta Paul, sur la défensive. Je t'ai répété je ne sais combien de fois que je ne veux pas entendre parler de cette merde. Regarde où ça t'a mené. Et je parie que ça n'est rien comparé au reste, hein ?

— Allez, Paul ! insista Randy, qui approcha des barreaux. De nous deux, tu as toujours été le plus doué. Avec les notes de papa…

— Ça suffit, Randy. Je viens en paix.

Il leva la main pour intimer le silence à son aîné.

— Écoute, je veux savoir jusqu'où ma fille est impliquée dans tout ça.

— Venus ?

Randy aurait dû s'y attendre. Malgré leurs idées progressistes en matière d'éducation, son frère et sa belle-sœur s'inquiétaient pour leur fille.

— Pourquoi ne pas le lui demander ?

Paul soupira. Randy n'avait jamais approuvé la façon dont ses parents élevaient sa nièce. C'était une jeune fille intelligente et farouchement indépendante, mais, quelles que soient ses qualités, sans supervision elle passerait à côté de son potentiel. Pendant son enfance, Paul et Virginie abordaient tous les sujets en sa présence. Poussée par une curiosité insatiable, elle avait vite absorbé ce que ses parents avaient à lui apprendre. Mais elle se lassait aussi rapidement. À l'adolescence, Venus avait découvert l'informatique et l'électronique, des disciplines qui dépassaient complètement Paul. À mesure que sa fille approfondissait ses connaissances, elle l'avait progressivement relégué en position d'observateur.

— Randy, c'est une ado. Elle ne parlera pas à son père. Dis-moi juste si j'ai des raisons de m'inquiéter.

— D'accord. Je ne vais pas prendre de gants : c'est grave. Qu'est-ce que tu as lu des notes de papa ?

— Pratiquement rien. Tu sais ce que je pense de ces foutaises.

Au décès de Neil McKenzie, le père de Paul et Randy, les deux frères avaient hérité d'une cantine remplie de notes, de vieilles photos et de pages arrachées à des livres en langues mortes. Ils y avaient aussi découvert des liasses de reçus, pour des voyages à travers le monde, qui s'étendaient sur des décennies. L'ensemble avait grandement contribué à expliquer les longues périodes d'absence du patriarche des McKenzie, pendant lesquelles sa femme avait élevé seule les deux garçons. Mais de retour chez lui, Neil se montrait autoritaire, enclin à des accès de colère au moindre signe de désobéissance. Ses fils avaient l'impression d'être une source d'irritation, de le distraire d'un travail plus important. Quand Paul avait découvert que les « déplacements professionnels » de son père concernaient ses recherches sur de vieilles religions et les sciences occultes, il n'avait pas pardonné à Neil McKenzie ses défauts en tant que parent.

— Oui, eh bien, notre enfoiré de paternel n'a rien inventé, expliqua Randy. Il appartenait bel et bien à… à une sorte de club, et ses membres s'intéressaient à des trucs assez fumeux. Anciens dieux, magie, prophéties… tu as l'embarras du choix. Plus c'était bizarre, mieux c'était. Tu veux savoir pourquoi il est allé au Pérou ? en Indonésie ? en Irak ? dans les parties du monde les plus chargées d'histoire ? pourquoi il a consacré tout ce temps à étudier les religions les plus oubliées et les plus secrètes ? Parce que ce groupe tentait de vaincre une très ancienne entité maléfique. Mais ils ont échoué, Paul.

» J'ai pensé pouvoir réussir de mon côté, mais je me trompais. J'ai besoin de certains des ex-compagnons de route de papa, à condition qu'ils ne soient pas tous morts.

Paul secoua la tête.

— Alors, je t'aiderai. Demande-moi ce que tu veux, mais laisse Venus en dehors de tout ça.

— Elle y a été mêlée toute sa vie, Paul. Tu le sais bien, ajouta Randy, avant que son frère ait le temps de protester. Elle a son rôle à jouer, et j'ai besoin d'elle.

— Quoi ? Pourquoi ?

Paul ne s'emportait pas facilement. Le dos de la main de son père lui avait appris la haine de la violence. Il lui suffisait d'élever la voix pour que la culpabilité le ronge. Mais si une chose justifiait qu'il se mette en colère, c'était la sécurité de sa fille.

— Katrina t'a dit la bonne aventure. Tu connais la prophétie…

— Non, mon vieux. Non. Va te faire foutre, toi et tes prophéties !

— C'est trop tard, Paul. J'ai déjà envoyé Venus à mon bureau. Réfléchis. Hors de Saint-Ferdinand, elle ne risque rien. Pour l'instant.

Avant que son cadet puisse réagir, Sam Finnegan les interrompit en s'éclaircissant la voix, depuis le fond de sa cellule. Jusqu'à présent, le tueur de Saint-Ferdinand avait gardé le silence. Les deux frères se turent, tendant l'oreille.

— Pourquoi ne pas replacer les choses dans leur contexte, Randy ? dit Finnegan, juste au moment où Paul s'apprêtait à renouveler sa protestation. Pourquoi ne pas dire à votre frère ce qu'il y a dans son jardin ?

Crowley

— Ça m'est égal, madame. Non, je ne…

Crowley fulminait. Il avait perdu le compte du nombre de fois où cette enquiquineuse l'interrompait. S'il ne posait pas bientôt le combiné, il aurait une crampe à la main droite.

La créature à la voix perçante arrivait en fin d'une longue liste de sources d'irritation pour l'inspecteur. Comme beaucoup de journalistes, elle voulait des détails sur l'arrestation du tueur de Saint-Ferdinand. Il avait déjà gaspillé un temps précieux, et sa patience était à bout.

Cela dit, la gêne suscitée par les médias paraissait dérisoire comparée à un problème plus épineux. Une chose était d'empêcher les organes de presse et les chaînes de télévision de fourrer leur nez dans ses affaires, une autre était d'échapper au système judiciaire. Ses supérieurs s'interrogeaient de plus en plus sur la lenteur de la procédure concernant Samuel Finnegan.

Crowley n'était pas un idiot. Il avait préparé tous les documents nécessaires, rempli les formulaires et classé les rapports. Si la pression devenait trop forte, il pouvait se débarrasser de Finnegan en quelques heures. Il avait bouclé le dossier, auquel il ne manquait plus qu'un ruban décoratif.

Mais Crowley ne voulait pas lâcher le vieux Sam. Pas encore. Quitte à assumer les conséquences de ce retard. Il écoperait sans doute d'un blâme pour sa gestion, peut-être même d'une rétrogradation. Si près du but, l'accès à Finnegan en valait la peine.

Mais le temps pressait.

— Madame !

Crowley fit claquer sa main blessée sur le bureau, payant de nouveau le prix de son caractère irascible.

— L'enquête suit son cours, continua-t-il. Nous publierons un communiqué officiel dès que nous aurons terminé. Mais avec un effectif réduit comme le nôtre, chaque minute gaspillée avec une journaliste trop stupide pour comprendre ce que *non* veut dire est une minute où je n'avance pas. Suis-je assez clair ?

Son interlocutrice se tut. Crowley pensa qu'elle avait peut-être raccroché. Il allait l'imiter quand elle se décida à répondre.

— Très clair, inspecteur Crowley. Je peux compter sur vous, alors ? Quelqu'un prendra contact avec nous quand ce communiqué sera prêt ?

— Oui, madame Shepherd, dit-il, pris au dépourvu.

Elle ne s'était pas laissé intimider, mais n'avait pas non plus explosé, criant sa colère. Dans les deux cas, il aurait pu mettre un terme à la conversation.

— Quelqu'un vous appellera.

— Inspecteur ? ajouta-t-elle, toujours sur un ton aussi mesuré. Ne tardez pas trop. Le monde a les yeux braqués sur vous.

Puis elle raccrocha. Pour la deuxième fois cette semaine, Crowley se faisait moucher par des étrangers. Il n'avait pas l'habitude que l'on conteste son autorité ou qu'on ne lui laisse pas le dernier mot. Mais comme il jouait gros, c'était une contrariété acceptable à ses yeux, si son pari finissait par payer.

— Patron…

La voix du lieutenant Bélanger l'arracha à ses pensées.

— Qu'est-ce qu'on cherche encore, au juste ?

Crowley avait demandé à ses hommes d'éplucher chaque rapport qui arrivait au poste. Gaston, qui prétendait avoir vu d'étranges lueurs en promenant ses chiens la nuit ; tel habitant qui signalait la disparition d'un animal ; l'ivrogne qui affirmait avoir croisé des fantômes dans la rue principale, tard le soir. En leur faisant tout vérifier ainsi, il espérait être mis sur la piste du dieu des Compagnons. Quant à ceux qui n'avaient rien d'autre à faire, ils surveillaient le cirque Cicero.

— Je suis prudent, lieutenant. Après l'arrestation de notre tueur en série, nous nous sommes relâchés. Résultat : Gabrielle LaForest et le fils Ludwig sont morts. Eh bien, c'est terminé, il n'y aura pas de nouvelles victimes.

On avait retrouvé le corps de Brad la veille, dans plusieurs sacs poubelles, tous jetés dans la benne du drugstore. L'état du cadavre n'avait toujours pas permis de déterminer avec exactitude l'heure de la mort.

— Tu penses qu'il y a encore beaucoup de tueurs fous à coffrer à Saint-Ferdinand ?

Le ton sarcastique de la question ne ressemblait pas au lieutenant Bélanger. Crowley allait le rappeler à l'ordre, quand il s'aperçut que le reste de son équipe attendait aussi sa réponse.

— Nous tenons nos deux coupables, poursuivit le lieutenant. Je ne vais pas t'apprendre à faire ton boulot, Stephen, mais pourquoi ne pas s'occuper de recueillir des preuves contre McKenzie ?

Parce qu'il n'est pas coupable, pensa l'inspecteur. En fait, s'ils ne trouvaient pas bientôt de quoi inculper Randy, ils allaient devoir le relâcher. Travaillant à l'hôpital de Sherbrooke, à plus d'une heure en voiture de la scène de crime, à l'heure où Gabrielle avait été tuée, il avait un alibi en béton. Beaucoup de gens l'avaient vu et lui avaient parlé. Seul le fils Ludwig justifiait encore sa présence en cellule. Mais dès qu'ils auraient réussi à préciser l'heure de la mort, Randy serait libre.

— Tu as raison, Matt, reconnut Crowley avec un soupir. Demandons un mandat pour fouiller son domicile et son bureau. Avec de la chance, on trouvera quelque chose qui permettra d'accélérer la procédure.

Ou qui nous obligera à libérer ce fumier. Son idée de coffrer McKenzie s'était complètement retournée contre lui. Crowley l'avait compris trop tard, mais tant qu'il ne tenait aucun suspect pour le meurtre de Gabrielle LaForest, il pouvait se servir de son équipe pour découvrir où se cachait le dieu. Maintenant, avec Randy sous les verrous, chaque fois que l'inspecteur ordonnait à Matt, Gary ou n'importe lequel de ses gars d'enquêter dans une autre direction, il lisait le doute dans leurs yeux. Bientôt, ils ne lui seraient plus d'aucune utilité.

— D'accord, je m'occupe des papiers, dit Bélanger.

Crowley ne lui prêta pas attention. Dans ces moments-là, il regrettait d'avoir choisi cette vie. Courir après les dieux avait été la passion de Marguerite. Après son départ, il avait repris sa quête à contrecœur, en s'aidant de ses notes. Il ne se sentait pas dans son élément. Complètement ignorant en matière de religion, de magie ou de miracles, Crowley n'aurait probablement pas eu conscience de ce qui se passait réellement sans des gens comme Peterson, McKenzie et Cicero. Ç'aurait été trop beau. Malheureusement, il ne pouvait plus faire machine arrière, désapprendre ce qu'il savait, oublier ce qu'il avait vu ou les prodiges qu'on lui avait promis.

Devant ce fardeau trop lourd à porter seul, Crowley avait décidé de s'entourer. Et il avait bien mal choisi ses soutiens, des ambitieux, tous plus stupides les uns que les autres, mais qui ne levaient pas le petit doigt. Leur contribution se limitait à un flot intarissable d'exigences. Tout le monde voulait voir le dieu. Pourtant, après tant d'années, lui-même n'était pas certain de ce qu'il espérait en obtenir. Du pouvoir ? « Il exauce les souhaits, comme un génie », lui avait-on dit. Quinze ans plus tôt, cette promesse présentait beaucoup d'attrait, mais après une décennie à la tête de la police locale, à exercer toute l'autorité dont on pouvait rêver, il en avait perdu le goût.

Était-ce pour cela qu'il n'avait jamais arrêté un tueur en série qu'il avait sous le nez ? Peut-être qu'en fin de compte il préférait que les choses demeurent en l'état. Se pouvait-il que, d'une certaine manière, il ait su qu'en appréhendant Sam il ébranlerait l'édifice si patiemment construit ?

Peu importe. Il avait la main, il était temps de jouer la partie. La carrière, la réputation et ce qui restait de sa famille dépendaient de son prochain coup. Si tout se déroulait comme prévu, ses problèmes ne seraient plus qu'un souvenir. S'il échouait et ne parvenait pas à trouver le dieu avant qu'il s'échappe, sa vie entière s'écroulerait, tel un château de cartes.

Le claquement de sa porte vint interrompre le fil de ses pensées. N'étant pas homme à excuser les intrusions, l'inspecteur passa de l'introspection à la fureur, le temps que pivote son fauteuil.

Sa visiteuse, poings charnus sur les hanches, se tenait devant lui dans une posture accusatrice presque caricaturale. Une moue de dédain fendait son visage rougeaud. Ses cheveux blonds décolorés et impeccablement coiffés étaient ramenés dans un chignon souple, sur sa nuque.

— Beatrice, l'accueillit l'inspecteur, ne cherchant pas à cacher le mécontentement que suscitait la présence de

Mme Bergeron dans son bureau. Qu'est-ce que je peux faire pour vous ?

Crowley aurait pu se débarrasser d'elle d'une simple pression sur le bouton de l'Interphone. C'était tentant. Alors que sa tension montait, la douleur dans sa main en fit autant. Devoir se farcir William Bergeron l'enquiquinait déjà bien assez, mais quand il envoyait sa moitié, l'inspecteur savait que ce gros pochard ne plaisantait pas. Beatrice était moins émotive, plus calculatrice. Au cours de son mariage avec un alcoolique notoire, elle avait créé pas moins de quatre entreprises avec succès, tandis que son mari récoltait les lauriers. Pour couronner le tout, elle avait survécu à une grossesse difficile, pour se voir arracher sa fille chérie à l'âge tendre de huit ans. Rien de ce que l'inspecteur avait à lui opposer ne la découragerait. Autant laisser passer l'orage.

— Qu'est-ce que vous fichez là, Stephen ?

— Je travaille ici, répondit-il, fléchissant son poing blessé.

La douleur l'aida à rester calme.

— Vous devriez être à Sherbrooke, au chevet de Harry Peterson.

— Il est à l'hôpital, Beatrice. Je pense qu'il est entre de bonnes mains.

— Alors, apportez-lui sa toile et ses pinceaux.

La grosse femme fit claquer sa paume sur le bureau ; ses doigts ressemblaient à cinq saucisses informes, couvertes de bijoux.

— Et s'il ne se remet pas rapidement, trouvez quelqu'un d'autre pour terminer le tableau.

Il n'y avait personne. L'inspecteur le savait, et Beatrice n'avait aucune raison de penser le contraire. Même Peterson n'était pas le candidat idéal. Si impressionnants que soient ses oiseaux, il ne possédait pas le talent nécessaire pour ramener une personne à la vie par son art. Pas comme Amanda, morte depuis longtemps.

Les Bergeron avaient toujours eu pour obsession d'améliorer la santé défaillante de leur fille. Maintenant qu'elle n'était plus de ce monde, ils s'étaient transformés en fanatiques. Beatrice se moquait d'exiger l'impossible, mais elle savait s'y prendre.

— Vous ne devriez plus compter sur Peterson… ou qui que ce soit, d'ailleurs, pour vous rendre votre fille, dit calmement l'inspecteur.

— Je ne vous conseille pas de revenir sur vos promesses, Stephen.

À son expression, Crowley aurait aussi bien pu avoir tué la fille de Beatrice de ses propres mains.

— Sans William et moi, vous n'êtes rien. Nos relations ont bâti votre carrière. Nous vous avons obtenu ce poste pour que vous puissiez faire le nécessaire le moment venu.

» Eh bien, c'est maintenant, inspecteur. Vous avez fait des promesses à beaucoup de gens importants. À *moi*, vous m'avez promis ma fille ! Vous n'avez pas intérêt à vous soustraire à *cette* obligation, Crowley.

Elle cracha son nom comme s'il s'agissait de lait tourné.

En dépit du mécontentement de cette femme qui lui vomissait ses menaces, Stephen se sentait calme. Décrispant son poing blessé pour la première fois depuis des jours, il prit un moment pour savourer cet instant de sérénité. Puis, gardant les yeux rivés sur la truie arrogante qui avait envahi son bureau, l'inspecteur se cala lentement dans son fauteuil. Chaque seconde de son silence avait manifestement pour effet d'augmenter la frustration de Beatrice. Son visage rebondi adopta une nuance de rouge plus sombre, et sa respiration accéléra au point de l'obliger à rester bouche bée. Crowley eut la tentation d'attendre, pour voir si elle allait s'écrouler, victime d'une crise cardiaque.

— Je ne vous dois rien, dit-il enfin, puis il reprit, sans qu'elle puisse l'interrompre. Avant que j'attire votre attention sur l'histoire des Compagnons, vous et les autres ploucs de ce village n'aviez rien. J'ai changé votre vision du monde en faisant sauter vos œillères. C'est moi qui ai compris ce que cachait le passé de Saint-Ferdinand, les Compagnons, les toiles de Peterson et tous les trucs bizarres auxquels sont mêlés les McKenzie.

» Alors, écoutez-moi bien, Beatrice, et ne manquez pas de répéter à votre ivrogne de mari ce que je vous dis : lâchez-moi la grappe. Soit vous me laissez faire mon job, et peut-être, *peut-être*, que vous récupérerez Audrey, soit vous retournez pleurer votre fille unique et vous reprenez le cours de vos petites vies minables. Oubliez Peterson et son tableau débile. En faisant les choses à ma manière, vous n'en aurez pas besoin.

Beatrice Bergeron ferma la bouche, sa lèvre inférieure toujours frémissante de rage.

— Maintenant, ajouta-t-il, savourant chaque mot, que diriez-vous de traîner votre gros cul hors de mon bureau, et de rentrer tranquillement chez vous pour réfléchir à tout ça ? Sans nouvelles de votre part, je partirai du principe que vous avez accepté mon point de vue. Ou pas. Franchement, ça m'est égal.

L'inspecteur Stephen Crowley ne prit pas la peine de frapper. En partie parce qu'il estimait être chez lui. En tant que maître des lieux, il ne ressentait pas le besoin de demander la permission avant d'entrer dans un de *ses* bureaux, y compris ceux qu'il mettait à la disposition de personnes étrangères au service. L'autre raison, qu'il avait du mal à admettre, c'était la crainte de se dégonfler.

Indépendamment de ses justifications, son comportement grossier ne passa pas inaperçu, puisque le docteur Hazelwood faillit sauter au plafond. À son cri strident succéda un chapelet d'injures qu'elle marmotta, les bras serrés contre la poitrine.

— Merde, Stephen !

— On s'appelle par nos prénoms, maintenant ? demanda-t-il, alors qu'il s'asseyait dans la pièce exiguë, sans s'excuser.

— Oui, inspecteur. Si vous ne prenez pas la peine de frapper.

— Désolé. Je ne voulais pas vous effrayer, mais j'ai besoin de votre aide.

Avec une attention égalant le sans-gêne manifesté lors de son entrée, Crowley ferma la porte à clé. Le petit bruit sec fit tiquer Erica, mal à l'aise à l'idée de se retrouver enfermée avec ce policier intimidant. Elle ne le connaissait que depuis peu, mais son attitude et son comportement avaient déjà évolué pour devenir de plus en plus fantasques et agressifs. Autant de symptômes d'un stress écrasant et d'un effondrement psychologique imminent. Elle le soupçonnait presque d'être venu lui demander de lui prescrire un remontant, ce qui n'était pas de son ressort.

— Je ferai mon possible, inspecteur, mais je ne suis pas sûre de pouvoir vous aider.

Crowley se couvrit le visage des deux mains et poussa un profond soupir. Il lutta un moment pour faire posément le point et trouver les mots justes. Il s'apprêtait à faire quelque chose de nouveau pour lui, qui n'était pas dans son caractère et le mettait mal à l'aise. Mais après des jours, peut-être même des années à fuir le problème, il se retrouvait dans une impasse.

Baissant les mains, il croisa le regard d'Erica. Elle semblait préoccupée. Un peu dégoûtée aussi.

— Qu'est-il arrivé à votre main ?

Il avait oublié sa blessure ; d'une certaine manière, il avait intégré la douleur, qui faisait maintenant partie de lui. Bouger ses doigts cassés provoquait une sensation cuisante, déchirante qui alimentait sa colère, et lui rappelait constamment ses objectifs.

— Oh, ce n'est rien.

À qui espérait-il le faire croire ? Le sang séché avait presque moulé un plâtre rouge rigide autour de sa main. Des fleurs aux pétales bruns avaient poussé sur la gaze qui enveloppait ses doigts. Plus tôt il montrerait ce carnage à un spécialiste, mieux ce serait ; sinon, les os ne se remettraient pas correctement en place, et réparer les dégâts nécessiterait une opération. Mais pas maintenant, il n'avait pas le temps.

— Je suis peut-être « juste » une psychologue, mais j'ai tout de même suffisamment étudié la médecine pour savoir que ce n'est pas « rien ». Qui a bandé ça ?

Elle contourna son bureau pour l'examiner de plus près. Crowley n'empêcha pas Erica d'inspecter le pansement. Il s'était débrouillé seul, de la main gauche, en ne se servant que de la trousse de premiers secours de sa voiture. Du travail bâclé, comme on en voyait peu.

— Moi, répondit-il, sa voix ressemblant à celle de Daniel quand son fils avait fait une bêtise.

— Ne bougez pas, marmonna le docteur Hazelwood, avant de tourner la clé dans la serrure et de sortir.

De longues minutes s'écoulèrent en son absence. À cette heure tardive dans la soirée, le poste de police était presque désert. Il avait préféré attendre ce moment-là pour consulter la psychologue. De cette manière, sa démarche n'avait pas de témoins, personne pour les entendre ou les interrompre.

Cette initiative avait exigé du courage de sa part, et voilà qu'il l'avait simplement laissée sortir.

Crowley regarda autour de lui. En quelques jours, le docteur Hazelwood avait transformé la petite pièce en espace de travail agréable. Des copies de chaque rapport qu'il lui avait donné l'autorisation de consulter formaient une pile à l'angle de son bureau. D'autres chemises, impeccablement organisées par couleur et portant chacune le nom d'un habitant de Saint-Ferdinand, débordaient de notes. De mémoire, l'inspecteur pouvait dire qu'ils avaient tous un lien avec les victimes de Sam Finnegan. La mention « Penelope LaForest » attira son attention sur le dossier le plus épais.

La porte s'ouvrit.

— Levez votre main, ordonna Erica en entrant.

Stephen obéit, mais garda ses yeux fixés dans les siens. Elle sortit une paire de ciseaux d'une trousse à pharmacie bien garnie, qu'elle avait trouvée en bas. Avec soin et frustration, elle lui retira son bandage. Le sang séché arraché à la plaie à vif fit bruyamment inspirer Crowley entre ses dents.

— Ce n'est pas la raison de ma visite, docteur, dit l'inspecteur, reprenant courage.

Lui qui traquait des tueurs et des dieux depuis des années n'avait jamais connu une telle hésitation.

— Je… J'ai besoin de parler.

Erica leva les yeux pour étudier son nouveau patient. Ce n'était pas sa main qui exigeait le plus de soins. Ce n'était qu'une blessure physique. Alors qu'elle retirait lentement la gaze maculée de sang séché, le voyant tressaillir à chaque tiraillement sur la plaie, tout devint clair. Crowley avait besoin de ses services en tant que psychologue.

Erica finit d'enlever le vieux pansement, grimaçant devant l'odeur de pus. Elle se leva pour pousser la porte. Cette fois, ce fut elle qui ferma à clé. L'inspecteur apprécia ce geste de respect de son intimité.

—Alors, dit-elle, revenant à son bureau pour y prendre de la gaze propre et du désinfectant. De quoi voulez-vous parler ?

—Rien ne sortira d'ici ?

—Secret médical, confirma-t-elle.

Un nouveau soupir s'échappa des poumons du policier. Le médecin commença à nettoyer sa blessure, lui donnant le temps de mettre de l'ordre dans ses pensées.

—Je… J'ai un ensemble très strict de priorités, docteur. J'ai toujours cru œuvrer pour le bien du village, et au-delà, de ma famille. Pourtant, il me semble que, plus je m'échine à la tâche, plus les choses empirent. Comment est-ce possible ?

Même nettoyée, la blessure de l'inspecteur Crowley n'était pas belle à voir. Son index et son annulaire formaient un angle anormal. Non seulement les os avaient été écartés, mais la chair gonflée et abîmée donnait à ses doigts l'apparence de deux saucisses. L'entaille n'avait pas meilleure mine. Elle s'était remplie de fluide, et la paume de sa main avait viré au violet foncé, avec des touches jaunâtres sur les bords. Un professionnel devrait remettre les os en place correctement et désinfecter la plaie.

—Vous n'avez pas beaucoup dormi ces derniers temps. Le manque de repos peut provoquer une altération du jugement et des épisodes maniaques. Un peu comme la conduite en état d'ivresse, sauf qu'au lieu d'être au volant de votre véhicule c'est de votre vie qu'il s'agit.

—Ça ne se limite pas à un problème de sommeil.

—D'accord, quoi d'autre ?

L'inspecteur grimaça, alors qu'Erica appliquait une pommade antiseptique sur sa plaie. À défaut d'être très efficace, elle freinerait au moins l'infection.

— Mon fils me déteste.

— Qu'est-ce qui vous fait penser ça ?

— Finnegan vous a dit… il vous a dit ce qu'il y avait dans cette grotte, d'après lui ?

— Ça figure dans mon rapport, répondit Erica, enroulant un nouveau bandage autour des doigts de Crowley.

Le contact de la gaze propre et sèche sur la main tout juste nettoyée lui fit du bien. La psychologue savait ce qu'elle faisait, le résultat était soigné et bien serré. Quand elle eut terminé, le pansement avait la blancheur immaculée de la neige fraîche.

— Je me souviens de divagations à propos d'une sorte de dieu. « Un dieu de haine et de mort. » J'en ai parlé à Randy, mais il a catégoriquement refusé d'aborder cet aspect de l'affaire.

Elle allait à la pêche aux informations. Peut-être pensait-elle avoir plus de chances avec Crowley blessé et affaibli qu'avec un Randall McKenzie complètement parano. Dans ce cas, elle se trompait.

— Oui. Pour cette histoire de dieu, je ne sais pas, mais il y a… Il y *avait* quelque chose dans cette grotte. Quelque chose de dangereux pour la communauté. Peut-être même plus que Finnegan.

— Et vous ne pouvez pas m'en dire plus sur cette menace hypothétique ?

L'inspecteur secoua la tête.

— Je vous préviens, si vous me semblez trop délirant, j'envisagerai de vous mettre au repos forcé, dit-elle, ne plaisantant qu'à moitié.

— C'est de bonne guerre. Mais écoutez-moi, d'abord. Cette menace *hypothétique*, comme vous l'appelez : il est de mon devoir de l'arrêter, n'est-ce pas ? de tout faire pour la neutraliser. Mon propre fils devrait pourtant le comprendre ?

L'inspecteur ne voulait pas entendre son jugement moral ; il lui demandait la permission de délaisser sa famille pour courir après son croque-mitaine, alors que la police de Saint-Ferdinand avait attrapé son tueur. Qu'est-ce qui pouvait paraître assez important à Crowley pour négliger intentionnellement son fils ? Certes, elle ne connaissait pas tous les détails de l'affaire. Longtemps avant que l'inspecteur eût commencé à perdre les pédales, il avait clairement établi qu'il soupçonnait un ou plusieurs complices. Et elle avait vu le corps de Gabrielle LaForest. Un dieu de haine et de mort semblait une idée idiote, mais une secte qui se livrait à des sacrifices humains ? C'était déjà beaucoup plus crédible.

— La décision vous appartient, Stephen, répondit-elle, ajoutant volontairement cette touche de familiarité en l'appelant par son prénom. Mais je vous recommande, d'abord de dormir un peu, puis de vous pencher attentivement sur vos obligations morales. Dans la plupart des situations de ce genre, la solution consiste le plus souvent non pas à choisir une priorité, mais à trouver un bon équilibre.

— Des gens dépendent de moi. Pas seulement Daniel. Je ne sais pas quel équilibre… *aïe !*

La psychologue avait juste donné une chiquenaude directement sur la blessure de Crowley. La colère embrasa les yeux de l'inspecteur. Il sentit monter en lui une rage destructrice, tandis que son visage virait au cramoisi. Moins accoutumée que Randy à ces sautes d'humeur, elle craignit d'être allée trop loin. Mais elle persévéra malgré tout.

— Stephen.

Tel un funambule, elle adopta un ton en équilibre entre apaisement et autorité.

— Écoutez-vous. Faites examiner cette main. Allez dormir. Et réfléchissez à tout ça à tête reposée, demain matin.

Après un moment de tension, Crowley forma un poing avec sa main blessée. Son geste aggraverait sans doute les dégâts et rouvrirait la plaie, mais c'était le seul outil dans son arsenal actuel qui lui permette de se concentrer.

— Vous... Vous avez probablement raison.

Il se leva, fléchissant toujours ses doigts meurtris, et sortit du bureau.

VENUS

— Ma mère pense qu'on sort ensemble.

Venus regretta immédiatement cette entrée en matière saugrenue, mais après un quart d'heure sans un mot, elle ne supportait plus le silence.

Elle avait expliqué à Daniel qu'ils ne pouvaient pas visiter la remise. Il voulait avoir la preuve tangible de ce qui avait fini par obséder son père. Mais avec sa mère qui se montrait si curieuse de ses activités, Venus préférait éviter d'attirer l'attention sur la créature dans la remise. Jusqu'à présent, chaque rencontre avec le dieu dans sa prison avait eu un prix. Son chat avait perdu la vie, sa meilleure amie avait frôlé la mort ; Venus, elle, avait connu une expérience plus intime et existentielle. Daniel eut l'air de comprendre, mais son désir d'en savoir plus avait suscité un déluge de questions. En refusant d'y répondre, Venus avait rapidement tué la conversation.

— Ah bon ?

La réaction amusée d'un garçon habitué à ce genre de choses.

Elle se sentit stupide. Daniel avait presque deux ans de plus qu'elle. C'était un jeune athlète accompli, respecté. Il était beau et populaire, mais avec une simplicité qui plaisait au sexe opposé. De toute façon, il sortait déjà avec une fille canon de Sherbrooke, promise à un brillant cursus universitaire. Pourtant, il ne se moqua pas d'elle. Ce n'était pas son genre.

— Mets-toi à sa place, dit-il, baissant le volume de la radio. On n'a jamais traîné ensemble, et tout à coup, je passe te prendre chez toi pour aller Dieu sait où, sans tes amis habituels…

Il se tourna vers elle. Il avait des yeux bleus perçants.

— Ouais. Ça se tient, confirma Venus, gênée, mais pas mal à l'aise.

Juste un embarras normal provoqué par une situation ordinaire. Elle avait toujours trouvé idiot qu'au cinéma les personnages d'un film se laissent distraire par des futilités, alors qu'ils repoussaient une invasion extraterrestre, luttaient contre des monstres géants, ou géraient n'importe quel autre scénario catastrophe. Maintenant, elle comprenait. Tout en se protégeant physiquement d'événements cataclysmiques, il paraissait naturel de chercher un réconfort émotionnel, comme elle en ce moment. Elle en vint à regretter qu'ils ne sortent pas ensemble, ne serait-ce que pour se sentir normale.

— Vois le bon côté des choses, dit Daniel, comme s'il avait lu dans ses pensées. Ta mère t'a à l'œil.

— C'est une bonne chose ? demanda-t-elle en fronçant les sourcils.

— Tu te plains sans arrêt que tes parents ne s'intéressent pas à toi, oui ou non ?

Il avait raison. Virginie n'avait jamais accordé la moindre attention à ses amis. Venus avait passé plusieurs fois la nuit chez Abraham, et elles n'en avaient même pas parlé. Quelque chose avait changé. Venus avait toujours envié ceux qui avaient des relations parents-enfants « normales ». Penny et Gabrielle, bien sûr. Mais surtout Stephen Crowley et son fils. Les Crowley Boys étaient les meilleurs amis du monde, comme chacun savait. Pourtant, l'inspecteur se montrait aussi incroyablement protecteur. Venus avait imaginé qu'ils formaient la famille parfaite.

— Et toi ? demanda-t-elle. Comment… ? Comment tu t'en sors ?

La question était plus directe qu'elle aurait souhaité. Penny n'aurait pas été si brutale, mais la subtilité n'était pas le fort de Venus.

— Je m'en sors.

Si elle avait eu l'intention d'inverser les rôles, elle avait réussi. Mais à sa grande déception, Daniel se ferma brusquement. Il devint silencieux et taciturne, accordant toute son attention à la route.

— Tu peux me parler, tu sais ? tenta-t-elle de le relancer, bien qu'incertaine sur la direction à donner à la discussion. Je sais écouter.

Venus ne s'était jamais considérée comme quelqu'un de particulièrement empathique. Elle ne doutait pas de son intelligence. Elle était observatrice, quand le sujet l'intéressait. Mais l'humeur des autres demeurait le plus souvent un mystère pour elle. Pourtant, elle devinait au silence de Daniel Crowley, à son front ridé et à ses articulations blanchies sur le volant qu'il en avait gros sur le cœur. En ce qui le concernait, il avait perdu son père au profit de la secte des Marchands de sable il y a longtemps. Il devait se sentir trahi, confus et rongé par le doute.

— Regarde-moi, McKenzie. Qu'est-ce que tu vois ?

Ça avait tout d'une question piège. Venus ne connaissait pas vraiment Daniel. Ils avaient parfois échangé quelques mots au lycée, et elle avait glané quelques informations sur lui, parce que Saint-Ferdinand était petit. Mais ils n'étaient pas amis.

— Tu es le quart-arrière-vedette du lycée. Enfin, l'équivalent dans une équipe de hockey. Tu es le garçon cool, avec une voiture cool et qui sort avec une fille canon et intelligente. Je ne cherche pas à te réduire à un stéréotype, hein, mais tu es… *le* mec, quoi ! Je ne sais pas… Je m'y prends comme un manche. Oublie ça.

— Non, non ! Tu as raison. Je suis ce gars. Je l'ai été toute l'année scolaire. Maintenant ? Mon père devient dingue, je suis presque sûr de me faire virer de mon job d'été, et ma petite amie m'a posé un lapin et ne répond plus au téléphone, après que je l'ai ignorée une semaine. C'est sans doute fini entre nous. Ce n'est pas juste les meurtres, les dieux et les fantômes. Je fais tout foirer.

— Bienvenue au club. Seule condition d'admission requise : être un désastre total.

Et voilà, une nouvelle preuve de l'absence manifeste de tact et d'empathie de Venus McKenzie.

— Ha, ha ! Tu as raison. C'est la cata.

Son rire, d'abord nerveux, devint plus franc, apparemment cathartique.

— Pourtant, McKenzie, au bout du compte, tout ce que je veux, c'est bien faire, tu comprends ?

Venus réfléchit. C'était un épouvantable cliché, mais exactement ce qu'elle attendait de Daniel Crowley. Le quart-arrière-vedette. Ce gars-là.

— Après tout, conclut-il, c'est un peu comme ça qu'il m'a élevé.

Dans un bel ensemble homogène, le sifflement constant du respirateur accompagnait les bips réguliers du moniteur cardiaque. Seule une oreille attentive aurait surpris les interruptions rythmiques du goutte-à-goutte de la perfusion intraveineuse dans cette harmonieuse symphonie. Dans le couloir, les annonces confuses des haut-parleurs assuraient le chant de manière intermittente. La partition ainsi interprétée était celle du cœur de Harry Peterson, qui rejoignait lentement ce monde.

Bien que les heures de visite fussent près de se terminer, Venus et Daniel avaient pu entrer. À l'accueil de l'unité de soins intensifs, l'infirmière leur avait demandé de réveiller le grand gaillard en salopette assoupi là-bas. Il devait partir pour la nuit et revenir voir son père le lendemain.

À la connaissance de Venus, Abraham n'avait aucun point de chute à Sherbrooke. La veille, il avait dormi dans la salle d'attente des urgences, et il avait probablement l'intention de faire de même.

Son ami était resté vague sur les circonstances de l'hospitalisation. Suite à une défaillance respiratoire, une ambulance avait conduit M. Peterson à Sherbrooke. Quand elle avait demandé à Abraham si son cancer en était la cause, elle n'avait obtenu qu'un « ouais » évasif en guise de réponse.

Elle aurait préféré arriver plus tôt. Idéalement avec Penny dans son sillage. Toutes les deux conscientes de l'état de santé de M. Peterson, elles savaient qu'un jour ou l'autre Abraham aurait besoin d'elles à ses côtés. Ce moment, ils l'avaient toujours envisagé ensemble, trois amis qui s'apportaient un soutien mutuel.

La lumière du couloir éclairait le grand corps d'Abraham, endormi sur une chaise trop petite pour lui. Affaissé dans une position inconfortable, il avait la tête renversée et les bras ballants. Assoupi ou pas, il n'attachait jamais d'importance à son apparence. Venus esquissa un sourire affectueux, alors qu'elle approchait pour le réveiller.

Soudain, ses oreilles notèrent un changement dans la symphonie. L'accompagnement fourni par le respirateur avait cessé. Les sens en alerte, Venus vit une ombre qui rôdait au chevet de M. Peterson. L'ombre s'aperçut de sa présence.

Heureusement, *cette* ombre était humaine. Elle appartenait à un petit homme de chair et de sang, vêtu d'un jean gris et un blouson en cuir. Il avait des cheveux noirs, une peau foncée et parcheminée qui sentait la cendre. Il bondit vers la porte, sans avoir conscience que Venus n'était pas venue seule, et que son compagnon avait une carrure d'athlète.

Sans hésitation, Daniel tacla l'inconnu. Son épaule, musclée par des années d'entraînement, le cueillit dans la partie supérieure de la poitrine, l'envoyant brutalement au tapis. Les poumons vidés et la cage thoracique en proie à une douleur atroce, il ne parvint pas à crier. Pire, il atterrit à côté des pieds d'Abraham, qui se réveilla immédiatement.

—Abe ! Chope-le !

Avant même de se lever, Abraham se baissa pour empoigner le blouson dans sa grosse paluche. L'inconnu n'irait nulle part.

Pendant ce temps, Venus s'agitait autour du respirateur de M. Peterson. Ignorant comment redémarrer la machine, ou même si c'était la chose à faire, elle tendit le bras au-dessus du lit pour presser le bouton d'appel.

—À l'aide ! hurla-t-elle.

La réaction fut immédiate. Qu'on ait reçu son signal, entendu son cri, ou que les soignants de garde aient pris conscience d'un problème en surveillant les signes vitaux de Harry, peu importe. Quelqu'un poussait déjà un chariot à toute vitesse dans le couloir.

Durant ces quelques secondes, Abraham traîna le corps plié en deux de l'inconnu hors de la pièce. Une infirmière se précipita à l'intérieur.

—Que s'est-il passé ? demanda-t-elle à Venus.

— Je… Je ne sais pas, répondit Venus d'une voix rauque. Quelqu'un a éteint le respirateur, je crois.

Ses mots se perdirent dans la cohue et le jargon médical de l'équipe arrivée en renfort. Après avoir appliqué un masque sur le visage de M. Peterson, la première infirmière se mit à presser et relâcher régulièrement la grosse poche attachée à l'appareil, pompant l'air dans et hors des poumons. Un médecin s'activait autour d'une des nombreuses machines à côté du lit, tentant de restaurer l'harmonie de la musique qui maintenait M. Peterson en vie.

Repoussée à la périphérie de cette agitation, Venus observait la scène avec horreur. La brève visite de réconfort venait de tourner au cauchemar.

— Qu'est-ce qui vous a pris, bon sang ? hurlait Abraham dans le couloir.

Il avait empoigné le blouson de l'inconnu, qu'il plaquait contre le mur, à quelques centimètres du sol. Le bras gauche ramené en arrière, poing serré, il tremblait de rage. Venus n'avait jamais vu Abe dans cet état. Deux mètres de fureur concentrée, son visage aux traits d'ordinaire si doux métamorphosé par une expression féroce, presque bestiale. Ses yeux semblaient vouloir jaillir de leurs orbites, tandis que ses veines saillaient sur son cou. S'il allait au bout de son swing, il réduirait le crâne du petit homme en bouillie.

Entre deux halètements, l'inconnu leva la tête.

— Abe… c'est moi…

Reconnaissant son interlocuteur, l'adolescent cligna des yeux.

— Ezekiel ?

Il n'en fallut pas plus. Complètement désarmé, Abraham posa immédiatement l'autre homme et redevint lui-même.

— Bon sang… Abe… Mes poumons… C'est mon gagne-pain.

— Je suis vraiment navré, Ezekiel. Tu n'as rien ?

— Ça ira. Les côtes, ça guérit vite, hein ?

Venus et Daniel approchèrent prudemment. La situation semblait explosive. Il valait mieux ne pas s'en mêler, mais en même temps, ils ne pouvaient pas ignorer ce qu'ils venaient de voir.

Venus posa la main sur l'épaule de son ami.

— Abe ? Ce type a tenté de tuer ton père.

— Lui ? Jamais de la vie ! protesta Abraham avec conviction, allant jusqu'à passer un bras autour des épaules du petit homme.

L'autre grimaça.

— C'est Ezekiel ! Il travaille au cirque. C'est un des plus vieux amis de papa. Je le connais depuis des années.

À mesure qu'il parlait, sa voix perdit en enthousiasme et en assurance, au point qu'il semblait douter de ce qu'il affirmait quand il prononça son dernier mot.

— C'est vrai, hein ? conclut-il.

— En fait…, avoua Ezekiel. Elle a raison.

Daniel avança d'un pas, prêt à s'interposer, au cas où Abraham déciderait de finalement punir Ezekiel pour ce qu'il avait presque fait. D'un geste, Venus l'en empêcha, craignant que son intervention aggrave la situation.

— Mais pourquoi ? demanda Abe.

— C'est ce qu'il souhaite. Harry mérite mieux que de mourir à Saint-Ferdinand.

— Mais il n'est pas encore mort ! protesta Venus.

— Exactement. Il se remettra et rentrera chez lui pour y mourir. Je ne peux pas laisser faire ça.

Daniel posa doucement la main dans le dos de Venus, tentant de la pousser dans le couloir. Il donna une tape plus franche sur l'épaule d'Abraham, pour l'encourager à les suivre, mais le fils Peterson ne voulut rien entendre.

— Qu'est-ce qu'il fait là ? demanda Abraham à Venus.

— C'est… C'est mon chauffeur, expliqua-t-elle, lui faisant signe de les accompagner.

Il ne bougea pas.

— Ton chauffeur ? L'inspecteur Crowley est le fils de pute qui a tabassé mon père ! Je n'ai pas d'ordres à recevoir de ce connard.

— J'essaie juste de donner un coup de main, mon vieux, répondit Daniel. Si tu ne veux pas que ton ami ici présent se fasse embarquer par les flics et finisse en taule, il faut filer.

Il y eut un moment tendu. Abraham n'était pas un idiot. En temps normal, il n'était pas du genre à se laisser contrôler par ses émotions. Mais si lui et Daniel avaient un point commun, c'était leur proximité avec leurs pères. Venus voyait bien combien son ami prenait sur lui pour contenir son humeur belliqueuse. De façon remarquable, il y parvint pour la seconde fois en un laps de temps très court.

— D'accord. Désolé, ajouta-t-il en secouant la tête. Tu as raison. C'est juste que…

Daniel lui donna un léger coup de poing à l'épaule.

— C'est cool. Je comprends. Et même si ça n'excuse rien, mon père n'est pas dans son état normal ces jours-ci. J'ignore ce qui a pu le pousser à s'attaquer au tien.

— Je m'en veux d'interrompre ce moment touchant, intervint Ezekiel, qui continuait de respirer difficilement, mais on devrait peut-être éviter de s'éterniser ?

Venus hocha la tête.

— Le bureau de mon oncle se trouve dans un autre bâtiment ; on y sera tranquilles. Et j'ai quelque chose à y récupérer.

— Merde, s'exclama Daniel. Je dois partir.

Venus se retourna et vit qu'il avait pâli et consultait l'écran de son téléphone. Un léger tremblement agitait sa lèvre inférieure, alors qu'il gardait la bouche ouverte.

— Dan ? demanda-t-elle, inquiète à l'idée d'une catastrophe de plus. Tout va bien, Dan ?

— Non. Je… Je te retrouve à Saint-Ferdinand.

— Dan ! Tu ne peux pas t'en aller comme ça !

— Désolé, je n'ai pas le choix.

Il s'éloigna dans la direction opposée, d'abord en marchant, puis à petites foulées.

— On se voit dès ton retour ! lui lança-t-il encore.

— Daniel ! cria-t-elle après lui, tentée de courir pour le rattraper. C'est toi qui es censé me ramener !

Randy

Les livres.

Pendant sa courte incarcération, Randall McKenzie avait eu le temps de s'en bâtir un temple. Il en avait relu la plupart, certains trois fois. Après tout, qu'avait-il d'autre à faire ? Depuis la visite de son frère, Paul, il n'avait vu que Jackie, quand elle lui apportait ses repas.

Ils bavardaient un peu, essentiellement des menus événements de la vie locale. Le deuxième jour, elle lui montra une rougeur sur le haut de son bras, qu'il diagnostiqua comme une réaction allergique. Son médecin traitant lui prescrivit une pommade, et au bout de quelques jours, elle n'en parla plus. Des choses banales, ennuyeuses, mais qui valaient mieux que de tenter d'avoir une conversation avec Sam Finnegan.

Ce vieux fou ne faisait preuve de cohérence qu'en de rares occasions, généralement en présence d'autres personnes, comme Venus ou Paul. La plupart du temps, le tueur de Saint-Ferdinand restait dans son coin, à pleurer silencieusement, quand il ne se mettait pas à fredonner. Autant ne pas le déranger, si on voulait éviter qu'il se sente d'humeur musicale.

Privé de télévision et d'accès Internet, Randy avait demandé qu'on lui apporte des notes et documents de son bureau, mais Crowley avait catégoriquement refusé. Il ne pouvait donc compter que sur ces livres pour s'occuper.

Stephen Crowley avait personnellement choisi ce fatras de mauvais romans policiers et d'horreur, et d'ouvrages religieux. Parfois s'y glissait un titre plus curieux, comme ce vieux bouquin sur l'architecture gothique ou cet atlas du Royaume-Uni, avec des détails sur tous les châteaux, abbayes et tas de vieilles pierres de l'île. Ces derniers ouvrages ne provenaient pas de la bibliothèque de l'inspecteur, mais avaient appartenu à sa femme. Ils portaient tous des annotations dans une écriture d'une élégance qui dépassait de loin les capacités du policier.

En dépit de son ennui, Randy ne se réjouit pas d'entendre s'ouvrir à une heure si tardive la porte en haut de l'escalier qui descendait aux cellules. Son imagination avait épuisé les scénarios où on lui annonçait la neutralisation de la menace prisonnière de la remise de son frère. Plus de morts, voilà la seule nouvelle qu'il s'attendait à recevoir. Quant à Crowley, il ne le relâcherait pas avant d'avoir trouvé un moyen de le forcer à coopérer. Dans un cas comme dans l'autre, ce serait le signe que le village avait accéléré sa course vers sa ruine.

— Randall ?

La voix précéda la femme à qui elle appartenait. Il entendit ses pas dans la volée de marches, leur hésitation confirmant presque ses craintes.

— Erica, répondit-il d'une voix enrouée.

La psychologue apparut enfin dans le couloir. Depuis son arrivée à Saint-Ferdinand, elle avait beaucoup perdu de sa superbe. L'ombre qui planait sur le village avait eu un effet néfaste, la vidant de sa vitalité et la privant de sommeil pendant des jours. Elle n'était pas née ici, secrets et mystères ne faisaient pas partie de son quotidien.

Derrière son ancienne étudiante se trouvait la meilleure amie de Venus, Penelope LaForest. La fille de la femme que Randy était accusé d'avoir assassinée de la manière la plus épouvantable qu'on puisse imaginer. Comme on pouvait s'y attendre, elle avait la mine sombre.

— Comment allez-vous, Randy ? s'enquit Erica.

— Aussi bien qu'on peut l'espérer. Elle ne devrait pas être là, Erica.

Le médecin légiste se demanda si l'amie de sa nièce avait reçu son message. Dans ce cas, pourquoi n'était-elle pas à Sherbrooke pour récupérer ses notes ? À moins que Penny ne les lui apporte ?

— C'est moi qui ai souhaité vous parler, docteur McKenzie, répondit Penny.

— J'ai conscience que ce n'est pas très orthodoxe, ajouta Erica, mais Penelope voulait vous être confrontée, pour l'aider dans son processus de…

— J'ai menti, l'interrompit l'adolescente, qui approcha à quelques centimètres des barreaux. Randy n'a pas tué ma mère.

Elle parlait à Erica, mais fixait le médecin légiste des yeux. Assis au fond de sa cellule, en partie caché par les colonnes de livres et de magazines, Randall McKenzie fronça les sourcils.

— Je suis désolée de ne pas avoir été honnête avec vous, docteur Hazelwood, poursuivit Penny, mais vous étiez mon seul moyen d'entrer ici. Et je dois parler au docteur McKenzie. En tête à tête, de préférence.

Stupéfaite, Erica découvrait chez cette adolescente intelligente un penchant pour la duplicité qu'elle ne soupçonnait pas. Clairement, Penny possédait le talent nécessaire. Le docteur Hazelwood pinça les lèvres.

— Non. En conscience, je ne peux pas vous laisser ici.

— Il n'a pas tué ma mère. Ça ira.

— Depuis le moment où je vous ai annoncé la mort de votre mère, vous n'êtes pas dans votre état normal,

Penelope, répliqua Erica, inflexible. Si vous saviez que Randy était innocent, pourquoi n'avoir rien dit ? Il serait libre. Un mot à l'inspecteur Crowley, et il pourrait sortir de cette cellule avant le déjeuner !

Randy aurait aimé entendre dans cette défense la marque d'un attachement plus fort que celui d'une simple amie, mais il avait trop de bon sens pour se faire des illusions.

— Ça n'aurait servi à rien, lui expliqua-t-il. Stephen veut me garder sous la main. Il tient à m'avoir sous contrôle.

— Et loin du cirque Cicero, ajouta Penny.

Le médecin légiste se leva de son lit. Prenant soin de ne pas renverser de livres, il approcha de la porte de sa cellule, à la fois pour baisser la voix et mieux distinguer ses visiteuses.

— Que sais-tu du cirque Cicero ?

— Son propriétaire a besoin de vous parler, répondit Penny. Et je sais comment vous y conduire.

L'offre avait de quoi intriguer. Néanmoins, Randy voyait bien qu'Erica désapprouvait cette discussion.

— Randy, si vous devez parler à quelqu'un, je peux vous apporter un téléphone. Ou mieux encore, vous faire libérer !

— Vous ne comprenez pas, expliqua le médecin légiste en secouant la tête. Rien n'entre ou ne sort d'ici sans passer par Crowley. Je ne sais pas ce que tu as en tête, Penelope, mais je doute qu'il existe pour moi un moyen de rencontrer Cicero. J'ai du papier et un stylo. Je pourrais lui écrire quelques questions…

Il laissa sa phrase en suspens, alors que Penny brandissait un objet qu'elle tenait sur le côté depuis le début de la conversation. L'ours d'Audrey, coiffé de son feutre rouge, et toujours souillé de terre de sa tombe. Les clous qu'il avait enfoncés dans les pieds d'Audrey avaient pour rôle d'empêcher qu'on lui arrache son âme ou qu'elle se dissipe. Ceux des yeux lui permettaient de continuer à voir dans ce monde. L'ours, lui, était censé éviter son errance, forcer son esprit à ne pas s'écarter de sa tombe, pour le retrouver aisément plus tard et le ramener. En théorie.

Où qu'il soit, l'esprit d'Audrey n'était pas loin.

— Vous l'avez enterré avec elle, n'est-ce pas ? demanda Penny.

Erica était sous le choc, mais Randy ne lui prêta aucune attention.

— Je devais le faire.

— Je sais, répondit l'adolescente, qui semblait réellement comprendre. Elle me l'a dit.

— Qu'est-ce que vous racontez tous les deux ? intervint Erica, complètement perdue.

— Erica… vous devriez partir, dit Randy. Il n'est pas trop tard.

— Randall, vous savez comme moi que la déontologie m'interdit de laisser cette jeune fille avec vous. Ou lui !

La psychologue eut un geste de la tête vers la cellule voisine. Sam Finnegan avait lentement avancé jusqu'aux barreaux ; le front appuyé contre le métal, il écoutait leur conversation.

Ni Randy ni Penny ne l'avaient vu approcher. Si le médecin légiste semblait surpris, Penny se sentait encore moins à l'aise. Convaincue de l'innocence de Randy dans le meurtre de sa mère, elle n'en avait pas moins perdu son père, victime du tueur de Saint-Ferdinand, cinq ans plus tôt.

Toutefois, l'adolescente parvint à garder son sang-froid. Poussant un gros soupir, elle réprima sa colère et ses larmes.

— Docteur McKenzie, pour autant que je sache, je suis peut-être en train de craquer. Alors, je préfère qu'elle reste.

— Tu as toute ta tête, ma chérie, la rassura affectueusement Finnegan. Je sais de quoi je parle.

— Vous ! je vous défends de m'appeler « ma chérie » !

— Ça suffit, Penny, intervint Erica. Je vous sors d'ici.

Mais, alors qu'elle tendait la main pour la prendre par le bras, l'adolescente se dégagea, concentrant de nouveau son attention sur Randy. À sa manière de le regarder et de pousser l'ours vers lui à travers les barreaux, il comprit qu'elle ne s'adressait plus au médecin, mais au nécromancien.

— Elle m'a dit qu'elle pouvait nous aider ! affirma-t-elle. Qu'il existait un moyen de tuer ce… cette chose. Elle m'a dit que *je* pouvais conduire votre âme à Cicero.

Avec soin, Randy lui prit l'ours des mains et le tint devant lui. Il lui sembla froid au toucher. Lui seul vit que le jouet ne se trouvait pas complètement « ici », qu'une partie restait dans la tombe. Fondamentalement, Theodore Francis Bear, le jouet préféré d'Audrey, était toujours auprès d'elle.

D'une voix faible, presque inaudible, le nécromancien amateur se mit à réciter un chant appris en même temps que le rituel liant Audrey au jouet. Son rythme rappelait celui d'une comptine, mais les paroles n'avaient aucun sens pour des oreilles modernes.

— Randy…, s'inquiéta Finnegan depuis sa cellule. Vous êtes sûr de savoir ce que vous faites ?

Le médecin légiste continua sa mélopée. À chaque mot, la température baissait un peu plus. Se servant de l'ours comme d'un appât, il ramena l'esprit lié à la peluche. À chaque degré de température perdu, sa respiration devenait plus visible et le fantôme d'Audrey approchait.

Incrédule, Erica vit son vieil ami et mentor pratiquer sa magie maladroite. Du coin de l'œil, Randy s'aperçut de son malaise grandissant et de sa peur. Elle aurait dû l'écouter et partir, mais il était trop tard pour avoir des regrets.

— Non, Sam, répondit-il, après avoir terminé. Aucun de nous ne sait ce qu'il fait.

Venus

Venus regarda Daniel s'éloigner de plus en plus rapidement dans le couloir. L'espace d'un instant, elle regretta de s'être tant confiée au fils de l'inspecteur. Lui en avait-elle trop dit sur le dieu ? Elle ne le connaissait pas si bien. Qui avait pu l'appeler pour qu'il s'en aille ainsi, sans crier gare ? Allait-il faire un rapport complet à son père ? Y avait-il eu un autre mort à Saint-Ferdinand ? Et si le dieu s'était échappé ? Dans ce cas, il aurait certainement dit quelque chose.

Au bout du couloir, ils descendirent au rez-de-chaussée pour se rendre dans le bâtiment où se situait le bureau de son oncle. Ezekiel, qui se tenait toujours les côtes, la mit mal à l'aise, à force de lui lancer des regards en coin.

— Tu dois être Venus McKenzie.

Elle tourna un œil inquisiteur vers Abraham, qui secoua très légèrement la tête, lui confirmant qu'il n'avait pas parlé d'elle.

— On se connaît ? demanda-t-elle au forain.

— J'ai eu l'occasion de rencontrer tes parents, et je connaissais bien tes grands-parents. En particulier ton grand-père, Neil.

Le mystérieux et défunt Neil McKenzie. Encore lui. Évoqué avec mépris par la mère de Venus, avec crainte et respect par son père, et avec voracité par le dieu dans sa remise. Son ombre planait depuis toujours sur sa famille : rarement mentionné, sauf au cours de disputes entre Paul et son oncle Randy.

— Décidément, on me parle beaucoup de lui depuis peu.

Ezekiel la gratifia d'un faible sourire, puis fit un signe de la tête en direction de la sortie et de la nuit chaude. Le trio croisa une femme qui aidait un enfant à entrer en boitant dans l'hôpital. De l'autre côté du parking, ils aperçurent le gyrophare d'une ambulance qui arrivait avec un nouveau patient.

— Saint-Ferdinand devrait dresser une statue à ton grand-père, reprit Ezekiel, qui sortit un paquet de cigarettes.

Venus reconnut une marque à l'odeur particulièrement infecte que fumaient les touristes de passage au village.

— À sa manière, c'était un grand homme.

— Je ne l'ai pas connu, mais d'après ce que j'ai cru comprendre, je n'ai rien perdu.

— Eh bien, en toute franchise, vous n'auriez probablement pas eu beaucoup d'affinités. Il n'en a jamais eu avec personne, d'ailleurs. C'était un homme très focalisé.

— Sur quoi ? demanda Abraham, qui plissa le nez, alors qu'Ezekiel allumait et tirait sur sa cigarette.

— La chasse au gros, répondit-il en soufflant la fumée.

— Au gros quoi ? insista Venus.

— Peut-être un gibier comme le dieu dans ton jardin, suggéra Abraham.

En pleine bouffée, Ezekiel marqua un temps d'arrêt, les yeux exorbités de surprise. Il tenta de garder son calme et de faire bonne figure. En vain.

— Un dieu... dans ton jardin ?

— Possible, répondit Venus. Mais pas si vite : à quoi s'intéressait exactement mon grand-père ?

Alors qu'Ezekiel tirait de nouveau sur sa cigarette, Venus réfléchit à toute vitesse. Neil McKenzie était-il responsable de l'introduction de la puissante créature à Saint-Ferdinand ? Voilà qui expliquerait pourquoi on continuait à parler de lui à mots couverts. Mais alors, ses parents ne pouvaient pas ignorer l'existence du dieu et avaient choisi de s'installer à Saint-Ferdinand en toute connaissance de cause. Et sans la prévenir.

— Ton grand-père, Cicero, moi et ton père (Ezekiel fit un signe de la tête à Abraham), on appartenait tous aux Compagnons. En fait, à un moment ou à un autre, cette affaire a concerné la moitié du village. J'ai parlé de chasse au gros pour rester évasif, mais ce qu'on cherchait, c'était un moyen de tuer un dieu. Et maintenant, tu me dis qu'il est dans ton jardin ? Tu es sérieuse ?

— Oui. D'ailleurs, mon amie a tenté de le tuer d'un coup de couteau dans le ventre. Et ça n'a eu aucun effet ! Il l'a à peine senti.

S'apercevant qu'elle avait élevé la voix, Venus regarda autour d'eux. Elle avait attiré l'attention de quelques personnes sur le parking. Des employés en pause-cigarette en profitèrent pour aller reprendre le travail. Venus les dévisagea d'un air de défi, mais Abraham baissa la voix.

— Venus a piégé le dieu dans sa remise, expliqua-t-il. Vas-y, dis-lui. Moi, je dois retourner à l'intérieur, au cas où il y aurait du nouveau pour mon père.

Venus tendit la main vers son bras.

— Si tu as besoin de quoi que ce soit, tu viens me chercher. D'accord, Abe ?

Il l'étreignit brièvement, très fort. Après son départ, Venus s'assit sur une borne en béton. Elle et Ezekiel se dévisagèrent. Dans sa tête, une petite voix paranoïaque lui chuchotait qu'Ezekiel connaissait déjà l'existence du dieu, mais peut-être voulait-il le lui prendre ? Et si d'autres gens souffraient à cause d'elle ?

Elle n'avait aucune raison objective de se fier à Ezekiel. Pourtant, Abraham semblait avoir confiance en lui. Peu avare en informations, le forain paraissait au fait de l'histoire de Saint-Ferdinand. Exactement le genre de personne susceptible de les aider qu'elle avait espéré trouver au cours de la semaine écoulée. Alors, pourquoi Venus avait-elle le sentiment qu'elle ne devait rien lui donner sans contrepartie ?

— C'est… C'est réellement un dieu ?

— Je ne sais pas, reconnut Ezekiel, qui jeta sa cigarette de côté. Tout dépend de ce que tu cherches chez une divinité. Il est assez puissant pour ça, c'est certain. Mais sa vraie nature ? Je n'en sais fichtre rien. Cicero, peut-être, mais il ne me parle pas. Neil aurait probablement pu nous éclairer, mais il n'est plus là. C'est sans importance.

— Et pour le tuer ? Vous disiez que mon grand-père avait étudié la question. Qu'est-ce que ça a donné ?

— Mystère, répondit-il, haussant les épaules. Neil gardait ses secrets. Il entretenait des contacts dans le monde entier, mais qu'il prenait bien soin de ne communiquer à personne. Moins de gens savaient, plus nous étions en sécurité. C'était sa philosophie.

» Le cirque s'arrêtait au village une fois l'an. Les Compagnons se réunissaient pour discuter de leurs progrès. En général, pas grand-chose. On s'assurait que la créature était toujours en cage, et que les barreaux restaient solides. Malheureusement, au bout d'un moment, la cupidité de certains a été la plus forte.

Ce n'était donc pas la première fois que le dieu était en captivité. D'une manière ou d'une autre, le grand-père de Venus avait contribué à enfermer la créature. Pourtant, pendant tout ce temps, personne n'avait jamais réussi à l'éliminer. Maintenant, elle se trouvait dans sa remise, sous sa garde. Une situation terriblement précaire, puisque Venus ne disposait d'aucun moyen d'arrêter ce monstre, s'il venait à s'échapper.

— Comment le dieu a-t-il été capturé ? La première fois, je veux dire. De quoi était faite sa cage ?

— De peinture à l'huile et de toile. Abraham t'a déjà montré les tableaux de son père ?

— Juste ceux qu'il expose chez lui.

— Non, je te parle de son *vrai* travail.

Il esquissa un sourire, comme un gamin qui détient un secret.

— Laisse-moi t'expliquer : le truc, pour enfermer le dieu, c'est de…

— Il ne peut pas sortir d'un champ de vision quand on l'observe, je sais. Je me suis servie d'une caméra.

— Une caméra ? sembla s'étonner Ezekiel. Pour un être tout-puissant, il se conforme à des règles pour le moins curieuses… Eh bien, à l'époque, nous n'avions aucun modèle qui ne risque pas de manquer de film. Je ne suis même pas sûr que ça aurait marché. Mais nous avions des yeux.

Son regard se perdit dans l'obscurité.

— Pendant très longtemps, les Compagnons, je te parle du groupe d'origine, se sont relayés devant la grotte du dieu. Ils la surveillaient des heures durant, sans interruption. Par deux, pour leur permettre de cligner des yeux ou de prendre de courtes pauses. La pire corvée du monde. Ce village pourri aurait fait faillite et fermé une bonne dizaine de fois, si les Compagnons ne l'avaient pas maintenu à flot, juste pour avoir une raison de garder cette chose enfermée. C'est à ce moment-là que c'est devenu une sorte de secte.

— Quel rapport avec les tableaux de M. Peterson ?

Venus savait que Harry Peterson avait du talent, comme en témoignaient les natures mortes et les paysages ruraux magnifiques qui remplissaient son intérieur. Ses œuvres décoraient également plusieurs foyers du village. Tout le monde connaissait l'immense atelier qu'il avait aménagé dans sa grange.

— Il y a une technique pour peindre quelque chose de si réel, si parfait, que l'univers lui-même s'y laisse prendre, expliqua Ezekiel. Comme il ne sait plus distinguer le vrai du faux, l'image *devient* la réalité. Le père d'Abraham s'efforce de parvenir à ce résultat. Il y est presque. Tu devrais lui demander qu'il te montre certaines de ses œuvres. C'est absolument hallucinant. Mais celle qui l'a initié, Amanda... *elle* avait le don.

» Elle a peint un œil. Un œil humain, énorme. Si parfait qu'au moment où elle a apporté les touches finales la toile a battu des paupières. Pendant près de deux décennies, c'est ce qui nous a servi à garder le dieu en prison. Ça a marché à merveille ! Jusqu'à ce que quelqu'un devienne trop gourmand.

Venus devinait la suite.

— Quelqu'un a conclu un marché avec le dieu, en échange de sa liberté.

Elle avait failli accepter la même proposition. Pouvoir contre liberté. « Libère-moi », demandait inlassablement le dieu à chaque rencontre. Elle avait été tentée. Brièvement.

— Exactement, confirma Ezekiel, qui pointa un doigt sur Venus, comme un pistolet. Edouard Lambert, ce fils de pute. Une nuit, aveuglé par sa cupidité, il a passé son marché avec le dieu et tout est parti en vrille.

— Et l'initiatrice de M. Peterson ? Cette… Amanda ? Pourquoi ne pas lui demander de peindre un nouveau tableau ?

— Parce qu'elle est morte. Comme beaucoup de gens cette nuit-là. Mais la plus grosse perte a été Amanda Finnegan.

William

William Bergeron reposa bruyamment sur le plan de travail en granit de la cuisine le verre qu'il venait de vider jusqu'à la dernière goutte. Peu importe. Le vacarme en provenance du salon aurait couvert le bruit d'un réacteur.

Ses « invités » se disputaient, tout en se goinfrant et en buvant comme des trous. William se consola amèrement en se disant avec une pointe de satisfaction qu'il planquait le meilleur, le plus cher, ici, à l'abri de la bande de ploucs que sa femme avait réunie dans sa maison.

Prenant une profonde inspiration pour se calmer, il s'arma de courage pour faire face à ceux qu'il considérait comme ses pairs. Tous avaient compté parmi ses amis, à un moment. Leur présence les avait réconfortés, Beatrice et lui, à la mort d'Audrey. William les avait conviés à des barbecues, à des fêtes autour de la piscine ; il avait même chassé avec certains. Mais aujourd'hui… Ils n'étaient plus rien pour lui. Au mieux, une bande d'imbéciles. Au pire, des charognards.

Alors qu'il entrait dans son salon, le silence se fit, chacun y allant de son regard compatissant. Il avait conscience du spectacle qu'il offrait : le père éploré, qui sombrait de nouveau dans l'alcoolisme pour fuir la réalité. Même Beatrice commettait sans doute cette erreur. Ils se trompaient, ce n'était pas lui, mais eux qui avaient perdu le sens des réalités ; eux qui, par cupidité et par stupidité, avaient oublié l'effroi et la peur ressentis par tous, près d'une décennie plus tôt, quand Crowley, Peterson et McKenzie leur avaient ouvert les yeux. Ils avaient découvert un monde plus vaste, plus étrange et plus dangereux qu'aucun d'eux ne l'avait un jour soupçonné.

Oh, comme l'avenir leur avait semblé prometteur, alors ! Ils s'imaginaient déjà faire se démarquer Saint-Ferdinand. Pouvoir, argent, santé, réussite, même épanouissement personnel : tout devenait possible, puisque la magie existait en ce monde.

— On ne se réunit pas à l'église, comme d'habitude ? demanda-t-il. Vous avez décidé de faire l'impasse sur ces rituels idiots ?

— La prochaine fois, Will, dit sa femme. Le temps presse, et nous avons à discuter de sujets importants.

— D'accord. Lesquels ?

William connaissait la réponse. Sa femme l'avait déjà informé de sa rencontre houleuse avec l'inspecteur Crowley. Stephen négligeait sa part de leur accord, estimait-elle, probablement à raison. L'inspecteur semblait traîner les pieds, mais lui seul maîtrisait tous les aspects essentiels de leurs plans.

— Il faut virer Crowley, déclara Sebastien Desjardins, dont les yeux bleus perçants trahissaient le mécontentement et l'indignation.

Beatrice acquiesça énergiquement de la tête.

Bergeron toisa la dizaine de personnes réunie dans sa vaste et élégante maison. Chacune avait joué un rôle-clé dans la nomination de Crowley à son poste actuel, parfait pour trouver le proverbial génie de la lampe. Cela n'avait pas été facile. Les colères de Crowley étaient légendaires, et ses méthodes parfois douteuses, pour un représentant de l'ordre. Suite à un incident violent avec le propriétaire d'un cirque itinérant, près d'une vingtaine d'années plus tôt, il s'était mis à dos l'ancien inspecteur principal. Mais ils avaient fait le nécessaire pour qu'il obtienne sa promotion. Maintenant, ils exigeaient des résultats, mais William savait qu'ils n'arriveraient probablement pas à leurs fins.

— Je ne suis pas contre, dit-il.

D'ordinaire, il ne fuyait pas les responsabilités, au contraire. C'était une des raisons de sa réussite en tant qu'entrepreneur, qui avait fait de lui, et de loin, l'homme le plus riche du village. Mais sa sobriété, qui avait présidé à toutes ses décisions, avait pris fin le même jour que la courte vie de sa fille.

— En nous débarrassant de Crowley, nous renonçons à tout ce qu'on nous a promis, ajouta-t-il.

Il pensait que cette mise au point suffirait à les calmer. Au moment de la création des Marchands de sable, les tableaux de Harry Peterson et les tours de passe-passe de nécromancien de Randy McKenzie avaient servi à convaincre le groupe. Mais Crowley leur avait assuré savoir où trouver la véritable source de pouvoir. Par la suite, Harry et Randy avaient abandonné la cause, chacun pour ses raisons. Heureusement, Crowley avait réussi à garder les deux hommes à sa pogne. Sans l'inspecteur, ils se retrouveraient livrés à eux-mêmes, ce que ces gens réunis dans son salon ne semblaient pas comprendre.

— Pas nécessairement, dit enfin Alvarez, que l'odeur de sang et d'abats ne lâchait pas après le travail.

Ses dents de travers ne nuisirent en rien à la sincérité de son sourire.

— On a trouvé un nouvel expert, expliqua-t-il.

À ces mots, le groupe s'écarta pour révéler un jeune homme d'environ vingt-cinq ans, d'une élégance méticuleuse, sourire affable, mains dans les poches. Sobre,

William aurait peut-être remarqué qu'il avait quelque chose de curieusement familier.

— Quel plaisir de vous revoir, monsieur Bergeron ! Après si longtemps.

Le jeune homme lui tendit la main avec enthousiasme. William la serra distraitement. Ainsi, ils se connaissaient. Mais d'où ?

— Vous me pardonnerez de me présenter chez vous sans invitation, mais quand votre charmante épouse m'a informé de votre situation... Eh bien, je ne crois pas au destin, mais je n'ai pu m'empêcher d'y voir plus qu'une simple coïncidence.

— Tu lui as parlé des Marchands de sable ?

Bergeron cracha la question à sa femme, tentant de lâcher la main glacée, mais elle resta fermement en place.

— Il savait déjà. Il est au courant de tout, répondit Beatrice d'une voix qui se voulait apaisante. En fait, il a lui-même eu quelques problèmes avec Stephen.

— Je suis tombé sur Beatrice au poste de police, poursuivit le jeune homme d'un ton doucereux. Je cherche à rencontrer l'inspecteur depuis quelque temps. Lui et moi avons beaucoup de choses à nous dire.

William sentait la colère monter en lui. Tous ces parasites le regardaient avec de grands sourires idiots plaqués sur le visage, comme s'il était le seul parmi eux à ne pas comprendre une bonne blague. Même sa femme minaudait. William connaissait ses limites ; il possédait peu de qualités admirables, mais il s'enorgueillissait d'être un fin psychologue. Pourtant, il ne parvenait pas à cerner ce type, sous son propre toit. Il souriait trop pour être honnête, mais ne parlait pas assez pour être un escroc. La familiarité de ses traits mettait William mal à l'aise, au point de le distraire. *Crowley aurait déjà trouvé.*

Crowley.

— Ne vous inquiétez pas, monsieur Bergeron, poursuivit le jeune homme, sans lâcher sa main. Je possède toutes les réponses que vous attendiez.

Francis Crowley. Soudain, toutes les pièces du puzzle se mirent en place. Un gamin qui buvait trop de soda et courait dans les rayons de son drugstore en faisant du boucan, pendant que sa mère achetait des produits de beauté. À l'époque, William et Beatrice essayaient désespérément de fonder une famille. Crowley était l'heureux papa de deux garçons. De façon honteuse, Bergeron avait été jaloux de sa bonne fortune. Du moins, jusqu'à ce que Marguerite Crowley disparaisse, emmenant son premier-né.

— Vous êtes… le fils de Stephen ?

Les grands sourires autour de lui confirmèrent qu'ils avaient tous su. Maintenant qu'il y prêtait attention, la ressemblance avec l'ex-femme de l'inspecteur était frappante. Le visage rond et les pommettes saillantes, les yeux plissés et la bouche large au sourire facile. Quinze années avaient passé, depuis que William avait vu la mère ou l'enfant, mais il n'y avait aucun doute : c'était le fils de Marguerite.

— Oh, monsieur Bergeron. Je suis tellement plus que ça, répondit le jeune homme, ses doigts froids comme un étau glacé sur la main de William.

André

André regarda avec appréhension le Combi Volkswagen bringuebalant quitter l'allée. Sous la faible lueur des réverbères, la peinture rose et orange blanchie par le soleil rappelait la chair de saumon.

Les villages ruraux comme Saint-Ferdinand attiraient toutes sortes de gens. Des jeunes familles en quête de biens immobiliers plus abordables aux couples de retraités à la recherche de simplicité et de calme pour leurs vieux jours. Les fermiers et les amoureux de la nature étaient aussi fréquents, tout comme les artistes et les excentriques ayant abandonné les grandes agglomérations où ils ne se sentaient pas chez eux. Comme chacun savait, Paul et Virginie McKenzie appartenaient à la dernière catégorie.

D'aussi loin que remontent ses souvenirs, André avait entendu ses parents jaser sur la mère et le père de Venus. Des « hippies », « paresseux » et « sales » ; voire des « communistes ». Quand il avait enfin rencontré leur fille au premier jour de classe, elle ne correspondait pas du tout à ce qu'il attendait. Elle était intelligente, amicale, et juste assez caustique pour être amusante. En dépit des avertissements de ses parents, André et elle étaient rapidement devenus très amis.

Puis, à la fin du collège, Venus avait sauté une année. Par conséquent, elle avait passé moins de temps avec André, lui préférant des élèves plus âgés. Amer et blessé, il s'était mis à la harceler. Presque du jour au lendemain, sa meilleure amie était devenue la sale feignasse de hippie contre laquelle ses parents l'avaient mis en garde depuis le début. Depuis, il faisait en sorte qu'elle ne l'oublie jamais.

Si tourner Venus en ridicule lui fournissait le moyen idéal de frimer devant ses amis, même André avait conscience de pousser le bouchon un peu loin en venant la tourmenter à domicile. Mais son expédition de ce soir avait un objectif différent.

Une fois la voiture hors de vue, André sortit de derrière la haie où il se cachait. Venus était partie plus tôt avec le fils de l'inspecteur Crowley, une raison de plus pour la détester. Il avait marmonné quelque chose de méchant en la regardant s'éloigner avec le garçon plus âgé.

En l'absence de la mère et de la fille, Paul McKenzie restait seul, dans le garage. Au village, la plupart des jeunes connaissaient le père de Venus, un type plutôt sympa, trop bête pour se préoccuper du monde qui l'entourait ou qui s'en moquait, tout simplement. Le père d'André, lui, pensait qu'il était juste trop défoncé. Quoi qu'il en soit, Paul n'impressionnait guère, en tant que figure d'autorité. Deux étés plus tôt, il avait surpris André et ses amis qui volaient des œufs dans la ferme de M. Lee. Ils avaient expliqué à Paul que le propriétaire leur avait donné la permission, un mensonge gros comme une maison, mais que Paul McKenzie avait gobé. Il leur avait même souri et fait un signe de la main alors qu'ils se sauvaient en courant.

S'acheminant vers le jardin, André aperçut la vieille tondeuse et détailla le vaste assortiment de râteaux et de balais qui jonchait la pelouse envahie de mauvaises herbes. Avec d'autres outils de jardinage, ils délimitaient clairement une zone d'impact autour de la remise en bois. Un rapide coup d'œil vers l'arrière de la maison lui permit de vérifier que la cuisine était vide, et il se glissa discrètement vers son objectif.

Il sourit en voyant le lourd cadenas sur la porte. Il n'avait pas besoin de confirmation supplémentaire. Les McKenzie possédaient une boutique de thé artisanal, où ils faisaient pousser et sécher leurs propres feuilles, en complément de celles qu'ils achetaient chez différents fournisseurs. La culture hydroponique n'avait pas de secrets pour eux. Pour cette raison, André se demandait ce qu'ils pouvaient cacher dans une remise verrouillée, au fond de leur jardin.

Nerveusement, il regarda autour de lui en quête d'un moyen de forcer la porte.

Au bout de deux minutes, il trouva un pied-de-biche sous un tas d'outils de menuiserie cassés. Poussé par une voix intérieure, il glissa lentement la pince dans l'anse du cadenas, attentif à faire le moins de bruit possible. Puis, quand il estima sa force de levier suffisante, il ferma les yeux et pesa de tout son poids sur la barre de fer. Pourtant, le cadenas refusa de céder. Juste au moment où il allait perdre haleine, la porte produisit un craquement sonore.

Toujours cramponné à son pied-de-biche, André se tint absolument immobile, les yeux clos. Il tendit l'oreille à la moindre indication que quelqu'un avait entendu le bruit. Après ce qui lui sembla une éternité, il ouvrit enfin les yeux pour examiner les dégâts. Le résultat ne correspondait pas à son attente, mais il saurait s'en contenter. Le cadenas avait tenu sa promesse d'indestructibilité ; intact, il brillait d'un air de défi au clair de lune. Mais le panneau qu'il sécurisait ne s'était pas si bien comporté. Le bois, usé par l'âge, s'était presque désintégré, là où les vis qui maintenaient les œillets avaient été arrachées. La porte de la remise était entrouverte.

De l'intérieur émanait une faible lueur bleutée. André faillit sauter en l'air, quand une voix s'adressa à lui.

—*Libère-moi…*

Il sut immédiatement qu'il n'avait pas affaire à Paul McKenzie. En fait, avant que ses yeux s'accommodent aux ténèbres, une peur primale le poussait déjà à prendre ses jambes à son cou. Mais quelque chose l'en empêcha, le clouant sur place.

—*Je ne te connais pas encore. Laisse-moi t'observer.*

La voix ne provenait pas de la remise ou du jardin, mais directement du cerveau d'André. Quiconque lui parlait n'employait pas tant des mots, que des idées, gravées dans son esprit et modifiant douloureusement ses pensées pour former un message.

Luttant pour que ses jambes et sa vessie continuent de lui obéir, il se tourna pour regarder dans la remise. Peut-être subissait-il les effets de ce que les McKenzie y cultivaient, un produit encore plus puissant que ce qu'il imaginait. Alors que ses yeux scrutaient le local exigu, ils ne purent distinguer qu'une cacophonie d'horreurs bizarres. Un treillis d'os, de chair et d'organes distendus prélevés sur de petits animaux ornait les murs. Par ses lignes et ses spirales vertigineuses, l'œuvre, quoique révoltante, lui rappela immédiatement les rosiers que sa mère entretenait de manière obsessionnelle tout l'été.

Devant la macabre peinture murale composée de tendons et d'yeux arrachés se tenait une silhouette. De forme humanoïde, la créature à l'impossible anatomie semblait admirer la fresque. Sa peau foncée indistincte paraissait repousser la poussière, l'air et même la lumière. À ses pieds s'étalait une flaque de sang noir.

—*Mon enfant*, dit-elle, le son de sa voix suffisant à donner la nausée à André. *Libère-moi.*

Le garçon secoua la tête, les yeux grands ouverts, sans ciller. Il réfléchit à toute vitesse, s'efforçant de comprendre le témoignage de ses sens. Bien qu'il se trouve dans l'incapacité d'arriver à une conclusion logique, toutes les cellules de son corps tombèrent d'accord sur un point, comme si cette information était encodée dans son ADN. Cette chose lui voulait du mal.

À lui, mais pas seulement. Au monde entier.

— *Libère-moi, et j'exaucerai ton plus cher désir*, promit-elle, se retournant peu à peu.

Une fois qu'elle lui eut fait face, la créature avança de trois pas lents et décidés vers lui, s'arrêtant à portée de main. André voulut fuir, vider ses intestins, s'arracher les yeux. Mais il ne pouvait pas. Était-il paralysé par la peur ? la curiosité ? L'espace d'une seconde, il sut sans le moindre doute que, s'il ne s'échappait pas immédiatement, sa dernière heure était venue. Pourtant, il resta ainsi, cloué sur place par le regard fixe et vide.

Clang!

André sursauta, surpris par le pied-de-biche qu'il avait laissé tomber par inadvertance. Alors qu'il baissait les yeux vers la source du bruit, une main glacée se referma autour de son poignet gauche et l'attira vers les ténèbres.

La créature grava son message dans le cerveau d'André, comme au fer rouge.

— *Libère-moi!* hurla-t-elle sans prononcer un mot dans l'esprit sans défense de l'adolescent. *LIBÈRE-MOI!*

Mais André, un garçon que ses faiblesses avaient conduit à harceler son ancienne meilleure amie ; André, dont le crâne vibrait sous la force de l'ordre d'un dieu ; André, dont la vision se brouillait de larmes de folle terreur ; André secoua la tête.

Mécontente, la créature ne perdit plus de temps en vaines menaces et se mit à le démembrer calmement, méthodiquement. Elle commença par le priver de sa gorge, prenant bien soin de le garder en vie durant le processus.

Incapable de hurler ou de supplier, André ne put qu'assister, impuissant, à son supplice. Ses muscles, ses os et ses organes vinrent s'ajouter à la belle et morbide peinture murale dans la remise de Venus McKenzie.

Daniel

Le trajet de Sherbrooke à Saint-Ferdinand n'était pas sans évoquer un voyage dans le temps. Si la Civic blanche de Daniel était la machine à remonter le temps, les routes qui le ramenaient chez lui étaient comme les pages d'un livre d'histoire.

Sherbrooke, en dépit de sa taille, restait une ville plutôt moderne. La présence d'une université réputée la rendait plus animée que les agglomérations avoisinantes. Bien qu'elle soit la plus importante des villes d'Estrie, elle n'était pas devenue trop touristique. Toutefois, dès qu'on dépassait Magog au sud, les lumières disparaissaient progressivement. Inévitablement, la nationale cédait la place à de petites routes de campagne, et bientôt la civilisation s'évanouissait dans de vastes étendues de forêts sombres et de champs déserts plongés dans le noir.

Ignorant dangereusement la limitation de vitesse, Daniel se rendait aussi coupable du péché capital de consulter son portable de temps en temps. Ce n'était pas dans ses habitudes. Stephen Crowley l'avait suffisamment mis en garde contre ce genre de comportements à risque, et Daniel obéissait toujours. Mais cette fois, c'était plus fort que lui. Les mots apparus sur son téléphone étaient trop importants.

« On peut se voir ? Chez toi. 1 h ? »

Un texto de Sasha, sa petite amie qu'il négligeait depuis des semaines. Quand elle lui avait posé un lapin chez Daisy's, il en avait conclu que tout était fini entre eux.

Il s'efforça tant bien que mal de se concentrer quand même sur sa conduite. Il rentrait chez lui, bien sûr, mais il allait surtout *la* retrouver. Il s'en voulait de ne pas avoir répondu à ses messages, de l'avoir laissée dans l'ignorance, au lieu de lui demander son soutien. Heureusement, il n'était jamais trop tard pour apprendre de ses erreurs. Lire son nom sur l'écran de son téléphone le lui avait rappelé. Si elle lui offrait la possibilité de se rattraper, il n'avait pas l'intention de la gâcher.

La chance lui sourit. Aucun animal errant ne sauta devant sa voiture, aucun policier ne le contrôla en excès de vitesse. Il n'y avait presque pas de circulation, et il ne se retrouva pas non plus coincé derrière un tracteur. Il arriva en un temps record.

Secrètement, il espérait trouver le monospace de sa petite amie et le SUV de son père garés devant chez lui. Ils pourraient avoir une sérieuse discussion, tous ensemble, tout éclaircir et crever l'abcès. Malheureusement, il ne vit dans l'allée que la remorque du bateau de son père, couverte d'une bâche.

Sous la lampe du perron, il aperçut un homme seul, à peu près de mêmes taille et corpulence que lui, vêtu d'un costume impeccable. Chris Hagen. Ce dernier lui adressa un geste de la main, révélant un objet entre ses doigts. Le téléphone de Sasha.

L'espace d'une seconde, Daniel envisagea de simplement lui rentrer dedans. Il n'avait pas roulé au mépris de sa sécurité pour ça. Aucun scénario logique ne pouvait expliquer pourquoi ce journaliste lui avait envoyé un SMS à partir du portable de sa petite amie. Plutôt que de réagir de manière impulsive, il écrasa la pédale de frein et bondit hors de sa voiture.

— Où est Sasha ?

Avec un sourire cordial, Hagen marcha vers la Civic.

— Daniel ! dit-il, lui tendant la main.

L'adolescent l'écarta violemment, la colère des Crowley montant en lui.

— Où est-elle ? Et pourquoi avez-vous son téléphone ?

— Eh, du calme. Je suis là pour vous en parler. Et si nous poursuivions cette conversation à l'intérieur ?

— Dites-moi où elle est ! s'emporta Daniel, les poings serrés.

Il sentait son visage s'empourprer de fureur mal contenue. Il connaissait bien cette posture, pour en avoir été témoin chez son propre père.

— Tu es bien le fils de ton père, soupira Hagen. Calme-toi, Daniel. Tu n'as aucune raison de t'énerver ainsi.

Ces paroles ne parvinrent qu'à attiser la colère de l'adolescent. Il mourait d'envie d'effacer le sourire suffisant de son interlocuteur à coups de poing, de l'étrangler pour l'obliger à cracher tout ce qu'il savait. Au lieu de donner libre cours à sa fureur, il inspira profondément. Reconnaissant ses pensées pour ce qu'elles étaient, Daniel Crowley réussit à prendre délibérément la décision de se calmer. Tel un homme tombé par-dessus bord dans un océan glacé, il lutta contre sa panique initiale. Il rejeta le choc et la confusion qui auraient pu le pousser à nager dans la mauvaise direction et à se noyer. Il remonta à la surface où l'attendait une mer apaisée, respira encore, et se recentra.

— Très bien. Allons à l'intérieur.

Daniel ouvrit la porte et alluma en entrant. Son hôte, en revanche, resta sur le seuil. Pour une fois, son sourire vacilla et une incertitude apparut sur son visage.

— Vous êtes quoi, un vampire ? Vous avez besoin d'une invitation ? demanda Daniel d'un ton sarcastique.

— Non, désolé. C'est juste que…

Mais au lieu de terminer sa phrase, Chris Hagen pénétra dans la maison des Crowley comme s'il posait le pied sur un sol en cristal. Il regarda autour de lui dans le vestibule, puis au salon. La décoration rare correspondait à l'intérieur de deux célibataires. Seuls quelques tableaux et bibelots laissés derrière elle par l'ex-femme de l'inspecteur donnaient un certain cachet.

Pourtant, les yeux du visiteur s'arrêtèrent sur chaque détail, comme s'il parcourait un musée. Chaque fauteuil, chaque table semblait une pièce exposée à découvrir et riche en enseignements. Il se pencha pour examiner certaines choses de près, tandis qu'il en négligeait d'autres. En fait, les objets décoratifs et les babioles qui retenaient le plus l'attention du journaliste étaient ceux qui juraient dans la maison, tout ce que Marguerite, la mère de Daniel, n'avait pas emporté en partant.

— Vous cherchez quelque chose en particulier ? demanda Daniel, ignorant comment interpréter cette attitude.

— Ah ! oui. Désolé. C'est un sentiment étrange : se trouver enfin au domicile de l'insaisissable inspecteur Crowley.

— Vous n'avez pas réussi à le… ? Vous savez quoi ? je m'en fiche. Expliquez-moi ce que vous fabriquez avec le téléphone de Sasha.

Perdant patience, Daniel décida d'exploiter son imposant gabarit et se rapprocha de Chris Hagen de quelques pas. Malheureusement, le journaliste ne parut pas le moins du monde intimidé. En fait, cette proximité ne sembla avoir aucun effet sur lui, à part peut-être un adoucissement de ses traits.

— Oui. Je m'excuse, vraiment. J'ai du mal à me concentrer ce soir.

Hagen sortit le portable de sa poche et le tendit à Daniel. C'était bien celui de Sasha – un modèle récent, glissé dans une coque de protection usée en plastique rose terne, d'où pendait une petite breloque en forme de chat. Daniel s'en empara.

— Où l'avez-vous trouvé ?

— Au bord de la route, pas très loin d'ici. Je m'étonne que l'écran ne soit même pas rayé.

— Alors, vous ne savez pas où elle est ?

Daniel sentit revenir la rage des Crowley, mais les paroles suivantes de Hagen lui firent l'effet d'une douche froide.

L'expression d'indifférence amusée dont semblait ne jamais se départir le journaliste se dissipa, cédant la place à un froncement de sourcils qui trahissait une profonde sollicitude.

— Je n'ai pas dit ça. Je pense… Je vous conseille de vous asseoir pour entendre ce que j'ai à vous dire.

L'adolescent recula d'un pas. Il sentait son cœur battre la chamade. Pendant un moment, bien qu'il regardât directement Chris Hagen, il fut dans l'incapacité de le voir.

« Tu n'as tout de même pas oublié *où* tu vis ? »

Une des dernières phrases que lui avait lancées Sasha. Hagen avait clairement de mauvaises nouvelles à lui annoncer. Soudain, plus qu'à aucun instant dans le passé, Dan comprit exactement où il vivait. Saint-Ferdinand. Le village où le croque-mitaine était bien réel.

Le village où les gens mouraient.

— Je vous écoute, dit-il, d'une voix dénuée d'émotion.

— En fait, je suis surpris que ton père ne t'en ait pas déjà parlé. Il cherche sans doute à te ménager.

— Hagen !

— Je suis incorrigible. Désolé.

Hagen tendit de nouveau sa main, mais cette fois, pour la poser avec douceur sur l'épaule de Daniel.

— Son corps a été retrouvé il y a deux jours, dans la cave d'un des entrepôts de Gédéon LaFrenière.

Sur le canapé, Daniel eut l'impression d'avoir été renversé par un camion. Il avait beau essayer, il ne parvenait pas à mettre de l'ordre dans ses pensées. Aurait-il dû être triste ? en colère contre son père qui lui avait caché un secret si important ? Son choix se porta rapidement sur le remords et le dégoût de soi. Sa douleur l'étouffait. Si seulement il avait accordé plus d'attention à Sasha et suivi ses conseils, les choses seraient peut-être différentes.

— Daniel ? Dan ?

La voix de Hagen perça enfin à travers le brouillard.

— Daniel. Nous pouvons encore la sauver.

Cette déclaration tira le jeune Crowley de la spirale infernale où l'entraînait son chagrin.

— La sauver ? Vous venez de me dire qu'elle était morte.

— Daniel, est-ce que tu as eu le temps de t'intéresser à ça ?

Chris sortit de nouveau quelque chose de sa veste, une autre carte de visite. Il tapota le sablier ailé du logo imprimé au-dessus de son nom.

— Oui, mais…

Le dieu. Il pouvait lui rendre sa petite amie. Qui connaissait les limites de son pouvoir ? Dieux et fantômes constituaient la trame de Saint-Ferdinand. Des mythes devenus réalité. S'ils étaient réels, qu'est-ce qui l'empêcherait de défier le caractère définitif de la mort elle-même ? Juste comme William et Beatrice Bergeron en avaient eu l'intention pour leur fille.

— Alors, tu sais que, dans ce village, les apparences sont trompeuses.

Hagen indiqua de nouveau le sablier.

— Dis-moi ce que tu as appris, Daniel, et ensemble, nous la ramènerons.

Venus

Venus était venue à l'hôpital de Sherbrooke pour une raison précise. Retrouver Abraham sur place n'aurait dû la détourner que brièvement de sa mission, sans la tentative d'« euthanasie » d'Ezekiel. Maintenant que ce problème avait apparemment été réglé, elle pouvait de nouveau se concentrer sur son véritable objectif : entrer dans le bureau de son oncle.

D'après ce dernier, il renfermait une mine d'informations sur l'ancienne association des Compagnons de Saint-Ferdinand. En particulier sur l'aspect le plus secret du groupe. Il avait dessiné un plan grossier de l'endroit où trouver la boîte contenant ses recherches. L'illustration était de piètre qualité, et le stylo qui avait servi presque sec. Le résultat ressemblait à ce qu'un maître de Donjons et Dragons pouvait produire pour ses joueurs au lycée. Mais elle et Ezekiel arrivèrent à destination après seulement quelques erreurs.

Devant la porte, le forain sut se rendre utile en sortant un jeu de rossignols. Qu'il garde ce genre d'outils sur lui ne le fit pas remonter dans l'estime de Venus.

Elle pensa qu'ils n'auraient plus besoin du plan. Mettre la main sur une boîte en bois gravée dans un petit bureau ne devait pas être bien sorcier, n'est-ce pas ? Elle comprit son erreur en ouvrant : son oncle était un entasseur compulsif, et la pièce constituait l'épicentre de plusieurs de ses obsessions.

Des bocaux de spécimens dans du formol s'accumulaient au hasard des étagères. Des livres en nombre incalculable s'élevaient en tours vertigineuses, à soigneusement éviter pour atteindre le bureau lui-même. Des revues médicales du monde entier s'empilaient dans tous les espaces disponibles. Mais ce qui compliquait le plus leur recherche, c'était la collection de boîtes en bois de son oncle. Il en avait amassé des dizaines, disséminées un peu partout. Heureusement, son illustration permit de repérer plus facilement la bonne.

Plus grande que prévu, elle avait la taille d'une cantine. Le symbole des Compagnons, l'œil à l'iris en spirale, figurait sur le couvercle en marqueterie. Une image qui avait été omniprésente à Saint-Ferdinand. Dans le bois de chaque coin du meuble de voyage, on avait aussi sculpté une décoration différente, représentant une sorte de monstre ou de démon.

À l'intérieur, avait-on affirmé à Venus, se cachaient toutes les informations nécessaires pour trouver les Compagnons survivants. Nathan Cicero et son grand-père Neil avaient appartenu à ce groupe, mais il y en avait d'autres. Randy en savait fort peu sur le dieu et la manière de s'en débarrasser. Avec de la chance, eux pourraient l'aider.

— Qu'est-ce qu'on est venus chercher ? demanda Abraham, découvrant tout ce bazar.

Il avait fini par les rattraper. Après qu'il eut prévenu Venus par texto que l'état de son père était de nouveau stable, elle avait vite compris qu'il avait besoin de se changer les idées et l'avait invité à se joindre à eux.

— J'espère trouver de quoi nous aider, répondit-elle.

La cantine se révéla toutefois quelque peu décevante. Si l'extérieur permettait de croire au trésor d'un magicien, ce qu'elle contenait ne tenait pas cette promesse. Des tas de papiers. Des liasses de reçus agrafés à des billets d'avion. Des cartes et des brochures d'agences de voyages qui avaient probablement mis la clé sous la porte des décennies plus tôt. Pas de quoi combattre d'anciennes horreurs surnaturelles, juste de quoi remplir sa déclaration de revenus.

On avait expliqué à Venus qu'elle aurait à déchiffrer ces informations, mais elle s'attendait à un code ou à une langue morte, comme au cinéma. Sans se laisser décourager, elle s'aperçut rapidement que les cartes d'embarquement correspondaient aux destinations marquées sur les cartes. Elle trouva également plusieurs reçus pour des locations de bateau, qu'elle parvint à associer à des sites maritimes. Ensuite, elle glissa son ordinateur portable hors de son sac et, se servant du réseau Wi-Fi de l'université, entreprit de chercher les différents points sur les cartes. Puis elle s'intéressa aux cartes d'embarquement.

Ezekiel, qui s'ennuyait, sortit fumer. En revanche, Abraham resta, regardant par-dessus l'épaule de Venus, qui se mettait au travail.

Elle savait qu'une bonne partie de ce qu'elle faisait échappait à son ami. Parcourant des pages web et explorant les médias sociaux, elle prit des notes abondantes. En l'espace de deux heures, elle avait isolé deux profils en particulier. Deux agents d'embarquement pour Air Canada. Devant elle, griffonnés à la hâte sur pas moins d'une centaine de Post-it, se trouvaient les noms et adresses de ces femmes, leurs horaires de travail, leur âge, leur arbre généalogique. Elle avait aussi consigné des détails personnels : convictions politiques et religieuses, noms des animaux de compagnie, couleurs préférées, etc.

Quand elle eut le sentiment de ne plus pouvoir extraire une goutte d'information utile, Venus se laissa aller en arrière dans le fauteuil de son oncle et sourit nerveusement à Abraham. Ses yeux gonflés et injectés de sang brillaient pourtant de malice et de fierté. À ce moment-là, elle ressemblait à une gamine armée d'une poignée de pétards, sur le point de craquer une allumette. Levant un doigt à ses lèvres pour qu'Abraham se taise, elle décrocha le téléphone et composa un numéro lu dans ses notes.

— Allô ? Sarah ? dit-elle gaiement, dès que quelqu'un répondit à l'autre bout du fil. Bonjour ! Melanie Chagnon à l'appareil ! On s'est croisées à la fête de Noël, l'an passé... J'appelle pour un énoooorme service.

Stupéfait, Abraham écouta son amie, une adolescente de quinze ans, se transformer en une femme nommée Melanie, employée d'une grande compagnie d'aviation. Jetant des regards furtifs sur ses notes, elle relevait un détail ici ou là pour entretenir un bavardage futile avec son interlocutrice.

— On m'a demandé les listes des passagers d'une demi-douzaine de vols pour une de nos agences de voyages.

Elle réorganisa quelques Post-it, le temps qu'on lui réponde.

— Oh, non, des vols vraiment anciens. Attendez, je vous donne les numéros.

Plusieurs minutes s'écoulèrent, tandis que Sarah consultait son fichier. Venus, elle, continua à papoter avec elle à propos d'une collègue de travail qu'elle n'avait jamais vue et de son comportement à peine croyable, lors d'une manifestation à laquelle elle n'avait jamais participé. Au milieu de la conversation, elle dut rapidement dénicher des informations au sujet de règles syndicales vers lesquelles la discussion s'orientait. Enfin, la femme à l'autre bout du fil trouva ce dont elle avait besoin.

— Vous les avez ? Oh, vous êtes la meilleure ! Laissez-moi vous donner mon mail.

Venus lui communiqua une adresse créée quelques instants plus tôt, et continua d'échanger des banalités, jusqu'à ce qu'elle puisse vérifier qu'elle avait bien obtenu ce qu'elle attendait. Puis elle mit poliment fin à la conversation, en émettant le souhait qu'elle et la victime de son imposture aient prochainement l'occasion de se revoir. Après qu'elle eut raccroché, elle expira, comme si elle avait retenu son souffle pendant toute la durée de l'appel.

— La pauvre, commenta Abraham en plaisantant. Si elle croise la fameuse Melanie, cette dame risque d'avoir une mauvaise surprise.

— D'accord, mais c'est pour la bonne cause, répondit Venus, qui se frotta les yeux.

— Qu'est-ce que tu espères en apprendre, de toute façon ?

— Eh bien…, se mit-elle à expliquer, tout en copiant simultanément les listes des passagers dans un tableur. On sait que mon grand-père travaillait pour ces Compagnons. Je parie que, s'il a gardé ces reçus et ces cartes d'embarquement, c'est parce que ces voyages constituaient des frais « professionnels ». En quelques rapides clics de souris, Venus retria les noms des listes et sélectionna ceux qui revenaient sur plus d'une d'entre elles.

— En partant du principe qu'il ne se déplaçait pas toujours seul… (Elle tourna l'ordinateur portable pour qu'Abraham voie mieux l'écran.) Je pense qu'on vient de dresser au moins une liste partielle de membres.

— Bon Dieu…, fit Abraham, qui pointait du doigt les noms surlignés en vert. Lucien Peña ? Elijah Byrd ? Sophie Courtier ? Ce sont tous des amis de mon père.

Randy

De simples tours pour résoudre des problèmes complexes.

Randy avait pratiqué la nécromancie presque toute sa vie. Le mot important était « pratiqué ». Il n'y avait rien de magique là-dedans. Ni raison ni logique. La maîtrise de cet art consistait à apprendre par cœur certains tours, incantations et rituels, pour les répéter ensuite mot pour mot. Quand il y parvenait, ça marchait. Sinon, ça échouait. Il n'avait pas à redouter d'arracher accidentellement quelque monstrueuse abomination à l'au-delà. Les résultats correspondaient toujours exactement aux descriptions des notes de son père et rien de ce qu'il faisait n'exigeait de formation ou de talent particuliers. S'il connaissait le code, il pouvait repousser les lois de la nature.

Ses seuls traits distinctifs, le docteur McKenzie les devait à ses compétences médicales et à son aisance avec les morts. Quand Randy enfonçait un clou dans l'œil d'Audrey d'un coup de marteau, ses mains ne tremblaient pas. La petite gêne qu'il ressentait sur le plan moral ne l'empêchait pas de manier correctement ses instruments. Il avait vu suffisamment de corps gémir ou faire des mouvements convulsifs sur sa table d'autopsie pour ne plus s'inquiéter des réactions d'un cadavre. Gaz s'échappant des poumons et des intestins, réflexes *post mortem*. Autant de phénomènes que la science expliquait aisément sans recourir au surnaturel, mais qui pouvaient néanmoins perturber le profane.

En revanche, Erica n'avait pas l'habitude. Elle avait disséqué sa part d'animaux en cours de biologie et assisté à quelques autopsies, mais rien qui l'eût préparée à l'apparition d'Audrey.

D'abord, le fantôme résista à l'appel, se matérialisant sous une forme altérée, les membres pliés à des angles impossibles, et le visage contorsionné, tel celui d'un démon. Le spectacle d'une enfant si jeune soumise à pareille torture avait de quoi troubler. Mais, dès qu'elle reconnut l'ours utilisé pour attirer son esprit, Audrey se calma, obéissant docilement à la convocation.

Pour Erica Hazelwood, cette vision représentait une rupture totale avec ce qu'elle estimait acceptable. Les deux mains sur la bouche, elle regardait l'apparition d'un air ébahi.

Randy eut de la peine pour elle. Bien qu'il ait insisté pour qu'elle sorte, elle avait choisi de rester, sans en mesurer pleinement les conséquences. Que devait-elle penser de lui ? Le mentor qu'elle admirait, en dépit de quelques kilos en trop, venait de se transformer en monstre effrayant, adepte des sciences occultes.

— Tout va bien, docteur Hazelwood.

Penny, qui avait gardé son calme, fit mine d'approcher de la psychologue pour la réconforter, mais Erica s'écarta de l'adolescente.

Audrey, éthérée et lumineuse, tendit silencieusement le bras vers sa peluche. Randy la lui donna, se forçant à lui sourire. S'attendant à ce que les petites mains traversent le jouet, il se prépara à la consoler. Mais ce ne fut pas ce qui se produisit. Très brièvement, alors que tous deux tenaient l'ours, le médecin légiste sentit qu'il établissait un contact avec le monde des morts. La peluche devint froide comme de la glace, avant que ses propres mains passent à travers sa forme immatérielle.

— Merci, dit le fantôme d'une voix aiguë, en serrant son ours contre sa joue.

— Audrey ? fit Penny.

La petite apparition poussa un cri ravi, mais leva rapidement une main à sa joue. La coupure du couteau de Penny, toujours visible, suscitait une certaine méfiance de sa part envers son ancienne baby-sitter.

— Randy ? dit Erica, qui avait enfin retrouvé l'usage de la parole. Qu'est-ce qui se passe ?

— Ceci, répondit-il sur un ton qu'il voulait froidement objectif, est la fille de William et Beatrice Bergeron. Audrey. Elle est morte, mais j'ai utilisé certaines… euh… procédures, pour retenir son esprit dans ce monde. C'est ce qu'on pourrait appeler un fantôme, je suppose.

— C'est une hallucination, Randy. N'est-ce pas ?

— Non.

— C'est impossible. Je fais une dépression nerveuse. Le manque de sommeil peut provoquer des hallucinations visuelles et audi…

— Erica. On est à Saint-Ferdinand. Vous vouliez en savoir plus sur certains des secrets de ce village, eh bien, nous y voilà. Et le pire reste à venir. Vous pouvez encore partir, et c'est vraiment ce que j'espère.

Le regard de sa protégée hésita entre Randy et le fantôme. Ses yeux ne reflétaient ni compréhension ni sympathie, juste de la peur. Toutefois, le médecin légiste crut discerner un soupçon d'émerveillement.

— Non, répondit-elle, et elle déglutit. Non, je ne peux plus reculer. Même dans l'hypothèse où je suis simplement en train de devenir folle.

Randy soupira et secoua la tête. Il n'avait aucune idée de ce que réservait l'avenir. Il savait que ce serait dangereux, peut-être mortel, et qu'Erica était mal préparée, si la situation dégénérait. Mais, dans l'immédiat, il n'avait pas le temps de tout expliquer. Avec de la chance, il la convaincrait de quitter le village avec lui, quand il aurait terminé.

— Audrey ? demanda-t-il. D'après Penelope, tu connais un moyen pour… conduire mon esprit au cirque ?

— Oui ! répondit-elle, un tintement de clochettes dans la voix. Tu veux savoir comment ?

— J'aimerais beaucoup essayer, mon ange. Comment je dois m'y prendre ?

— Eh bien, tu ne peux pas y aller seul, sinon les ombres vont t'attraper. Les ombres dévorent tous les fantômes.

Le dieu, pensa Randy. Même enfermé, il restait capable d'attirer vers lui l'âme des morts. Dans le passé, il avait tenté de se servir de cela pour le repérer, mais il ne connaissait pas les bons rituels.

— Avec qui j'irais ? Toi ?

— Je ne peux pas te protéger. Tu as besoin d'un corps.

Retour à la case départ, se dit d'abord Randy. S'il pouvait sortir et rencontrer Cicero en personne, il n'y aurait pas de problème. Le nécromancien amateur tenta de réfléchir. S'il simulait sa propre mort, on l'évacuerait et il pourrait ranimer son corps… Ce genre de chose fonctionnait au cinéma. Dans tout ce qu'il avait appris, il existait forcément un moyen de donner le change.

— Vous n'avez pas à utiliser votre corps, docteur McKenzie, dit Penny, interrompant ses pensées. Audrey peut vous aider à posséder quelqu'un.

— Ne faites pas ça, Randy, le mit en garde Finnegan, depuis la cellule d'à côté.

— Comment ? demanda McKenzie, adressant sa question à l'apparition.

— Tu sais, quand tu as très peur et que tu sautes au plafond ?

— C'est juste une expression, mon ange.

Le fantôme secoua lentement la tête.

— Non. Ça arrive sans arrêt. En fait, tu « sors » de ton corps. C'est arrivé à la dame, quand elle m'a vue, précisa Audrey en montrant Erica. Ça ne dure pas longtemps, mais si tu le fais à Penny, je peux l'attraper.

Oui. Le corps de l'adolescente n'aurait qu'un désir : combler le vide. « La chair a horreur du vide. » Randy avait lu cette phrase dans les notes de son père. Il ne faudrait pas grand-chose pour qu'il abandonne le sien. Provoquer un simple état de mort imminente suffirait.

— Laisse-moi le faire, Randy, proposa Sam. Je dois bien ça à ce village. C'est à moi de courir le risque.

— Pas question que ce type me possède, répliqua Penelope. Vous me soignez depuis l'enfance, docteur McKenzie. J'ai confiance en vous.

L'hésitation, c'était bon pour les faibles, et le temps pressait, tenta de se convaincre Randy. Ce monde n'était pas tendre avec les faibles.

— Ferme les yeux, donna-t-il pour instruction à l'adolescente. Maintenant, fredonne une chanson. Quelque chose de répétitif, de préférence dépourvu d'émotion. Peut-être un de ces tubes pops que les jeunes de ton âge aiment tellement.

Penny lui lança un regard désapprobateur, mais elle se montra accommodante. Elle se mit à fredonner un truc entendu une centaine de fois à la radio par le légiste, mais dont il n'avait pas retenu le titre. Presque agréable au départ, l'air devint rapidement énervant, à mesure que l'expérience se prolongeait sur plusieurs minutes. Consciencieusement, elle continua à chantonner, sans émotion ni passion, comme on le lui avait demandé. Elle répéta simplement la mélodie pendant ce qui sembla une heure. Randy dut silencieusement faire taire Erica, qui se mettait à protester. Enfin, la petite musique de Penny s'affaiblit en fond sonore.

CLAC!

Sans prévenir, Randy claqua des mains à quelques centimètres de l'oreille gauche de l'adolescente. Choquée, elle ouvrit brusquement ses beaux yeux bleus, vides d'expression. Difficile de nommer ce qu'elle perdit à ce moment-là. Le mot « âme » ne convient pas pour décrire ce que le docteur McKenzie était parvenu à trouver dans le corps d'Audrey, après son enterrement. Cette étincelle, faute d'un meilleur terme, était à présent absente des yeux de Penny.

— Très bien, Sam. Vous voulez vous rendre utile ? C'est l'occasion ou jamais.

— Bon Dieu, Randy, ne me demandez pas ça.

— Vous êtes notre seul choix, répondit le médecin légiste, qui avança aussi près que possible du mur qui séparait les deux cellules.

— Merde. Bonne chance, lança Sam, avant de passer ses mains décharnées à travers les barreaux pour les refermer sur le cou de Randy.

— Oh, mon Dieu ! s'écria Erica.

Mais Randy, qui suffoquait déjà, lui fit signe de ne pas intervenir.

C'était une expérience insoutenable. D'abord, le médecin légiste se sentit sûr de lui et de ce qu'il faisait, mais à mesure que ses poumons le brûlaient, sa confiance chancela. Il tira sur les mains du tueur en série, qui coupaient adroitement son alimentation en air. La vision de Randy devint de plus en plus étroite et floue par endroits. Alors qu'il perdait conscience, il se demanda s'il avait eu une si bonne idée, après tout.

Paul

Paul ne buvait pas. À l'adolescence, leur père les avait pris, Randy et lui, la main dans le sac alors qu'ils tentaient de planquer dans leurs manteaux d'hiver des bières fauchées à l'épicerie du coin. Neil McKenzie n'avait jamais été un tendre. Il ne brillait pas non plus par son indulgence. Sans surprise, les fils McKenzie avaient eu droit en guise de punition à un répertoire complet de poncifs.

D'abord, ils avaient dû rapporter le fruit de leur larcin à Harland, le propriétaire du magasin. N'étant pas homme à se contenter de cette humiliation, Neil avait décidé de profiter de l'occasion pour détourner ses garçons des vices de l'alcool. Ayant acheté une caisse de vingt-quatre bouteilles de la pire bière disponible sur le marché, il avait forcé Paul et Randy à les boire jusqu'à la dernière goutte.

Randy, l'aîné et le plus costaud des deux frères, en avait été quitte avec une gueule de bois d'enfer le lendemain. Paul, qui avait toujours été maigre pour son âge, n'avait pas aussi bien supporté l'épreuve. Seul bon côté de sa cuite, il n'avait pas connu les délices d'une gueule de bois carabinée. Il avait vomi toute la nuit, jusqu'à cracher de la bile. Surtout que Neil, n'entendant pas le laisser s'en tirer à si bon compte, l'avait attendu à côté de la porte des toilettes pour le forcer à finir sa moitié de la caisse.

Par conséquent, ils n'avaient plus touché une goutte d'alcool avant l'âge de vingt-cinq ans. Quand Randy avait de nouveau trouvé le courage de boire, il s'était senti comme un poisson dans l'eau, bien qu'affichant une préférence marquée pour le vin et le whisky. Paul, en revanche, n'avait jamais repris un verre. Aujourd'hui encore, l'odeur lui soulevait le cœur.

En dépit des cicatrices psychologiques de cette leçon, Paul avait récemment acheté une grande bouteille du single malt le moins cher au magasin local de vins et spiritueux. Il la retira de sa cachette sous l'évier de la cuisine et la sortit du sac en papier brun.

Il avait décidé quelques jours plus tôt qu'il en avait besoin pour se donner du courage. On lui avait prédit que picoler l'aiderait. C'était vrai. Dès qu'il avait vu la porte de la remise entrouverte, et l'étrange lueur dans l'entrebâillement, il avait su que son heure était arrivée.

Ce n'est pas si grave, pensa-t-il, alors qu'il dévissait la capsule métallique. Paul avait supposé que, le moment venu, il serait rempli d'effroi. Il avait craint de manquer de cran et de ne pas se montrer à la hauteur de son destin. En fait, il se sentait presque soulagé. La fatalité était décidément une chose bien étrange.

Avec hésitation, il inspira une rapide bouffée au goulot de la bouteille. Curieusement, il n'eut pas de haut-le-cœur. L'odeur lui parut plus médicinale qu'enivrante, comme de l'alcool à quatre-vingt-dix degrés avec un soupçon de sucre. Il ne se réjouissait pas pour autant à l'idée de sentir le liquide couler dans sa gorge. Plus il y songeait, moins cela lui semblait nécessaire. Avant qu'il ait pris une décision, un hurlement gras à glacer le sang retentit à l'extérieur.

Déterminé, Paul posa le whisky sur le plan de travail. Il se dirigea vers la porte de derrière qu'il ouvrit d'un coup de pied. Empoignant un râteau appuyé contre la véranda, il courut vers la remise. Sans regarder, sans réfléchir, il franchit la porte forcée, brandissant son arme de fortune.

La vision qui l'attendait correspondait à tout ce qu'on lui avait prédit, et même davantage. Il ne douta pas un instant que devant lui se tenait un dieu, à la fois beau et horrible à contempler. Entre ses mains se trouvait André, le garçon que Paul, à en croire la prophétie, voudrait sauver à tout prix, bien que sa tentative soit vouée à l'échec. Même sachant cela, le père de Venus leva son râteau. Il croisa le regard de ce garçon, déjà privé de ses extrémités, un doigt après l'autre, un bras après l'autre, mais qui s'accrochait encore au peu de vie qui lui restait.

— *Neil McKenzie*..., appela la créature.

Paul ne prit pas la peine de corriger son erreur. Dans les yeux de l'adolescent qui mourait entre les griffes du dieu se lisait toujours l'espoir que quelqu'un vienne à son secours, ou abrège son supplice. Malheureusement, Paul savait qu'aucun d'eux n'obtiendrait ni l'un ni l'autre. Pourtant, il chargea en y mettant tout son cœur, agitant vigoureusement son arme grossière, avec la conviction d'accomplir son destin avec noblesse. Il donnait sa vie pour défendre cette bribe d'espoir dans le regard de l'ancien ami de sa fille.

Après tout, n'était-ce pas là son devoir ?

Venus

— Tu es sûr de ne pas vouloir rester ?

C'était la troisième fois qu'elle posait la question à Abraham. Non pas qu'elle meure d'envie de rouler plus d'une heure, seule avec Ezekiel. Il puait la clope, et sa camionnette n'inspirait pas confiance. Vieux et bringuebalant, le véhicule semblait avoir traversé une guerre, et l'avoir perdue. Dans son esprit, cette épave trouverait bientôt le chemin de la casse. Pour couronner le tout, le forain lui donnait la chair de poule. Elle ne parvenait pas à oublier les circonstances de leur rencontre et éprouvait des difficultés à ne pas détester l'homme qui avait tenté d'achever Harry Peterson.

Mais par-dessus tout, Venus tenait à s'assurer que son ami ne se sentait pas obligé de les accompagner par galanterie mal placée. L'état de santé de son père s'était enfin stabilisé, mais tant qu'il restait en soins intensifs, rien ne permettait de prédire comment il irait à son réveil. Pas question que Venus prive Abraham de ce moment. Mais il secoua la tête.

— Je serai plus utile au village. C'est ce que papa voudrait.

Le prenant par le bras, Venus l'entraîna à l'écart d'Ezekiel. Le forain haussa un sourcil, mais continua à frotter ses côtes contusionnées, tout en jouant avec son porte-clés.

— Abe, ton père sera content de te voir à son réveil, et nous aussi, on va avoir besoin de lui. S'il sait quoi que ce soit qui peut nous aider…

Elle serra sa main pour insister.

— Écoute, je ne suis pas particulièrement ravie de partir seule avec ce type, mais tu l'as dit toi-même : chacun de nous a son rôle. Pour moi, c'est rentrer pour parler à ce Cicero ; pour toi, c'est découvrir où trouver les gens sur cette liste.

— D'accord, mais ça ne me plaît pas, répondit-il, la mâchoire contractée.

— Moi non plus.

Ils retournèrent à la camionnette, alors qu'Ezekiel rattrapait ses clés dans sa main une dernière fois avant de sauter derrière le volant. Le véhicule tangua sous ce poids supplémentaire, la suspension protestant, eu égard à son grand âge. Tandis que Venus montait à son tour, le moteur démarra en grondant, tel un démon tiré des profondeurs de l'enfer.

— Tu viens ? demanda Ezekiel à Abraham, qui approchait de sa fenêtre.

— Je reste avec papa.

— Dis-lui que je, euh… je repasserai quand il sera réveillé.

— Tu veux aussi que je mentionne que tu as tenté de le liquider ? s'enquit le jeune fermier, sans une trace d'humour.

— Évite peut-être cette partie. Je préfère lui en parler moi-même.

Ezekiel sourit et lui fit un clin d'œil, puis il appuya sur l'accélérateur et sortit du parking de l'hôpital, laissant Abraham planté là, sous la lumière des réverbères.

— Il n'y a pas de quoi plaisanter, commenta Venus, ne cherchant pas à dissimuler l'antipathie que lui inspirait Ezekiel.

Il faisait partie de l'histoire du dieu et, donc, par association, des problèmes qui lui empoisonnaient la vie. En gardant ses secrets, il contribuait à perpétuer ce sentiment de paranoïa qui les paralysait, elle et ses amis. Mais surtout, il semblait faire peu de cas de sa tentative de meurtre sur Harry Peterson, un homme dont il se prétendait l'ami.

— Oui, eh bien, je ne plaisante pas, répondit-il, couvrant le vrombissement irrégulier de la camionnette.

La route serait longue.

— Vous avez voulu tuer son père ! Vous pourriez faire preuve d'un minimum de compassion.

Ezekiel la gratifia du genre de petit sourire suffisant qu'arborent ceux qui, dans une conversation, détiennent une information que les autres ignorent. Venus avait la condescendance en horreur.

— Harry ne mourra pas à Sherbrooke.

— Vous n'en savez rien.

— Si. Je travaille dans un cirque. Et qu'est-ce qu'on trouve dans tous les bons cirques ?

Venus résista à la tentation de lui donner un coup de poing dans ses côtes sensibles.

— Aucune idée. Je n'y suis jamais allée.

— Comment c'est possible ? fit Ezekiel, choqué.

Elle aurait aussi bien pu lui dire qu'elle n'avait jamais mangé un repas chaud ou profité d'une belle journée d'été.

— C'est comme ça. J'ai failli assister au spectacle du Cirque du Soleil, mais il affichait complet.

— Ce n'est pas un vrai cirque.

— Je vous parle de la mort du père de mon ami, et vous, vous pinaillez sur la définition d'un cirque ?

— Ça a un rapport, crois-moi. Comprends bien une chose : ces spectacles modernes flirtent avec la magie, involontairement le plus souvent, mais un *vrai* cirque ? Un vrai cirque s'y perd !

Ezekiel éprouvait manifestement de la passion pour son gagne-pain. Une soudaine lueur apparut dans ses yeux et la sincérité de son sourire fit oublier à Venus sa suffisance et son cynisme antérieurs. L'assassin en puissance redevenait un enfant, régalant ses amis d'une fabuleuse découverte.

— J'ai eu ma dose de magie, merci, répliqua Venus.

— Alors, accroche-toi. Au cirque Cicero, c'est le ciment de notre représentation, ce qui en fait l'esprit !

— D'accord, je vous écoute. Quel rapport entre votre cirque magique et le père d'Abraham ?

— Une diseuse de bonne aventure !

— Une diseuse de bonne aventure ? répéta Venus, ponctuant la question avec un profond soupir.

— Après tout ce que tu as vécu, ne me dis pas que tu n'y crois pas.

— Le destin n'existe pas.

— Que tu y croies ou non, ça n'en est pas moins une réalité.

— Et le libre arbitre, qu'est-ce que vous en faites ? Tout serait déjà écrit dans un grand livre et je ne peux rien y changer ?

Bien que cela la contrarie parfois, la liberté avait constitué le *leitmotiv* de la vie de Venus. L'étendue de la sienne, ou les limites fixées à celle de ses amis. L'idée même de destin bafouait ce principe.

À sa décharge, Ezekiel la prit au sérieux, refrénant son enthousiasme pour mieux lui expliquer.

— Curieusement, le libre arbitre est l'instrument du destin. On l'apprend, à force de s'entendre prédire l'avenir.

— Ça n'a aucun sens. Si je sais qu'en traversant la rue je vais me faire renverser par un camion, je ne bougerai pas du trottoir. Le libre arbitre ne laisse pas de place pour le destin. (Elle secoua la tête.) Et je ne vois toujours pas le rapport avec M. Peterson, que vous avez tenté de tuer.

— Patience, j'y viens. À ton avis, quelle est l'origine du cliché de la diseuse de bonne aventure qui reste dans le vague ou s'en tient à des prédictions assez générales sur des événements de grande importance ? Tu ne peux pas prophétiser quelque chose qui ne se produira *pas* après. Alors, le destin, celui que nous pouvons voir, ne décrit que les événements qui ne changeront pas.

— On peut toujours influencer le cours des choses, déclara Venus d'un air de défi.

— Tu ne m'écoutes pas. Je parle de ta décision personnelle. Et si traverser la rue et te faire renverser par ce camion était le seul moyen de sauver ta meilleure amie ? Tu traverserais, de ton plein gré. C'est ça, le destin. Le résultat d'un vaste calcul qui intègre toutes les variables possibles, y compris – non, en particulier – notre personnalité et nos choix. Le grand livre des événements futurs est l'univers tout entier, et nos actes sont les mots qui composent cette histoire. Une diseuse de bonne aventure est capable de lire ce livre.

— Et Harry Peterson dans tout ça ?

— Harry Peterson mourra à Saint-Ferdinand. J'ai voulu l'éviter, mais je n'ai pas pu aller à l'encontre des désirs d'Abraham. C'est plus fort que moi.

— Le destin, reconnut Venus, réticente.

— Le destin.

Ils roulèrent un peu plus longtemps en silence. Venus sentait qu'elle avait seulement gratté la surface de cet homme étrange, et en même temps, découvert une nouvelle strate de l'histoire de Saint-Ferdinand. Tragique, celle-là. Le contraste entre l'excitation d'Ezekiel, quand il parlait de magie, et son affliction soudaine pour un ami pas encore mort rendit Venus pensive. Toute discussion sur le surnaturel contenait ces contradictions, supposa-t-elle.

— Vous connaissez donc l'avenir de M. Peterson. Comment ça se fait ? demanda-t-elle, dans l'espoir de distraire Ezekiel, qui broyait du noir.

— Ah…, sourit-il. Un cirque est un drôle d'endroit. Dès que tu découvres que la petite amie du proprio est capable de prédire l'avenir, tu te mets à poser des questions. Anodines, d'abord. Mais bientôt tout le monde finit par savoir quand et comment il meurt. Mieux vaut s'armer d'une bonne dose d'humour noir.

— Parce que la mort est un sujet de plaisanterie pour vous ?

— Oui. Au risque de passer pour des monstres, ça nous a bien amusés. Au moins jusqu'à ce que la réalité nous rattrape.

Le forain haussa les épaules, gardant les yeux fixés sur la route, mais le regard manifestement ailleurs. Venus aurait pu se sentir rebutée par ce côté morbide, mais Ezekiel semblait nostalgique. Il y avait autre chose aussi, et elle ne parvenait pas à mettre le doigt dessus.

— Et donc, M. Peterson…

— On savait qu'il mourrait à Saint-Ferdinand. Dans le nid d'une créature dévoreuse d'âmes. L'antre du lion. Voir partir un de mes amis, je peux le supporter. J'en ai suffisamment enterré. Mais l'aspect tourment éternel, j'ai du mal…

Ces paroles touchèrent un point sensible. La mère de Penny. Était-ce le sort qui l'attendait ? Et les victimes de Sam Finnegan ? Ça expliquerait pourquoi le vieil homme avait sombré dans la folie. Envoyer littéralement des dizaines d'âmes en enfer, il y avait de quoi perturber n'importe qui. Venus avait approché le dieu d'assez près pour savoir qu'une telle chose était possible.

— Qui d'autre ? se demanda Venus à voix haute. Pour la mère de mon amie : vous saviez ? Et mes parents, comment meurent-ils ?

— Nathan pourra peut-être te répondre. Katrina, oui, sans le moindre doute. Moi, je suis seulement au courant pour Harry… et toi, aussi.

Venus cessa de respirer. Quelle raison aurait-il eue de s'intéresser à sa mort ? Qu'avait-elle de si remarquable pour qu'un inconnu s'en soucie ? Elle avait dû réagir par un bruit quelconque ou donner un signe extérieur de son émotion, parce que Ezekiel quitta la route des yeux pour se tourner vers elle et poser une main sur son épaule.

— Ça va ?

— Que… ? Qu'est-ce que vous savez sur moi ?

— Sur toi ? répondit-il en remettant sa main sur le volant, tandis que le sourire entendu réapparaissait sur ses lèvres. Je sais que tu ne meurs pas.

Randy

Randy McKenzie se souvenait de la première fois où son père lui avait fait découvrir ce que le monde avait d'étrange à offrir. Par une journée pleine d'émerveillement et de curiosité, le jeune Randy avait compris que des brèches existaient dans la réalité, certaines assez grandes pour qu'on voie à travers, d'autres capables de l'engloutir. Ceux qui savaient où regarder ou, mieux, comment trouver ces ouvertures, ceux-là pouvaient entrer en contact avec l'autre côté et en extraire des choses. À l'aide des bonnes techniques, il devenait même possible d'élargir ces brèches.

Malheureusement, ce jour-là, le père et le fils n'avaient pas communié autour d'une sorte de rite de passage. Neil McKenzie ne lui avait pas lancé les clés de la voiture familiale en lui annonçant qu'il était en âge de conduire.

Non. Avec son calme et sa sévérité habituels, il avait remis à son autre fils, Paul, une pile de notes et d'instructions, avec l'ordre d'apprendre le contenu de ces documents. Le cadet avait refusé, et la discussion avait rapidement dégénéré. Pendant leur dispute, Randy avait parcouru ces papiers, certains de la main de Neil, mais d'autres, plus anciens et jaunis, rédigés dans une écriture qu'il ne reconnaissait pas. Quelle qu'en soit la provenance, cet enseignement, cette mythologie avaient immédiatement captivé l'imagination du jeune Randy.

Depuis, cette liasse de documents vieillissants lui avait tant appris. En fait, il en avait transcrit la plupart pour conserver les informations. Au fil des ans, le légiste avait ranimé des animaux morts, parlé avec des défunts et réussi quelques autres tours de passe-passe. Ses expérimentations dans le domaine des sciences occultes l'avaient d'ailleurs poussé à entreprendre des études de médecine, et il devait pour une large part ses bonnes notes et ses succès universitaires à ses compétences particulières.

Pourtant, en dépit du pouvoir qu'il détenait, Randy n'avait jamais su en tirer parti pour contribuer à l'arrestation du tueur de Saint-Ferdinand. Il ne pouvait pas interroger les esprits des victimes, puisque le dieu avait dévoré toutes les âmes qui passaient à sa portée. C'était frustrant.

Mais, en parcourant Saint-Ferdinand dans la peau de Penelope LaForest, il prit conscience d'une vérité beaucoup plus dérangeante. Il aurait pu trouver le dieu, s'il avait simplement osé s'immerger, même brièvement, dans le monde des morts. Une perspective dangereuse, bien sûr, mais qui lui aurait apporté toutes les réponses. Après tout, ils avaient affaire à un dieu de haine et de mort, c'était donc son domaine.

Se glisser dans le corps d'autrui ne se révélait pas seulement troublant parce que les membres et les os donnaient l'impression de porter un vêtement mal ajusté. Randy partageait aussi le cerveau de Penny, empruntant ses neurones et ses synapses pour penser. La « magie » qu'il pratiquait n'ignorait pas la biologie, mais la détournait. Le lien entre Penny et son corps n'avait pas été rompu, et elle continuait de s'en servir. À certains moments, Randy échouait à formuler des idées, parce qu'elle utilisait ce dont il avait besoin.

Le dernier problème, le plus préoccupant aussi, concernait les yeux. Ils ne pouvaient pas s'interrompre de voir. Quand les paupières de Penny étaient ouvertes, la lumière de ce monde frappait les rétines de l'adolescente et envoyait des signaux à son cerveau, où la conscience de Randy les percevait. Mais dès qu'il les fermait, même pour cligner des yeux, il contemplait l'autre monde, qui ne ressemblait pas du tout à ses attentes.

Des chuchotements terrifiants l'invitaient irrésistiblement à quitter le corps de son hôte. Ces tentations constituaient des appels du dieu, qu'il ne devait absolument pas écouter. Il comprit également que la créature enfermée dans la remise de sa nièce ne représentait qu'une toute petite partie du dieu. L'équivalent de l'extrémité d'un membre, dépassant d'une brèche dans la réalité. Il trempait à peine un orteil dans l'océan des vivants. Le vrai dieu était là, immense, avec les morts. Randall se sentait comme un moustique irritant sur la peau de la divinité, consciente de sa présence, mais incapable de l'écraser, bien que l'intention soit manifeste.

Tout le trajet se passa ainsi. Conduire s'avéra particulièrement difficile. Chaque clignement d'yeux le ramenait à son insignifiance, à la précarité de sa situation actuelle, et à la futilité de tout, face à un pouvoir si vaste et si indéfini. Par chance, à cette heure tardive, les routes étaient désertes. Le médecin légiste put donc rouler à tombeau ouvert jusqu'au cirque Cicero, dans la peau d'une adolescente.

Dans le noir, avec le clair de lune pour seul guide, Randy s'achemina entre les tentes. La vieille machine à pop-corn qui accompagnait le cirque depuis des décennies était toujours là. Le chapiteau colossal, dressé devant lui tel un donjon, cachait la moitié du ciel. Dans la froide nuit indigo, un rectangle couleur d'ambre l'invita à entrer dans une petite tente.

— Bonsoir, Nathan, salua Randy, avec la voix de Penny.

— Aux grands maux, les grands remèdes, hein, docteur ?

Un vieil homme assis à un bureau pliant au fond de la tente leva la tête pour accueillir son visiteur. Il sourit, dévoilant un espace vide, là où un coup de poing l'avait récemment privé d'une dent.

— Comme vous dites…

— J'ignorais que vous connaissiez ce tour-là. Ça aurait pu être bien utile, à une époque.

— Je ne l'ai appris qu'aujourd'hui. D'un fantôme.

Cicero haussa un sourcil et son sourire s'élargit.

— Ils ne manquent pas de ressources, n'est-ce pas ? Les morts, bien sûr.

— Vous vouliez me parler, Nathan. Je suis là. Inutile de vous dire que ça n'a pas été sans mal.

D'un geste, Randy montra son corps, gêné par ses mains, et la pensée de toucher Penny.

— Que voulez-vous ?

— Nous avons échoué, docteur McKenzie. Les prédictions de Katrina se réalisent toutes, l'une après l'autre. Le dieu est sorti de sa cage et sera bientôt libre. Harry Peterson est hors service, et le fils de Marguerite rôde en ville, mijotant je ne sais quel mauvais coup. Tout se déroule comme elle l'a annoncé.

Une vague de désespoir emporta Randy. Le dénouement, enfin. Le cœur en chute libre, il prit conscience de la signification concrète des paroles de Cicero. Un filet de compassion le rattrapa de justesse, alors qu'il risquait de sombrer. Les prédictions étaient vraies, mais quelqu'un comprenait sa peine. Penny, toujours là, au fond de son esprit.

— Alors… Paul ?

— Mort, docteur McKenzie. Ou c'est tout comme, ajouta Cicero avec un geste insensible, presque dédaigneux. Il savait ce qui l'attendait, et connaissant votre frère, il a probablement foncé tête baissée, comme le noble imbécile qu'il était. Quel gâchis !

Randy sentit monter en lui un accès de colère, partagé par la propriétaire d'origine du corps, mais il le réprima aussitôt. Avec une efficacité déconcertante, il compartimenta soigneusement son chagrin pour y revenir plus tard. Cicero n'était pas indifférent ; il avait simplement d'autres soucis dans l'immédiat. Le médecin légiste comprenait.

— Et vous, alors ? demanda Randy.

— Moi ? Je suis en paix, résigné à ce que l'avenir me réserve. Je suis nettement plus inquiet pour le reste du monde, si nous ne parvenons pas à empêcher cette chose de s'échapper. Qu'avons-nous fait de tout ce temps ? Nous avons accompli si peu. Aidez-moi, docteur. Dites-moi que nous pouvons encore agir dans les prochaines heures, et sauver des vies.

Randy gratta le menton de Penny, ses doigts trouvant une peau lisse au lieu de sa barbe de plusieurs jours. Il avait eu tout le loisir de réfléchir en cellule, tandis qu'il fuyait la conversation avec un fou et lisait de mauvais livres et des magazines. Son esprit avait souvent vagabondé, s'efforçant d'imaginer des moyens d'éviter l'inévitable.

— Je pense qu'on doit pouvoir le contenir.

— De nouveau ?

Cicero semblait peu convaincu.

— Savez-vous comment les cultures antiques s'occupaient de leurs dieux ?

— En dressant des pyramides, des mausolées et autres tombes monumentales, pour empêcher leurs horreurs de s'échapper. Ce genre de choses.

— Oui, mais ce n'est pas ça, le point commun, expliqua Randy. J'ai toujours pensé que la solution était le réceptacle. Forcer la créature à adopter les mêmes restrictions que nous.

— Poursuivez…

Cicero, qui semblait en partie comprendre où son interlocuteur voulait en venir, plissa les yeux.

— Je parle de ça ! conclut Randall, en montrant son corps d'adolescente. De le piéger dans une prison de chair humaine.

— C'est ambitieux, mais comment l'obliger à y rester ?

Randy n'avait pas la réponse. Il savait Cicero peu intéressé par un nouveau projet de détention de la créature devenue, au fil de trop nombreuses décennies, sa némésis. Si le dieu de haine et de mort avait soif de vengeance contre Sam Finnegan, Nathan Cicero était celui qui avait inventé les règles qu'il s'était engagé à respecter. Randy ne doutait pas que ses considérations sur la mort du propriétaire du cirque alimentent la rage du dieu.

— Ça, je l'ignore, reconnut Randy.

— Les notes de Neil mentionnent une façon de le détruire. Lors de notre dernière conversation, il m'avait affirmé qu'il touchait au but. J'espérais que vous auriez progressé depuis.

— Je n'en sais pas plus que vous : du « métal entré en contact avec le dieu ». Une arme imprégnée d'un dieu pour tuer un dieu. Papa a consacré sa vie à chercher quelque chose qui corresponde à cette définition, et ça ne l'a mené nulle part. Lui et Harry ont failli réussir en Écosse, mais ça ne s'est pas bien goupillé.

— Une arme touchée par un dieu. Autant vouloir aller au combat avec des cornes de licorne et des bottes de sept lieues.

Il avait raison. Il n'existait rien de tel. Et même dans le cas contraire, un objet de ce genre se serait à jamais perdu dans l'histoire. Randy avait jadis émis l'hypothèse que son père et les Compagnons devaient chercher un autre dieu, ou une entité au pouvoir comparable. À partir de là, ils auraient pu forger leur arme et tuer *leur* dieu, une bonne fois pour toutes.

— J'ai ce qu'il vous faut, dirent les lèvres de Penny, sans que Randy s'en serve.

En fait, l'essence même du médecin légiste dut s'écarter devant l'insistance de l'adolescente.

— Un couteau trempé dans le sang de ce monstre, poursuivit-elle. Sa lame a coupé Audrey, comme de la chair bien réelle. Ça fera l'affaire ? Est-ce qu'on peut tuer cette créature avec ça ?

Randy sentit la colère de Penny le bousculer, alors que son âme, tel un élastique étiré à son point de rupture, regagnait brusquement son propre corps. La dernière chose qu'il entendit fut la réponse de Cicero, avec une rare pointe d'espoir dans la voix.

— Pas sûr, mais c'est un bon début.

Crowley

— Pourquoi tu ne m'as rien dit pour Sasha?

Quand Daniel fit irruption au poste, Stephen Crowley comprit immédiatement que son fils était bouleversé. Il se réjouissait tout de même de le voir.

L'inspecteur avait suivi les conseils du docteur Hazelwood. Faire examiner sa blessure, dormir et réfléchir à ses priorités à tête reposée. Bien sûr, les soins devraient attendre. Il ne pouvait pas faire confiance à Randy ou perdre une heure de route pour des points de suture. Avec le nouveau pansement d'Erica, sa main tiendrait un jour de plus.

Il avait aussi remis la partie sommeil. D'abord, la douleur l'empêchait de fermer l'œil, et encore une fois, le temps pressait. Il avait déjà gaspillé des journées entières au bureau, à éplucher des dossiers et à tenter de pénétrer dans l'esprit de la créature qu'il traquait. Il avait étudié sur une carte de Saint-Ferdinand les lieux de tous les meurtres. Ceux commis par Sam Finnegan, bien entendu, mais également les scènes de crime plus récentes. Bien qu'il semblât dans l'impasse, son instinct lui soufflait qu'il touchait au but, qu'il ne lui manquait qu'une pièce pour compléter le puzzle et trouver son dieu.

À moins d'un coup de pouce de la chance, comme dans l'affaire Finnegan.

Quant à fixer ses priorités, il s'apprêtait à le faire, avant que son fils l'interroge sur sa petite amie.

— J'ai estimé que tu n'avais pas besoin de savoir dans l'immédiat, répondit l'inspecteur.

— Pas besoin de savoir ? C'est ma petite amie, papa ! Pas n'importe qui. Trois ans ! On sort ensemble depuis trois ans. Presque depuis qu'on est au lycée ! Elle se fait tuer, et tu ne penses même pas à m'en informer ?

Stephen garda son sang-froid. Son fils avait le droit d'être en colère : il aurait dû lui parler. Mais comment ? En dix-huit années de métier, Crowley détestait toujours autant annoncer de mauvaises nouvelles aux habitants du village, et surtout la perte d'un être cher. Il n'était tout simplement pas doué pour ça. Alors, comment s'y prendre avec son propre fils ? L'inspecteur ressentait de la compassion pour Daniel, mais il ignorait comment la manifester correctement. Pour lui, la meilleure manière de faire face à son chagrin consistait à s'asseoir tranquillement avec une bière, devant un coucher de soleil, et à attendre que ça passe. Nul doute que le docteur Hazelwood s'en serait donné à cœur joie, mais sa méthode l'avait tiré d'affaire à la mort de son père et au départ de Marguerite. Il ne supportait pas les pleurs, les cris et tout ce cirque.

— Tu as raison, concéda Crowley. J'aurais dû t'en parler, dès que j'ai appris, et j'aurais dû te dire comment ça s'est passé.

Daniel avala sa salive, secouant la tête. Son père avait-il admis devant son fils avoir eu tort sur quelque chose d'important ?

— Comment... ? Comment est-elle morte ?

— D'une manière comparable à Gabrielle LaForest. Moins brutale, mais tout aussi réfléchie. Je t'épargne les détails ; c'est mieux, je pense.

— C'était le dieu ?

Cette fois, l'inspecteur fut pris de court. Depuis combien de temps Daniel était-il au courant ? Que savait-il exactement ? Avait-il fourré son nez dans ses affaires, l'avait-il espionné ?

— Qui t'a parlé de ça ?

— Réponds-moi, papa : est-ce que c'était le dieu ?

— *Qui* t'en a parlé ? répéta Crowley d'un ton brusque.

Daniel était imperturbable. Quand ce garçon avait-il appris à lui tenir tête ainsi ?

— Dan ! C'est important ! Qui t'a parlé d'un dieu ?

L'inspecteur fit claquer sa main sur son bureau, un geste de frustration typique. Lorsqu'il passait un savon à un de ses hommes, par exemple, le bruit contribuait à déstabiliser et à intimider. Cette fois, pourtant, une vive douleur remonta le long de son bras, et son fils lui lança un regard où se mêlaient dégoût et pitié.

— Mince, papa… ta main.

La force de l'impact avait rouvert la plaie. Alors que Stephen levait l'extrémité à ses yeux, il vit des fleurs rouge sang s'épanouir sur la gaze.

— Et merde, dit-il en grimaçant à cause des élancements dans ses doigts.

— Qu'est-ce qui t'est arrivé ?

Crowley envisagea de dire la vérité. Tout déballer, des circonstances qui avaient poussé sa femme à le quitter, jusqu'à sa bagarre avec un propriétaire de cirque sénile, et sa défaite. Peut-être même que son fils l'aiderait à trouver le dieu.

Mais ce serait faire courir un risque considérable à la seule famille qui lui restait. « Faites examiner cette main. Allez dormir. Et réfléchissez à tout ça à tête reposée. »

Il avait remis les deux premières tâches, mais il pouvait encore se rattraper pour la troisième.

Au lieu d'une explication, Crowley se servit de sa main valide pour ouvrir un tiroir de son bureau. Il en sortit une épaisse enveloppe au format lettre, qui contenait une belle somme en liquide. Il la glissa vers son fils.

— Prends-la. Mets-la dans ta poche et pars.

Daniel regarda à l'intérieur de l'enveloppe bourrée de billets de cent et de cinquante flambant neufs. Il y en avait facilement pour plusieurs milliers de dollars. À l'origine, Crowley avait retiré l'argent de la banque pour d'éventuels pots-de-vin, mais il venait de décider que Daniel en ferait meilleur usage. Ce qui s'appelait avoir le sens des priorités.

— Partir où ? demanda l'adolescent, sans comprendre.

— N'importe où. Va t'amuser avec tes amis à Sherbrooke, ou faire un tour au sud de la frontière. Peu importe, du moment que tu quittes Saint-Ferdinand jusqu'à la fin de l'été.

À son regard, l'inspecteur se rendait bien compte que son fils se débattait avec des émotions contradictoires. Il avait vu la même chose sur son propre visage ces dernières semaines. Le désir de tout laisser tomber entrant en conflit avec ses responsabilités. Avec un peu de chance, Daniel aurait l'intelligence d'écouter le premier.

À contrecœur, l'adolescent prit l'enveloppe. Il tenta de la mettre dans la poche arrière de son jean, mais elle se révéla trop épaisse. Il sortit alors une carte de visite qu'il posa sur le bureau et fit glisser à son tour vers Crowley.

— C'est ce type qui m'a appris la nouvelle, pour Sasha.

Daniel tapota le nom du doigt. Chris Hagen.

— Lui aussi qui t'a parlé d'un dieu ?

— Oui.

L'inspecteur voyait que son fils ne lui disait pas toute la vérité. Ça n'avait plus d'importance pour Crowley. Il trouverait le dieu. Son instinct le rassurait sur ce point chaque fois qu'il éprouvait ne serait-ce que l'ombre d'un doute. L'essentiel à présent, c'était que Daniel quitte Saint-Ferdinand, dès ce soir.

— Si je ne t'ai pas annoncé la nouvelle au sujet de Sasha, c'est pour ton bien, tu le sais, ça ? On est les Crowley Boys, Dan. On ne laisse rien nous diviser.

Daniel sembla réfléchir soigneusement à la question. Il tapota de nouveau la carte, son doigt se posant sur le logo des Marchands de sable.

— Ce Hagen se présente comme un journaliste. Il rôdait encore autour de la maison, quand je suis parti. Il prétend qu'il cherche à te parler depuis un moment.

Hagen. Ça ne lui disait rien. Personne de ce nom n'avait demandé une interview ou une déclaration. Il n'appartenait pas non plus au groupe qui se réunissait à l'église avec Crowley. Pourtant, le logo des Marchands de sable figurait bien sur sa carte.

— Je vais m'occuper de lui, promit Stephen, alors qu'il prenait ses clés de voiture sur son bureau. Toi, quitte Saint-Ferdinand. Je t'appellerai d'ici à quelques jours, dès que j'aurai terminé ici. Je... J'ai beaucoup de choses à te dire.

Son fils hocha la tête d'un air maussade, puis il tourna les talons et sortit du poste de police.

Daniel

À Saint-Ferdinand, les gens qualifiaient rarement un été de « froid ». « Frais », peut-être ; « frisquet », pour les quelques optimistes. La plupart du temps, on débinait cette saison pour sa « lourdeur insupportable » et sa « fichue chaleur ». Ce matin, pourtant, après une nuit où, rongé par l'inquiétude et le chagrin, il n'avait pas fermé l'œil, Daniel Crowley sortit de sa voiture et trouva qu'il faisait, indiscutablement, froid.

La condensation de l'humidité dans l'air avait produit un épais brouillard bas. Le tapis de brume ajoutait une couche de mystère au cirque, lui donnant l'apparence d'un lieu beaucoup plus inhospitalier.

Lors de sa précédente visite, Daniel ne s'était pas vraiment senti le bienvenu. Le propriétaire, Cicero, avait bien fait comprendre à l'adolescent qu'il ne trouverait aucune aide entre les tentes et les attractions. Pour un Crowley, c'était s'aventurer en territoire ennemi. Mais cette fois, il insisterait pour repartir avec des réponses.

L'espoir de ressusciter Sasha avait été de courte durée. De sa nuit de réflexion, Daniel avait conclu que Hagen avait usé de ce stratagème pour l'amener à révéler où était retenu le dieu, ou pour le dresser contre son père.

Malgré l'heure matinale, le cirque s'éveillait déjà. Des ombres se déplaçaient dans la brume, on allumait des lampes ici et là. Le malabar à la moustache en guidon de vélo revenait d'une cabine de toilettes mobile. Il ne sembla pas particulièrement surpris de voir Daniel.

Une odeur de cuisine, pain grillé et œufs, émanait d'une grande tente ouverte pour se mêler à l'air froid et épais. L'estomac de Daniel, qui n'avait rien avalé depuis la veille, se mit à grogner. Guidé par la logique ou la faim, l'adolescent décida qu'au réfectoire on saurait certainement où dénicher Cicero. D'autres forains s'y rassasiaient déjà, avant la longue journée de préparation pour la première représentation. On aurait pu s'attendre à une atmosphère d'excitation et d'impatience, mais tout le monde baissait la tête, comme à un enterrement.

— Assieds-toi.

La voix appartenait à Dustin, l'homme que Cicero avait envoyé trouver une bouteille d'eau pour Daniel. Il lui indiqua une table pliante pour six, au centre de laquelle s'empilaient des ustensiles, une salière et un poivrier, sans oublier le ketchup.

— En fait, je cherche…

— Je sais, l'interrompit Dustin. Assieds-toi. Je vais le prévenir.

Résistant à l'envie de protester et espérant obtenir quelque chose à manger en contrepartie, Daniel s'exécuta. Il prit un siège en bout de table, tournant le dos à l'extérieur de la tente pour garder un œil sur le reste des gens en train de petit-déjeuner.

Une femme âgée émergea de la foule de plus en plus compacte. Elle marchait sur des jambes flageolantes, tenant deux assiettes garnies. La canne dont elle avait visiblement besoin pendait à son poignet droit. Elle portait l'attirail classique de la diseuse de bonne aventure : d'innombrables bracelets de perles et de chanvre lui couvraient les bras, tandis qu'un turban recherché lui couronnait la tête.

Sa robe se composait d'une demi-douzaine de couches de tissu aux couleurs vives, et un épais manteau de laine protégeait son corps frêle du froid matinal. Daniel se leva pour l'aider, mais elle lui fit signe de rester à sa place.

Elle posa les assiettes et s'assit à son tour, ce qui exigeait manifestement un gros effort de sa part. Par une habitude née d'années de répétition, elle tendit le bras vers le sel et le poivre, ajoutant très peu du premier et beaucoup trop du second. Puis, sans un regard pour Daniel, elle attrapa une fourchette au milieu de la table et se mit à manger.

— Bacon et œufs. Sans pain, dit-elle, montrant le petit déjeuner de Daniel avec sa fourchette. Que des protéines, pas de glucides. C'est ça ?

— Je cherche Nathan Cicero, répondit-il, en prenant des couverts.

Il trouva les œufs trop cuits, mais le bacon croustillant, sans être brûlé. La nourriture lui fit du bien ; à sa surprise, il constata qu'avoir l'estomac plein l'aidait à mettre de l'ordre dans ses pensées.

— Je suis sa secrétaire. Je t'écoute.

— Je ne sais pas si vous comprendrez. Je dois parler à Cicero. On s'est rencontrés plus tôt dans la semaine, et maintenant, j'ai besoin de lui.

— Nous comprenons tous, monsieur Crowley.

Ça n'étonnait même plus Daniel. Ici, tout le monde les connaissait, son père et lui.

— Je ne pense pas. Si je ne parle pas à Cicero, des gens vont mourir.

La vieille femme haussa les sourcils, mais ce qui aurait pu passer pour une manifestation de surprise ressemblait davantage à une vague réaction de confirmation d'un fait. Elle hocha la tête, tout en mâchant sa dernière bouchée.

— Oh, ça aussi, nous sommes au courant. Depuis longtemps.

— Et vous êtes là pour l'empêcher ?

— J'ai bien peur que non. Ces morts sont inévitables, comme le coucher du soleil. Nous sommes là pour jouer notre rôle dans les événements ou en être les témoins. Et toi, sais-tu pourquoi tu es là ?

— Pour comprendre ce qui se passe, et y mettre un terme.

La diseuse de bonne aventure laissa échapper un long soupir et repoussa son assiette. Puis elle joignit le bout de ses doigts décharnés en clocher, au sommet duquel elle posa son menton émacié. Sa peau grise avait la texture du papier, fine et fragile, mais ses yeux perçants le fixaient.

— Regarde autour de toi, Daniel Crowley. Que vois-tu ? Des hommes et des femmes qui travaillent dur. Des acrobates et des phénomènes de foire. Des artistes, qui brillent sur la piste, grâce à tous ceux qui ne ménagent pas leurs efforts dans la coulisse. Tous ces gens en savent plus que toi. La plupart d'entre eux se battent contre ce dieu depuis plus d'années que tu en as vécu. Certains, comme Cicero, livraient déjà ce combat avant la naissance de ton grand-père.

Elle hocha la tête devant son incrédulité.

— Tu as bien entendu. Nathan est plus vieux que quiconque. Plus que quiconque devrait l'être. Plus qu'il le souhaite. D'une manière ou d'une autre, nous avons tous subi l'influence du dieu de Saint-Ferdinand. Nous nous mesurons à quelque chose qui nous dépasse. Des vies seront perdues.

Daniel obéit et s'intéressa aux personnes autour de lui. Surpris, il s'aperçut que tout le monde lui rendait son regard. La diseuse de bonne aventure avait raison. Ces gens avaient quelque chose d'unique. Un rassemblement hétéroclite de trapézistes athlétiques, d'hercules, de nains, de curiosités tatouées sur tout le corps, et même quelques clowns. Un homme en tenue d'aboyeur de foire le salua de la tête, et une ravissante jeune femme aux yeux tristes en somptueux costume de l'ère victorienne lui sourit. D'aussi loin que remonte sa mémoire, Daniel ne se souvenait pas d'avoir vu une foule si disparate à Saint-Ferdinand.

Pourtant, ils avaient quelque chose d'anormal. Une expression tourmentée dans leur regard. Les gestes des acrobates avaient cette précision d'un autre monde. L'encre sur le corps de l'homme illustré bougeait imperceptiblement. Un illusionniste dans ses plus beaux atours se découvrit de sa main gantée, ses yeux brillant légèrement sous le chapeau. Ces gens avaient quelque chose de plus, que Daniel n'avait pas discerné au premier abord.

— Ce sont des dons de ce genre que mon père espère obtenir de cette chose ? demanda Daniel.

— Tu sais le pire, avec cette créature à Saint-Ferdinand ?

Daniel secoua la tête.

— Ce n'est pas tant qu'elle soit capable de tuer d'un simple geste ou de torturer l'âme des morts. Ce n'est pas le vaste pouvoir qu'elle détient ou les terribles cadeaux qu'elle a à offrir. Ni, comme on pourrait le croire, que notre façon de penser ou d'interagir avec la réalité lui soit étrangère. Qu'elle nous voie et connaisse notre existence, mais s'en moque. C'est déjà terrifiant en soi, mais ce qui rend cette chose si effrayante, c'est sa manière de nous altérer. Pas juste par son contact, mais par les réactions qu'elle suscite chez nous. Elle nous transforme en monstres, tout comme nous avons fait d'elle un dieu de haine et de mort.

L'adolescent réfléchit à cette déclaration. C'était arrivé aux Compagnons des décennies plus tôt, puis à William Bergeron et aux Marchands de sable, des années après.

Et enfin, au cours des dernières semaines, à son père. Tous devenus des monstres.

— Mange, dit la vieille femme, qui se leva en s'appuyant sur sa canne. Quand tu auras terminé, je te conduirai à Cicero.

Randy

Aucune expérience physique n'aurait pu décrire ce que Randy venait de subir. Pas même un traumatisme cervical. Autant présenter une dépression avec risque suicidaire comme une grosse fatigue.

L'âme du médecin légiste avait été déployée, comme de la tire d'érable, sur une distance à la fois physique et spirituelle, entre son corps et celui de Penelope LaForest. À la rupture de ce lien, quand l'adolescente l'avait éjecté de sa chair, l'extrémité de son essence toujours attachée à ce monde l'avait violemment tiré en arrière.

Une âme ne possédait pas de terminaisons nerveuses. Randy avait étudié les sciences occultes assez longtemps pour le savoir. Mais elle n'en éprouvait pas moins des sensations, juste de manière beaucoup plus brutale et fondamentale.

Randy subit l'impact de cette souffrance spirituelle de plein fouet. L'expérience aurait fait perdre la raison à tout individu non averti des particularités du commerce avec les morts. Même pour le nécromancien amateur, l'épisode avait de quoi traumatiser. Un moment, il avait occupé un corps complètement différent du sien ; puis, au prix d'un tourment considérable, il avait dû investir une enveloppe de chair vide. À présent, il se sentait un étranger dans son propre corps. Trop maigre et trop chétif, il ne correspondait pas au réceptacle dans lequel il avait passé presque toute sa vie d'adulte.

Il avait la bouche et les yeux secs. Personne n'avait pris la peine de les lui fermer. Ses muscles ankylosés se contractèrent. Son esprit, lui, accueillit avec plaisir ce retour à la normale. Le cerveau de Penny, si jeune et souple soit-il, lui avait paru trop différent pour qu'il puisse s'en servir efficacement. C'était une voiture récente équipée d'une foule de gadgets modernes pratiquement inutiles pour un conducteur habitué à une vieille bagnole à boîte manuelle.

— Weuh… euh… Erica ?

Randy battit rapidement des paupières, tentant d'humecter ses cornées irritées. Il ouvrit et ferma la bouche pour sécréter la quantité de salive qui lui permettrait de parler. Malgré sa vue trouble, il parvint à distinguer le visage inquiet de la psychologue.

— Randall ! Oh, mon Dieu, ça va ? Je vous ai cru mort.

Il reposait à côté des barreaux dans l'angle de sa cellule le plus proche de celle de Sam Finnegan. Là où le vieil homme l'avait étranglé. Là où il avait péri. Presque. Juste assez pour rompre les amarres avec sa chair. Les yeux d'Erica étaient fous de terreur, ses joues humides de larmes. Pourtant, elle était restée, plus soucieuse de la sécurité de Randy que de la sienne.

— Il est mort. On est tous morts, intervint Sam Finnegan de son côté du mur.

Randy se redressa, la gorge en feu. La tête lui tournait, sa langue lui sembla enflée, et il n'entendait pas bien de son oreille gauche. Même avec ses compétences médicales, il éprouvait des difficultés à décider quels symptômes attribuer à la tentative d'étouffement et quels autres à l'abandon de son corps pendant près d'une heure.

— Il a été aussi joyeux pendant toute mon absence ?

Erica lança un regard à Finnegan.

— Il s'est tenu tranquille, pour l'essentiel ; il a marmonné tout seul. Je… C'est surtout moi qui ai hurlé. Je m'étonne que mes cris n'aient attiré personne.

— J'ai rassuré Matt en partant ; j'ai fait dire à Penny que tout allait bien.

— Vous n'avez jamais quitté votre cellule, Randy, protesta Erica. Je vous en prie, ne me demandez pas de croire à toutes ces… ces absurdités surnaturelles.

— Erica…

Randy tendit son bras entre les barreaux et prit délicatement sa main dans la sienne. Il frotta son pouce sur le dessus de ses doigts dans un mouvement circulaire, pour l'apaiser.

— Vous avez vu le fantôme d'Audrey. Que vous faut-il de plus ?

— Non, dit-elle en secouant la tête. C'était mon imagination. Nous sommes des femmes et des hommes de *science*, Randall. Comment tout ça pourrait-il être réel ?

— Je me pose régulièrement cette question, renchérit Sam.

Sa voix semblait provenir d'un point plus bas, suggérant qu'il avait probablement dû s'asseoir par terre. Randy tâcha de l'ignorer.

— C'est bien réel, et c'est déjà arrivé, il y a vingt ans, insista le médecin légiste. Mais oubliez tout ça et partez. Vous êtes une femme intelligente, Erica. Pensez à vous, et à votre sécurité, je vous en supplie.

— Vous ne répondez pas à ma question.

— Je ne vois que deux options, intervint de nouveau Finnegan. Ma préférée est la vôtre, m'dame – ce n'est pas réel. C'est juste mon esprit dérangé qui me joue des tours, hein ? À la mort d'Amanda, j'ai peut-être… pété un câble, comme on dit. Depuis, je m'invente des histoires, dans une belle cellule capitonnée. Personne n'a souffert. Il n'y a rien à craindre. Et je n'ai fait de mal à personne.

Quelle horreur, songea Randy. Préférer se croire fou, pour effacer les atrocités commises dans le dessein de contenir le dieu. Ces deux dernières décennies avaient dû être terriblement éprouvantes pour Finnegan.

— Je suis désolé, Sam, dit-il. Vous n'auriez pas dû avoir à vous débrouiller tout seul avec ça.

— C'est trop tard pour avoir des regrets, répondit-il en gloussant. Beaucoup de gens vont mourir, et on n'y peut rien.

— Qu'est-ce qui vous fait dire ça, Sam ? demanda la psychologue.

— Peu importe, doc' McKenzie a raison : vous devez partir. Saint-Ferdinand n'a jamais été un endroit sûr. Mais très bientôt, ce sera bien pire.

Randy serra la main d'Erica dans la sienne. Il avait toujours tenu en bride son affection pour sa protégée. À l'époque où il l'avait eue comme étudiante, sa déontologie leur interdisait toute intimité. Après qu'elle avait obtenu son diplôme, la différence d'âge lui avait servi d'excuse. Puis la différence de milieu. Avec le temps, il s'était accommodé de l'avoir comme amie. Mais à présent, la gravité de la situation lui faisait regretter d'avoir gardé ses distances.

— S'il vous plaît, lui dit-il. Partez.

— Je veux comprendre ce qui se passe. Et comment y mettre un terme.

— On n'y peut rien, dit Sam. Mais je gaspille ma salive, hein ? C'est plus fort que vous, vous êtes du genre à jouer les héroïnes.

— Je n'ai pas pour habitude de rester les bras croisés. Pas si je peux agir.

— C'est ce que je viens de dire, non ?

Erica retira sa main de celle de Randy. Il espérait qu'elle s'en irait. Qu'elle l'oublierait, et Saint-Ferdinand avec lui. Avec un peu de chance, il avait surestimé la fureur du dieu. Peut-être se satisferait-il du massacre de ses geôliers.

Mais quand elle tourna la tête vers l'endroit où était apparu le fantôme d'Audrey. Randy sut ce que pensait son ancienne étudiante. C'était cette qualité qui faisait d'elle une thérapeute hors pair. Cette fichue compassion. Pas juste envers Audrey ou Penny ou même lui. Son empathie pour le village tout entier motiva sa décision de rester.

— Que s'est-il passé il y a dix-huit ans ? lui demanda-t-elle.

— La cupidité l'a emporté sur le bon sens, répondit Randy après un profond soupir. À l'origine, le but était de détruire cette créature. Ce dieu de haine et de mort. Les Compagnons de Saint-Ferdinand s'y sont essayés les premiers. Des gens comme Cicero et mon père ont ratissé le globe, à la recherche de secrets.

— Qui n'aime pas les secrets ? fit Sam, songeur.

— Oui. (Randy s'éclaircit la voix.) Puis est arrivé Edouard Lambert.

Erica lui lança un regard perplexe. Elle n'avait lu ce nom dans aucun dossier et personne ne l'avait mentionné au cours de ses entretiens.

— Lambert a quitté les Compagnons pour fonder son propre groupe, poursuivit Randy. Les Marchands de sable. Au départ, les Compagnons étaient une sorte de club, dont la raison d'être a changé quand ils sont tombés sur le dieu. Les Marchands de sable, en revanche, étaient une organisation d'une tout autre nature. Leur intention n'était pas de détruire le dieu, mais de l'asservir.

— Les idiots, commenta Finnegan, depuis son côté du mur. Comme si un dieu allait nous écouter.

Erica était fascinée. Randy n'aurait pu dire si elle le croyait, mais avec ce qu'elle avait vu jusqu'à présent à Saint-Ferdinand, elle aurait été folle de ne pas ajouter foi à son récit, au moins en partie.

— Et ensuite, que s'est-il passé ? demanda-t-elle.

— Ça a mal tourné. Et l'histoire se répète aujourd'hui, parce que les gens n'apprennent jamais. Un imbécile va de nouveau tenter de soumettre le dieu. Et ça va se retourner contre lui, comme avec Lambert.

Finnegan hocha la tête.

— Celui-là a eu plus que son compte : déchiqueté par un dieu ! Bon sang, son corps est mort depuis dix-huit ans, mais je vous fiche mon billet que le dieu n'en a pas terminé avec son âme.

— Comment les Compagnons espéraient-ils tuer cette chose ?

— Ha ! ha ! rit le fou dans la cellule d'à côté. Ça, on n'a jamais su. Vous pensez qu'on perdrait notre temps ici, autrement ?

— D'accord. Comment faisaient-ils pour la garder emprisonnée ? (Elle se tourna vers Sam.) On pourrait revenir à la situation d'avant Edouard, peut-être ?

— J'aimerais que ce soit possible, m'dame, mais ça ne marchera pas cette fois, pas sans la malédiction de Cicero. Des yeux, une caméra, peu importe la forme que ça prenait : tant que quelqu'un observait le dieu, il ne pouvait pas s'échapper. Mais une malédiction n'est pas éternelle, docteur Hazelwood, et bientôt celle de Cicero sera levée une bonne fois pour toutes.

Venus

Le trajet lui parut plus long qu'en réalité. Entre l'odeur des cigarettes et la suspension médiocre de la vieille guimbarde, Venus eut l'impression que le temps s'était presque arrêté. En fait, ils arrivèrent au cirque en un peu plus d'une heure.

Le chapiteau se dressait de façon inquiétante au-dessus de la ferme Peterson, les lueurs de l'aube réduisant les rayures colorées de la toile à des nuances de gris. Alors qu'ils s'engageaient dans l'allée, toute la propriété paraissait abandonnée. Venus aurait pu le croire, si elle n'avait pas aperçu la voiture de Penny.

— Quelqu'un que tu connais ? demanda Ezekiel, qui jeta un mégot par sa fenêtre.

Il tourna dans un parking improvisé, qui abritait environ une dizaine de véhicules. Sans se soucier du vacarme qu'il produisait ou du confort de sa passagère, Ezekiel s'arrêta et sauta hors de sa camionnette. Venus ne put s'empêcher d'éprouver une certaine satisfaction en le voyant grimacer de douleur et se tenir les côtes.

— Aïe, se plaignit-il, avant de s'étirer. Tu as faim ? D'après l'odeur, c'est l'heure du petit déjeuner.

— Ça va, répondit-elle, ignorant son estomac vide. Conduisez-moi juste à Cicero.

— Comme tu veux.

Il lui fit signe de le suivre dans la forêt de tentes et de stands. L'espace d'un instant, il lui fit penser à un faune ou un satyre l'invitant à disparaître dans les bois. Tout ce qui l'entourait lui semblait en décalage non seulement avec Saint-Ferdinand, mais avec l'époque actuelle. Elle aurait dû fuir, elle le savait. Pourtant ce cirque traditionnel avait quelque chose d'étrangement réconfortant.

Peut-être était-ce l'odeur d'œufs et de bacon, ou quelque chose de plus subtil, comme l'œil à l'iris en spirale, omniprésent. Quoi qu'il en soit, plus Venus avançait entre les attractions, plus elle se sentait protégée. L'ombre du chapiteau l'enveloppa, comme dans une étreinte. Elle avait la conviction profonde que, si quelque chose arrivait ici, les inconnus tapis dans ces tentes la défendraient.

Le parfum de thé chaud et d'alcool lui remplit les narines au moment où Ezekiel souleva le rabat. Un vieil homme aux yeux encore plus vieux les attendait, assis à un bureau pliant bancal. Devant lui se trouvaient des registres, des bougies et une bouteille à moitié vide d'un liquide ambré. Sur un tas de couvertures à même le sol, Penny tenait une tasse de thé fumant entre ses mains. La vue de Venus suffit à dissiper son humeur contemplative.

— Aphrodite ! accueillit-elle gaiement son amie, et elle se leva pour la prendre dans ses bras.

— La ferme ! répliqua Venus en souriant.

Penny redevint sérieuse, alors qu'elle la serrait plus fort.

— Je suis tellement navrée…, dit l'adolescente plus âgée, qui s'écarta.

— Pourquoi ? Qu'est-ce qui s'est passé ?

Venus vivait dans la peur, depuis qu'elle avait trouvé le dieu dans la remise. Elle savait qu'une porte en bois et un cadenas bon marché ne le retiendraient pas éternellement. Ce n'était qu'une question de temps. Ses yeux tombèrent sur le petit ballot de chair qui tremblotait sur les genoux du vieil homme. Le chat écorché leva la tête, adressant un miaulement rauque à sa maîtresse.

— Oh, mon Dieu, non… (Elle se tourna vers son amie, l'air implorant.) Qu'est-ce que Sherbet fait là ?

— Ta mère me l'a amené, répondit une voix derrière Venus.

Elle se retourna vers une vieille femme couverte de bijoux et disparaissant sous les multiples couches de tissu de sa robe. Sa peau faisait penser à du cuir distendu, et ses yeux bleu pâle, à ceux d'un husky. Daniel Crowley entra dans son sillage. Quelque chose n'allait pas. Venus lut dans son regard une compassion qu'elle aurait préféré ne pas y trouver, celle de quelqu'un dont la tragédie faisait écho à la sienne.

S'appuyant sur une canne, la femme approcha de Venus. Stupéfaite, et peut-être un peu intimidée, l'adolescente la laissa prendre son visage entre ses doigts décharnés. Elle lui tourna la tête de-ci de-là, sans ménagement, l'examinant avant de la lâcher.

— Tu es devenue une belle jeune fille, conclut-elle enfin, un petit sourire apparaissant sur ses traits ridés.

— Qu'est-il arrivé à ma mère ? demanda Venus.

La vieille femme traversa la pièce sans répondre. Elle adressa un hochement de tête à l'homme assis, avant de lentement s'installer sur une chaise dans un coin. Péniblement, elle ramena les différentes couches de sa robe et de son manteau sur elle, protégeant son corps frêle de l'humidité et de la fraîcheur. Quand elle eut terminé, elle invita Sherbet à la rejoindre. Sans hésitation, le chat sauta des genoux de Cicero.

— Ta mère va bien. Assieds-toi, dit-il, s'efforçant de sembler compatissant.

Les regardant tour à tour lui et Penny, Venus obéit.

— Et mon père ?

Le vieil homme avait l'air ivre, ou en bonne voie, à en juger par la bouteille de bourbon à moitié pleine devant lui. Alors que Venus prenait une chaise pliante bancale, Cicero vida son verre, le posant avec un soin ridicule, jusqu'à le faire tenir en équilibre sur un bord.

— Nathan…, le réprimanda doucement la femme.

Cicero haussa les épaules, puis remplit un second verre, apparu comme par miracle. Après avoir soutenu le regard furieux de Venus, il poussa le liquide brun-doré vers elle.

— Ton père est mort, annonça-t-il d'une voix calme, mais résignée. Bois.

Il y eut un moment d'incrédulité. Venus se tourna vers Penny, qui confirma la mauvaise nouvelle en hochant tristement la tête.

Ça faisait mal. Pour de si nombreuses raisons, ça faisait mal. Son corps lui parut trop grand, trop froid, comme une galaxie indifférente et infinie, où elle serait soudain devenue un point minuscule. Penny avait dû ressentir la même chose, quand le docteur Hazelwood lui avait appris qu'on avait retrouvé sa mère assassinée. À moins que ce soit différent pour chaque individu. Penny avait poussé un hurlement déchirant. Venus demeura silencieuse. Ses sens et sa voix lui semblaient lointains, hors de portée.

Elle n'aurait su dire combien de temps elle resta ainsi. Digérant l'information. Cataloguant ses émotions. Personne n'osa l'interrompre, bien qu'elle vît du coin de l'œil que Penny mourait d'envie de la réconforter.

Puis, en l'espace d'une pensée, la peine disparut. Son esprit, qui luttait pour gérer cette situation, lui joua un tour dont elle ne le savait pas capable. Soudain, sans l'accord de Venus ni incitation de sa part, il rassembla, indexa et archiva toutes ses émotions concernant Paul, son père. Des problèmes plus pressants prirent la place de son chagrin.

D'une main tremblante, elle leva le verre de bourbon et le porta à ses lèvres. Elle grimaça en buvant, l'odeur du liquide lui rappelant la térébenthine qu'utilisait le père d'Abraham.

— J'ai des questions, dit-elle d'une voix calme, mais mal assurée.

— J'ai peut-être des réponses, répliqua Cicero.

— Ezekiel m'a dit que je devais vous parler. Pourquoi ? Qui êtes-vous ?

— Nathan Joseph Cicero. (Il singea une petite révérence depuis sa chaise.) C'est moi qui ai eu la chance de découvrir la créature qui, m'a-t-on dit, réside en ce moment dans ta remise. Je suis là pour te guider vers ton destin !

— Mon père savait-il qu'il allait mourir ?

— Oui, intervint la vieille femme. Et il a tout de même choisi de s'installer avec sa famille à Saint-Ferdinand.

— Pourquoi ?

Venus avait toujours du mal avec ces histoires de destin.

— Parce que, quand je lui ai décrit qui serait sa fille, il a estimé que rencontrer une personne comme elle valait bien ce sacrifice.

Venus ravala un sanglot, chassant l'émotion aussi rapidement qu'elle avait resurgi de son espace de stockage mental.

— Comment tue-t-on cette créature ? demanda-t-elle.

— Avec ça.

Penny tendit la main vers un paquet posé sur ses couvertures, un torchon qu'elle déplia avec précaution, révélant le couteau de cuisine avec lequel elle avait frappé le dieu.

— Ça n'a pas été très efficace la première fois.

— Il est différent, précisa Cicero. Il est imprégné.

— Qu'est-ce que ça signifie ? s'enquit Venus.

— Avant que ton amie plonge la lame dans le corps du dieu, c'était juste un couteau de cuisine ordinaire. Mais, comme avec toutes choses, le contact avec le divin l'a altéré. Rien ni personne ne reste identique en présence d'un dieu. Ce couteau, ta remise… toi.

Venus sentit une vague de gêne l'envahir. Elle n'avait jamais avoué à quiconque à quel point elle avait été proche du dieu. Même sa meilleure amie, qui avait trempé ses mains dans le sang froid de la créature, n'imaginait pas le degré d'intimité entre Venus et le monstre qui avait tué Gabrielle LaForest.

— C'est pour ça que le docteur McKenzie a été capable de faire… ce qu'il a fait ? demanda Penny, pas tout à fait remise de son expérience de sortie du corps.

— Non.

Le vieux Monsieur Loyal se gratta pensivement la joue, décidant de la manière de répondre à la question.

— Au cours de ses voyages, le père de Randy a réuni une liste assez impressionnant de… *trucs*. C'est encore le mot qui convient le mieux, je crois. L'ensemble ne forme pas un livre de sorts. Ce qu'accomplit Randy n'a rien de magique. Il connaît juste des techniques qui lui permettent de faire faire à l'univers certaines choses préétablies. Des choses qui font partie du tissu de la réalité depuis la nuit des temps.

— Comme une porte dérobée dans un logiciel…, dit Venus. Bon, et maintenant ? On prend simplement le couteau, et on poignarde la créature ? De nouveau ?

Cicero but une petite gorgée de son verre. Un sourire pensif demeura sur son visage, alors que son regard fatigué se perdait dans le lointain, ou peut-être le passé.

— Oh, j'ai bien peur que non. L'heure n'est plus à la bravoure, mais à la tragédie. Le temps d'arriver à la prison de la créature, elle se sera échappée. Et inutile de la traquer, elle viendra à nous.

William

William n'avait pas cessé de boire. Assis au volant de sa Lexus, il avait espéré que, l'alcool aidant, le monde changerait. Que, peut-être, l'ivresse lui permettrait à elle seule de remonter le temps de quelques semaines.

Un mois plus tôt, il était sobre. Beatrice était une femme d'intérieur irréprochable au lieu d'un charognard hargneux, et sa douce Audrey était le soleil de ses journées.

William avait envisagé de rouler jusqu'au drugstore. Avec ses clés en poche, il pouvait se procurer ce qu'il voulait. Carl, son pharmacien, parlait souvent des différents médicaments, histoire de passer le temps, de ceux qu'il trouvait le plus intéressants, en particulier à cause de leurs curieux effets secondaires. Un cocktail de Valium et de Percocet lui offrait une porte de sortie plutôt facile, surtout avec l'alcool déjà présent dans son organisme.

En fin de compte, sa voiture l'avait conduit au domicile de Crowley, une belle et grande maison. Sur le côté, Bergeron aperçut un bateau de taille respectable sur sa remorque. Il n'attendait qu'une journée ensoleillée pour aller pêcher.

Crowley lui devait tout. L'inspecteur était compétent, mais la vie n'était pas une méritocratie. Il avait décroché son boulot parce que William, un homme puissant et influent, en avait décidé ainsi.

Un soir, peu après la naissance compliquée d'Audrey, Crowley, Peterson et McKenzie avaient frappé à sa porte. Ils affirmaient pouvoir aider sa fille au cœur fragile, rivalisant de propositions plus saugrenues les unes que les autres. William n'en avait pas cru un traître mot. Jusqu'à ce qu'ils lui fassent une démonstration. Avec précaution, Peterson lui avait dévoilé un tableau d'un geai bleu, si réaliste que l'oiseau avait bougé et gazouillé sur la toile.

Randy avait achevé de le persuader. Le légiste avait apporté un rat de laboratoire blanc. Randy avait introduit son bras à l'intérieur de la cage en fer grossière et tordu le cou à la pauvre bête. Une fois William convaincu de la mort du rat, le médecin lui avait planté plusieurs aiguilles de métal noir dans le corps. Sans tambour ni trompette, le rongeur s'était réveillé, malgré sa colonne vertébrale toujours rompue.

De simples « tours de passe-passe », avaient renchéri les trois hommes, par comparaison aux véritables possibilités. Ils n'avaient besoin que de mettre la main sur un dieu. Avec le soutien de William Bergeron, ils avaient donc ressuscité les Marchands de sable.

Aujourd'hui, McKenzie pourrissait en prison, accusé de meurtre ; Harry Peterson était entre la vie et la mort à l'hôpital de Sherbrooke ; tandis que Crowley, après des années de promesses, était sur le point de ruiner une décennie de travail. Et William et sa femme avaient tout de même perdu leur fille chérie.

Plongé dans ses pensées, il ne remarqua le gros SUV qu'au moment où il tournait dans l'allée. Il n'avait pas eu l'intention d'affronter l'inspecteur. En fait, il ne savait pas vraiment ce qu'il faisait là. Mais voir Crowley épuisé descendre de sa voiture et marcher sans se presser dans sa direction réveilla quelque chose dans l'âme de William.

Sortant en trébuchant de son propre véhicule, l'homme d'affaires ivre tenta d'afficher une certaine assurance, alors qu'il titubait à la rencontre de l'inspecteur. Il aurait préféré éviter cette confrontation, au même titre que cette réunion impromptue chez lui, la veille au soir. Pourtant, il était là, et il allait rappeler au policier qui était le patron.

— Will. Si vous êtes venu vous excuser pour votre femme, vous auriez pu téléphoner, dit Crowley.

— Je n'ai aucune excuse à vous faire, Stephen. En fait, je suis là…

Pourquoi, au juste ? Quelle raison avait-il d'importuner chez lui un homme aussi irascible que Crowley ?

— Je suis là pour vous annoncer que vous ne faites plus partie des Marchands de sable. On vous a flanqué dehors.

— Vraiment ? ironisa l'inspecteur, avec un sourire sans humour. Vous êtes soûl. Montez dans ma voiture, William. Je vous raccompagne.

— Je n'irai nulle part. Vous avez une dette envers nous, Stephen.

William était en colère, son chagrin l'accablait. Quand Audrey était née avant terme, avec le cœur fragile, ses parents savaient qu'elle vivrait avec cette épée de Damoclès au-dessus de la tête. Ils avaient fait de leur mieux pour lui offrir une existence normale. Avec une enfant si pleine d'énergie, ils avaient eu tendance à oublier trop facilement que leur fille était en sursis. Jusqu'au jour où Erica Hazelwood avait informé William de la mort de son bébé. Il avait supplié, imploré qu'on le lui rende, quel qu'en soit le prix. Seul Crowley avait entendu son appel.

— Vous avez une dette envers *moi* ! insista-t-il.

— Une dette ? Je ne vous dois rien, bordel !

Le visage de Crowley virait au cramoisi, un signe avant-coureur de sa colère légendaire.

— Si ! Ma fille ! cracha William.

Son propre visage avait pris une nuance violet foncé, mi-ivre, mi-furieux. Quand il avait procédé à l'identification du corps d'Audrey, Crowley et le docteur McKenzie lui avaient réitéré la promesse faite huit ans plus tôt. Une chance de ramener sa fille. Le médecin légiste prétendait savoir comment retenir l'esprit de l'enfant dans ce monde. L'inspecteur affirmait pouvoir obtenir de Peterson un portrait d'elle, plus convaincant, plus vivant que ses fichus piafs. Ensemble, avec le dieu en leur pouvoir, ils la ramèneraient. William s'était accroché à cette promesse de toute la force de ses émotions.

— Ah oui ? Eh bien, si vous voulez que je tienne mes engagements, je vous conseille de me foutre la paix !

Sa main blessée arracha une grimace involontaire à Crowley, alors qu'il serrait les poings.

— Et ça vaut pour votre grosse vache de femme et les autres abrutis de votre petit club !

Dans son brouillard éthylique, William s'aperçut que Crowley était affaibli.

— Vous voulez la paix, « inspecteur » ? s'enhardit-il. Eh bien, vous allez l'avoir. En fait, vous n'êtes plus sur cette affaire, « inspecteur ». Nous vous avons déjà trouvé un remplaçant. Les Marchands de sable se passeront de vos services.

— Oh, vraiment ? Et qui va vous aider à récupérer votre fille, alors ?

— Votre fils ! répondit William, qui sourit d'un air triomphant, s'attendant à réduire son adversaire au silence.

— Daniel ? réagit Crowley, plus perplexe que défait. Espèce de fumier ! Ne mêlez pas mon garçon à ça !

— Pas Daniel. Francis.

Cette fois, Bergeron obtint l'effet escompté. Crowley le regarda bouche bée.

— Oh, oui, poursuivit William. Votre fils prodigue, de retour à Saint-Ferdinand depuis quelques jours. Il a décidé de nous aider, et vous êtes viré.

Les deux poings serrés à présent, Crowley semblait prêt à réduire son interlocuteur en bouillie. Toutefois, la douleur qui fusait dans sa main droite manqua de lui faire perdre connaissance. Quand sa vision s'éclaircit, il ne vit que le sourire satisfait gravé sur le visage rougeaud de cet ivrogne de Bergeron.

Sans réfléchir, l'inspecteur dégaina son arme de service et, d'un seul mouvement fluide, tira un coup de semonce à une trentaine de centimètres à côté de l'homme d'affaires rondouillard.

Telle était du moins son intention. Mais, à cause de sa blessure à la main, son tir manquait de précision. La balle de 9 mm perfora l'œil droit de William Bergeron et traversa son cerveau, avant de ressortir à l'arrière de sa tête en emportant un assez gros morceau de son crâne.

Bergeron ne tomba pas à la renverse de manière théâtrale, mais s'écroula comme une poupée de chiffon. Par l'œil qui lui restait, il vit les arbres du jardin de Crowley qui se dressaient vers le firmament, encadrant un tableau étoilé. Incapable de battre des paupières, de penser, il n'était même pas sûr de voir par son œil. Il était allongé, immobile, depuis moins d'une seconde, quand sa fille apparut et s'agenouilla à côté de lui. Elle avait des clous en fer noir plantés dans les orbites, et une coupure superficielle marquait son si joli visage, mais c'était bien elle. Son Audrey.

William tenta de sourire, mais ses muscles ne voulurent rien savoir. Il retrouvait enfin sa fille. Cette fois, ils ne se quitteraient plus. Il scruta les traits de son petit ange, pour y lire la confirmation que tout se passerait bien, mais il n'y vit qu'inquiétude et tristesse.

Puis il entendit autre chose approcher. Quelque chose de terrible et de froid, une force ancestrale et mauvaise. Il essaya de bouger, mais n'y parvint pas. Sa fille posa une main sur sa joue et articula en silence : « Je t'aime, papa », avant que les ténèbres le dévorent.

Venus

L'attente était insupportable. Assise par terre dans la tente de Cicero, au même endroit que Penny un peu plus tôt, elle tenait son verre vide à la main et regardait au loin, tentant d'y voir clair dans ses sentiments. C'était un numéro de jonglerie. Un moment, elle voulait se précipiter chez elle, espérant y rencontrer son père, en vie et bien portant. Puis elle pensait aux conséquences, si le dieu était libre, et n'avait qu'une envie : abandonner ce cirque, ses amis, et simplement fuir Saint-Ferdinand. Le compromis, attendre ici que la créature se manifeste, lui semblait la pire décision.

Penny avait posé le couteau de cuisine sur l'unique table, où Cicero buvait. Le vieil homme refusait d'y toucher, mais ne parvenait pas non plus à en détacher les yeux. Un ustensile si banal. Difficile d'imaginer qu'il servirait pour leur baroud d'honneur.

Qui le brandirait ? Aucun d'eux ne se distinguait par ses qualités de guerrier. Penny avait demandé si le cirque avait un lanceur de couteau, ou un jongleur. Un artiste qui utilisait couramment des lames dans son numéro saurait forcément manier une telle arme. Mais cette proposition ne retint pas l'attention de Cicero. En fait, l'idée même de résistance ne paraissait guère l'intéresser.

Penny avait cherché à la réconforter, mais Venus l'avait repoussée avec douceur. Elle ne pouvait pas se permettre de laisser son chagrin la distraire du présent.

Son amie était donc allée voir Daniel Crowley. Le fils de l'inspecteur n'avait pratiquement pas prononcé un mot depuis son arrivée. En surprenant des bribes de conversation, Venus comprit qu'il avait, lui aussi, subi une grande perte.

Cicero lançait fréquemment des regards furtifs vers l'adolescent. Par conséquent, quand Daniel se dirigea brusquement vers son bureau, le vieil homme fronça les sourcils, tentant péniblement de se lever. Ses doigts noueux formèrent des poings, alors qu'il trébuchait et heurtait sa propre chaise.

— Monsieur Crowley..., commença-t-il.

Mais il remarqua immédiatement qu'il ne parlait plus au Daniel qu'il avait rencontré auparavant. Ni même au garçon revenu de Sherbrooke quelques heures plus tôt. Le fils Crowley semblait anéanti. Une coquille vide avait remplacé le quart-arrière-vedette du lycée. Les bras ballants, les épaules avachies, il donnait l'impression de courber l'échine sous le fardeau de son chagrin. Ses yeux étaient les plus éloquents : froids et retranchés, ils ne s'animèrent qu'au moment de se poser sur le propriétaire du cirque.

— Monsieur Cicero ? dit-il. Il faut qu'on parle.

— Je vous ai dit tout ce que je pouvais, monsieur Crowley. Qu'attendez-vous encore de moi ?

Daniel dressa sa silhouette imposante de l'autre côté du bureau, face au vieil homme. Quand il était tout sourires et plein d'assurance, il respirait le charisme. Mais en proie à la colère et au chagrin, il devenait une présence menaçante, dans laquelle Venus reconnaissait en partie son père. Et le Monsieur Loyal également.

— Je n'ai besoin de rien. Je veux me rendre utile.

Pour la seconde fois, Cicero fut surpris. Il regarda en direction de la diseuse de bonne aventure, qui lui fit un signe de tête entendu.

— Je ne pensais pas être heureux un jour d'accueillir un Crowley dans mon humble demeure. Mais je ne suis pas celui qui a besoin de vous en ce moment, Daniel.

D'un geste du menton, le vieil homme pointa en direction de Venus, qui se serait bien passée de ce regain d'attention, pour mariner tranquillement dans sa détresse. S'apercevant du spectacle qu'elle offrait, elle rougit. Elle ne voulait pas que Daniel la voie ainsi, avec cet air éploré et ce regard vide qui n'avaient pas quitté Penny pendant toute la semaine. Elle se détourna, mais il approcha et s'agenouilla face à elle.

— McKenzie ? Ça va ?

— Non. Et toi ?

— Non plus.

Il fit mine de l'étreindre, mais comme avec Penny, Venus se déroba. Elle ne voulait pas qu'on la console, pas si elle devait donner un sens à sa peine.

— Qu'est-ce qui t'est arrivé ? demanda-t-elle, pour chasser ce moment de gêne.

— Sasha est morte. Elle n'est jamais venue à notre rendez-vous parce qu'on l'a tuée. Mon père ne m'a rien dit.

Venus se rappela la petite amie de Daniel pour l'avoir aperçue au lycée. Ils ne fréquentaient pas les mêmes cercles, mais elle était populaire et intelligente. Elle habitait en ville, pas dans les villages environnants. Dans le peu de contacts qu'elles avaient eu, elle s'était toujours montrée polie et cordiale. Sasha et Daniel semblaient former le couple idéal. Le roi et la reine du bal.

— Je suis vraiment désolée, dit-elle, avec toute la sincérité dont elle se sentait capable.

— Merci. Je… Je ne sais pas trop ce que j'éprouve. (Il lança un coup d'œil de biais vers Penny.) Tu y crois ? Ce qu'ils disent à propos de ton père.

— Peut-être. Je n'en ai pas envie.

Venus regarda de manière accusatrice Cicero et la diseuse de bonne aventure. Si l'habit ne faisait pas le moine, les yeux bleu pâle ne laissaient pas de place au doute. La vieille femme observait la scène avec la résignation de ceux qui savent. Elle contemplait leur petit groupe avec une profonde tristesse et une compréhension infinie, comme si elle pouvait déjà les voir morts.

— Libre à vous de ne pas me croire sur parole, dit la vieille femme d'une voix rauque.

Elle traîna sa chaise vers les deux adolescents.

— Venus, veux-tu que je demande à Ezekiel de te ramener chez toi ? Pour que tu puisses t'en rendre compte par toi-même ? Si j'ai raison, tu meurs, mais au moins, tu auras une certitude.

Venus en avait trop vu pour courir ce risque. Au fond, elle savait que la diseuse de bonne aventure ne se trompait pas, mais elle ne se sentait pas encore prête à l'accepter.

— Et ma mère ?

La question lui trottait dans la tête depuis un moment. Virginie avait amené le chat de Venus au cirque ; depuis, pour une raison ou pour une autre, elle avait disparu. Personne ne l'avait mentionnée, et tout à son chagrin, Venus avait presque oublié sa mère.

— Elle va bien. Elle est retournée chez vous pour jouer son rôle. Elle est plus forte que je le pensais, ajouta la vieille femme, avec une pointe de fierté dans la voix.

— Mais elle est en vie ? Elle va vivre ?

— Tout le monde meurt un jour, mais pour elle, ce ne sera pas cette nuit.

— Comment pouvez-vous faire ça ? demanda Daniel. Comment pouvez-vous rester les bras croisés, à attendre que les choses se passent ?

Venus partageait son indignation. Dans tout ce qu'elle avait entendu ces dernières semaines, le plus dur à avaler demeurait cette idée d'immuabilité de certains événements. Pour l'essentiel, Cicero lui avait expliqué que la diseuse de bonne aventure avait prédit qu'ils l'emporteraient. À la fin, le dieu serait vaincu. Le vieil homme n'avait pas précisé comment, mais apparemment cette arme banale posée sur la table était censée accomplir cette tâche.

— Je vois le prix de la victoire et la voie qui y mène, répondit la vieille femme. Même si nous pouvions bouleverser cet équilibre, pourquoi prendre le risque que la situation empire ?

— Alors, la fin justifie les moyens ? demanda Venus.

— C'est une façon de voir les choses. Une autre est de considérer qu'en permettant au dieu de s'échapper nous nous rendrions coupables d'une faute impardonnable.

— Comment avez-vous appris à prédire l'avenir ? s'enquit Venus. C'est un truc, comme ceux de mon oncle ?

— Oh, non. C'est un don, un cadeau de la créature que tu as enfermée dans ta remise. Avec du recul, je m'en serais bien passée.

— Pourquoi ?

— J'ai demandé le pouvoir de voir l'avenir, si, en contrepartie, j'acceptais de libérer le dieu. Ni la première ni la dernière d'une longue lignée d'imbéciles qui se sont crus plus malins qu'une divinité. Eh bien, il m'a exaucée, et la première chose que j'ai vue, c'est le mal qu'une telle créature sèmerait sur le monde. Alors, je n'ai pas respecté ma part du marché, sachant pertinemment que j'y perdrais mes amis et ma famille.

Venus baissa les yeux vers son verre vide. Elle eut un haut-le-cœur à l'idée de ce qu'avait enduré la vieille femme. Devoir renoncer à ses proches pour le bien commun. Elle n'était pas sûre qu'elle en serait capable. Si elle n'avait pas eu l'estomac vide, hormis le bourbon et son chagrin, elle aurait probablement vomi.

— Pourquoi ma mère vous a-t-elle amené mon chat ? demanda-t-elle, changeant de sujet.

— Elle et moi nous connaissons depuis longtemps, mon enfant. Bien avant ta naissance.

Apparemment, villageois et forains entretenaient des relations de longue date, même si leur nature exacte restait floue.

— Je ne comprends toujours pas pourquoi on attend ici, sans rien faire, intervint Daniel. Ne devrait-on pas réfléchir à un plan ? se préparer ?

— Nous avons eu toute la vie pour ça, monsieur Crowley, répondit Nathan Cicero. Nos jours sont comptés. Il y a longtemps que nous aurions dû transmettre le flambeau. Mais la vérité, c'est que nous n'en savons pas beaucoup plus que vous. Depuis toujours.

— Transmettre le flambeau ? Et si nous refusons cette responsabilité ?

— Personne n'en veut, admit Cicero. Les circonstances n'attendent pas que se manifeste un candidat pour la gloire. S'il s'en présente un, tant mieux. J'avais cru comprendre que vous souhaitiez vous rendre utile. Mais peut-être êtes-vous davantage le digne fils de votre père que je le pensais.

— Qu'est-ce que vous insinuez ?

Venus vit les poings de Daniel se serrer, confirmant en partie le propos du vieil homme.

— La normalité ne se prête pas à la grandeur, monsieur Crowley. Celui qui mène une vie tumultueuse augmente ses chances de laisser sa marque. Votre vie sera d'autant plus gratifiante qu'elle sera passionnante. Je ne devrais pas avoir à en convaincre quelqu'un de votre âge. Acceptez ce cadeau que vous fait l'existence pour ce qu'il est. Cette terrible tragédie vous donne la possibilité de devenir des héros, jeunes gens.

— Ça ne m'intéresse pas, dit Venus, qui serra les genoux contre sa poitrine.

— Je suis désolée, mon enfant, soupira Katrina. Pour certains, c'est un choix, mais le reste d'entre nous ne peut que jouer son rôle.

— J'ai dressé une liste des associés de mon grand-père. Je peux continuer ses recherches. Pourquoi ne peut-on pas juste utiliser cette prétendue malédiction de Cicero pour prendre le dieu au piège, en attendant de trouver une solution permanente ?

— Ce n'est pas un sort qu'on jette, expliqua la vieille femme, mais un marché, un accord conclu entre le dieu et un homme. Un engagement qui les lie.

— Et donc, si Cicero meurt…

Venus regarda de nouveau en direction des étranges yeux bleus du vieil homme.

— Le marché arrive à son terme et le dieu est libre, oui.

Pour la première fois, Venus s'aperçut que parmi eux, seul Nathan Cicero souriait. Il leva son verre pour trinquer.

— Aujourd'hui, me semble-t-il, est un beau jour pour mourir. Il en vaut bien un autre.

Puis, le vieux Monsieur Loyal avala le reste de bourbon, cul sec.

Crowley

Les deux hommes se dévisageaient intensément. L'inspecteur Crowley, dominé par la rage et la détermination, et Chris Hagen, suffisant et maître de lui. Quelques mètres et une quinzaine d'années les séparaient.

Contrairement aux autres Marchands de sable, Chris n'était pas surpris de voir Crowley, l'arme à la main, le teint écarlate et son uniforme trempé de sueur, sur la pelouse des Bergeron.

Beatrice Bergeron posa immédiatement une main protectrice sur l'épaule du jeune homme. Chris l'en écarta poliment, avant de marcher à la rencontre de son père.

— J'attendais ta visite, lança Hagen avec enthousiasme. Je suppose que William est allé te trouver ?

— Je n'ai rien à te dire, mon garçon, répliqua Crowley, envoyant des postillons briller dans la faible lumière matinale. Je sais reconnaître un perroquet quand j'en vois un.

Chris porta la main sur son cœur de manière mélodramatique, avant de se redresser et de mettre calmement les mains dans les poches. L'image même de la nonchalance.

— Aïe ! ça fait mal, Stephen. Me permets-tu de t'appeler Stephen ?

— Rien à foutre.

L'inspecteur serra son poing blessé, sentant le sang suinter de nouveau à travers le pansement.

— Dis-moi juste où est ta mère.

— Quelle raison aurais-je de le faire ?

Hagen se mit à tourner autour de son père, l'étudiant sous tous les angles, comme un spécimen de laboratoire.

— Aurais-tu eu les yeux plus gros que le ventre, Stephen ? As-tu besoin que ta femme revienne tout arranger ?

— Où ? insista Crowley.

— Loin. Mais tu as raison. C'est elle qui m'envoie. Elle s'inquiète de tes progrès.

Chris Hagen jeta un coup d'œil aux membres de la secte derrière lui. Des villageois ordinaires, séduits par la promesse de quelque chose qui les dépassait. Des moutons, pour la plupart.

— Pour l'instant, je ne suis pas impressionné par ce que tu as accompli.

Le jeune homme se retourna vers l'inspecteur, lui adressant un sourire éclatant, plein d'arrogance.

— Mais je pense pouvoir prendre le relais.

Crowley regarda dans les yeux de Chris Hagen, mais tout ce qu'il pouvait voir, c'était son fils, Francis. Il ne l'avait pas revu depuis le jour où Marguerite l'avait quitté. Elle se sentait déprimée, depuis la disparition de son père, trois ans plus tôt, mais ce soir-là, elle avait semblé toucher le fond. Elle divaguait, à propos de monstres et de dieux. Stephen, alors simple flic, travaillait tard. Il avait promis à sa femme de rentrer immédiatement à la fin de son service. Mais à son retour, elle avait fait ses valises, emmenant leur fils aîné. Elle n'avait laissé qu'un coffre en bois à moitié vide sur leur lit, et le petit Daniel, en train de pleurer dans son lit d'enfant.

Le lendemain, Crowley avait remonté sa piste jusqu'au cirque et à son propriétaire, un vieil homme nommé Nathan Joseph Cicero. Un ami d'Edouard Lambert, le père de Marguerite. Fatigué, bouleversé et prêt à tout, Crowley n'avait pas eu la patience d'écouter les réponses ambiguës et évasives de Cicero. La situation avait rapidement dégénéré, et il avait laissé ses poings parler à sa place.

Une décennie et demie plus tard, juste au moment où l'inspecteur sentait que la réussite lui tendait les bras, son premier-né réapparaissait. Et ce fils de pute essayait de lui voler le fruit de son travail.

— Tu penses que ces imbéciles vont te mener au dieu ? ricana Stephen. Ces crétins ne seraient pas fichus de trouver le sol s'ils tombaient d'une chaise.

— Allons, allons, Stephen. Le fonctionnaire que tu es devrait témoigner plus de respect aux habitants de son village, le réprimanda Hagen. Mais, non, je n'attends rien de tel de leur part. Pendant que tu perdais ton temps en vaines recherches, maman et moi avons travaillé. J'ai étudié. J'ai exécuté les rituels, j'ai lâché des âmes dans la rivière pour suivre le courant. Encore quelques morts, et je serai en mesure de repérer le dieu, où qu'il se cache. Pour une fois, peut-être que tu peux te rendre utile, Stephen. Qu'est-ce que tu en dis ?

Crowley balança sa main droite en sang en direction de Chris Hagen. Le jeune homme sautilla à gauche de son père, léger et agile, mais il ne vit pas la feinte. La main gauche de Crowley se referma comme un étau sur le cou de Hagen, manquant de lui broyer la trachée.

Exploitant sa taille et son poids, l'inspecteur projeta Hagen à terre, sans lâcher sa gorge. Il pressa son genou droit sur la poitrine de ce fils qui l'avait renié, avant d'approcher son visage à quelques centimètres du sien. Surpris, le groupe de villageois qui se faisaient appeler les Marchands de sable retint son souffle.

— Tu crois pouvoir m'acculer, mon garçon ? (Une pluie de postillons s'abattit sur Chris Hagen.) Tu veux que je te montre de quoi je suis capable quand je n'ai rien à perdre ?

Pendant toutes ces années, ce qu'il avait accompli, les compromis qu'il avait acceptés, il avait tout fait dans l'espoir de retrouver Marguerite et Francis. De comprendre pourquoi elle était partie et ce qui était arrivé à son père, Edouard. Le coffre en bois et son contenu lui avaient ouvert un monde de possibilités, un millier de pistes à explorer, susceptibles de le mener à sa femme et à son fils. Cette idée fixe avait guidé tous ses choix dans l'existence. Les seuls moments où il parvenait à oublier temporairement sa quête obsessionnelle, il les devait à…

— Daniel.

Beatrice Bergeron avait parlé. La femme rondouillarde se tenait à environ un mètre du père et du fils qui luttaient. Sa voix tailla dans la rage aveuglante qui dévorait Crowley, alors qu'il étouffait son fils aîné. Son fils qui n'était revenu que pour tout lui prendre.

— Voilà ce que vous avez à perdre, monsieur Crowley, poursuivit-elle. Si vous ne lâchez pas immédiatement M. Hagen, je jure devant Dieu que nous mettrons tout en œuvre pour que vous le perdiez, lui aussi.

La première pensée de l'inspecteur fut d'égorger la grosse vache. En fait, à ce moment précis, il aurait volontiers abreuvé la pelouse des Bergeron du sang de ses anciens amis et alliés. Le départ de sa femme avait creusé un trou béant dans son âme, mais le fils qu'elle avait abandonné derrière elle l'avait comblé.

À contrecœur, Crowley lâcha la gorge de Chris Hagen, y laissant les empreintes blanches et nettes de ses doigts.

— C'est bien, Stephen, ajouta la veuve insouciante de William, alors que Hagen rampait hors de l'ombre de l'inspecteur. Tout doucement.

Grosse vache. Je devrais peut-être te dire ce que j'ai fait à ton mari, pensa Crowley, qui aurait voulu avoir le dernier mot avant de partir. Mais il était trop intelligent pour se compromettre. Bientôt, tout serait terminé, et quand les choses se tasseraient, il se féliciterait de sa prudence.

L'inspecteur s'éloigna à reculons, lentement suivi par la dizaine de personnes réunie dans le jardin. Leurs yeux disaient clairement qu'ils ne se feraient pas prier pour mettre la menace de Beatrice à exécution.

Alors qu'il démarrait son SUV, Crowley se consola avec l'idée qu'ils se croyaient à l'abri. Ces idiots pensaient l'avoir neutralisé. Ils ne comprenaient pas ce qu'ils avaient fait. Ils ne lui avaient pas rappelé qu'il avait une raison de vivre, ils lui en avaient donné une de tuer.

Virginie

Le téléphone pendait mollement dans la main gauche de la mère de Venus, en arrêt devant le spectacle qui s'offrait à elle. La voix de Jackie grésillait faiblement à l'autre bout du fil, au poste de police, tandis que la dispatcheuse tentait d'obtenir de Virginie qu'elle réponde à ses questions.

Sa décision avait été soudaine. Katrina avait prédit qu'elle mourrait en voulant empêcher ce que l'avenir réservait à Venus. Elle avait également ajouté qu'elle échouerait, mais ses prophéties ne précisaient pas quand et comment Virginie participerait à ce jeu fatal.

Alors, pendant qu'elle pleurait son mari dans la solitude d'une tente, elle avait réfléchi. Elle pouvait se résigner et attendre au cirque, comme du bétail promis à l'abattoir, ou choisir d'affronter son destin. Elle avait décidé de voir par elle-même ce qu'il était advenu de Paul, de se rendre compte quelle part de vérité contenaient les prédictions de Katrina. Peut-être même de les faire mentir.

— Madame McKenzie ? grésilla la voix depuis le téléphone entre ses doigts. J'ai l'inspecteur Crowley en ligne. Je vous le passe ?

La main de Virginie tremblait, elle faillit laisser tomber l'appareil. Une brouille de longue date opposait Stephen Crowley et Nathan Cicero. De son côté, si elle ne le considérait pas comme un ennemi, elle se méfiait de lui depuis toujours. Voir Venus avec son fils l'avait d'ailleurs réellement étonnée. Pourtant, à titre personnel, elle n'avait rien à reprocher aux Crowley père et fils.

— Oui, passez-le-moi.

— Madame McKenzie ?

La voix de l'inspecteur coupa distinctement parmi les parasites. Il semblait fatigué et tendu.

— On me dit que vous avez un problème qui sort de l'ordinaire ?

Le terme était faible. Virginie s'éclaircit la voix.

— Oui. Je pense que vous devriez jeter un coup d'œil.

Elle hésita un moment, avant d'ajouter :

— Et euh… ne venez pas seul.

L'inspecteur lui répondit, mais elle ne pouvait plus l'entendre. Elle baissa de nouveau la main sur le côté, et le téléphone tomba dans l'herbe.

C'était son premier pari. À en croire Nathan, Crowley se fourvoyait ; cet imbécile resterait les bras croisés pendant que tout s'effondrerait. Mais si le tenir à l'écart du dieu dans sa remise lui permettait justement de survivre aux événements qui se préparaient ? Et si, comme pour tant d'autres avant lui, sa rencontre avec le dieu marquait sa fin ? Et s'il suffisait de ça pour faire mentir la prédiction de Katrina à propos de Venus ?

N'écoutant que sa raison et son courage, elle approcha pour s'adresser à la créature devant elle. C'était le moment de tenter son second pari.

Ce n'était pas le monstre auquel elle s'attendait. Au premier regard, il se présentait comme une masse grouillante de vrilles de chair et d'os. Au centre de ce treillis vivant de restes humains et d'animaux, elle put néanmoins distinguer le dieu. Ses proportions correspondaient à celles d'un enfant à peine plus âgé que sa fille. Si elle avait eu affaire à un simple mortel, elle aurait pu éprouver de la compassion pour cette créature. Mais à part deux yeux de braise, elle ne se composait que de sang et de ténèbres. Chaque pas, chaque petit mouvement de la tête avait quelque chose de maladroit, d'emprunté.

Un examen attentif de la belle cape d'os et d'organes révéla les corps disloqués d'un adolescent et de son mari, Paul. Impossible de voir où s'arrêtait l'un et où commençait l'autre. Alors que le dieu s'avançait, de nouveaux pans de la robe macabre se décollèrent du mur de la remise. De discrètes convulsions et contractions suggérèrent que tous les éléments qui composaient l'horrible vêtement n'avaient pas encore reçu l'autorisation de mourir.

Le monstre continuait de parfaire sa création, déplaçant tel tendon ou décalant tel éclat d'os. Virginie tenta d'y donner un sens. S'agissait-il d'un tableau ? d'un costume ? Ou l'habit servait-il quelque ambition plus sinistre ?

— H-hé..., lança Virginie. Je veux passer un marché avec toi. C'est bien ce que tu fais ? Tu conclus des pactes ?

La créature poursuivit son travail, bougeant rapidement ses doigts agiles et trempés de sang pour rectifier la position de certaines parties de son œuvre. L'avait-elle entendue ? Des minutes s'écoulèrent, la chaleur et la puanteur devenant de plus en plus insupportables dans le charnier exposé au soleil matinal.

— *Pas avec toi*, répondit enfin le dieu, d'une voix dépourvue d'émotion, excepté la haine et le mépris.

— Pourquoi ?

Virginie se sentit presque insultée. En quoi n'était-elle pas digne de se voir accorder ce que tant d'autres avant elle avaient reçu ? Le dieu avait-il conscience de ses plans ?

— *Tu as manqué à ta parole. Nous ne sommes plus liés.*

— Tu ne m'as jamais rencontrée ! Tu... Tu ne me connais même pas !

Le dieu s'interrompit dans son travail et se tourna lentement vers Virginie, dont le cœur se mit à battre la chamade, alimenté par l'adrénaline qui déferlait dans ses veines. La créature allait certainement l'empoigner et utiliser sa chair pour compléter son œuvre. L'idée, si terrifiante soit-elle, avait son charme quelque peu pervers. Voir son corps mêlé aux restes de son mari. Sa peine, son chagrin et sa peur, oblitérés en même temps que son cerveau, son esprit et son âme. Mais le dieu se contenta de l'observer, sans bouger.

— *Je te connais*, répondit-il, sa voix crissant directement dans son crâne. *Katrina. Tu as manqué à ta parole, et tu recommenceras.*

— Quoi ? Non. Katrina est ma mère…

Comment cette créature percevait-elle le monde ? Des images ? Des odeurs ? Des âmes ? Quoi qu'il en soit, Virginie devait la persuader qu'elle était un individu unique, différent et digne de confiance. Qu'elle pouvait passer un marché avec un dieu.

— Je peux t'aider ! Je peux te rendre ta liberté. *Écoute-moi*, supplia-t-elle, mais le dieu retourna patiemment à son travail, sans lui prêter plus d'attention.

Elle plaidait toujours sa cause quand le SUV de Stephen Crowley s'engagea dans l'allée des McKenzie.

Crowley

Stephen Crowley était cloué sur place, dans un silence respectueux mêlé de crainte. Pendant dix-huit ans, il avait traqué la chose qui se tenait devant lui. « Un dieu de haine et de mort ». Il avait lu cette expression si souvent. Maintenant, il connaissait la vérité. Si terribles que soient ces pouvoirs, ils étaient contenus. Un cinglé avait gardé la créature en captivité dix-huit années durant. Avant lui, un œil sur un tableau miraculeux avait rempli cet office, et une cabale d'imbéciles encore avant. À présent, une webcam à cinquante dollars empêchait ce soi-disant dieu de sortir d'une vieille remise. Même avec un cadenas bousillé, il ne pouvait pas s'aventurer hors d'un périmètre limité.

Et tout ça, grâce à la malédiction de Cicero. Tel le génie d'une lampe magique, le dieu pouvait exaucer les désirs les plus fous. Du moins l'espérait-il. Marguerite en avait su beaucoup plus que lui sur le sujet. Mais après la mort de son père entre les griffes du dieu, elle avait disparu. L'inspecteur avait toujours cru qu'elle avait cédé à la peur. Le retour de Francis suggérait une autre hypothèse.

La blessure à sa main droite lui cuisait, si près de la créature, comme si le sang cherchait à fendre la croûte et suinter vers le dieu.

Non que ce dernier eût besoin de matière. Il avait déjà transformé la remise des McKenzie en un musée des horreurs. Des os, des viscères et des veines décoraient les murs, semblant palpiter en rythme avec les battements de cœur de plus en plus rapides de Crowley.

L'inspecteur se pencha pour éteindre un téléphone qui gisait à terre. Virginie McKenzie, qui avait appelé au poste, n'était visible nulle part. Difficile de savoir si le dieu l'avait déjà intégrée à son œuvre effrayante.

Le dieu.

Il se tourna pour observer Crowley de ses yeux rouges brillants.

— Je… euh… Je suis venu te délivrer.

La voix de l'inspecteur lui parut plus faible qu'il en avait eu l'intention. La créature ne répondit pas ; elle resta immobile, attendant plus que des mots.

— En échange de quelques faveurs…

— *Tu es… nouveau.*

Sa voix était légion, chaque syllabe, un cri tout droit sorti de l'enfer pour s'imprimer au fer rouge dans le cerveau de Crowley et y former des mots.

— *Tu penses réussir à m'entraver avec d'autres chaînes.*

— Non. (À quoi bon mentir ?) Je ne demande qu'à t'aider, mais comme je sais que tu ne portes pas les humains dans ton cœur, je préfère éviter d'avoir à subir ta colère.

— *Ma liberté contre ta sécurité ? Accordé.*

— Et celle de mon fils ! se hâta d'ajouter Crowley.

On disait que le contact avec le divin changeait un homme. Qu'il lui donnait du pouvoir. Sa quête lui avait déjà tant coûté. Ce n'était pas simplement qu'il en voulait plus : il l'avait mérité.

— Et aussi… Et aussi ta grâce.

Le dieu inclina la tête sur le côté, dans un geste étonnamment humain. Il approcha, une odeur nauséabonde de sang frais émanant de son corps au lustre cramoisi. À travers le treillis sanglant, Crowley put enfin distinguer le détail de ses traits. Une absence de lèvres, de pores et de nez. Juste deux yeux de braise. Guère plus qu'une forme humaine, dessinée par un enfant.

— *Tu souhaites partager… mon pouvoir. Recevoir ma grâce…*, répéta le dieu de haine et de mort, amusé.

Chaque mot tailla dans les pensées de Crowley, telle la lame d'un couteau.

— *Approche.*

Venus

Venus regarda son reflet dans la lame de Penny, ses yeux émeraude injectés de sang et fatigués. Où qu'elle et ses amis se tournent dans l'espoir de trouver de l'aide pour se débarrasser de la créature dans sa remise, ils étaient allés de déception en déception, d'échec en échec, et de révélation en révélation, toutes plus épouvantables les unes que les autres. Chacun d'eux avait subi au moins une tragédie personnelle. Et à moins que Katrina et Cicero se trompent, le dieu était libre, à présent, et il arrivait pour en finir avec eux.

Tout les ramenait aux prédictions de la vieille femme. Plus ou moins précises, elles se vérifiaient l'une après l'autre. Au-delà de la journée du lendemain, Katrina ne parvenait pas à voir grand-chose, et elle-même ne pouvait pas expliquer pourquoi.

— Tu y crois ?

Venus leva les yeux vers Daniel Crowley, qui se tenait devant elle, les mains dans les poches, prenant sur lui pour garder l'air calme.

— Je n'ai aucune raison de ne pas y croire, répondit-elle. Jusqu'à présent, tout ce qu'on nous a dit est vrai.

— D'accord, sauf que c'est tout de même complètement dingue.

Il s'assit par terre à côté d'elle, lui donnant un petit coup de coude amical.

— Tu n'as pas tort, reconnut-elle.

La matinée était passée sans autre incident. Le cirque devait ouvrir ce jour-là, mais aucun client n'était venu. Pourtant, les artistes et le reste des employés avaient vaqué à leurs occupations, imperturbables. On avait préparé le pop-corn et la barbe à papa. On avait démarré la grande roue, qui tournait.

— Qu'est-ce que tu fais avec ça ? demanda Daniel en montrant le couteau. C'est dangereux, non, si ça peut tuer un dieu ?

— Katrina me l'a donné, répondit Venus, qui effleura le fil de la lame bien aiguisée du bout du pouce. C'est moi qui suis censée combattre le dieu, elle m'a dit. Elle ne dit pas si je gagne. Je ne crois pas pouvoir nous sauver.

— Tout ça reste très vague, non ? Comme si elle n'était pas sûre.

— Je ne pense pas qu'elle le soit. Elle s'est résignée, je crois. Je m'étonne qu'elle n'ait pas eu plus à dire sur ta situation, Daniel.

Venus reporta son attention de la lame sur le fils de l'inspecteur. Elle n'était pas certaine que sa remarque soit un simple constat ou une observation plus accusatrice. Mais elle ne s'expliquait toujours pas pourquoi l'apparition de Dan avait semblé plonger Cicero dans la stupéfaction.

— Peut-être parce que je suis le seul dont les parents ne sont pas encore morts, dit-il.

Sans un mot, Venus se leva et s'éloigna, laissant le couteau sur le sol.

— Et merde…

Le fils Crowley ramassa l'ustensile de cuisine et la suivit en trébuchant, pestant contre son manque de sensibilité.

— Venus, je suis désolé ! Je ne voulais pas…

Elle s'arrêta, et Daniel se sentit soulagé. Il n'avait vraiment pas besoin de se brouiller avec ses derniers amis pour une gaffe stupide. Son père était une cause perdue, le frère qu'il n'avait pas connu un psychopathe, et Sasha était morte. Sa solitude lui pesait comme jamais.

Cependant, alors qu'il rattrapait Venus, son soulagement se mua en appréhension.

Des lumières rouge et bleu se reflétaient sur les tentes près de l'entrée du cirque. Surgi des baraques foraines et de sous les auvents, un cercle se formait autour d'un SUV de police isolé.

— Papa ? dit Daniel.

En dépit du silence, il y avait de l'électricité dans l'air. Autour du véhicule, certains ne cachaient pas l'hostilité que leur inspirait leur visiteur. D'autres, visiblement effrayés, se blottissaient les uns contre les autres, tels des animaux terrifiés. Mais tous semblaient reconnaître Stephen Crowley et voir en lui un ennemi.

Venus avança vers l'entrée de la tente de Cicero. Les yeux encore troubles et l'estomac toujours noué, elle attendit la suite des événements. Elle se sentait partagée entre le désir de se précipiter à la maison, dans l'espoir d'y trouver son père en plein travail au garage et sa mère en train de faire sécher des feuilles de thé, et l'envie d'entendre l'inspecteur révéler que tout ça n'était qu'une farce cruelle, concoctée par ces horribles forains. Ses jambes décidèrent pour elle. Elle resta clouée sur place, la curiosité morbide l'emportant sur la raison.

La portière s'ouvrit côté conducteur. Calme et déterminé, Stephen Crowley descendit de son SUV. De ses yeux fatigués et impassibles, il parcourut le petit attroupement. Venus vit qu'un pansement ensanglanté lui enveloppait la main droite. Son uniforme était sale, marqué de taches d'herbe. Il avait passé une nuit éprouvante.

— Nathan Joseph Cicero ! appela Crowley, qui plaça sa main valide sur le pistolet à sa ceinture.

Venus reconnut quelque chose dans sa voix. Des clous sur un tableau noir. Des aiguilles dans son esprit. Le dieu était libre ; dorénavant, une partie de lui occupait le corps de Stephen Crowley.

L'inspecteur était là pour tuer le propriétaire du cirque. Venus le savait, comme tous les témoins de la scène. Les forains n'avaient pas fait halte à Saint-Ferdinand dans l'intention de donner une représentation ordinaire, mais d'attester la mort d'un homme qui avait maudit un dieu.

Venus regarda la foule. Certains accompagnaient Cicero dans ses voyages depuis des décennies. Tous avaient tissé des liens avec lui et tous connaissaient son destin. Pourtant, ils l'avaient suivi.

Le vieil homme l'arracha à ses pensées en passant à côté d'elle, vêtu de son smoking bleu pastel et coiffé de son haut-de-forme assorti. À l'instar de celui qui le portait, cet accoutrement extravagant appartenait à un autre âge. Le propriétaire du cirque s'appuyait sur une canne si ancienne qu'elle semblait fossilisée. Il continua à avancer, sans un regard en direction de Venus. C'était son heure. Son moment.

Les employés s'écartèrent devant lui. Certains le tapotèrent dans le dos ou lui serrèrent la main ; d'autres le supplièrent de renoncer. Alors que le Monsieur Loyal approchait du SUV, Crowley dégaina, tenant maladroitement son pistolet dans la main gauche. Venus comprit qu'elle n'assistait pas à un affrontement, mais à une exécution.

— Qu'est-ce qu'il fabrique, bon sang ? demanda-t-elle, sans s'adresser à quelqu'un en particulier. Pourquoi personne n'intervient ?

— Il va à la rencontre de son destin, répondit Katrina, la diseuse de bonne aventure, derrière elle.

— J'emmerde le destin ! Crowley est seul contre des dizaines d'entre nous ! On ne peut pas le laisser faire !

— Pourquoi pas ? (Ezekiel avait parlé cette fois.) Crowley pourrait tuer plusieurs d'entre nous avant qu'on parvienne à le désarmer. On est tous prêts à mourir pour Cicero, mais aucun de nous ne veut d'un massacre.

— En plus, ajouta la vieille femme, c'est ce qu'il veut.

Au loin, Venus voyait Cicero arriver au bout de sa marche vers son bourreau. Peut-être fallait-il remercier le bourbon dans ses veines, mais le vieil homme souriait. Ni de joie ni de bonheur, mais de soulagement.

— Pourquoi ? demanda encore l'adolescente, qui s'efforçait de comprendre.

— Il est vieux, Venus. Si vieux. Il pourrait être mon grand-père, répondit la diseuse de bonne aventure. Et le fardeau du dieu l'accable depuis l'enfance. Il est temps pour lui de transmettre le flambeau.

À nous, songea Venus.

— J'aurais dû faire ça il y a dix-huit ans, Nathan, grogna Crowley, alors qu'il levait son arme. Préparez-vous à rencontrer votre dieu.

Venus voulut se détourner, mais elle devait regarder jusqu'au bout. Pas par curiosité morbide, mais par sens du devoir. Pour témoigner du passage de vie à trépas d'un homme qu'elle ne connaissait que depuis hier, mais qui avait eu un impact considérable sur son existence.

Il y eut une certaine agitation dans la foule. *Daniel.* Une poignée d'employés du cirque retenaient le fils de l'inspecteur. En dépit de sa carrure athlétique, il ne pouvait pas lutter. Venus éprouva de la compassion pour lui, sachant qu'il assistait à la damnation de l'homme qu'il admirait le plus.

— Ne te mêle pas de ça, Daniel ! aboya l'inspecteur à son fils. Je le fais pour toi.

Reportant son attention sur Cicero, qui s'appuyait patiemment sur sa canne, le policier changea d'attitude. Venus ne parvenait pas à les entendre, mais le vieil homme dit quelque chose qui adoucit l'expression de Crowley. Pendant un moment, elle pensa qu'on avait évité le pire. Que Cicero gardait un atout dans sa manche depuis le début et que, par magie ou grâce à des arguments convaincants, il avait échappé à la mort à la toute dernière minute.

Crowley lui fit un signe de tête poli, puis, sans hésitation, il lui logea une balle dans le crâne.

Randy

— Dernière chance, Erica.

Randy avait récupéré autant qu'on pouvait l'espérer en si peu de temps. Il entendit du brouhaha au-dessus. Des pas. Des sonneries de téléphone. On s'agitait au poste. Vu sa récente discussion avec Cicero, il avait toutes les raisons de croire que maintenant, ils étaient vraiment dans la merde.

Si désireux soit-il de contenir ou tuer le dieu, le médecin légiste se souciait plus de la survie d'Erica. Pas tant de sa *survie*, en fait. Mourir était une chose, mais mourir à Saint-Ferdinand en était une autre. Il n'aurait pas hésité à lui trancher la gorge, s'il pensait pouvoir lui épargner ainsi la souffrance qui l'attendait dans l'au-delà. Mais si le dieu était libre, impossible de dire jusqu'où s'exerçait son emprise à présent.

— Je reste, dit-elle. Je veux me rendre utile.

Le courage des ignorants, songea Randy. Elle campait sur ses positions parce qu'elle était quelqu'un de bien, mais ne comprenait pas réellement ce qu'ils affrontaient. Elle avait vu un fantôme, la belle affaire ! Ce n'était qu'un détail dans le grand ordre de l'univers. En tout cas, les dés étaient jetés, les cartes distribuées. On ne pouvait plus rien changer, maintenant. Au cirque, le médecin légiste n'avait jamais entendu le nom d'Erica franchir les lèvres de la diseuse de bonne aventure. Peut-être était-elle destinée à vivre.

— Alors, vous devez nous sortir d'ici.

— Tous les deux ? s'étonna Erica.

Voir Finnegan étrangler Randy avait sérieusement ébranlé sa conviction qu'en dépit de ses antécédents de tueur en série le vieil homme était relativement inoffensif.

— Tous les deux.

— D'accord. Comment ?

Randy réfléchit. Son évasion, voilà un autre problème auquel il se heurtait depuis le début de son incarcération. Malheureusement, il ne connaissait pas assez bien les rouages de sa prison pour le résoudre. Il avait cru que Crowley l'aurait relâché à l'heure qu'il était.

— Peut-être qu'en déclenchant les alarmes incendie…, proposa-t-il. Je ne pense pas que les portes des cellules s'ouvriront automatiquement, mais quelqu'un descendra sûrement…

Il ne termina pas sa phrase. En haut, le brouhaha avait cessé. Il n'entendait plus qu'une personne dans les locaux. Des pas précipités et nerveux, des bottes. Comme chez un chien de Pavlov réagissant à son conditionnement, son estomac se mit à gargouiller.

Jackie lui apportait son repas.

— Dites à Jackie que je ne me sens pas bien, chuchota Randy.

Un moment plus tard, la porte en haut de l'escalier s'ouvrit.

— Docteur Hazelwood ? Je vais vous demander de monter. Je manque de personnel en ce moment.

Randy adressa un signe de tête à Erica, l'incitant à suivre ses instructions. Jackie faisait confiance à la psychologue, et si Randy était souffrant, elle voudrait en avoir le cœur net.

— Je… Je pense que le docteur McKenzie ne va pas très bien, répondit Erica.

— Quoi ? Attendez, j'arrive.

Jackie ne se méfiait pas. Elle s'inquiétait simplement de sa santé. Mais dès qu'elle se trouva à sa portée, Randy l'empoigna à travers les barreaux et la tira vers lui, lui cognant violemment le front contre le métal froid.

— Son pistolet ! lança-t-il à Erica.

Sans hésitation, la psychologue fit un geste pour le saisir. Jackie résista mais, surprise de se retrouver face à deux adversaires, elle fut rapidement désarmée.

— Randy ! protesta la policière. Vous êtes devenu fou ?

— La porte ! cria Erica en menaçant la pauvre femme.

Erica n'avait clairement pas l'habitude de manier une arme à feu. Randy n'attendit pas de voir comment elle sortirait de cette impasse. Serrant les cheveux de Jackie dans un poing, il attrapa les clés à sa ceinture et les lança à Erica.

Après quelques tentatives maladroites avec les mauvaises clés, la psychologue parvint à ouvrir. À partir de là, il n'eut qu'à pousser Jackie dans sa cellule. Elle heurta plusieurs colonnes de livres et de magazines qui s'écroulèrent.

— Je suis désolé. Sincèrement. Mais Stephen a fait une grosse bêtise et je dois l'arrêter.

— Ne faites pas ça, Randy !

Furieuse, Jackie déploya sa matraque ; mais en se ruant vers la porte, elle trébucha sur les volumes éparpillés un peu partout et se cogna la tête contre le sol avec un grand bruit sourd.

— Oh, merde, dit Erica. Elle n'a rien ?

Randy regarda en direction du corps de Jackie inconsciente. Sa poitrine semblait se soulever et retomber, et elle n'avait aucune blessure visible.

— Espérons-le, répondit Randy, avant d'enfermer la policière.

Au moment d'ouvrir la cellule de Sam Finnegan, il hésita. Au lieu de renvoyer Erica seule, pourquoi ne pas fuir avec elle ? Ils pouvaient abandonner Jackie et Finnegan, laisser Saint-Ferdinand et ses noirs secrets derrière eux. Ils n'avaient qu'à monter l'escalier, sauter en voiture et partir.

Et ensuite ? Ils n'étaient pas des amants en cavale. Il avait proposé à Erica de quitter le village pour ne pas voir sa vie détruite. Ils avaient largement dépassé ce stade à présent.

Il introduisit la clé dans la serrure de la porte.

— Allons-y, dit-il au tueur de Saint-Ferdinand. J'ai un plan.

— Vraiment ? répondit le vieux fou, qui le gratifia d'un curieux sourire tout en dents. Écoutons ça.

Daniel

Daniel se précipita vers son père, le couteau à la main. S'ils avaient récemment eu leurs différends, à aucun moment l'adolescent n'avait cru que les choses iraient si loin. Pour ce qu'il en savait, Stephen Crowley n'avait jamais tiré sur quelqu'un ou tué un homme.

Mais avant qu'il puisse rejoindre son père, la petite foule réunie autour du SUV arrêta de nouveau Daniel. Agissaient-ils ainsi pour le protéger ou pour l'empêcher d'intervenir dans ce qu'ils considéraient comme inévitable ? Leurs mains l'empoignèrent, le retenant en arrière, tandis qu'il tentait de forcer le passage. Ils ne le relâcheraient pas tant que tout ne serait pas terminé.

— Papa ! Qu'est-ce que… ? Qu'est-ce que tu as fait ? demanda-t-il, incrédule.

Quand son père leva les yeux du corps sans vie de Cicero, Daniel put enfin se rendre compte de l'ampleur du changement survenu chez lui. *Ce* Stephen Crowley avait déchaîné sa fureur, il incarnait sa rage. Sa peau était rouge de colère et ses yeux brûlaient d'une intensité inhumaine.

— Monte dans la voiture, Daniel.

Dès son plus jeune âge, Dan avait appris la différence entre la voix paternelle de Stephen Crowley et le ton qu'il employait pour exiger une obéissance immédiate, absolue. À présent, Dan distinguait une tension nouvelle dans sa voix. Il maîtrisait sa fureur, assignée à un but bien précis. Quelque chose avait changé en lui.

— Je ne peux pas, répondit Daniel, qui serra le couteau toujours dans sa main, alors qu'il contemplait le cadavre serein de Nathan Cicero.

— Si, tu peux. Et sans discuter. (Crowley raffermit sa prise sur son pistolet.) Les Crowley Boys ne sont pas les bienvenus ici.

Daniel leva les yeux vers le compagnon de tant de parties de pêche, son meilleur ami, le père qui l'avait élevé tout seul. Il ne reconnut pas cet homme, remplacé par son ombre, la coquille vide de Stephen Crowley, blessé et ensanglanté, débordant de haine. Une haine à laquelle un dieu avait donné une cible.

— Pose ton arme, papa, dit Daniel, surpris par la fermeté de sa voix. Je vais prévenir le lieutenant Matt. Tu as besoin d'aide. Tu n'es pas… dans ton état normal.

— Pas dans mon état *normal* ? répéta l'inspecteur, qui avança d'un pas menaçant vers son fils. Je ne me suis jamais senti aussi bien depuis le jour où ta mère m'a quitté ! Tu ne sais pas ce que je sais, tu n'as pas vu ce que j'ai vu. Ça ! insista-t-il en agitant sa main abîmée devant lui. Ça, c'est vraiment moi ! Plus que je l'aie été depuis des années. *Maintenant, monte dans la voiture !*

Il pointa son pistolet sur Daniel pour montrer qu'il ne plaisantait pas. L'espace d'un instant, face au canon encore fumant qui tremblait, Daniel pensa que son père allait réellement l'abattre.

Clairement, il n'était pas le seul. Un coup de feu retentit, tiré de très près. Il arracha le côté droit du visage de Stephen Crowley, éclaboussant le pare-brise du SUV d'une charpie de sang, de cervelle et de fragments de crâne. Pourtant, malgré les dégâts mortels infligés à son corps, l'inspecteur

Crowley resta campé sur ses jambes. Il tourna les vestiges dégoulinants de sa tête pour regarder son agresseur, qui se tenait derrière Daniel.

L'homme d'âge moyen appartenait au groupe de ceux qui avaient retenu l'adolescent quelques moments plus tôt. À le voir, il avait fait partie du cirque presque toute sa vie, peut-être comme artiste à une époque, mais aujourd'hui, il portait le simple bleu de travail d'un machiniste. Il n'avait rien d'un héros, constata Daniel. Il semblait paniqué, probablement plus par son acte qu'autre chose. Jusqu'à ce jour, il n'avait certainement utilisé son fusil que pour dégommer des boîtes de conserve vides posées sur une clôture. Pourtant, il se tenait là, tentant de défendre un inconnu.

Au bout d'un moment, Daniel s'aperçut que la terreur extrême de son aspirant sauveur se répandait dans la foule. Quand il reporta son attention sur son père, il comprit pourquoi.

Le tir n'avait pas abattu Stephen Crowley, que l'absence d'une moitié de sa tête ne paraissait pas affecter. En fait, il se dressait de toute sa hauteur, son visage en lambeaux tordu en un masque familier de colère. De minces volutes noires de pures ténèbres s'agitaient sous sa peau, palpitant à travers la chair à vif.

Sans se soucier de ses blessures, il leva son pistolet et tira. Sa main gauche ne lui offrant pas une grande précision, il manqua sa cible, pour atteindre un jeune trapéziste au bas du menton.

Derrière Daniel, la foule se dispersa avec des cris hystériques, tandis que retentissait un nouveau coup de feu, touchant probablement un autre innocent. Mais l'adolescent, comme hypnotisé, y prêta à peine attention. Le visage de

Stephen Crowley se reconstituait, dans d'épouvantables grouillements de tendons et contorsions de muscles.

Un coup de fusil déchira le bras droit de l'inspecteur, manquant de le sectionner au niveau du poignet. Toutefois, avant que la main puisse tomber, des vrilles tendineuses et sombres surgirent de la blessure, rattachant le membre abîmé et ressoudant la chair, sans qu'une seule goutte de sang touche le sol.

Stephen avait rendu sa liberté au dieu et obtenu sa récompense. Une grâce de ténèbres et de sang qui lui conférait l'invincibilité. Après ce contact avec le divin, il n'était plus humain ni même mortel.

L'inspecteur Crowley appuya sur la détente jusqu'à ce que son pistolet soit vide, puis il introduisit un nouveau chargeur dans son arme. Daniel n'avait pas compté le nombre exact de balles que son père avait tirées sur la foule. L'absence de riposte suggérait qu'il avait réussi à tuer son agresseur. Pourtant, le policier continuait à tirer. La colère qu'il avait maîtrisée sa vie entière, en particulier en présence de son fils, l'avait complètement dévoré.

Figé d'incrédulité, Daniel Crowley se demanda combien de personnes son père devrait tuer, mutiler ou blesser avant de s'estimer satisfait. S'arrêterait-il quand il serait à court de munitions ou irait-il chercher son fusil dans la voiture ? Continuerait-il jusqu'à ce que tout le monde soit mort ?

Soudain, l'adolescent prit conscience du couteau de cuisine dans sa main. Serrant le manche entre ses doigts, il sentit l'intensité froide de son appel, la soif de cette arme qui exigeait d'être étanchée. La lame imprégnée du dieu.

Calmement, rapidement, Daniel marcha vers son père. Refoulant toutes ses émotions et tous ses souvenirs, le fils de l'inspecteur Crowley planta le couteau dans la gorge de son père.

La lame s'enfonça dans la chair molle de son cou, entrant du côté gauche et ressortant à droite. Daniel attendit que son père tourne son pistolet vers lui, que la plaie se referme, un signe que le couteau, leur arme secrète, n'avait pas fonctionné.

Mais un sang noir ichoreux jaillit de la blessure. La lame ne se contentait pas de couper ; elle rongeait la chair autour d'elle, qui se putréfiait. Rapidement, la déchirure devint un cauchemar en décomposition. Avant que Daniel ait le temps de voir la réaction de son père, ou de retirer le couteau, le corps de Stephen Crowley commença à s'effondrer, dévoré par les ténèbres qui l'avaient habité. Le pouvoir du dieu se retournait contre lui.

L'espace d'une seconde, le père de Daniel sembla apaisé. Il regarda son fils, tentant d'articuler quelque chose, mais il ne parvenait plus à expulser d'air de ses poumons. Daniel pensa qu'il s'agissait peut-être d'une question, ou de gratitude, pour avoir été libéré de l'emprise du dieu. Plus tard, il déciderait qu'il avait voulu réaffirmer, une dernière fois : « On était les Crowley Boys. »

Puis le visage de l'inspecteur s'écroula, ravagé par la lame avide.

Audrey

Le rire était atroce. Audrey aurait voulu qu'oncle Randy lui plante des clous noirs dans les oreilles pour la protéger d'un son si monstrueux. Il semblait venir de partout. Elle reconnaissait la voix. Elle l'avait entendue la nuit de sa mort.

Elle n'avait cependant jamais *vu* le dieu. Après être tombée de son vélo, elle avait attendu, cachée dans son corps. Elle était déjà morte une fois. Maintenant, elle s'en souvenait. C'était quand elle était bébé, juste pendant quelques minutes. Mais son âme n'avait pas bougé, elle avait attendu, cachée. Et tout s'était bien passé. Alors, elle s'était dit qu'elle allait faire la même chose.

Elle avait entendu les gens parler à son enterrement. Ça lui avait fait plaisir, quand tout le village avait dit des choses si gentilles sur elle. Elle n'avait pas eu envie de pleurer, elle était contente.

Jusqu'à ce que le monstre la trouve.

Il avait essayé de s'introduire dans son cadavre, pour lui arracher son esprit. Il était difficile à décrire, entre putréfaction et ténèbres. Il se déplaçait à la vitesse de l'éclair, toujours juste derrière elle, et partout aussi, comme s'il enveloppait le monde.

Cette nuit-là, oncle Randy avait rendu ses yeux à Audrey. Elle ne pouvait plus voir le monstre, qui ne pouvait plus la voir non plus. Son oncle l'avait sauvée des griffes du dieu. À présent, elle devait se montrer courageuse et l'aider à son tour.

La forme physique du dieu se trouvait dans le poste de police. Audrey pouvait le voir, maintenant qu'on lui avait rendu sa liberté. Il portait une cape de chair et de sang de sa création, mais il ne ressemblait pas à un être humain normal, il s'amalgamait au vêtement de tendons et d'os, telle une masse de ténèbres et de sang. On aurait dit un enfant, pas beaucoup plus âgé qu'elle, caché dans un buisson épineux ou un virevoltant. Il eut l'air de sentir Audrey, regardant dans sa direction, mais incapable de la voir. Ils avaient échangé leurs places : elle, dans son monde ; lui, dans le sien. Mais elle seule pouvait le voir.

Il ne restait personne au poste, à part Jackie, le vieux Sam, l'oncle Randy et Mme Erica. Audrey était triste qu'Erica n'ait pas suivi le conseil du docteur McKenzie, mais il était trop tard.

— Eh, ma chérie.

Elle reconnaissait la voix âgée qui la tira de sa rêverie. Tournant la tête, elle aperçut Sam Finnegan, debout à côté de son propre corps. De fines volutes de lumière et d'ombre le reliaient encore à sa chair mortelle.

— Sam ! s'exclama-t-elle, et elle se précipita pour se jeter au cou du vieil homme.

— Tu es prête à m'aider à combattre le monstre ? demanda-t-il.

— Oui, répondit Audrey, avec toute l'assurance dont elle se sentait capable. (Au fond de son cœur, elle était terrifiée.) Qu'est-ce que je dois faire ?

Finnegan tapota doucement le clou en fer planté dans son œil gauche.

— Eh bien, je dois d'abord retirer ça.

Depuis qu'elle était morte, Audrey avait compris beaucoup de choses. Elle savait que les clous dans ses yeux lui permettaient de voir le monde des vivants, où ceux plantés dans ses pieds la retenaient. Ses parents avaient prévu de la garder ainsi, entre la vie et la mort, jusqu'à ce qu'ils lui trouvent un nouveau corps. Elle savait aussi que, sans les clous, le dieu la verrait. Et elle n'ignorait pas le sort qu'il réservait aux esprits qu'il voyait.

— D'accord, dit-elle.

Déterminée, Audrey saisit entre le pouce et l'index la tête du clou enfoncé dans son œil droit. Elle s'attendait à avoir mal, mais à sa surprise, la pointe en métal glissa facilement hors de son orbite. La sensation était indescriptible. Après qu'elle eut retiré le clou qui frottait contre l'intérieur de son crâne, sa vision s'éclaircit légèrement. Des couleurs impossibles apparurent en surimpression au-dessus des corps de Randy et Erica. Puis elles bougèrent, attirées par le bruit produit par le clou qui, heurtant le sol, retrouvait le monde physique.

— Audrey ? lança Randy d'une voix tendue par la panique. Ne les enlève pas, mon ange. Tu en as besoin, ou le monstre va t'attraper.

Sauver l'âme d'Audrey avait procuré une immense satisfaction à Randy, au moment où sa vie s'effondrait. Il ne voulait pas la voir dévorée maintenant. En entendant tomber le second clou, il ferma les yeux avec résignation.

— Randy ? demanda anxieusement Erica. D'où viennent ces clous ?

— D'Audrey. Elle rompt le sort qui la protège.

Et le monstre peut de nouveau me voir, pensa Audrey. Elle tenta d'avaler sa salive, mais son anatomie éthérée ne le lui permettait pas. Elle se contenta de serrer nerveusement les poings, tandis qu'elle s'accroupissait, tendant la main vers le clou dans son pied droit.

— Non, l'interrompit l'esprit de Sam. Garde-les. Ils te protégeront.

Le monde autour d'Audrey et Sam se rida comme la surface d'un étang. Les ténèbres devinrent plus sombres, et la lumière plus vive un moment.

— Il sait que tu es là, poursuivit le vieil homme. Rappelle-toi, Audrey : il peut te voir, t'effrayer, peut-être même te faire mal, mais il ne peut pas te prendre.

L'enfant morte hocha la tête, une expression résolue gravée sur ses traits délicats et éveillés.

— Bien. Maintenant, cache-toi là-dedans, ordonna Sam, qui montra son propre corps vide.

Toujours docile, Audrey approcha de la forme relâchée du vieil homme. Contrairement à ceux de Randy et d'Erica, aucune couleur ne luisait sur son corps. Il aurait aussi bien pu n'être qu'un objet inerte de plus, au même titre que les livres de Randy ou les poignées de porte.

Elle tendit la main vers Sam et prit conscience qu'elle n'avait jamais tenté de toucher un être vivant, depuis le jour de sa mort. Elle éprouva une sensation étrange, électrique, un picotement, comme si chaque cellule du corps de Sam la tirait à l'intérieur. Sa forme inanimée en avait après son âme, qu'elle voulait absorber, assimiler. Audrey s'aperçut qu'elle pouvait lui résister, mais que, si elle cédait, elle la forcerait à combler le vide.

Alors qu'elle se laissait submerger dans le tas vieillissant de chair et d'os, elle vit la porte de la prison exploser.

Surprise, Erica hurla, mais son cri s'éteignit dans sa gorge quand elle contempla la créature qui franchissait le seuil et descendait la volée de marches en béton. Le treillis de restes humains et d'animaux ondulait autour du dieu, telle une aura de putréfaction vivante qui déployait rapidement des vrilles dans la pièce, se glissant dans les coins et à travers les barreaux. Audrey pouvait constater qu'en dépit de l'immensité de sa forme physique la créature était d'une tout autre magnitude du mauvais côté de la vie, où elle s'étendait hors du poste, pour englober la presque totalité du village.

Le monstre couvert de sang empoigna Erica, la tirant par le bras et lui déboîtant l'épaule. Avec un cri, Randy bondit vers son ancienne étudiante, dans une vaine tentative pour la sauver des griffes de la créature. Mais avant qu'il puisse la saisir, la psychologue se retrouva prisonnière de l'habit palpitant de chair et d'os. Erica Hazelwood hurla sa souffrance et son incompréhension, alors qu'on imposait à ses extrémités des configurations auxquelles ses os ne résisteraient pas.

— *Neil…*, dit le monstre aux mille voix, alors qu'il posait ses yeux de braise sur Randy.

Pendant un instant, Audrey craignit que le docteur McKenzie subisse le même sort qu'Erica. Les appels à la pitié de la psychologue avaient vite remplacé ses cris, avant de se transformer en gargouillis inintelligibles, alors que son corps était broyé et lacéré.

Puis Sam Finnegan intervint.

— Hé ! lança-t-il, sa voix éthérée et sans âge hors de son corps.

Le dieu se tourna. Il vit l'homme qui, des décennies durant, l'avait gardé en captivité. Qui l'avait torturé et nargué, et n'avait pas hésité à lui mentir, encore et encore. Il jeta le corps d'Erica de côté ; autour de lui, tout devint noir de haine – une haine tangible, violente.

Il se précipita sur la forme physique du tueur de Saint-Ferdinand pour la déchiqueter, tandis qu'il semblait au vieil homme que le monde des morts tout entier s'abattait sur son esprit.

Mais le dieu perdait son temps. Malgré l'étendue de son pouvoir et de sa colère, il ne pouvait rien contre l'esprit de Finnegan tant qu'il restait attaché à son corps, et il ne pouvait rien contre son corps, tant que l'esprit d'Audrey s'y trouvait.

La créature changea rapidement de tactique, déversant son essence dans le corps de Sam Finnegan. Pour Randy, le vieux fou sembla soudain en proie à une violente crise d'épilepsie. Un océan de haine et de mort inonda la chair dans laquelle Audrey avait trouvé refuge, chaque goutte résolue à la dévorer et à la détruire.

Le dieu y mit toute sa glorieuse puissance. Il lacéra son âme, qui se régénéra, une tentative après l'autre. Audrey n'éprouva pas de souffrance, pas de celles que les vivants pouvaient comprendre, seulement les affres de la perte, de la tristesse et de la détresse existentielle. Sans terminaisons nerveuses pour communiquer le trauma physique, ce furent ses émotions qui la déchirèrent et la brisèrent. De cela, les clous plantés dans ses pieds ne la protégeaient pas.

Alors qu'Audrey commençait à montrer des signes de faiblesse face à cet assaut incessant, il s'arrêta. Aussi vite qu'il était arrivé, l'océan de haine se retira, et la petite morte se retrouva debout à côté de l'esprit du vieil homme.

Une fois de plus, le dieu était pris au piège. Plus d'une prison de promesses et de serments, mais d'une prison de chair, cette fois. Confiné par sa propre haine et sa voracité.

Audrey leva la tête vers Sam. Son âme semblait sereine, presque en paix. Il avait l'air satisfait de s'être sacrifié pour une bonne cause.

— Tu as été épatante, dit-il.

Randy

La forme physique du dieu se tenait figée, courbée avec raideur au-dessus du vieil homme. Sans la volonté maléfique de la créature pour l'animer, la toile de vrilles de chair et de tentacules osseux se désagrégea lentement. La silhouette enfantine qui l'avait occupée tomba par terre et éclata comme une bombe à eau, éclaboussant les murs d'ichor noir.

Le calme revint sur la prison. Seul le son d'une grosse goutte visqueuse de sang qui se coagulait brisa le silence en s'écrasant au sol.

Randy était cloué sur place. Comme médecin légiste, il avait examiné des corps dans presque tous les états *post mortem* imaginables. Entre ses expériences personnelles et les images trouvées dans les revues et rapports médicaux, il avait fait le tour des horreurs concevables qu'on pouvait infliger à un être humain. En tant que nécromancien amateur, il connaissait bien le surnaturel. S'il avait répugné à se consacrer sérieusement à cet art, Randy s'était livré à quelques réanimations de petits animaux, quelques tentatives de voyage astral et avait mémorisé tout ce que les notes de son père avaient à lui apprendre.

Cependant, le docteur McKenzie n'avait jamais vu quelque chose d'aussi inouï que ce qu'on avait fait subir à Erica.

Peut-être était-ce parce qu'il avait si bien connu la jeune psychologue, ou qu'il avait toujours vu des corps après qu'on les avait mutilés, brûlés ou déchiquetés. Peut-être n'y avait-il juste aucun moyen de trouver le détachement nécessaire pour gérer ce à quoi il venait d'assister. Quoi qu'il en soit, à un moment pendant l'attaque du dieu, il était tombé à genoux et avait empoigné les clous qu'il avait plantés dans les yeux d'une petite fille morte. Puis il avait tremblé comme une feuille, se cramponnant désespérément à sa branche.

N'entendant que son cœur battre à ses oreilles, le médecin légiste regarda autour de lui, tentant de reconstituer les événements. Apparemment, Sam Finnegan, le tueur de Saint-Ferdinand, avait réussi, par la ruse, à attirer le dieu dans son propre corps. Randy étudia Finnegan, se demandant ce qui pouvait bien se passer à l'intérieur en ce moment. Quelle partie de son âme le vieil homme avait-il sacrifiée pour forger cette nouvelle prison pour ce dieu malveillant ? Et comment la porte de cette cage resterait-elle fermée ?

Soudain, les yeux de Sam s'ouvrirent et Randy trouva l'explication. La créature n'était pas piégée. Elle était bien à l'intérieur, étudiant la situation de son regard bleu et vide.

Face à une intelligence inhumaine, plus ancienne, et jouissant d'une compréhension plus vaste et complexe de la réalité que la sienne, le temps n'était pas à la réflexion ou à l'hésitation. Randy raffermit sa prise sur les clous en fer, qu'il planta dans le corps de Sam Finnegan.

Le premier s'enfonça dans les tissus mous de l'œil du vieil homme avec relativement peu d'effort. Randy, en bon médecin, attribua cette facilité à l'adrénaline qui circulait encore dans ses veines.

Le second clou lui donna plus de fil à retordre. Avec le choc, la douleur, et une présence surnaturelle qui luttait pour retrouver sa liberté, le corps se débattit et tenta de résister.

Avant d'y planter le second clou, Randy ne vit dans le globe bleu que haine, haine et mort.

Dès que les deux gros clous de fer noir et une flaque de sang rouge eurent remplacé les yeux de Finnegan, le corps retomba sur le sol, tandis que le médecin légiste contemplait son œuvre.

— Je t'ai eu, lâcha-t-il d'une voix rauque.

— Non, rectifia quelqu'un derrière lui, sur un ton mielleux et détendu. C'est *moi* qui l'ai maintenant.

Randy McKenzie se retourna lentement, tâchant de mettre un nom sur ce visage vaguement familier. Flanqué d'Hector Alvarez et de Gédéon LaFrenière, tous les deux membres des Marchands de sable de Crowley, se tenait un jeune homme. Il portait un costume élégant, mais crotté ; les contusions et le sang sur ses traits ne suffisaient pas à l'enlaidir.

— Docteur McKenzie, je suppose ?

Entrant dans la prison, il enjamba avec désinvolture les restes de chair et de tissu qui avaient fait partie de la forme étendue du dieu.

— J'étais impatient de vous rencontrer. Chris… Pardon, Francis Lambert. Enchanté.

Il s'accroupit pour regarder Randy droit dans les yeux et lui tendre une main cordiale. Le médecin la serra machinalement, sidéré par la tournure des événements.

Pendant ce temps, les deux autres allèrent soulever le corps de Sam Finnegan. LaFrenière avait le visage vert nauséeux, comme s'il risquait de vomir à tout moment.

— Attendez. Qu'est-ce que vous faites ? tenta de les interrompre Randy, mais la main froide de Lambert le retint, tel un étau.

— Vous n'avez pas à vous inquiéter, docteur McKenzie, réagit le jeune homme avec sincérité. À partir de maintenant, nous nous chargeons de tout.

Après que les deux Marchands de sable eurent quitté la pièce avec le corps, Lambert lâcha enfin Randy. Il se redressa, regardant calmement autour de lui, enregistrant méthodiquement chaque détail.

— Qui êtes-vous ? demanda Randy, un sinistre soupçon lui nouant les entrailles.

— Votre père et mon grand-père se connaissaient, docteur McKenzie. Je suis là pour faire ce qu'aucun d'eux n'a pu réussir.

— Vous allez le tuer ?

— Le tuer ? Je vais l'utiliser, répondit Lambert, qui se dirigeait nonchalamment vers la sortie, les mains dans les poches. Mais pas de manière maladroite et barbare, comme mon père en avait l'intention. J'ai des projets beaucoup plus ambitieux.

Ses yeux se posèrent enfin sur le corps d'Erica Hazelwood, enfoui sous les restes putréfiés du dieu. Brisé et flasque. Une bulle de sang se forma au coin de sa bouche, avant d'éclater. Elle respirait.

— Tss… quel dommage. Je ne pense pas qu'elle s'en sortira.

Erica respirait ! Ignorant les pas de Lambert qui s'éloignaient, Randy se traîna à côté de sa protégée. L'étrange jeune homme avait raison : lui non plus ne donnait pas cher de ses chances. Bientôt, le lieutenant Bélanger serait de retour. Il devait fuir, mais il refusait aussi d'abandonner Erica dans cet état. La laisser dans l'espoir qu'on la retrouverait à temps pour la sauver était hors de question. Son esprit caressa l'idée d'abréger les souffrances de la jeune femme, mais il ne pouvait simplement pas s'y résoudre.

Il ne deviendrait pas comme William et Beatrice, rongés par leur besoin de ramener leur fille morte. Ce n'était pas nécessaire. Randy saurait utiliser à bon escient ses quelques compétences dans le domaine des sciences occultes. Il connaissait des techniques. Des « tours de passe-passe », quand on s'en servait sur des rats. Un miracle, s'il y parvenait avec une personne.

Frissonnant d'un froid anormal, le médecin légiste se mit à tirer sur les vrilles de chair putréfiée, creusant pour extraire le corps de son étudiante des griffes d'un dieu mort.

Épilogue

— Je ne comprends pas, dit Venus, serrant la main décharnée de Katrina.

L'adolescente veillait la diseuse de bonne aventure depuis deux semaines. La blessure avait d'abord semblé relativement bénigne, la balle traversant l'épaule de la vieille femme. Mais quand Venus avait vu le sang jaillir, elle avait tout de suite pensé qu'une artère avait été touchée. Elle avait fait de son mieux pour exercer une pression sur la plaie, baignant ses bras jusqu'aux coudes dans le liquide chaud et rouge. Ça lui avait rappelé sa première vision du dieu dans la remise.

Elle croyait avoir réussi. À l'arrivée de l'ambulance, Katrina avait toujours un pouls, même s'il était faible. Malheureusement, son âge avancé et l'ampleur de l'hémorragie avaient concouru à créer des complications en chaîne, lesquelles avaient provoqué les défaillances de plusieurs organes et mené à son coma actuel.

Pendant cette période, Abraham était revenu de Sherbrooke. Harry Peterson se rétablissait remarquablement bien, comme l'avait prédit Ezekiel. Le vieux fermier rentrerait probablement à Saint-Ferdinand d'ici à quelques semaines. Abraham espérait convaincre son père de déménager.

Daniel, lui, avait complètement disparu de la circulation. Avant l'arrivée des autorités, il était simplement monté dans sa voiture et était parti. Comment le lui reprocher? Il avait été forcé de tuer son propre père à peine quelques minutes auparavant. À la grande frustration du lieutenant Bélanger, les employés du cirque n'avaient répondu que de manière évasive à ses questions sur l'implication de Daniel et l'endroit où le trouver.

L'oncle de Venus s'était envolé, lui aussi. Le bruit courait que la prison du poste de police avait ressemblé à un véritable charnier. Parmi les os et les organes d'un nombre encore indéterminé de victimes, on avait prélevé une quantité importante de sang appartenant à Erica Hazelwood. Mais de la psychologue, de Randy McKenzie ou de Sam Finnegan, il n'y avait aucune trace.

— Je pensais que tu serais là.

Penny passa la tête dans l'embrasure de la porte, un sachet d'un *fast-food* du coin à la main. Elle avait changé, depuis les événements survenus au cirque. Elle s'était secouée, et mettait toute son énergie à reconstruire sa vie et à soutenir ses amis. Entre les rendez-vous avec les avocats et les notaires, et les moments où elle servait de chauffeur à Abraham, elle avait eu peu de temps à consacrer directement à Venus. Indirectement, Penny avait fait appel à un collègue de sa mère et ami de la famille pour s'assurer que sa jeune amie garderait le contrôle financier de ce que ses parents avaient laissé derrière eux.

— Comment va-t-elle?

— Elle est mourante, répondit Venus.

— Tu penses qu'elle savait que ça arriverait?

En dépit de tout ce qu'elles avaient vécu, Penny restait sceptique quant au don prophétique de la vieille femme. D'après elle, jusqu'à preuve du contraire, Venus devait partir du principe que ses parents étaient toujours en vie.

— Ce n'est pas terminé, tu sais, dit Venus. On a hérité de tout ça.

— Toi. Et Abraham et Daniel, peut-être, mais je ne pense pas que ma famille ait été mêlée à tout ça. (Elle marqua un temps d'arrêt, posant le sachet.) Bien qu'à en croire ce vieux fou le contact avec un dieu laisse des traces. Et celui-là ne m'a pas loupée, c'est clair.

— Tout ce qu'il touche est altéré à jamais. Et nous sommes tous concernés. Certains plus que d'autres.

Venus se sentit partagée entre l'espoir que son amie comprendrait le sens de ses mots et le désir qu'il n'en soit rien.

— Oui, répondit Penelope. J'ai eu le bras couvert de son sang jusqu'au coude…

— Je peux compter sur toi, alors ?

— Aphrodite, voyons…

Venus fronça les sourcils à ce surnom, mais accepta volontiers ce rappel de jours moins compliqués.

— Bien, dit-elle. J'ai besoin de toi.

— D'accord. Pour quoi faire ?

— Tout. Un certain temps, en tout cas. (Elle attendit une réaction, qui se manifesta sous la forme d'un sourcil levé.) Je m'en vais pour l'hiver.

— Venus McKenzie, qui sèche les cours ? Tu as *réellement* changé, ma parole !

— Je dois retrouver les autres Compagnons, ceux qui sont toujours en vie. Grâce à la liste trouvée dans le bureau de mon oncle, je connais quelques noms. Je dois les rencontrer. Cette chose est dans la nature, libre et folle de colère. Je ne sais pas pourquoi elle ne l'a pas encore fait, mais un jour elle reviendra se venger, et je refuse de ne pas être prête.

Penny réfléchit soigneusement aux paroles de son amie, puis elle hocha la tête.

— D'accord. Je garderai la boutique. Le père d'Abe détient probablement aussi certaines des réponses que tu cherches.

— Parle-leur, à Abe et lui. Apprends-en autant que tu pourras.

— Attends. Tu pars quand ?

— Sans doute plus tard dans la soirée. Je prends le bus pour Montréal ; une fois là-bas, je tenterai peut-être de retrouver Ezekiel. (Elle baissa les yeux sur la vieille femme à l'agonie.) Je n'aurai plus rien pour me retenir ici.

Les amies se turent et se tournèrent vers la diseuse de bonne aventure allongée sur le lit d'hôpital. Sans les machines pour prouver le contraire, on aurait aisément pu confondre Katrina avec un cadavre. Venus était à la fois triste et en colère de voir la vie la quitter, surtout qu'elles avaient eu à peine le temps de se connaître.

— J'ai un dernier service à te demander, dit Venus, brisant le silence.

— Ne pousse pas…, l'avertit amicalement Penny.

Venus fit un geste de la tête vers Katrina.

— Tu veux bien t'assurer qu'elle ait un enterrement décent ? Pas de chichis, mais ma famille a une petite concession au cimetière de Saint-Ferdinand, où est déjà mon grand-père. J'aimerais qu'elle y repose.

— Je ne veux pas te sembler irrespectueuse, mais ce ne serait pas plutôt aux gens du cirque de s'en occuper ? Elle est l'une des leurs, après tout.

Venus pencha la tête et se tourna vers le pied du lit, décrochant le dossier médical. Y figurait une longue liste d'informations, y compris le régime de la mourante, les médicaments qu'elle prenait et les heures de passage des infirmières. D'un doigt tremblant, Venus pointa vers le haut, où se trouvait le nom sous lequel Katrina avait été admise. « Elizabeth Lussier ». D'abord, Penny ne comprit pas, mais en regardant dans les yeux embués de son amie, la mémoire lui revint : Lussier était le nom de jeune fille de Virginie McKenzie. La diseuse de bonne aventure était la grand-mère de Venus.

Penny prit son amie dans ses bras. Cette dernière laissa tomber le dossier médical, lui rendant son étreinte avec un sanglot.

— Je suis désolée, Veen. J'ignorais qu'elle était de ta famille.

— Moi aussi, répondit Venus.

Remerciements

Les remerciements sont toujours une corvée. D'un côté, pour ne pas minimiser l'impact des personnes mentionnées, je ne veux pas qu'ils soient ennuyeux. Mais je ne suis pas non plus du genre à rajouter des effets inutiles. Et je ne vous parle même pas de ce fléau qui m'accable : une mémoire capricieuse. J'oublierai donc certains noms, et ma négligence ne m'apparaîtra que trop tard. C'est là qu'entrera en scène mon sentiment de culpabilité.

Quoi qu'il en soit, si ce roman vous a plu, sachez que vous devez une pincée de gratitude à tous ces gens, ils ont tous participé.

Histoire de ne pas passer pour un monstre, je commencerai par ma famille. Mes parents m'ont soutenu et encouragé, comme on pouvait s'y attendre, mais ils sont allés bien au-delà en me fournissant le terrain positif sur lequel entreprendre ce voyage. Entre la cuisine hors pair de ma mère et la disponibilité de tous les instants de mon père, ces deux-là se sont révélés à la hauteur de la tâche.

Mon frère est un phénomène. Méthodique et impitoyable, il est l'un de mes critiques les plus efficaces. Ses analyses redoutables et son attention portée aux détails sont des outils irremplaçables quand vient le moment de finaliser un manuscrit. Ne me ménage jamais, Phil.

À l'opposé se situe mon meilleur ami, David. Lui ne trouve jamais le moindre défaut dans mon travail. On en a vu des vertes et des pas mûres, tous les deux, et je suis content de l'avoir dans mon camp. Dave, pourquoi faut-il que tu habites si loin ?

Puisqu'on parle de gens qui habitent trop loin, Amy a été une fervente admiratrice, comme on aimerait en avoir plus souvent, sans que ça devienne bizarre. Quel que soit le projet que j'entreprends, je peux compter sur son enthousiasme indéfectible. Tu es la complice de nombre de mes idées les plus insensées, chère Amy.

Ensuite, il y a les membres du Tadpool, la bande de nazes la plus positive et la plus distrayante sur Internet. Je n'aurais pas publié ce livre sans eux, ni aucun autre.

La même accolade vaut pour le Diamond Club, une force de la nature, capable de soulever des montagnes pour rendre le monde meilleur. Par leurs propres efforts créatifs, Justin et Brian sont le fer de lance du Diamond Club ; je leur dois énormément.

Une autre sommité de ce groupe est Andrew Mayne, un homme aux talents multiples, qui m'a surpris en apportant à mon travail un soutien immérité. Recevoir les encouragements d'un individu si accompli est terriblement motivant.

Je ne cesse de dire que rien de tout ça n'aurait été possible sans telle ou telle personne, mais je dois lever mon verre aux gens qui m'ont aidé à extraire cette histoire du vide sombre, froid et hostile pour en faire une réalité : toute l'équipe d'Inkshares. Des chances incroyables qu'Adam a trouvées pour moi aux conseils que prodigue Avalon à tous les auteurs, les gens d'Inkshares ont fait preuve d'une passion et d'un professionnalisme qui les honorent. Vous êtes les meilleurs. Je suis heureux d'avoir mis mon sort entre vos mains.

Ce serait hypocrite de ma part de remercier Inkshares sans mentionner la communauté. Brian Guthrie, mon ami Paul

Inman, Tal Klein, Amanda Orneck, et tant d'autres qui forment notre cercle d'auteurs Inkshares, devenu le cœur à partir duquel nous construisons nos carrières.
Un clin d'œil particulier à Tom et Veronica de Sword & Laser, qui m'ont fait démarrer. Je ne vous remercierai jamais assez.
Une pensée à Nicole, qui a corrigé toutes les erreurs qui avaient pu m'échapper. Tu es formidable, et je t'adore.
Enfin, je ne peux pas oublier Angela. Elle a été à mes côtés depuis le début, elle m'a poussé. Sans elle, je n'aurais pas commencé, et encore moins terminé d'écrire quoi que ce soit. Elle s'est toujours montrée incroyablement patiente, dès que tel ou tel projet m'absorbait. Je n'imagine pas tout ce que tu as pu sacrifier pour me soutenir à ce point, Angela, mais je t'en serai éternellement reconnaissant.

Achevé d'imprimer en septembre 2021
Par CPI Brodard & Taupin à La Flèche
N° d'impression : 3044577
Dépôt légal : octobre 2021
Imprimé en France
2811714-1